中青年红学论丛

红楼梦文本与传播影响

段江丽 著

辽宁人民出版社

图书在版编目（CIP）数据

红楼梦文本与传播影响 / 段江丽著. — 沈阳：
辽宁人民出版社，2019.1

ISBN 978-7-205-09416-4

Ⅰ．①红… Ⅱ．①段… Ⅲ．①《红楼梦》—传
播—研究 Ⅳ．①I207.411②G206

中国版本图书馆CIP数据核字（2018）第217024号

红楼梦文本与传播影响 段江丽 著	**版权所有　侵权必究**

出版发行：辽宁人民出版社
　　　　　（地址：沈阳市和平区十一纬路25号　邮编：110003）
联系电话：024-23284324/010-88019650
传　　真：010-88019377
E - mail：fushichuanmei@mail.lnpgc.com.cn
印 刷 者：北京金康利印刷有限公司
经 销 者：各地新华书店

幅面尺寸：155mm×230mm
字　　数：283千字　　　　　　　　印　　张：21.5
出版时间：2019年1月第1版　　　　印刷时间：2019年1月第1次印刷

责任编辑：凌之　顾冰峰　　　　　　版式设计：贺天
封面设计：谭惠文　刘伟　　　　　　责任印制：高春雨

如有质量问题，请速与印务部联系　联系电话：010-88019750

ISBN 978-7-205-09416-4
定价：72.00 元

"中青年红学论丛"编委会

总　序

向曹雪芹与《红楼梦》致敬

《红楼梦》自问世以来，拥有历代无数的读者，无论从哪个意义上说，都堪称经典中的经典。童庆炳先生在《经典的解构与重建——〈红楼梦〉、"红学"与文学经典化问题》一文中曾称其为"经典的'长青树'"，很是形象。

在"浅阅读""快阅读""碎片化阅读"时代，普通读者已经很难静下心来深入阅读名著。但是，我们相信，经典的光芒就像太阳一样，是不会被浮云遮蔽的。就《红楼梦》而言，近年来受热爱和受重视的程度，超出了许多人的想象。2015年，在曹雪芹诞辰 300 周年之际，中国新闻出版研究院在第十二次全国国民阅读调查中，加入了"《红楼梦》专项调查"的内容，以问卷及样本采集相结合的方法，对国民阅读《红楼梦》及相关作品的情况做了调查，在红学史上首次提供了《红楼梦》传播与接受的较为直观的数据材料。结果显示：近三成的国民阅读过一遍或以上《红楼梦》原著，超过半数的读者对《红楼梦》中的爱情故事印象深刻，近七成的国民读过《红楼梦》相关作品。《红楼梦》在当代国民中的影响及受热爱的程度于此可见一斑。

近年来，中国艺术研究院长期科研项目中有"红楼梦研究年度发展报告"一项，大致分年度《红楼梦》图书出版述评、学术期刊类述评、报纸网络与新媒体传播述评等几个子项，研究报告刊于每年的《红楼梦学刊》第 1 辑。据统计，在 2017 年，中国内地及港澳台地区共出版各类《红楼梦》论著 80 余种；各类期刊、报纸发表的和学位论文中的红学文章总量达到 1000 余篇；各类红学活动精彩纷呈，微信公众号、门户网站、微博、朋友圈等各类自媒体上论曹品红文字更是多得无法统计。可以说，在当今中国，无论是传统纸质媒体还是网络新媒体，《红楼梦》都是文学名著中最受读者欢迎的作品之一，如果只从论文及论著数量考虑的话，甚至可以去掉"之一"两个字。

因此，可以毫不夸张地说，红学正处于空前繁荣的时期。冯其庸、胡文彬、胡德平、张庆善等先生以专家学者和学会领导的双重身份一再呼吁、提倡的红学"百花齐放，百家争鸣"的局面已然成为现实。对于文学作品来说，阅读、阐释与传播本身就是经典化过程中不可或缺的重要环节之一。可以说，"红学热"既是《红楼梦》经典魅力的必然结果，也是其经典地位得到进一步确定的重要推力。鲁迅论及《儒林外史》时，曾感慨"伟大也要有人懂"，《红楼梦》何尝不是如此！而要"懂"的前提是要读、要了解、要关注，从这个意义上说，每一位《红楼梦》的读者、研究者，以及红楼文化的爱好者与传播者都为《红楼梦》的普及做出了贡献，都值得尊重！

但另一方面，在"红学"空前繁荣的同时，出现了一些"乱象"，许多主观臆测、逻辑不通的观点不断"推陈出新"，比如关于《红楼梦》作者的"新论"，据说已经超过百种；对《红楼梦》所隐"真事"的玄想，也是越出越奇；甚至一些著名的"谈红论曹"人士也在推波助澜。一些出于个人喜好或一时兴致而提出的缺乏逻辑论证和学术理路的新奇观点，作为茶余饭后的谈资并无大碍，但某些观点借助"讲坛"、论文或者专著等形式广为流传，由此造成广大读者对《红楼梦》的误解或不解，这是不利于经典名著的传播和深入解读的。至于一些地方政府机构，或是本身对规范研究不甚了解，或是有意将错就错，借一些缺乏起码说服力的"学说"为地方经济发展搭台，初衷或许是好的，于实事求是的学术原则却无疑是一种很大的伤害。这样，红学大繁荣的局面之下其实潜藏着严重的研究、解读失范的危机。

我国政府近年来在"两会"报告中分别提出"全民阅读"和"建设书香社会"的理念。这些理念的提出为文化复兴和价值体系重建提供了良好的契机。对于正在努力提升国家文化软实力的当代中国来说，读书并且读好书，读经典并且读懂经典，是一个包含着丰富人文诉求的时代课题。而如何以正确的方式更好地阅读经典并进一步研究经典，学者和媒体从业人员有责任起到正面的引导作用。

鉴于目前红学领域乱象丛生的现状，辽宁人民出版社以弘扬传统文化与学术精神为己任，决定邀请一批年富力强、在红学界有一定建树和影响的学者组成编辑委员会，从学术质量上把关，编辑、出版"中青年红学论丛"，希望持续推出在一定程度上能够代表当代中青年学者研究水平的红学著作，在大浪淘沙的历史长河中，为这个时代的红学研究贡献优秀的研究成果。关于本丛书的宗旨，特做如下三点说明：

第一，本丛书作者将以中青年学者为主。如果采取历史阶段与时代的学术思潮、文化思潮乃至政治思潮相结合的角度，红学研究史大致可以分为以下几个时段：第一个时段是1754—1901年，这一时期的红学主要是历史本事的提示或考证《红楼梦》文本的鉴赏。第二个阶段是1902—1949年，这是现代红学的开端，梁启超发表于1902年的《论小说与群治之关系》与王国维发表于1904年的《红楼梦评论》真正开启了现代红学之先声。第三阶段是1949—1978年，这是马克思主义价值体系在中国大陆确立了主导地位的时期，现实主义文艺观念与社会政治批判成为这一时期中国《红楼梦》批评与研究的最高标准。第四阶段是自1978年至今，以中共十一届三中全会召开为标志，开启了思想解放运动，从红学史来看，也重新开启了《红楼梦》研究的多元化时代。

王国维在《宋元戏曲考》中提出"一代有一代之文学"，学术研究何尝不是如此？以红学研究第四阶段的主要参与者而言，代际差别还是比较明显的。

以周汝昌、冯其庸、李希凡、梅节、蔡义江、胡文彬、吕启祥、刘世德、张俊、张书才、段启明、张锦池、陈熙中等先生为代表的老一辈学者是从第三阶段走过来的人，同时又是第四阶段的开创者。他们的代表性研究成果大都已经以选集、文集或者丛书的形式出版，有的甚至已经是多次再版，受到了广泛的关注并产生了巨大的影响，已经成了推动《红楼梦》再经典化的重要因素，甚至成了《红楼梦》经典意义的重要组成部分。

　　前辈学者开疆拓土，奠定了坚实的学科基础。出生于 20 世纪 60 年代及以后的新一代学人，他们所处的学术环境、文化环境、政治环境与前辈迥然有别，学术成果也不可避免地打上了新时代的烙印。这一批中青年学者的研究成果尚处于自发的、松散的状态，尤其 60 年代出生的一批学者，他们处于承上启下、继往开来的历史地位，成为红学研究薪火相传的重要一环。这批学人多年来的红学论文散见于各种报纸杂志，难见全豹；著作也尚无团队化、规模化的"丛书"形式出现。鉴于此，本丛书将作者对象定为 20 世纪 60 年代及以后出生的中青年学者，希望化零为整，给这一批新时期成长起来的学者提供一个开放性的出版平台，展现与前辈学者不一样的"代际"红学的特点！

　　第二，本丛书推崇多元化的选题方向。如果从红学研究方法论的角度来看，蔡元培代表了索隐派、王国维开创了文学批评派、胡适开创了考证派，他们都对后来的红学研究产生了深远的影响。其中，蔡元培代表的索隐派以及胡适开创的考证派被余英时先生称为红学史上先后出现的两个"典范"；至于王国维的《红楼梦评论》，更是开以西方哲学与美学解读中国文学作品的先河，在小说研究史乃至整个中国现代学术史上都具有重要的里程碑意义。接着，周汝昌先生 1953 年出版的《红楼梦新证》将考证派红学推到登峰造极的地步。此后，1949—1978 年，海外红学研究有索隐派复活的倾向，中国大陆红学研究则如前所述，以马克思主义"社会—历史"分析方法占绝对的主导地位。1978 年以来，伴随着社会变革和思想解放，中国红学研究与整个中国古代小说研究一道，进入了多元研究的全新时代。红学史第三阶段的学者们是这一新时代的开创者，他们中绝大多数人的代表作其实都写于80年代以后。

本丛书所关注的20世纪60年代及以后出生的中青年学者，正是在前辈们所开创的广阔道路上蹒跚学步然后再渐渐稳步前行，他们中的很多人更是与前辈学者有直接的师承关系。由于时代因素，中青年学者在传统国学功底方面，很难望老一辈学者之项背。但是，换一个角度，中青年一代自然也有其自身的优势。在继承前辈学人在索隐、文学批评和考证等方面所取得的研究成果之外，他们可以更方便地利用西方前沿理论，对中国传统文学理论中的一些合理因子加以重新检视、激活；再加上日新月异的资料检索手段，这些学者有条件事半功倍地掌握材料，并在前辈研究的基础上"接着往下说"。可以说，几代学人不断累积的研究成果、科技革新带来的新的研究手段、中西文化碰撞之下层出不穷的理论方法，以及具有新的时代特色的审美风尚等诸多因素综合在一起，产生出强大的推力，使红学研究得到全方位的开拓与推进，从而使老一辈学者开创的多元化格局得到了进一步的丰富和发展。因此，本丛书立足于当下所呈现的百家争鸣、丰富多彩的红学现状，推崇多元化选题方向，不拘一格，鼓励形式多样的优秀著作出版。

第三，本丛书坚持规范的学术标准。我们旨在"推出在一定程度上能够代表当代中青年学者研究水平的红学著作"，所以本丛书对收入的作品自然有一定的标准。为了避免有失严谨、缺乏规范、违背科学精神的著作出现在本丛书中，编委会制订了如下标准：（1）不以作者的学历、身份、工作单位及研究角度为限，只注重作品本身的水平如何；（2）选题要有一定的新意和学术价值，无论是新材料的运用，还是对现有材料进行重新的解读，都要提出具有一定原创性的独到见解和相对正确的总结评价；（3）作品要能体现作者在红学领域有比较宽广的知识面和比较系统的理论基础，对相关课题的先行研究和前沿状况要有相对全面的了解；（4）要有严谨的科学态度，论据要可靠充分，说理要逻辑严密，并且做到概念清晰、语言准确、层次分明、结构合理。总之，作品本身的意义和价值是我们的最高标准。

作为古代小说的巅峰之作，《红楼梦》凝聚了中华传统文化的精华，在艺术和思想方面均具有无与伦比的、广阔的意义空间，值得反复研读和深入挖掘。我们愿以读书人的兴趣与学者的责任心，为"曹雪芹与《红楼梦》"在当代的经典化进程尽一份绵薄之力，向经典致敬！

还需特别说明的是，该丛书在策划、出版过程中，得到了中国红楼梦学会、北京曹雪芹学会的鼎力支持，在此谨致由衷谢忱！

"中青年红学论丛"编委会

序

段江丽教授即将付梓的"红学三书",汇总了她二十年来读红、研红的成果,这无疑是当前红学研究领域中一件不可小视的、令人欣慰的大好事。我愿借此机会向江丽教授表示由衷的祝贺和敬意。

所谓"汇总",这里也仅仅就其行诸文字的文章而言,事实上,二十年来江丽的治红"成果"还有很多方面,如作为副主编编辑的曹学刊物,各种场合的红学讲座,指导硕士生、博士生的红学论文……总之,二十年来江丽扬帆红海,为红学事业的发展做出了令我十分钦佩的贡献。

我有幸先睹为快——在贱寿八十生日的前前后后的日子里,愉快地阅读了"红学三书"之第一书《〈红楼梦〉文本与传播影响》的文稿。

此书分上下两编,共收录18篇论文。我不想说这部书稿如何"博大精深"、如何"新见迭出",在阅读过程中却让我很自然地联想起我的老师郭预衡教授多年前一篇谈论治学的"专"与"博"之关系的文章。我想,如果说"论红"可视为"专",那么,要真正"论"好,是必须有"博"的学养、知识和识见的。江丽的这 18 篇文章中,篇篇论红,但却篇篇见

"博"：心理学、叙事学、传播学、阐释学、域外研究……无不涉及。因此，"论红"就自然有了很多新意。特别是像我这样的孤陋寡闻的老人，读后确实有呼吸到了新鲜空气的感觉。比如在关于贾宝玉的论述中，运用心理学而加以阐释，我以为就是很有意义的。宝玉为什么那样反感宝钗、湘云的"规劝"？这当然可以就义理层面做种种论述，而从心理学上来说，江丽指出，这正是一种"'惧父'心理的延续"；讲到大观园，同样的，从心理学的角度指出，"大观园并不是无'欲'的透明世界"，而贾宝玉"能将潜意识中的性情绪升华为高尚纯洁的怜悯与体贴，从而与'皮肤滥淫'有了本质的区别"；还有，宝玉究竟何以自始至终亲黛远钗？这是一向众说纷纭的话题，而江丽则首先从心理学上分别阐释了钗、黛的"状态"，进而回答了宝玉或"亲"或"远"的选择……凡此种种，都不同于传统的"叛逆"与"卫道"的简单说教，而给读者以启发。

书中对某些问题的论析，很注重纵向的梳理。我觉得，那篇就《红楼梦》来讨论传统家庭中"女权"问题的文章，是写得很好的。该文实事求是地分析了男权社会历史的"特殊"状况，确认了家庭中"女性统治地位"的三个原因，而三个原因中的关键，则是女性个体"自身的能力"。从这个层面去理解《红楼梦》中的贾母和王熙凤等人物的形象和性格，无疑把阅读中的认识引向深入。

书中还涉及了另一个众说纷纭的话题，即所谓的"左钗右黛"、"左黛右钗"以及"钗黛合一"。是啊，这是一个曾使读者"几挥老拳"的争论！但本书却绝无"参战"之嫌，而是居高临下，从《红楼梦》的"复调性"的特点出发，对这一现象做了深入的剖析，指出，正是作品的"复调性"，"注定了读者的阐释（永远）存在多重可能性"。并从"人物自身的诉求""作者的立场""隐含作者的态度"等几个方面加以论述。我以为是很有说服力的。而"复调性"，在本书作者看来，"正是《红楼梦》打破传统'写法'的表现之一"。众所周知，所谓《红楼梦》打破了传统写法，恰恰是鲁迅先生的著名论断。

本书下编的第一、二两篇论文，堪称姊妹篇，分别从"旨趣"和"语境"两个方面论述了《红楼梦》早期脂批的阐释学意义。文章开篇即抓住了一个很重要的问题，即第二回写贾雨村看到一副破旧的对联时，心想这两句话"文虽浅近，其意则深"。甲戌本于此处有脂评曰："一部书之总批。"对此，江丽的文章认为，这条批语表明，在批书人心目中，"小说原文中'文虽浅近，其意则深'这句话可以用来作为《红楼梦》这部书的总批语"。这就是说，早期批书人的最重要的观念，就是《红楼梦》文虽浅近，但却绝非等闲之作，绝非风月之书，而别有深意存焉。既然这八个字可视为"一部书之总批"，那么，几千条的脂评之主旨，亦在于此。江丽的这两篇文章，也正是在这个观念的观照下纵论脂批的"阐释学意义"的。

历史已经表明，《红楼梦》与红学早已走向世界。那么，域外的红学研究，无疑应该引起我们的极大的关注。本书下编收录的《日本"中国文学史"中的红楼梦》等三篇文章，正体现了这种"关注"。江丽教授曾访学日本，对日本的有关中国文学的研究，有着深切的了解。这样的"知识结构"，正是她撰著此类文章的学术优势。这几篇文章，不是对日本学者有关著述的简单介绍或提要，而是探索渊源、加以比较、予以评价。例如，文中指出，笹川种郎的《支那文学史》中关于《红楼梦》的论述，基本上就是他的《支那小说戏曲小史》一书中"《红楼梦》"一章的概括和复述。但这只是一个方面，另一方面，文章又明确指出了二者之差异，并做了认真的分析。对盐谷温氏之《支那文学概论讲话》中关于红学的论述，更予以较深入的分析。文章认为，视中国明清戏曲小说中之优秀作品为世界文坛之杰作的观点，在盐谷温时代已是日本学界之成说、共识，而并非如某些学者所说，是盐谷温氏"空谷传音"之新论。那么，盐谷氏之创新之论究竟是什么？他对《红楼梦》又有哪些新的创见？江丽在自己的文章中都提出了完整的看法，予以较全面的评价。我以为，都是很值得我们认真的去阅读的。

我们过去谈论"论文"的写作时，常常说要提出问题、分析问题、解决问题。这虽然不能算什么金科玉律，但其本意无疑是倡导作文章务求言之有物，避免空话连篇。我读了这18篇论文，最突出的感觉，恰恰是篇篇"言之有物"，感到有收获。因此，写了以上零零碎碎的文字。回头看了一遍，实在是不成体统，连"读后感"都算不上，更惶论为"序"耶。

我与江丽相识二十年了，她的导师周先慎教授更是我相与三十余年的好朋友。引用一个不恰当的比喻，我与江丽，亦如《红楼梦》里贾母对王太医所说的"原来这样，也是世交了"（第42回）。写到这里，想到这"红学三书"，先慎教授已经看不到了，不禁戚戚……

江丽治学勤奋认真，这是朋友们的共同看法。在我的心目中，"认真"，可以说就是江丽的品格，她无论做什么事情都是非常认真的。而我们这一代人所熟读的语录中有一句话说：世界上怕就怕认真二字! 因此, 我深信在我的有生之年, 必然会看到江丽在治学的正道上继续前行, 必然会看到她的新的探索、新的思考、新的成果、新的贡献!

段启明

2018 年初秋时节

自　序

——我的红学缘

记不清何时与《红楼梦》结缘。只记得，在大学期间的文学史课堂上，在报考硕士、博士研究生的准备过程中，在1993年硕士毕业留校至今的教学工作中，《红楼梦》均是重中之重。印象深刻的是，大学期间的"元明清文学史"课程结业考试有"崔张、杜柳、宝黛爱情比较"这样一道考题，当时的任课老师黄仁生先生给了我这道题以及这门课满分的成绩，这也是我日后硕士、博士阶段均选择以元明清文学为研究方向的重要机缘之一。

撰写有关《红楼梦》的论文，始于1998年博士生二年级中期考核之时。按相关规定，博士生学习期间需通过"综合考试"方能继续下一阶段的学习，俗称"中期考核"。我提交的中期考核论文题目为《试论宝黛爱情的哲学心理学内涵》，考核专家组成员除导师周先慎先生之外，还有北大中文系周强、陈熙中、马振方、张鸣、刘勇强等诸位先生。论文整体上得到肯定并顺利通过了考核，但是，老师们从选题意义、观点表达以及遣词造句等各个方面都提出了恰切的批评和指导意见。我的硕士导师黄钧先生早年毕业于北大中文系,指导学生向以严格著称。博士期间老师们的严格要求和悉心指导,让我更深刻地体会到了北大校训中"严谨"一词的内涵。这篇中期考核论文的主体部分后来分成3部分在学术期刊公开发表。其中,第一部分《贾宝玉爱情的心理学阐释》经陈熙中先生推荐,刊于《红楼梦学刊》1999年第2期"研究生论坛",这是我公开发表的第一篇红学论文;另外两部分分别以《〈红楼梦〉对"爱的起源"的探索》《从"爱的本性"论宝黛爱情》为题先后刊于《理论与创作》与《红楼梦学刊》。对陈先生及编辑部老师们的感激之情一直深藏心底。

1998—2018,21年弹指一挥间。此时此刻,我在故纸堆里找出了拙稿《试论宝黛爱情的哲学心理学内涵》的3种打印本,其中两种均有导师周先慎先生密密麻麻的批语。老师已于今年4月20日驾鹤仙去,老师留下的手泽,成了师恩的见证和珍贵的纪念。

回首自己多年来教学、科研的心得,从导师及其他诸多老师那里获得的,有"鱼"更有"渔"。比如,我在《试论宝黛爱情的哲学心理学内涵》"前言"中有这样一句话:"《红楼梦》以其博大精深的思想文化内蕴为读者提供了多维解读之可能。"导师在"多维解读之可能"之下划线,并写下旁批:"'多维解读'这个观念非常好,但要真正贯彻到自己的文章中,不要轻易排斥其他路径的解读。'多维'就不应该是'非此即彼'。"——不轻易排斥他人的解读途径及观点、不应该存非此即彼的偏见,这些都成了我此后学术研究中所遵守的箴规。

说到红学缘,有一点值得特别感念。非常幸运的是,我在读博期间有机会聆听了张庆善先生在北大座无虚席的红学讲座，并在报告结束后得以当面请益；又因查找博士论文《〈醒世姻缘传〉研究》的资料而拜识了孙玉明先生。此后，两位先生作为中国红学会及《红楼梦学刊》的主要"当家人"，为我的学习和学术研究活动提供了诸多的指导和帮助，包括邀请我参加许多重要的红学研讨会。自 2001 年 8 月参加在北戴河举行的"新世纪海峡两岸中青年学者《红楼梦》学术研讨会"始，我几乎受邀参加了此后在浙江金华（2002）、江苏扬州（2004）、河南郑州（2005）、山西大同（2006）、湖北黄冈（2008）、山东蓬莱（2009）、北京凤凰岭（2010）、河北廊坊（2013）、广州深圳（2017）等全国各地举办的所有重要的红学研讨会，并于 2004 年扬州会议被增选为中国红学会理事、2010 年凤凰岭会议被增选为中国红学会常务理事。因为参加各类红学会议及活动，而得以近距离聆听包括冯其庸、李希凡、梅节、蔡义江、胡文彬、吕启祥、赵冈等海内外诸多当代红学大家、名家的精彩报告，有机会亲炙教诲；还结识了诸多红学界的同道、朋友，得以如切如磋、砥砺进步，闫虹、俞晓红、曹立波、张云等多位学术"闺密"都是因了红学的美好缘分而越走越亲近。从某种意义上说，没有中国红学会这样高度专业化的学术组织，没有《红楼梦学刊》这样高水平的学术平台，很可能不会有我 20 多年来在红学领域的持续耕耘。

同样值得感念的还有北京曹雪芹纪念馆及北京曹学会、《曹雪芹研究》。曾任北京曹雪芹纪念馆馆长的李明新女史在其任内（2003—2014）几乎每年都会举办各种类型的红学、曹学活动，在邀请诸多大家、名家的同时，也常常会带上我们一众小字辈参与其中,印象中正是在曹雪芹纪念馆主办的活动中有幸瞻仰过周汝昌先生的风采。2010 年,在胡德平先生的推动、主持之下成立了北京曹学会,并于 2011 年开始以集刊的形式出版会刊《曹雪芹研究》。该刊在出版 6 集之后获国家新闻出版广电总局批准、于 2014 年春季正式创刊。在北京曹学会与《曹雪芹研究》创建过程中,我很荣幸参与了一些具体的工作。在胡会长及"四老"——主编张书才先生以及常务编委张俊先生、胡文彬先生、段启明先生高瞻远瞩的指导之下,与两位秘书长李明新女史、位灵芝女史一起商讨杂志及学术研讨会等相关工作细节的许多美好情景至今记忆犹新。尤其是 2014—2017 年期间,我受邀忝任《曹雪芹研究》副主编之职,几乎每一期编委会上,都能聆听到"四老"关于曹学红学、关于学术人生的谆谆教导。张俊先生和段启明先生还曾是我博士论文的开题和答辩时的专家委员会委员,于我有"座师"之恩。春风化雨、润物无声。"四老"渊博的学识和一丝不苟的治学态度,让我和詹颂、张平仁、樊志斌、雍薇等几位志同道合的编辑部同仁在审稿及编校过程中既能随时请益解惑,又不敢有丝毫的马虎和懈怠。这样,刊物的质量得到了最大程度的保障,因而迅速受到学界的高度关注和广泛肯定,已成功入编北京大学图书馆主编的《中文核心期刊要目总览》(2017 版)。另一方面,就我个人来说,编辑工作也提供了及时了解前沿研究动态的良机,"编学相济",信焉!2017 年底,《曹雪芹研究》编委会"四老"因年高请辞,我本人亦因本职事冗、无暇兼劳而请辞常务编委及副主编之职,只担任编委及轮值主编工作。自 2018 年第 1 期开始,《曹雪芹研究》以编委会改组之后的全新面貌面世，相信它一定会蓬勃发展、越办越好！

正因为有中国红学会、北京曹学会这样的学术组织以及《红楼梦学刊》《曹雪芹研究》这样的学术刊物持续提供良好的学习、交流平台，有诸多师长的教诲、同好的勖勉、读者的支持，多年来我一直将"曹雪芹与《红楼梦》"作为重要研究对象之一，至今已在《红楼梦学刊》《曹雪芹研究》《中国文化研究》《文艺研究》等刊物上发表红学方面的论文数十篇。

不仅如此，我对"曹雪芹与《红楼梦》"的兴趣还影响到了部分学生尤其是来华留学生的论文选题。说来也巧，我指导的第一位硕士研究生是来自越南的陈氏琼香同学，她提交给我的"明清小说研究"课程论文《论〈红楼梦〉中的妻妾矛盾及其根源》经修改之后刊于《红楼梦学刊》2004 年第 3 辑，该文后来也是她硕士学位论文的主干内容之一；我指导的第一位博士研究生是来自蒙古国的伊琴·浩尔乐同学，她的学位论文为《哈斯宝〈新译红楼梦〉研究》（2014 年），是最早一部关于哈斯宝《新译红楼梦》的"著作"；另一位来自保加利亚的诺拉·琪列娃同学的博士学位论文为《保加利亚语译本〈红楼梦〉研究》（2017 年），也是最早一部研究保译本《红楼梦》的"著作"。这 3 位来华留学生的红学论文都具有较高的质量，也从一个侧面证明了《红楼梦》的国际影响。

随着全民阅读、经典普及、复兴传统文化等活动的兴起，"曹雪芹与《红楼梦》"也越来越受到社会各阶层的关注和喜爱。本人曾应邀在北京电视台名师讲坛、北京图书馆"文津讲坛"、中山市图书馆"《红楼梦》讲坛"、北京大学慕课"伟大的《红楼梦》"、北京曹雪芹学会"品红课"、河北正定荣国府

"红学讲堂"、山西师范大学"《红楼梦》与中国文化"讲坛、北京恭王府"走近红楼梦中人"讲坛等平台主讲《红楼梦》有关选题。这些活动让我有机会与来自不同年龄、不同阶层、不同职业背景和不同文化程度的朋友分享读红心得,每每收获别有会心之喜悦。

最近几年,我集中关注的红学话题之一是"红楼人物家庭角色论"。在为该书稿寻找出版平台的过程中,经朋友引荐,于2017 年年底有幸拜识了辽宁出版集团和辽宁人民出版社的有关同仁,他们同意出版拙稿。经过进一步的交流,辽宁人民出版社决定策划出版"中青年红学论丛",基本宗旨是邀请一批年富力强的中年学者组成编委会,与出版社共同约稿、把关,出版一批在一定程度上能够代表当代中青年学者研究水平的红学著作。在商业氛围浓厚、学术著作出版困难的当下,辽宁人民出版社的人文情怀和学术责任感令人肃然起敬!

拙稿"红学三书"之《红楼梦文本与传播影响》《红学研究论辩》《红楼人物家庭角色论》有幸忝列"中青年红学论丛"第一批图书之中。其中,前两部是对多年来散见于杂志或书稿中的红学论文的分类整理,后一部则是集中论述《红楼梦》中人物家庭角色问题的专著。这3 部小书稿,是我从事红学研究20 余年的阶段性小结,它们见证了我从青年到中年的成长过程中许多充实而美好的岁月!愿以此积累多年的浅见薄识,向先师周先慎先生,向硕士导师黄钧先生以及诸多教导、帮助过我的学界前辈、老师、朋友们致敬致谢!

本书稿《〈红楼梦〉文本与传播影响》分为两部分:上篇"《红楼梦》文本阐释"所收录的9 篇文章主要是从心理学、哲学、社会学、性别理论、叙事理论等不同角度对《红楼梦》文本内容的解读与剖析；下篇"《红楼梦》传播影响研究"所收录的 9 篇文章主要是对脂评、王希廉评点、《红楼梦》影视改编与传播、日本红学研究、法译本《红楼梦》等相关论题的讨论。时间上最早的是前述 1998 年博士生"中期考核"论文基础上修改而成的《贾宝玉性格的心理学阐释》等 3 篇文章，最晚的是 2017 年深圳红学会议论文《复调性与人物形象——以钗黛之争为中心》。这些论文，曾先后刊于《红楼梦学刊》《中国文化研究》《曹雪芹研究》《理论与创作》等学术期刊，在此，谨向相关杂志编辑部老师们致以诚挚谢忱！

　　需要说明的是，此次整理过程中重新核对了全部引文，并修改了个别语句、补充了个别重要信息，补充了一些材料出处，因而可能出现引证文献出版时间晚于原文刊发时间的情况。其中一篇是笔者与朋友冀可平老师合作而成，此次结集出版获得了合作者的许可，文章末尾均注明了包括合作署名情况在内的原发刊物信息。因为文章写于不同时期、刊于不同杂志，为了保证原始信息的准确性，虽然注释格式上做了统一处理，但是引证文献并未做统一处理，因而会出现同一引证文献在不同文章中使用不同版本的问题。此外，部分内容曾见于拙著《礼法与人情——明清家庭小说的家庭主题研究》（中华书局，2006 年）一书中，一则因为此书发行量有限，市面上早已难觅踪影；再则为了保持内容的相对完整，故不避重复再次收入。凡此种种，还请读者诸君鉴谅。

　　李辰冬先生曾经有言："我们读《红楼梦》的人，都知道我们的年岁愈增加，则读《红楼梦》的乐趣也愈多；我们的学识愈丰富，则了解《红楼梦》的程度也愈深……人类的知识愈进步，治学问的方法愈精密，则在《红楼梦》里的发现也愈广博。并且因为自己所研究的不同，于是见到的方面也不同。总之，《红楼梦》如海洋一般，我们无法知其深浅广阔。"（李辰冬《红楼梦的世界》，见吕启祥、林东海编《红楼梦研究稀见资料汇编》，人民文学出版社2001年版，第519页）唐德刚先生亦云："《红楼梦》和其他许多名著一样，是一部名副其实的'百读不厌'之书。他能叫人一读再读的道理，便是它能使读者在不同的年龄、不同的知识水平、不同的社会阶层，甚至不同的地区——不论国内还是海外——读起来都会发生不同的领悟和不同的梦境。"（唐德刚《曹雪芹的文化冲突》，见《胡适杂忆（增订本）》，华东师大出版社1999年版，第242页）我坚信，随着年岁的增长、阅历的丰富、知识结构的变化，我在《红楼梦》里的发现、我对《红楼梦》的领悟还会不断出新。天地之间有《红楼梦》这样一部大书，实在是吾等读书人之大幸！

最后，郑重地感谢段启明先生赐序鼓励，为拙稿增色！感谢辽宁人民出版社领导的关心和帮助！感谢责任编辑为拙稿付出的辛劳和智慧！感谢北京语言大学提供的宽松自由的学术研究环境！感谢孟庆跃、黄园园两位硕士研究生在书稿校读工作中提供的帮助！感谢亲爱的家人们无条件的爱与支持！

2018年9月6日，于北京海淀墨砚楼

目　录

上篇
《红楼梦》文本阐释

一、贾宝玉性格的心理学阐释

对于伟大作品的内容和艺术，我们都无法阐述无遗，无法在作者意图的源头与他会合，但是，我们"应该尽量接近这个源头"。❶《红楼梦》以其博大精深的思想文化艺术内蕴，为读者提供了多维解读之可能。下面我拟从心理学角度对贾宝玉这一独特形象的个性特征做一较深入的分析。

先秦儒学以政治伦理思想为主体，哲学色彩较淡；作为政治伦理思想的理论基础的人性论，自然也不够深入。不管是孟子的"人性本善论"，还是荀子的"人性本恶论"，都把复杂的人性问题简单化了。由道家而来的道教和从印度传入的佛教，讲成仙、成佛，寻求性命的归宿，相对于儒家对"外"的处世哲学来说，从人自身着眼的道佛可以说是"内学"。宋明以来，理学家不再满足于儒家思想的政治化和伦理化，援佛道入儒，并从儒家经典《礼记》中选取相对来说有较浓的"治内"倾向的《大学》和《中庸》，与《论语》《孟子》一起，合为《四书》，从中探求性命之学。❷宋明新儒学的功过至今是个很有争议的话题，但有一点应该得到承认，那就是在将儒学哲理化的过程中，对宇

---

❶ [法]让·伊夫·塔迪埃著，桂裕芳等译：《普鲁斯特与小说》，上海译文出版社 1992 年版，第 2 页。

❷ 马积高：《宋明理学与文学》，湖南师范大学出版社 1989 年版，第 4 页。

宙人生的奥秘等一贯被轻视的"虚理"有了哲理性的探讨，大大地增强了中国文化的思辨色彩。就人性来说，宋明理学家不满于"本善"或"本恶"的简单划分，以《中庸》"天命谓之性"为理论起点，进行了深入的探索。理学创始人程颐提出，"才禀于气，气有清浊，禀其清者为贤，禀其浊者为愚"。❶这里的"才"指材，即材料、材质，与人性相通。人性是由气禀决定的，气禀有善有恶，从而人有生而为善或生而为恶者，后天的环境可以改变先天的善恶。朱熹进一步发展程颐的人性论，提出天命之性与气质之性，认为天地之间有理有气，理为"天理"，为永恒的善；气为"气质"，有清浊偏正之别。个体的人或物禀受"理"所形成的性是天命之性，是人之本性；禀受"气"所形成的性是"气质之性"，是人之形体。人和物未生时，天理流行于天地之间，理禀受到一定形气之后才成为性；但理一旦进入形气体质就受到了"气质"的"污染"，就有了善恶。对每个人直接发生作用的现实人性就是这种"气质之性"，是道德理性和感性欲求的综合体。❷很显然，这已将人性的探讨上升到宇宙论的高度。理学家这种对人性的哲理探讨在《红楼梦》中有直接的体现，这一点似乎还未引起学界的注意。

当冷子兴说到贾宝玉怪诞的言行并以"色鬼"视之时（第2回），贾雨村根据所秉天地之气的不同将人分为大仁、大恶和正邪兼备三类：大仁者秉清明灵秀之正气，应运而生，如尧、舜、禹、汤、文、武、周、召、孔、孟、董、韩、周、程、朱、张等；大恶者秉残忍乖僻之邪气，应劫而生，如蚩尤、共工、桀、纣、始皇、王莽、曹操、桓温、安禄山、秦桧等；正邪兼备者则兼秉清明灵秀之气和残忍乖僻之气：

> 使男女偶秉此气而生者，在上则不能为仁人君子，下亦不

---

❶ [宋]程颢，[宋]程颐：《二程集》，中华书局1981年点校本，第808页。
❷ 陈来：《宋明理学》，辽宁教育出版社1991年版，第102—104.175—177页。

能为大凶大恶。置之于万万人之中，其聪俊灵秀之气，则在千万人之上；其乖僻邪谬不近人情之态，又在万万人之下。若生于公侯富贵之家，则为情痴情种；若生于诗书清贫之族，则为逸士高人；纵再偶生于薄祚寒门，断不为走卒健仆，甘遭庸人驱制驾驭，必为奇优名倡。如前代之许由、陶潜、阮籍、嵇康、刘伶、王谢二族、顾虎头、陈后主、唐明皇、宋徽宗、刘庭芝、温飞卿、米南宫、石曼卿、柳耆卿、秦少游；近日之倪云林、唐伯虎、祝枝山，再如李龟年、黄幡绰、敬新磨、卓文君、红拂、薛涛、崔莺、朝云之流，此皆易地则同之人也。❶（第2回）

贾雨村所列举的这些正邪两备者，不管是隐士、皇帝，还是诗人、画家；不管是现实生活中的人物，还是文学作品中的人物；不管是俊男，还是美女；不管是有异行奇情，还是有怪才美貌，都有一个共同之处，就是率性而行，不为流俗所拘，以各自不同的方式表现出自我的真性情。贾雨村在作品中既是现实层面的忘恩负义、贪赃枉法的小人，同时又是寓言层面的"假语村言"、贯穿全书的线索人物，作者有时通过他来"自表书旨"。❷我认为，贾雨村在这里对人的分类应该带有代作者言的性质，原因很简单，因为这一段话对刻画贾雨村这一形象并无直接帮助，于全书意旨却非常重要。正如小说中有些人物主要具情节功能一样，贾雨村的这段话也主要起代作者言的作用。在此基础上，我想指出三点：

第一，作家将理学家周、程、朱、张归入"大仁"之列，可见他并不像有些论者所认为的那样自觉地反理学。相反，他完全接受理学家

---

❶ 本书《红楼梦》引文以中国艺术研究院红楼梦研究所校注《红楼梦》为依据，人民文学出版社2008年第3版，特殊情况另做说明。

❷ 洪秋蕃第1回总评，见冯其庸纂校订定：《重校八家评批红楼梦》，江西教育出版社2000年版，第33页。

的人性论,以先天所秉之气来解释复杂的人性;

第二,作者立意甚高,塑造贾宝玉这一形象是为了探讨他所代表的"一类人"的生命状态,而不只是为了反映某时某地某朝某代的积极或消极的思想意识,"无朝代年纪可考""易地则同",都暗示了这一点。

第三,鉴于前两点,我强调:《红楼梦》审视的是具有特殊性格的人在某种特殊环境之下的生命状态,其价值和意义主要在于对人性人情的探索,而不只是简单地反科举、反封建婚姻制度、反封建文化体系。

如上所述,贾宝玉禀受了正邪两气,具有浪漫不拘的个性。用警幻仙子的话来说就是:

> 如尔则天分中生成一段痴情,吾辈推之为"意淫"。惟"意淫"二字可心会而不可口传,可神通而不能语达。汝今独得此二字,在闺阁中固可为良友,然于世道中未免迂阔怪诡,百口嘲谤,万目睚眦。(第 5 回)

天性中的"意淫"是宝玉性格中非常重要的因素。对"意淫"有许多解释,比较有代表性的看法是:"宝玉的'意淫'是一种对美丽女性的纯情感、近乎是精神性的爱慕,而不带有欲的成分。"❶有的学者甚至认为宝玉的"意淫"是超越了男女之情的博爱思想。何炳棣以生理和心理科学知识,对作品中有代表性的 6 个"意淫"个案的内容、性质和科学含义进行了细致、准确的分析,然后从 8 个方面阐述了"意淫"的内涵,大意是:"意淫"不是纯真无邪的感情,也不是博爱或柏拉图式的爱,而是潜意识中对具有性吸引力的美丽女性的一种性情绪,在"超我"的克制之下,最终完成性的升华,"将潜意识中自私满欲的驱力提

---

❶ 章培恒、骆玉明:《中国文学史》(下),复旦大学出版社 1996 年版,第 550 页。

升转化为体贴、同情、怜悯"。❶就我所见,这是对"意淫"的最深刻最有说服力的一种分析和解释。

如果只是把宝玉的性格说成是天生的"意淫",那就堕入了先验论的泥坑。曹雪芹以天才的睿智写出了形成"意淫"的后天环境。弗洛伊德心理分析理论认为,男性自婴儿时期始就具有的恋母仇父情结会对其日后的个性以至择偶等行为产生深刻的影响;当代心理分析派则不再单纯以性潜能解释性格与行为,而更强调社会环境和教育因素。中国古代的传统文化以及宝玉的生活环境使弗洛伊德所说的"仇父"情结和"恋母"情结在他身上都不会发生,要理解宝玉的性格特征,主要应该从家庭环境和他所受的教育入手。

弗洛伊德在《自我与本我》中认为,婴儿初生时,心灵结构中仅有包含性潜能和其他各种原始欲望在内的"本我","本我"是无法克制的,所以,婴儿的任何欲望比如说饥饿、便溺等都必须立即满足;五六个月以后,开始生长能调节"本我"的"自我",但这种调节功能还很有限;到了五六岁或稍晚,开始生长能对自己的良心、行为进行裁判的"超我"。在"超我"产生的过程中,家庭教育和所处环境非常重要,对男孩来说,父亲的教育尤其重要。如果父教成功的话,最初的"仇父"心理会转化成对父亲的敬佩和爱戴,父亲的人品和事业心等会对孩子的一生产生深刻影响。没有父亲的合适的管教,孩子的人格将产生缺陷,《三字经》中的"养不教,父之过"说的也是这个道理。宝玉出生在一个钟鸣鼎食、诗礼簪缨的贵族大家庭里,荣宁两府的最高权威贾母

---

❶ 何炳棣:《从爱的起源和性质初测〈红楼梦〉在世界文学史上应有的地位》,载《中国文化》1995 年第 3 期。何文分析的六个个案分别是:(1)第 19 回宝玉私访袭人家对袭人表妹产生好感;(2)第 28 回要瞧宝钗臂上的香串子;(3)第 35 回因只闻其名未曾谋面的傅秋芳而善待傅家婆子;(4)第 44 回为平儿理妆;(5)第 58 回面对杏树花谢而为岫烟许婚惆怅;(6)第 62 回为香菱换裙。

视他如命根一般。母亲王夫人因长子夭折，对独子宝玉也就更加溺爱。父亲贾政虽然为人正直但个性刻板，从宝玉"抓周"时"伸手只把些脂粉钗环抓来玩"开始，便对他生了嫌恶之心，严苛有余而慈爱不足；再加上有贾母和王夫人的庇护，他根本无法对宝玉进行正常合理的管教。当宝玉在为大观园题词表现出超常的才情时听不到父亲半句鼓励的话；当宝玉与书童等在书房里闹得乌烟瘴气时，忙于公事的父亲也蒙在鼓里。当然，贾政并没有完全放任自流，作品多处写到宝玉对父亲的恐惧：第 23 回元妃下谕让宝玉和众姐妹去大观园居住，宝玉正在喜之不胜，忽听父亲叫他，"登时扫去兴头，脸上转了颜色，便拉着贾母扭的好似扭股儿糖，杀死不敢去"；第 25 回贾母对赵姨娘说，"素日都不是你们挑唆着逼他写字念书，把胆子唬破了，见了他老子不像个避猫鼠儿？"；第 26 回宝玉正要哄黛玉开心，一听说父亲叫他，"不觉打了个雷一般，也顾不得别的"，疾忙走了。从这些情节中可以看出，宝玉的"惧父"心理几乎到了极端的程度。对"宝玉挨打"一节已有了诸多分析，一般认为主要内涵是"封建卫道者与叛逆者之间的矛盾"，当然有道理。如果换一个角度，从家庭父子的关系来看，也可以说是对失败父教的描写：

> （贾政）忙跪下含泪说道："为儿的教训儿子，也为的是光宗耀祖。母亲这话，我做儿的如何禁得起？"贾母听说，便啐了一口，说道："……你说教训儿子是光宗耀祖，当初你父亲是怎么教训你来！"（第 33 回）

贾母暗责贾政教子方法不当，贾政无话可说，只好向贾母保证"以后再不打他了"。事实上，从此以后，宝玉得到贾母进一步的庇护，轻易不让贾政叫他。可是，宝玉的"惧父"心理却一直没有消除。正如何炳棣先生所指出的，宝玉"心理上'防御机制'中最自然的办法是把经常性'惧父'的紧张转移到对全体男性的憎恶"。●宝玉最初的不肯读求功名的正经书，也许只是由于小孩贪玩的天性和娇生惯养导致的任性，但父亲经常为他不愿意读书而严加责备甚至责打，则使他产生了强烈的逆反心理。父亲逼他读书的目的十分明确，那就是参加科考走上仕途。既然视读书为畏途，对科举仕进当然也就深恶痛绝，所以，凡读书上进的人在他眼里都成了"禄蠹"；再加上耳闻目睹荣宁两府成年男性的种种卑劣行为，尤其是他们对女性的摧残，不但促成了他心理上的"转换"，而且加深了他对大观园以外的男性社会的恐惧和痛恨。从宝玉成长的心理过程来理解他的"叛逆"性格，也许更能把握宝玉这一独特形象的心理学深度以及他在中国以至世界文学史上的意义。从这个角度，还能帮助我们更好地理解作品开头部分沉痛的忏悔语调：

> 今风尘碌碌，一事无成，忽念及当日所有之女子，一一细考较去，觉其行止见识，皆出于我之上。何我堂堂须眉，诚不若彼裙钗哉？实愧则有馀，悔又无益之大无可如何之日也！当此，则自欲将已往所赖天恩祖德，锦衣纨袴之时，饫甘餍肥之日，背父兄教育之恩，负师友规训之德，以至今日一技无成、半生潦倒之罪，编述一集，以告天下人。（第1回）

以现实的人生经验而论，当曹雪芹挈娇妻弱子，面对蓬牖茅椽和绳床瓦灶来追忆昔日繁华时，难免不生"天上人间"之叹！因此，叙述者的忏悔应该是真诚可信的。以今日理性之"超我"来反观当日感性之"自我"，大概会有"花非花""我非我"之沉痛！值得指出的是，评点家张新之再三提及"讥失教也"，强调家教的失败，不是没有道理的。

特殊的成长环境和失败的家教，一方面使宝玉对科举仕途以及整

● 何炳棣：《从爱的起源和性质初测〈红楼梦〉在世界文学史上应有的地位》，载《中国文化》1995年第3期。

个男性社会深恶痛绝，另一方面，又养成了他"意淫"的个性和爱红、爱吃胭脂的怪癖。第3回介绍，贾府里每位哥儿姐儿每人有一个乳母、两个贴身丫鬟，另有四个嬷嬷和四五个小丫鬟，后来搬进大观园后又各增加了几个丫鬟。宝玉更是特殊人物，"自幼姐妹<u>丛</u>中长大"，到了婚娶的年龄还在大观园中与一大群美丽的女孩生活在一起。从他的感官发育到心理发育，接触最多的是红颜消退的奶妈、嬷嬷和青春美丽的女孩。相比之下，当然是讨厌前者而喜欢后者，他甚至好几次为了偏袒丫鬟而触犯自己的奶妈。可以想象，从小这些丫鬟们就经常抱他、亲他，她们脸上的胭脂以及特殊的体香都给了他无限的快感，这是一种原始的性的满足。祖母和母亲都庇护、溺爱他，父亲不能时时管教他，管教的时候又很不得法。所以，宝玉对世事的了解、对人生的看法多来自身边的女性尤其是青年女性。在长期亲密的接触中，他对女孩们的喜怒哀乐有细致入微的了解，并且在情感上有强烈的依恋。年岁渐长之后，不能再与这些女孩无所顾忌地"拉拉扯扯"，少女们脸上的胭脂和体香就成了他意念上时刻抛舍不去的恋物，不时激起他的欲念，爱吃胭脂其实是一种典型的恋物癖。恋物癖属于轻微的性歧变，在中国野史、笔记中对各种各样的性歧变现象多有记载❶，但是，如此成功地将性歧变运用于小说中的人物塑造，曹雪芹很可能是中国文学史上第一人。现当代文学中大胆写性的作品不少，但能像《红楼梦》一样既有性心理深度又能深化主题的恐怕不多。从性心理学上说，"这一类的物恋现象，若在比较轻微的限度以内，还可以说是完全正常的"。❷

---

❶ 如王嘉《王子年拾遗记》载刘备有雕像恋，唐于逖《闻奇录》载进士赵颜有影像恋（后来演化成"画里真真，呼之欲出"的神话和诗境），伶玄《赵飞燕外传》载汉成帝对赵合德的足恋等，分别参见[英]霭理士著，潘光旦译注：《性心理学》，生活·读书·新知三联书店1987年版，第261.262.266页注8.9.32。

❷ [英]霭理士著，潘光旦译注：《性心理学》，生活·读书·新知三联书店1987

宝玉的恋物癖基本控制在正常范围内，因为它并没有成为性恋的专一对象，也没有到引发性情绪的程度。不过，有时已经到了危险的边缘，比如第19回宝玉答应了袭人要改掉"吃人嘴上的胭脂"和"爱红"的毛病，到了第24回竟又要当袭人的面吃鸳鸯脸上的胭脂：

> 宝玉坐在床沿上，褪了鞋等靴子穿的工夫，回头见鸳鸯穿着水红绫子袄儿，青缎子背心，束着白绉绸汗巾儿，脸向那边低着头看针线，脖子上戴着花领子。宝玉便把脸凑在他脖项上，闻那香油气，不住用手摩挲，其白腻不在袭人之下，便猴上身去涎皮笑道："好姐姐，把你嘴上的胭脂赏我吃了罢。"一面说着，一面扭股糖似的粘在身上。（第24回）

很明显，宝玉在这里已经不是单纯恋物，首先引起他注意的是鸳鸯的服饰，然后集中到脖子，当他凑上去闻体香时，已是情不自禁，讨吃胭脂只是为了掩饰自己的失态；以他与袭人的特殊关系，将鸳鸯皮肤的"白腻"与袭人比较这一心理活动更说明他此时的内心欲念。值得指出的是，宝玉与这些年轻女孩的密切接触，双方都获得了潜意识中性的满足和愉悦。宝玉身边的女孩无疑都纯洁美丽，但也许并不像许多论者所说的那样"天真无邪"。第24回宝玉要喝茶，身边的几个丫鬟都不在，恰巧被大丫头小红碰上，给宝玉倒了茶并说了几句话。秋纹、碧痕看到后，对小红盘问、讽刺、挖苦，狠狠地羞辱了一番。事实上这小红也是仗着自己有几分容貌，有心"妄想向上高攀"。晴雯与袭人、麝月之间的冷嘲热讽更是充满了醋意。

宝玉之所以喜欢年轻女孩而讨厌生过孩子的老丑的女性，恐怕也不完全是因为她们沾染了男子社会的恶习，还与潜意识中的男性占有欲有关。

年版，第205页。

他经常为那些认识的或者不认识的女孩要结婚而苦恼，他希望得到天下所有美丽女孩的眼泪，显然不能单纯解释成同情和体贴。

同样是已婚女子，在宝玉心目中，平儿只因为"是个极聪明、极清俊的上等女孩儿"，便"比不得那起俗拙蠢物"，因而竟为未曾在她面前尽心而深以为恨，当意外地为她稍尽片心时竟以为是"今生意中不想之乐"，"内心怡然自得"。后来有机会为已婚的香菱换裙、尽心，更觉得是"意外之意外"的侥幸。他见杏树息花结子想到邢岫烟已许婚，过两年也就要"绿叶成荫子满枝"，再过几年则不免乌发如银红颜似缟，于是伤心叹息失落怅惘，"未免又少了一个好女儿"（第 58 回）。由杏树结子产生的联想与男子世界的恶习无关，想象中邢岫烟的变化是因与"性"相关的"生子"引起的。可见，宝玉真正讨厌的只是已婚女子中那些俗蠢者，而对平儿、香菱这样的美丽少妇同样有着一种特殊的感情。这种感情并非完全与性情绪无关。不过，他总能将这种潜意识中的性情绪升华为高尚纯洁的怜悯与体贴，从而与"皮肤滥淫"有了本质的区别。因此，我认为，大观园并不是无"欲"的透明世界，女孩们喜欢与宝玉亲近，有着两性间微妙的性吸引。在宝玉，是宽泛的"意淫"；在这些初涉世事的女孩，是青春的梦幻。与其说作者是以大观园来象征理想世界的诞生和毁灭，不如说是将宝玉和一群美丽的女孩置放在大观园这个特异之境里，来演绎青春的伤感和美丽、成长的愉快和烦恼以及人类性爱的复杂性。

无论从生理学和还是心理学理论来说，情窦初开的少年男女由于朦胧的性意识而互相吸引、互相欣赏以至打情骂俏、若即若离，正是人生历程中最为旖旎的风光，一旦进入婚姻，男女之间就很难再有那种朦胧圣洁的浪漫和诗意。曹雪芹对此显然有非常真实、深刻的体验，但是在封建社会常态的生活环境里，由于道德规范和生活方式的制约，少男少女们这种爱的本性只能被压抑被遮掩。大观园可以说是曹雪芹以天才的想象力虚构的一个相对独立的生存空间，借用现代小说原理来说，他是以科学家"试验"的心态，在自己精心设置的"异境"中观察、显现以青春期男女性爱为主的人性。性爱可以升华到精神的层次，但不可否认它是以性的吸引为基础的。问题是，合理的性爱本身就是人类美好的天性，我们不能为了强调大观园的"洁净"，就否定宝玉与那些女孩之间有性爱的存在；更不能因为承认了性爱的存在就否定大观园的"洁净"。事实上，无论是宝黛之间刻骨铭心的爱情、宝玉与一群女孩之间若即若离的性吸引，还是司棋和她的表弟潘又安之间的"偷情"，都是合情合理的性爱。

除了"性"之外，宝玉对女孩的特殊好感至少还有一个重要原因，就是贾母和王夫人对他的庇护，使他产生了一种根深蒂固的印象，认为琼闺秀阁不用谈科举仕进，是他躲避读书的"避难所"。在宝玉看来，像宝钗、湘云这样美丽可爱的女孩，只要一沾上仕途经济的边，就"有负天地钟灵毓秀之德"；相反，像秦钟、柳湘莲、蒋玉菡等男子只因生得"形容标致""妩媚温柔"而又"读书不成"，便不再是渣滓浊沫而是十分可爱之人。可见，宝玉私下取人的标准不完全是凭性别，而是凭美貌程度和谈不谈读书科举。令人不解的是，北静王曾一本正经地告诫："溺爱则未免荒失了学业。"可宝玉当下和事后都未将其视为讨厌的"浊物"，这也许是在特定环境下"超我"良心的偶尔闪现。

对男性以及与男性相关的科举仕进的深恶痛绝和对美丽女性的温柔体贴，是宝玉性格中两个主要的方面，对此，同样可以有多维的解释。我认为，他所处的环境和所受的教育是主要原因之一。从这一角度，对宝玉的名言"女儿是水作的骨肉，男人是泥作的骨肉。我见了女儿，我便清爽；见了男子，便觉浊气逼人"（第 2 回），"凡山川日月之精华，只钟于女儿，须眉男子不过是些渣滓浊沫"（第 20 回）等也可以有新的理解。警幻仙姑说："好色即淫，知情更淫。"宝玉以天生的一段痴情，处万紫千红的大观园中，对众女儿昵而不至于乱，乃所谓"闺阁良友"，乃所谓"天下古今第一淫人"，宝玉的"叛逆"个性和方式的确与众不同。

（原刊《红楼梦学刊》1999年第2辑）

二、《红楼梦》对"爱的起源"的探索

《红楼梦》对宝黛爱情的描写之所以深刻，之所以在中国文学史上前无古人尚无来者，除了它的反封建意识，还在于它对人性人情、对爱的本质的深入挖掘。海外学者何炳棣先生说："古今中外言情文学虽浩于烟海，然其意蕴内涵能深达抽象理论层次，如'爱的起源'这样基本问题的，中西总计不过三部著作而已。西方文学中有弥尔顿的《失乐园》，哲学中的柏拉图的《酒谈会》❶，中国只有曹雪芹的《红楼梦》。"在具体的论述中，何先生甚至认为，曹雪芹所塑造的爱，比西方文学中的爱"更普遍全人性、更能自'平凡'中见出'永恒'的伟大"。❷《红楼梦》的作者曾宣称"朝代年纪失落无考"（第 1 回），也许正体现了对"普通"人性和"永恒"哲理的追求。

正如任何新思潮都不可能完全割断与传统文化千丝万缕的联系一样，任何伟大的作品也不可能在一夜之间凭空出世，而是有传统艺术资源和作者自身条件等多方面的因素，《红楼梦》也不例外。在这里，我特别强调曹氏家族对曹雪芹在两方面的影响：一是曹家由盛而衰的命运；二是曹家浓厚的文学以及学术传统。前者给作者提供了直接的创

---

❶ 一般译为《会饮篇》。——引者注
❷ 何炳棣：《从爱的起源和性质初测〈红楼梦〉在世界文学史上应有的地位》，《中国文化》1995 年第 3 期。

作素材和深刻的悲剧体验；后者从小陶冶了作者的艺术感觉，并直接提供了可资借鉴的多种艺术手法以及广博的知识。前者已得到广泛关注，而后者尚未引起足够的重视。曹雪芹的祖父曹寅有极高的文学才华，经常与名流宿儒诗文唱和，并主持《全唐诗》的刊刻，这种家学传统无疑会给曹雪芹以影响。对《红楼梦》的创作来说，更直接、更重要的影响还是曹寅丰富的藏书。据流传下来的《楝亭书目》，曹寅全部藏书共有 3287 种，分 36 类，其中有许多珍贵的抄本。据有关资料，这些藏书在抄家时似乎并未被抄走，曹雪芹有机会读到这些书籍。与其他私人藏书相比，曹寅藏书最大的特点是重视"说部类"，共计 469 种，占全部藏书的 15%，是其藏书中最大的一类，主要为前人小说、笔记，也有其他书籍如《侍儿小名录》等；其他如"曲部类""史书类""杂部类"等，从戏曲、史书到医卜、星象、历算、金石谱、花谱、文房四宝、膳食饮茶等无所不包。❶了解这一点，就不难理解百科全书式的《红楼梦》的知识来源，也就不难理解《红楼梦》所表现出来的，作者在诗词曲赋等各种文体创作方面深厚的功底和造诣。第 42 回宝钗对黛玉说：

> 我们家也算是个读书人家，祖父手里也爱藏书。先时人口多，姊妹兄弟都在一处，都怕看正经书。弟兄们也有爱诗的，也有爱词的，诸如这些"西厢""琵琶"以及"元人百种"，无所不有。

这显然包含了作者自身的生活经历和体验。这里，我关注的主要是小说戏曲中一些有代表性的言情作品对《红楼梦》的影响。

《红楼梦》对《西厢记》《牡丹亭》和《金瓶梅》的借鉴显而易见，书中曾多次写到宝黛一起阅读、讨论《西厢记》，并在调笑和行酒令时直

---

❶ 参见赵冈：《〈红楼梦〉的写作与曹家的文学传统》，见胡文彬、周雷编：《海外红学论集》，上海古籍出版社1982年版，第222—232页。

接引用其中的词名;《牡丹亭》艳曲对黛玉心灵的震撼是书中最精彩的片断之一,林庚先生甚至认为《牡丹亭》是《红楼梦》的"引子"。❶以一个不和谐的大家庭的命运为题材、主要通过描写日常生活中平凡的琐事来铺展小说,这一取材和叙事的方法都直接来自《金瓶梅》等,这些已被许多论者所注意,不赘。此外,还有三点值得注意:

第一,唐传奇中"小小情事,凄艳欲绝"❷的言情作品在《红楼梦》中有许多或显或隐的投影,典型的如:贾宝玉与林黛玉的情感历程类似《离魂记》中青梅竹马、"常私感想于寤寐"的倩娘与王宙;通过书中人物之口反复烘托黛玉美貌,这一手法类似《任氏传》中对任氏美貌的层层渲染;林黛玉焚稿断痴情的场面使人想到《霍小玉传》中霍小玉临死时的愤恨缠绵;等等。

第二,明末清初风月传奇不满于《金瓶梅》和明代白话短篇小说中的"秽亵",而追求男女之间纯洁无瑕的情,如《玉娇梨》中的苏友白说:"无才无色算不得佳人;有色无才算不得佳人;即有才有色,而与我苏友白无一段脉脉相关之情,亦算不得我苏友白的佳人。"《定情人》第 1 回说:"情既不为其人而动,则其人必非吾定情之人。"这些"尚情"之说,与贾宝玉"各人各得眼泪"的"情悟"有相通之处。

第三,明清之际以冒襄《影梅庵忆语》、汪价《三侬赘人广自序》等为代表的自叙传小说对《红楼梦》的影响。晚明以来,描写个人经历的散文和回忆录十分流行,但大多继承陶潜《五柳先生传》等自传文的传统,以自嘲的态度调侃世事人生。这些自传性小说则不同,虽然不一定有意在写小说,更不用说是纯粹的爱情小说,但大都取法古

❶ 林庚:《〈红楼梦〉与三生石》,载《燕京学报》1995 年第 1 期。
❷ 上图藏乾隆刻本《唐人荟萃·例言》引宋人洪迈语,见黄霖编、罗书华撰:《中国历代小说批评史料汇编校释》,百花洲文艺出版社 2009 年版,第 84 页。

已有之的"自序"和"悼亡诗"❶，在历经沧桑和悲凉之后，以"超我"的眼光来审视"经验自我"，对逝去的年华进行选择、重组、夸饰和虚构，爱情或婚姻生活是聚焦的中心，对男女之情、夫妇之爱有许多动人的描绘，这对以忏悔的语调来追叙闺阁情事的《红楼梦》无疑具有直接的启发。

综上所述，在《红楼梦》之前，已有许多作品对爱情和婚姻从不同的角度做了不同程度的探索，且这些作品多在中国文学史上占有一定的地位。它们或以浪漫的情怀描写爱情的诗意，或以冷峻的笔墨描写婚姻的平庸；或以凄婉的情致感人，或以曲折的故事取胜；或写真情之要眇，或写色欲之恐怖，各有独到之处。但是，就爱的起源和本质等问题从哲学心理学层面做全面、深入的探索这一点来说，《红楼梦》无疑超越了它以前所有的作品。

在西方，关于爱的起源，有两种说法影响至为深广：一是《圣经·旧约》中"创世纪"的故事；二是柏拉图《会饮篇》中引述的著名戏剧家阿里斯托芬的寓言。

《旧约》第二章记载，上帝耶和华用泥土按照自己的形象造了一个男人，要把他安置在伊甸园内居住，又觉得让他独居不好，准备为他造一个配偶，于是就使他沉睡，然后从他身上取下一根肋骨造成一个女人送给他。这个男人就是人类始祖亚当，女人就是亚当的妻子夏娃，亚当很喜欢夏娃。后来，夏娃挡不住蛇的诱惑，偷吃了伊甸园中的"智慧之果"，而且让亚当也吃了，这样，他们犯了禁，被上帝赶出了可以长生不死的伊甸园，和其他动物一样永远逃脱不了死亡。而且，作为惩罚，上帝还增加夏娃"怀胎和生儿的苦楚"，并让亚当为生

---

❶ 陈平原：《中国小说史论》"作意好奇与诗人情怀"之第四节，见《陈平原小说史论集》（下），河北人民出版社1997年版。

计"终身劳苦，汗流满面"，这就是人类的"原罪"。弥尔顿在长达 10558 行的史诗《失乐园》里，对亚当和夏娃的故事做了天才的阐释和发挥。

在"创世纪"里，是上帝主动为亚当制造夏娃。在《失乐园》里，作者做了巧妙的改动：上帝制造了亚当，让他住在伊甸园里代替自己掌管人世的一切，可是亚当却并不满足，他感到寂寞，于是请求上帝赐给他可以"平等""交谈"，并有"比翼之爱"和"最亲密的情谊"的伴侣，上帝为帮助他克服寂寞才抽取他的肋骨制造了夏娃，从此，两个人"一体、一心、一魂"。❶

在《会饮篇》中，阿里斯托芬的寓言说，人类最初有三种：出自太阳的具有双副男性生殖器的男人，出自大地的具有双副女性生殖器的女人，出自月亮的具有一副男性生殖器和一副女性生殖器的阴阳人。这些人都是圆柱型的，都有四只手四只脚，两副完全一样的面孔。他们孔武有力而又自高自大，竟然向诸神进攻，被神祇打败。宙斯为了削弱他们的力量，将其一劈两半，并警告说如果再不悔改，将受到更严重的惩罚。从此，每一半都不断地思念、寻找自己的另外一半，这就是人类最初的爱。三种人产生了三种爱：男性同性爱、女性同性爱、男女异性爱。这个寓言告诉人们，人类"本来是完整的，对于那种完整的希冀和追求就是所谓爱情"。❷

综上所述，"爱起源于寂寞"和"爱起源于对自我完整性的追求"，都是对人类追求异性伴侣的原始性驱动力的探讨。表面似乎荒诞，其实包含着真理，那就是追求异性之爱是人类与生俱来的本能，"爱情的欢乐不只是感官的或肉体的，而是由于一种普遍的潜在的要求由分而合

---

❶ [英] 约翰·弥尔顿著，朱维之译：《失乐园》，上海译文出版社 1984 年版，第302 页。

❷ [古希腊]柏拉图著，朱光潜译：《柏拉图文艺对话集》，人民文学出版社 1963年版，第 242 页。

的欲望得到实现"。●陈寅恪先生与吴宓先生在论及中西文化的异同时有一段话说得很坦诚也很深刻：

> 中国之哲学美术，远不如希腊。不特科学为逊泰西也。但中国古人，素擅长政治及实践伦理学，与罗马人最相似。言其道德，惟重实用，不究虚理。其长处短处均在此。●

爱的起源无疑属于哲学层次的"虚理"，在中国传统文化中，很少有它的位置。在文学作品中，从诗词到戏曲再到小说，对爱有多层次多维度的礼赞，但对爱的起源却缺乏哲理层次上的思索，往往简单地归结为因果报应或"神道命定"●，或笼统地说成是"五百年前风流冤家"（《西厢记》）。汤显祖在自题《牡丹亭》时说：

> 如丽娘者，乃可谓之有情人耳。情不知所起，一往而深。生者可以死，死可以生。生而不可与死，死而不可复生者，皆非情之至也。……嗟夫！人世之事，非人世所可尽。自非通人，恒

● [古希腊]柏拉图著，朱光潜译：《柏拉图文艺对话集》，人民文学出版社1963年版，第244页。

● 吴学昭：《吴宓与陈寅恪》，清华大学出版社1992年版，第9页。

● 在西方古时候，婚姻被看成是一种神圣的责任，不是由神道决定，就是由国家裁定，所以法国散文家莽旦说，我们结婚，不是为了自己（参见[英]霭理士著，潘光旦译注：《性心理学》，生活·读书·新知三联书店1987年版，第348页）。中国的旧式婚姻无疑也不是为了自己，"神道命定"的观念，中国也很流行，潘光旦先生将其分为三种类型：一是与天命相关，所谓"天作之合"，婚姻乃命中注定，有缘千里相会，无缘见面不逢，婚姻自有定数，不可勉强。这一观念在以民间故事为张本的小说戏曲里非常突出。二是与"月下老人"之类的神话有关，最早也最有趣的例子是唐李复言的《续玄怪录·定婚店》。三是与"祖宗崇拜"有关，所谓"父母之命"，所谓新婚时"祭祖"等，婚姻对祖宗负责以至于对祖宗的代表父母负责。前两种和事先命定有关，后一种和事后的裁定有关（参见[英]霭理士著，潘光旦译注：《性心理学》，生活·读书·新知三联书店1987年版，第411页注37）。值得注意的是，神道命定的三种观念在宝黛钗三人的爱情婚姻悲剧中似乎都有所体现，宝玉、黛玉的生死情缘是前生注定；宝玉、宝钗的婚姻亦是躲不过的宿命，书中也通过薛姨妈之口讲到月下老人的故事；宝玉最后负黛娶钗，既是命中注定又是家长的"裁定"。由此可见，作者看到了爱情婚姻问题的复杂性。

以理相格耳。第云理之所必无，安知情之所必有邪？❶

这段话已接触到"情"的起源与本质的问题，但是未能深入，落实到作品中，杜丽娘的"情"其实是由于自然界生机的召唤和《诗经》中情诗的启发而萌动情欲，即男女青春期的性冲动。这种情严格地说是属于生理层次的欲望而非精神层次的"爱"。她游园之后的"惊梦"是非常典型的青年人在春机发陈阶段的"自动恋"导致的"性梦"。性心理学上的自动恋指"一切不由旁人刺激而自发的性情绪的现象"。❷性学研究表明，越是守身如玉的青年，越容易有性梦。❸身为知书达理的大家闺秀，又生活在礼教严格的环境之中，杜丽娘在梦中与不相识的男子欢会，就不难理解了。一般认为这一情节控诉了礼教禁锢青年人的爱情的罪恶，当然没错，但如果从性心理描写的深刻程度来理解，也许更能体现它的价值。在中国古代中，这类对"性梦"的诗意描写，还有很多，最典型的莫过于宋玉《神女赋》、曹植《洛神赋》以及蒲松龄《聊斋志异》中许多花仙狐魅幻形迷人的故事❹，这些作品当然也可以理解为对美好爱情的向往和赞美，但也不能忽略这些故事后面的心理学内涵。《红楼梦》对爱的起源做了充满诗意和哲理的探索，第1回交代故事缘起时说：

> 原来女娲氏炼石补天之时，于大荒山无稽崖炼成高经十二
> 丈、方经二十四丈顽石三万六千五百零一块。娲皇氏只用了三
> 万六千五百块，只单单剩了一块未用，便弃在此山青埂峰下。谁

---

❶ 汤显祖著，黄竹三评注：《牡丹亭》，山西古籍出版社2005年，第1页。

❷ [英]霭理士著，潘光旦译注：《性心理学》，生活·读书·新知三联书店1987年版，第124页。

❸ [英]霭理士著，潘光旦译注：《性心理学》，生活·读书·新知三联书店1987年版，第127页。

❹ [英]霭理士著，潘光旦译注：《性心理学》，生活·读书·新知三联书店1987年版，第174.175页注57.63。

知此石自经锻炼之后，灵性已通，因见众石俱得补天，独自己无才不堪入选，遂自怨自叹，日夜悲号惭愧。

一日，正当嗟悼之际，俄见一僧一道远远而来，生得骨格不凡，丰神迥异，说说笑笑来至峰下，坐于石边高谈快论。先是说些云山雾海神仙玄幻之事，后便说到红尘中荣华富贵。此石听了，不觉打动凡心，也想要到人间去享一享这荣华富贵；但自恨粗蠢，不得已便口吐人言，向那僧道说道："大师，弟子蠢物，不能见礼了。适闻二位谈那人世间荣耀繁华，心切慕之。弟子质虽粗蠢，性却稍通；况见二师仙形道体，定非凡品，必有补天济世之材，利物济人之德。如蒙发一点慈心，携带弟子得入红尘，在那富贵场中、温柔乡里受享几年，自当永佩洪恩，万劫不忘也。"二仙师听毕，齐憨笑道："善哉！善哉！那红尘中有却有些乐事，但不能永远依恃；况又有'美中不足，好事多魔'八个字紧相连属，瞬息间则又乐极悲生，人非物换，究竟是到头一梦，万境归空，倒不如不去的好。"

这石凡心已炽，那里听得进这话去，乃复苦求再四。二仙知不可强制，乃叹道："此亦静极思动，无中生有之数也。既如此，我们便携你去受享受享，只是到不得意时，切莫后悔。"石道："自然，自然。"那僧又道："若说你性灵，却又如此质蠢，并更无奇贵之处。如此也只好踮脚而已。也罢，我如今大施佛法助你助，待劫终之日，复还本质，以了此案。你道好否？"石头听了，感谢不尽。那僧便念咒书符，大展幻术，将一块大石登时变成一块鲜明莹洁的美玉，且又缩成扇坠大小的可佩可拿。那僧托于掌上，笑道："形体倒也是个宝物了！还只没有实在的好处，须得再镌上数字，使人一见便知是奇物方妙。然后携你到那昌明隆盛之邦，诗礼簪缨之族，花柳繁华地，温柔富贵乡去安身乐业。"石头听了，喜不能禁，乃问："不知赐了弟子那几件奇处，又不知携了弟子到何地方？望乞明示，使弟子不惑。"那僧笑道："你且莫问，日后自然明白的。"说着，便袖了这石，同那道人飘然而去，竟不知投奔何方何舍。（第1回）接下来在甄士隐的梦中继续介绍这块顽石的去向。

那僧笑道："……只因西方灵河岸上三生石畔，有绛珠草一株，时有赤瑕宫神瑛侍者，日以甘露灌溉，这绛珠草始得久延岁月。后来既受天地精华，复得甘露滋养，遂得脱却草胎木质，得换人形，仅修成个女体，终日游于离恨天外，饥则食蜜青果为膳，渴则饮灌愁海水为汤。只因尚未酬报灌溉之德，故其五内便郁结着一段缠绵不尽之意。恰近日这神瑛侍者凡心偶炽，乘此昌明太平朝世，意欲下凡造历幻缘，已在警幻仙子案前挂了号。警幻亦曾问及，灌溉之情未偿，趁此倒可了结的。那绛珠仙子道：'他是甘露之惠，我并无此水可还。他既下世为人，我也去下世为人，但把我一生所有的眼泪还他，也偿还得过他了。'"（第1回）

于是，僧道到警幻仙子宫中，"将蠢物交割清楚"，亦即将顽石交与警幻仙子，令其随神瑛侍者和绛珠仙草等"一干风流孽鬼"下世。神瑛侍者、绛珠仙草分别转世为宝玉和黛玉，顽石即幻化为宝玉出生时所衔的那块玉。❶

---

❶ 关于顽石、神瑛侍者、宝玉三者之间的关系，程本有不同的交代："那僧道：'此事说来可笑。只因西方灵河岸上三生石畔有绛珠草一株，那时这个石头因娲皇未用，却也落得逍遥自在，各处去游玩。一日来到警幻仙子处，那仙子知他有些来历，因留他在赤霞宫居住，就名他为赤霞宫神瑛侍者。他却常在灵河岸上行走，看见这株仙草可爱，遂日以甘露灌溉，这绛珠仙草始得久延岁月。'"这里，顽石——神瑛侍者

尽管《红楼梦》的不同版本对石头、神瑛侍者、宝玉之间的关系有不同的构思，但是有一点是一致的，那就是作者借木石前盟神话结构探讨的是宝黛"缠绵不尽"之情的起源。对此，评点家大某山民有清楚的认识："还泪之说甚奇，然天下之情，至不可解处，即还泪亦不足以极其缠绵固结之情也。"❶顽石、仙草经天地精华的锻炼，双双幻化成人，体现了万物有灵的东方哲学特点：顽石无才补天的惭恨以及对尘世生活的强烈渴望，在一定程度上表现出了儒家的入世精神；仙草为报恩惠而下世为人，是典型的佛教因果因缘观念，这些都不足为奇。但是，有三点值得注意。

第一，通过顽石意象恰好也表现了西方的"爱起源于寂寞"的命题。❷"石头"意象在中国传统文化中的丰富意蕴是一个值得研究的话题。就小说言，唐人传奇《甘泽谣·圆观》中《竹枝词》曰："三生石上旧精魂，赏月吟风不要论。惭愧情人远相送，此身虽异性常存。"《圆观》讲的是大历末年洛阳寺僧圆观与谏议李源三生相会的故事。释道原《传灯录》也有三生之说。林庚先生富有启发性地指出，《红楼梦》正是借佛家三生之说为色空张本，"三生石畔"的旧"精魂"成为全书一段爱情先验。❸不过，《红楼梦》对爱的解释，没有停留在佛家因缘的先验性，而是在此基础上进一步做了哲理探索。《西游记》里充满野

是合二为一的关系。关于石头、神瑛侍者、宝玉的关系，可参看沈治钧：《石头·神瑛侍者·贾宝玉》，载《红楼梦学刊》2002 年第 3 辑；李英然、孙文莲：《真假一体，虚实同构——〈红楼梦〉：石头、神瑛侍者、贾宝玉、甄宝玉、通灵宝玉》，载《河北北方学院学报》2008 年第 1 期。

❶ 大某山民第 1 回总评，见冯其庸纂校订定：《八家评批红楼梦》（上），江西教育出版社 2000 年版，第 22 页。

❷ 何炳棣先生在《从爱的起源和性质初测〈红楼梦〉在世界文学史上应有的地位》一文中用了上面所引的两段引文，然后断言它们包含了"爱的起源于寂寥"的命题，但未加具体论述。此段论述受惠于何文，特此说明并致谢。

❸ 林庚：《〈红楼梦〉与三生石》，载《燕京学报》1995 年第 1 期。

性的孙悟空来自花果山上的仙石;《水浒传》一百零八位充满反叛精神的草莽英雄名刻石碣;《聊斋志异》中《石清虚》一文更值得注意,邢云飞爱石成癖,"至欲以身相殉",让人联想到袁宏道、张岱等晚明文人以癖自傲并寄其块垒的习性,而神秘老叟以及石头自择主人、石上有窍有字等情节不能不让人联想到《红楼梦》中的和尚与石头。这些"石"都有几分神异,而且都有几分世外的自由,或许都对曹雪芹有过启发。刘上生先生认为,曹雪芹在《红楼梦》中的爱石情结和"石头"意象直接来源于其祖父曹寅。曹寅的《楝亭诗钞》第一卷第一首《坐弘济石壁下及暮而去》云:"我有千里游,爱此一片石。徘徊不能去,川原俄向西。"《红楼梦》也以石头神话开篇,绝不是偶然巧合。曹寅诗中的"一片石"意指"生命的自由本性",而在《红楼梦》中,"顽石"指"人类生命的自由本性",经大师点化后的"灵石"则指"生存的非自由状态"。❶顽石在大荒山无稽崖时,"天不拘兮地不羁,心头无喜亦无悲"(第25回)自由自在,了无牵挂。可是,他却静极思动、无中生有,向往"富贵"和"温柔",从后面的文章看起来,"富贵"是宾,"温柔"是主。他对"温柔乡"的渴望,与"在幸福的环境中尝到孤独的不幸"❷的亚当,以及渴望"和爱人熔成一片,使两个人合成一个人"❸的新圆柱人多么相似!而且,当仙师警告他陷入红尘将有"乐极悲生""万境归空"的严重后果之后,他依然苦求。从这一点看起来,"石头"求偶的决心甚至比亚当和新圆柱人还要坚定。在描写宝黛现实中的爱情

❶ 刘上生:《秦淮风月怅黄缘:曹寅的"情"与曹雪芹的"情"——〈楝亭集〉与〈红楼梦〉研究之二》,载《红楼梦学刊》1998年第3辑。

❷ [英] 约翰·弥尔顿著,朱维之译:《失乐园》,上海译文出版社1984年版,第299页。

❸ [古希腊]柏拉图著,朱光潜译:《柏拉图文艺对话集》,人民文学出版社1963年版,第242页。

时，始终贯穿着"寂寞"的旋律。

黛玉父母双亡，又无兄弟姐妹，时时为自己的孤单无依而悲戚伤感，第 45 回"风雨夕闷制风雨词"、第 76 回"凹晶馆联诗悲寂寥"等入木三分地描写了她灵魂深处的孤寂。宝玉虽然珠环翠绕，内心却有着同样的孤独：

> 我又没个亲兄弟亲姊妹。——虽然有两个，你难道不知道
> 是和我隔母的？我也和你似的独出，只怕同我的心一样。（第
> 28 回）

其实有无兄弟姐妹并不十分重要，重要的是彼此需要"知己"来慰藉心灵深处的寂寥，这才是爱的真谛。

第二，与爱的起源相伴相生的悲剧性基调。新圆柱人的两半一旦重合，就达到了他们追求的目的。亚当和夏娃后来虽然因偷吃禁果而被赶出伊甸园，并且一个被罚终身劳苦，一个被罚承担生儿育女的苦楚，但是他们毕竟可以相亲相爱地生活在一起。因此，可以说他们都不曾真正尝到爱的痛苦。阿里斯托芬的寓言和弥尔顿的《失乐园》的基调都是欢快的、喜剧性的。《红楼梦》则不然，仙草以泪还情这一构思本身就充满凄婉哀怨的悲剧情调。就爱本身而言，它是一种极其复杂的心理现象。欢乐、痛苦、悲哀等"几种情绪原是彼此合作、交光互影而揉杂在一起的；不过，也正唯有痛苦和悲哀的成分同时存在，恋爱之所以成为一种有快感的欲，便更见得有力量，更见得颠扑不破"。❶就艺术而言，别林斯基曾经说过："戏剧诗歌是诗歌发展的最高阶段，艺术的冠冕，而悲剧则是戏剧诗歌的最高阶段和冠冕。"❷现实生活中，人

---

❶ [英]霭理士著，潘光旦译注：《性心理学》，生活·读书·新知三联书店 1987 年版，第 434 页。

❷ [俄]别林斯基：《诗歌的分类和分科》，见满涛译：《别林斯基选集》（第三

们固然是"愿天下有情人都成了眷属",可作为艺术作品,最感人、最能反映事物的本质面貌的却是悲剧。因此,就对爱的本质探索而言,《红楼梦》较《失乐园》似乎还胜一筹,更是超越了它之前中国文学史上所有写爱情的作品。笼罩全书的"悲剧中之悲剧"的凄婉情调为《红楼梦》增添了无穷魅力。

第三,爱的高贵性。新圆柱人对另一半的追求,似乎只是本能的驱使,尚未达到精神的层面。亚当求偶时的要求也许只是单纯生理和心理的,可婚后感情不断发展,对夏娃体贴入微。当他得知夏娃犯禁之后,马上想到"你是我的肉中肉、骨中骨,是祸是福,我都不能和你分离"❶,决心与自己心爱的女人一起接受惩罚,共同面对可能到来的死亡,于是,毫不迟疑地吃了禁果。夏娃因为亚当的"爱是如此高贵"而感动得"饮泣哽咽"。❷神瑛侍者在无法预料仙草是否将会回应之时,为了"爱"已经主动地、不计功利地向她做出了自我奉献。神瑛侍者和亚当的爱都已超越圆柱人,具有无私奉献的品质:亚当在面对生死的考验时平日的"体贴"迅速升华为"高贵";而神瑛侍者的爱则在初萌的原点就已经很"高贵"。

(原刊《理论与创作》1999年第4期)

卷),上海译文出版社1980年版,第76页。或译为:"诗歌是艺术的皇冠,而悲剧是皇冠上的明珠。"

❶ [英] 约翰·弥尔顿著,朱维之译:《失乐园》,上海译文出版社1984年版,第349页。

❷ [英] 约翰·弥尔顿著,朱维之译:《失乐园》,上海译文出版社1984年版,第351页。

三、从"爱的本性"论宝黛爱情

很多论者认为宝黛爱情悲剧歌颂了青年男女对自由爱情的勇敢追求、揭露了封建婚姻制度对自由爱情的摧残，等等，对宝黛爱情的社会意义做了深刻的阐发。但是，对宝黛爱情的丰富内涵的阐释几乎是不可穷尽的。这里，我们换一个角度，从"爱的本性"来解读宝黛爱情。

《红楼梦》不仅以仙草还泪的神话结构探讨了"爱的先验"的问题❶，而且以高度写实的艺术手法，"按迹循踪"地描写了宝黛钗爱情婚姻悲剧的全过程，在一定程度上深刻地揭示了人类的爱的本性。霭理士曾引斯宾塞尔的理论说：

> 恋爱是九个不同的因素合并而成的，各个彼此分明，每个都很重要：一是生理上的性冲动；二是美的感觉；三是亲爱；四是钦佩与尊敬；五是喜欢受人称许的心理；六是自尊；七是所有权的感觉；八是因人我间隔阂的消除而取得的一种扩大的行动的自由；九是各种情绪作用的高涨与兴奋。

在此基础上，霭理士还加上婚后"建筑在亲子之爱的本能上一部分的情爱"。❷可见，爱是一种非常复杂的生理、心理以及社会现象。总

---

❶ 林庚：《〈红楼梦〉与三生石》，载《燕京学报》1995 年第 1 期。

❷ [英]霭理士著，潘光旦译注：《性心理学》，生活·读书·新知三联书店 1987 年版，第 434 页。

体说来，与当事人的个性密切相关。因此，要理解宝玉为什么爱林妹妹而不爱宝姐姐，除了价值观、道德观等因素之外，还必须尽量客观地把握宝玉、黛玉、宝钗的个性特征。

黛玉和宝钗有很多相似点，都极美丽而又极富才华。可惜自评点开始，就有了界限分明的"拥林"或者"拥薛"的派别之争。总的说来，"拥林派"占有绝对优势。在"拥林派"的评点家那里，薛宝钗是一个破坏宝黛婚姻、谋篡宝二奶奶之位的奸险小人，林黛玉则是一个心地高尚、毫无机心的受害者。在强调反封建意义的论者那里，有时又将宝钗看成封建制度和道德的帮凶，黛玉则是一个失败了的叛逆者。这两种看似不同的评价隐含着一种相同的思路，都认为宝玉和黛玉是天造地设的一对，本应有团圆的结局，是宝钗破坏了他们的美好姻缘。这显然有将作品复杂的内涵和人物简单化的嫌疑，是"感情用事的看法"。❶相比之下，俞平伯的"钗黛合一"说比较客观公平。现在有很多学者认为宝钗作为典型的封建淑女，同样是封建家长制下婚姻的受害者，她的婚姻悲剧从另一个侧面说明了封建制度的不合理。这一认识很有意义和价值。这里，我想简单梳理一下宝钗和黛玉的关系，以显示两人个性中的不同。然后，再从"爱的独特本性"这一角度来探讨宝玉亲黛玉而远宝钗的原因。作品在第 5 回以全知叙述者的口吻第一次将黛玉和宝钗对举：

> 如今且说林黛玉自在荣府以来，贾母万般怜爱，寝食起居，一如宝玉，迎春、探春、惜春三个亲孙女倒且靠后；便是宝玉和黛玉二人之亲密友爱处，亦自较别个不同，日则同行同坐，夜则同止同息，真是言和意顺，略无参商。不想如今忽然来了一个薛宝钗，年岁虽大不多，然品格端方，容貌丰美，人

---

❶ 夏志清:《中国古典小说导论》，安徽文艺出版社 1988 年版，第 301 页。

多谓黛玉所不及。而且宝钗行为豁达，随分从时，不比黛玉孤高自许，目无下尘，故比黛玉大得下人之心。便是那些小丫头们，亦多喜与宝钗去顽。因此黛玉心中便有些悒郁不忿之意，宝钗却浑然不觉。（第5回）

叙述者在这里给黛玉和宝钗的断语笼罩了后文无数的波澜。值得注意的是，黛玉此时在"封建家长"的代表——贾母心目中的位置除了宝玉无人可及；她与宝玉的亲密关系更是宝钗连想都不敢想的。至于下人们不满于黛玉的孤高而喜欢宝钗的豁达，应该是人之常情，因为人不只是独立的个体，而且是"社会关系的总和"，要与他人相处，不能不顾他人的感受。可是，黛玉并未反省自己的行为，反而"不忿"于宝钗，这未免有点太以自我为中心。在以后的日子，黛玉将这种"不忿"化为对宝钗的敌视，一有机会就给予尖酸甚至刻薄的讽刺挖苦。

第一次正面写黛玉与宝钗的交锋是在第 8 回。宝玉去探宝钗的病，正好黛玉也来了，一起留在宝钗家喝酒。宝钗劝宝玉不要喝冷酒以免伤身，宝玉觉得有道理，就放下冷酒，恰好黛玉的丫鬟雪雁送来小手炉：

黛玉因含笑问他："谁叫你送来的？难为他费心，那里就冷死了我！"雪雁道："紫鹃姐姐怕姑娘冷，使我送来的。"黛玉一面接了，抱在怀中，笑道："也亏你倒听他的话。我平日和你说的，全当耳旁风；怎么他说了你就依，比圣旨还快些！"宝玉听这话，知是黛玉借此奚落他，也无回复之词，只嘻嘻的笑两阵罢了。宝钗素知黛玉是如此惯了的，也不去睬他。（第8回）

接下来，还写到宝玉喝酒过多，奶妈劝阻，黛玉对宝玉说"别理那老货，咱们只管乐咱们的"，使李奶妈又急又气。临走时，黛玉亲手为宝玉戴斗笠，宝钗在旁沉默不语。黛玉借手炉讥宝钗过于见爱，讥宝玉奉令承教，敏则敏矣，但过于尖刻；奶妈有哺育之恩，连凤姐对贾琏的奶妈都礼敬三分，黛玉言辞也有失厚道。第20回写到李奶妈找茬骂袭人，黛玉说她是"老背晦了"，宝钗则劝宝玉"要让他一步为是"。相比之下，处世见识确有高下。这里，宝钗的"不睬"和"不语"，不能不说是一种涵养。

第20回黛玉知道宝玉到宝钗处玩，含酸冷嘲，结果两个闹到说死说活的地步，宝钗把宝玉拉开，黛玉更是气得抽抽咽咽哭个不住，直到宝玉打叠起千百样的款语温言来劝慰，并郑重其事地说出一番"亲不间疏，先不僭后"的道理来表明自己的心迹才算了结。虽说是情之所钟，但其尖酸妒忌连宝玉都觉得有点过了："只许同你顽，替你解闷儿。不过偶然去他那里一趟，就说这话。"

第29回清虚观里的张道士送给宝玉的礼物中有一个金麒麟，贾母说好像看见谁家孩子也有一个，宝钗回答说是湘云：

> 探春笑道："宝姐姐有心，不管什么他都记得。"林黛玉冷
> 笑道："他在别的上还有限，惟有这些人带的东西上越发留
> 心。"宝钗听说，便回头装没听见。（第29回）

黛玉时为金玉之论深感不安，尽管宝玉已一再向她表明心迹，她仍然不能释怀。黛玉有着高贵的出身，从小也是娇生惯养，但父母早逝，"又无姐妹兄弟"的"教导"，寄身外祖母家，时刻担心"被人耻笑了去"，养成了孤傲尖刻的个性，如今处在热恋之中面对强有力的情敌，更加变得敏感是可以理解的。但是，不顾场合的咄咄逼人的作法只能给自己带来不利。就在金麒麟风波发生之前，张道士要给宝玉说亲，贾母特意强调，不管根基富贵，"只是模样性格儿难得好的"。现在当贾母的面，一个言辞尖刻，一个坚忍不露，对比何等鲜明。接下来宝玉和黛玉又因互相以"假情试探"，闹得摔玉、剪穗子，结果袭人、

紫鹃也只好陪着他们流泪，最后连贾母也"抱怨着""哭了"。第22回明写贾母"自见宝钗来了，喜他稳重和平"，亲自为她做生日，可见贾母已留心宝钗。黛玉却仍是一味地任气使性，一方面不放过任何机会讥讽宝钗，另一方面又苛刻地以种种借口要求宝玉的重复表白，每次弄得赌咒发誓、心力交瘁。就黛玉来说，无疑是真心痴情，但是，这种近乎病态的方式非但未能给自己和宝玉带来爱的愉悦，反而给他人带来伤害和烦恼。

宝钗却因金玉之论，总有意远着宝玉，平时看见宝黛在一起，也总是设法避开。宝玉挨打后她去探看时表现出来的关切和娇羞足以说明她心中也暗恋着宝玉。以她特殊的处境和心境，不但要克制自己的感情，还要一再忍让黛玉的尖刻，的确需要超人的器量和胸襟。

可是，宝钗也有不忍不让之时。第30回宝玉造次以宝钗比杨贵妃，宝钗不禁大怒，又见黛玉有得意之色，更为气恼，于是先借靛儿寻扇发话，复借戏文讥诮宝玉向黛玉陪小心是"负荆请罪"，说得两人羞愧无语。可见宝钗的机敏尖利亦不减黛玉，可是在一般情况下都能理智地克制情绪，不露锋芒。

第42回是黛玉和宝钗关系的一个转折点。宝钗知道黛玉在行酒令时失口说了《西厢记》《牡丹亭》中的词句，私下里劝她说，读书是为了明理，不要让"杂书""移了性情"。这既是对黛玉的规劝，也是宝钗自己的箴铭，黛玉"心下暗服"。第45回宝钗去探黛玉的病，两人推心交谈，自此成了知心朋友。

平心而论，宝钗为了讨好贾府长辈，有时的确过于庸俗、虚伪甚至有违情理，如猜元妃灯谜时的"故意寻思"和为金钏儿之死安慰王夫人的一席话；她对柳湘莲尤二姐的悲剧无动于衷也过于冷漠世故。但总的说来，宝钗能时时以"超我"克制自己的性情，属于有见识而又明白事理的女孩，获得了周围所有人的喜欢。黛玉的不入流俗固然可敬，但有点放纵自我、任性而为，敏感、爱幻想而又不切实际，其孤傲不群的言行，常常使人"恨又不是，喜欢又不是"，结果连最疼爱她的贾母也慢慢地冷淡了她。

我认为，从某种意义上说，曹雪芹对黛玉、宝钗的个性刻画，正是对《红楼梦》曲子《终身误》中"叹人间、美中不足今方信"的演绎，对二者都有所褒又都有所贬。现代一些男孩说，希望恋人是黛玉型的，妻子是宝钗型的，恐怕不完全是玩笑话。任性浪漫的恋人能够给平淡的生活增添无限情调，温柔贤慧的妻子则能提供家的宁静温馨，也许这才是太虚幻境中"鲜艳妩媚，有似乎宝钗；风流袅娜，则又如黛玉"的"兼美"的主要内蕴！

虽然黛玉真心诚意地与宝钗作了朋友，宝玉也一再向她表明了心迹，但这并不意味着她可以对自己和宝玉的未来放心。她深爱宝玉，却又要维护自己大家闺秀的身份和自尊，不愿表露对自己的命运和婚姻的关心，甚至将宝玉的表白和紫鹃的关心都看成是一种冒犯，更不用说像崔莺莺、杜丽娘那样去主动采取行动。

黛玉刚来贾府的时候，贾母安排她与宝玉一起吃住，钟爱有加。最善体察、迎合贾母心意的熙凤多次打趣她和宝玉。直到贾府准备给宝玉、宝钗定亲前夕，袭人还认为"素来看着贾母王夫人光景及凤姐儿往往露出话来，自然是黛玉无疑了"（第82回）。这些情节都说明，黛玉曾是宝二奶奶的最佳候选人。可是，她孤标自傲、多愁善感的个性已使她失去了长辈的欢心，也损坏了自己的健康，只能在落落寡欢、自怜自爱中任凭生命之花一天天枯萎。第35回贾母已明确表示"从我们家里四个女孩儿算起，都不如宝丫头"；第90回王夫人、邢夫人、凤姐等在贾母房中闲话，说起黛玉的病来：

　　贾母道："我正要告诉你们，宝玉和林丫头是从小儿在一处的，我只说小孩子们，怕什么？以后时常听得林丫头忽然病，忽然好，都为有了些知觉了。所以我想他们若尽着搁在一块儿，毕竟不成体统。你们怎么说？"王夫人听了，便呆了一呆，只得答应道："……老太太想，倒是赶着把他们的事办办也罢了。"贾母皱了一皱眉，说道："林丫头的乖僻，虽也是他的好处，我的心里不把林丫头配他，也是为这点子。况且林丫头这样虚弱，恐不是有寿的。只有宝丫头最妥。"王夫人道："不但老太太这么想，我们也是这样。"（第 90 回）

家长们选择宝钗而不是黛玉，当然也有思想观念和价值取向的考虑，但是在这里，最高权威贾母最重视的是性格和健康。

　　家长们的意志其实也不能一概而论，贾政可能希望明白事理的宝钗帮助宝玉走上人生"正轨"；王夫人、熙凤也可能希望通过与娘家亲戚联姻增强自己的势力。不过，他们最后都得看贾母眼色行事，得贾母说了算。而贾母恰好是第一个娇宠溺爱宝玉的人，从来都是以宝玉的舒适快乐为最高原则。在她看来，无疑只有"模样性格儿"好的妻子才能保证宝玉一生的快乐和幸福。"性格儿"好，当然包含了封建伦理道德的内容，但也包含了广义的为人处世之道，比如说开放的胸襟、宽阔的度量、持平的恕道等，这些恐怕今天的人们在择偶时也不能不考虑。

　　说到家庭背景，贾府的儿媳、孙媳、重孙媳中除了王夫人和熙凤外，其他如邢夫人、李纨、尤氏等出身都很一般。邢夫人的兄嫂、侄女和尤氏的母亲、妹妹都因家计艰难而投靠贾府，秦可卿甚至只是一个寒儒从养生堂抱养的女儿。可见贾母对张道士说的"不管根基富贵"的话是可信的，何况宝钗的寡母和无法无天的兄长并不能给贾府带来什么实际的好处，薛蟠反给贾府带来了许多麻烦。因此，就事论事，我不主张过分夸大宝玉和宝钗的婚姻中家族势力的作用；但从另一个角度承认家长们的选择与家族利益相关。现代的社会学家、婚姻专家一般也都认为婚姻不是两个人的事而是两个家族的事，强调婚姻当事人与对方家庭的和睦相处。在封建社会，一个大家庭的女主人的性格和健康与整个家庭的秩序和利益之间，关系尤其密切，而健康问题直接关系到子嗣传承，当然又是家长们考虑的"重中之重"。

当家长们正式商量宝玉婚事的时候，撇开黛玉的"小性儿"不说，仅就健康而言，她因为错听宝玉定亲的消息，立意自戕，已濒临死亡。事实上，她"因不放心的原故"，早已"弄了一身的病"，而且一日重似一日。第45回黛玉自己说："我知道我这样病是不能好的了。且别说病，只论好的日子我是怎么形景，就可知了。"自第32回"诉肺腑"和第42回"解疑癖"之后，黛玉曾有过一段相对平静愉快的日子，可她的病症却并未减轻。到了后来，一年之中只有十来个夜晚睡得安宁。

她已感觉到了长辈们对她的冷淡，自己的健康一日日恶化，和宝玉的婚事毫无着落。潜意识中的种种担忧和恐惧在第82回的"恶梦"里被表现得淋漓尽致。她梦见父亲升了官，但娶了继母而且一切都是继母作主。继母要把她许配给一个亲戚做填房，她求助于贾府的长辈和姐妹，可是得不到任何帮助。最后求助于宝玉，宝玉为了让她看到自己的心，拿刀子划开了胸膛，可是心却没有了。这个梦看似荒诞，其实经得起心理学的严格分析：黛玉一再悲叹父母早逝，虽有刻骨铭心之情，却无人作主，与此相对照，情敌宝钗却有慈母呵护，她在内心深处，渴望父母的爱和保护，所以梦见父亲升了官。在黛玉入睡前，袭人想到宝玉将来的妻子很可能是黛玉，而自己是偏房，特意以尤二姐和香菱的遭遇来试探黛玉，二人还谈到妻妾之间谁压倒谁的问题，这在黛玉潜意识里无疑会有很深的痕迹，所以在梦中她被以非常冷酷的方式许配给人做填房。宝钗家的一个婆子来送东西，不无嫉妒地说黛玉与宝玉"是一对儿"，更勾起她对婚事的担忧。宝玉虽无二意，可是"金玉之缘"的阴影却永远挥之不去，所以在梦中索性连宝玉的心都没有了。老太太、舅妈表面上对她很慈爱，却从未提及她和宝玉的事，潜意识中她感觉到了长辈们的冷淡，所以在梦境中这些人一个个都冷漠无情，后来的事实证明了她的直觉。梦醒之后，她咳嗽得更厉害：

> 半日才吐出一口痰来。痰中一缕紫血，簌簌乱跳。紫鹃雪雁脸都唬黄了。两个旁边守着。黛玉便昏昏躺下。（第82回）

至此，黛玉美丽优雅的风度已荡然无存，青春的花朵尚未绽放就已枯萎。作者对她的病和死深表同情，但是并没有将她简单地塑造成一个不食烟火、不沾情欲的仙女，相反，却高度写实地刻画了她性格中的弱点——她的过分强烈的自我意识所带来的生理和心理上的病态。

很多人都借《葬花词》中的"一年三百六十日，风刀霜剑严相逼"来形容黛玉寄身贾府的险恶处境，当然没错。但还有一点值得考虑，那就是此时的黛玉在贾府的孙子孙女辈中的地位，几乎与宝玉平等。晴雯、湘云、香菱、妙玉等几个身世命运与她类似的女孩，根本无法与她相比。

香菱与黛玉的对比尤其引人注目。她们有着类似的高贵出身，香菱的命运却要悲惨得多，从小被人贩子拐卖，后来沦落为"浊世里最脏的一块泥巴"❶——薛蟠之妾，可是，香菱远比黛玉开朗。在明媚的春天，连宝钗这样矜持的女孩都能忘情地融入大自然的美景之中，尽情享受青春的欢娱，黛玉却因对宝玉的误会而独自悲悲切切、心碎肠

---

❶ 赵冈：《假作真时真亦假——〈红楼梦〉的两个世界》，见胡文彬、周雷编：《海外红学论集》，上海古籍出版社1982年版，第56—65页。

断，"戏彩蝶"与"泣残红"的场景对比给人留下了深刻的印象。这样说，并不是要故作惊人之论，对黛玉这一形象做否定性的评价，只是想指出，作品在赋予这一形象以种种美质的同时，也精确而细致地描写了人物自身的性格弱点。惟其如此，才使神话中的绛珠仙子获得了真实的生命，成为中外文学史上不朽的典型。如果有意无意地忽略这些弱点，只能使复杂的人物简单化。

在对宝黛钗的性格有了基本的了解之后，我们再来分析宝玉为什么亲黛玉而远宝钗。

柏拉图由"爱是渴望属于善的另一半"进一步得出结论："爱情就是一种欲望，想把凡是好的永远归自己所有。"❶也就是说，爱就是渴望永远的善。善有荣誉、勇敢、自尊和尊严等多重含义，原始的性爱通过善与社会伦理道德等发生了联系。柏拉图是以苏格拉底的故事❷为例形成了性的升华论，他自己终生独身，更是性升华的典范。柏拉图的精神之恋追求的是一种永恒的绝对的"共相美"，过于抽象和哲学化，很难适用于现实人生中高度个体化的情人之间的"爱"，但是，它启发我们，"善"可以使肉体之爱升华到精神之爱，真正的爱是后者而不是前者。

人们在选择精神上心灵上的伴侣时，往往伴随着一种价值评判。这种价值不是一个人所爱的对象本身所具有的客体性价值，也不是一个人从自己的利益出发在所爱的对象身上发现的个体性价值，而是由于爱、由于肯定和赞许而赋予客体以动人的、超出其实际情况的意义和价

---

❶ [古希腊]柏拉图著，朱光潜译：《柏拉图文艺对话集》，人民文学出版社 1963年版，第 265 页。

❷ 古希腊以男性之间的同性爱为最高之爱，苏格拉底深深地爱着著名美男子阿西比亚德，阿西比亚德也非常崇敬苏格拉底，当他们在一起过夜时，阿西比亚德渴望肉体的爱而苏格拉底却终夜高谈哲理，力图使对方的精神得到完善，终于纯洁地度过了那一夜。参见《会饮篇》。

值。美国著名爱学专家欧文·辛格曾以买房子为例，对此做了形象的说明。即对于同样的一座房子，鉴定者注意的是房子的客体价值，比如面积、质量以及周围环境等；未来的买主注意的是房子对自己有益的方面，往往做出高于客体性价值的评价，房子对他个人的价值就是个体性价值。当一个人买下并且爱上这座房子时，就会赋予远远高于其客体性价值或个体性价值的新价值，这时，房子对于房主来说，已不仅仅是财产或栖身之所，而且是他关心的对象，是他感情生活的重要组成部分。尽管房子本身具有使人满意的能力，但只有真正关心房子的人才能从中发现新的、更使人满意的生存方式，而且因为喜欢、因为爱，房主对房子使人满意的能力做了超出实际的评价。同样的道理，"在相爱的过程中，彼此之间给予的价值高于他们的个体或客体价值。当每个参与者得到别人给予的价值，同时也给予他人以价值时，就存在着爱的相互关系"。❶这种"给予"会以各种不同的形式体现出来，比如关心对方的需要和利益；帮助对方获得成功；尊重、支持对方的个性；理解、同情对方性格中的弱点等。所以，"爱就是创造一种新的价值"。❷"创造"新价值的过程既有道德理想的问题，又有心理学的问题，还有人类想象力的问题，总之，与相爱双方的个性密切相关。

宝玉和黛玉相似的价值观念和人生态度属于道德理想这一层次的问题，这是他们相爱的一个非常重要的因素。宝钗、湘云等一再规劝宝玉注意仕途经济，而黛玉却"从来不说这些混帐话"，作品多次写到宝黛互相认作"知己""两个人原是一个心"等，强调的都是这一点，对此，学术界已有很多论述，不赘。从心理学的角度来说，宝玉和黛玉

---

❶ [美] 欧文·辛格著，高光杰等译：《爱的本性（第1卷）——从柏拉图到路德》，云南人民出版社1992年版，第4页。

❷ [美] 欧文·辛格著，高光杰等译：《爱的本性（第1卷）——从柏拉图到路德》，云南人民出版社1992年版，第3页。

感情是建立在"耳鬓厮磨"的基础之上的。性心理学的研究表明，异性之间的爱与触觉、嗅觉、听觉和视觉等感官知觉相关，中国传统所说的"耳鬓厮磨"指的就是两性之间的触觉，性心理学称之为"厮磨"。儿童之间的接吻、拥抱以及身体其他形式的接触，都是"一些厮磨的活动，用以表示一般的亲爱或含有性的成分的特殊的亲爱"。❶在封建社会里，对于黛玉这样的大家闺秀来说，与异性的肌肤接触，尤其具有非同小可的意义。作品中多次写到他们自幼同桌吃同床睡，懂事之后，还经常有为对方拭胭脂拭泪、开玩笑挠痒痒等"过分"的举动，宝玉甚至"要与黛玉一个枕头歪着"。他们自己也非常清楚这些亲密举动的含义，并试图克制，却总是情不自禁，可见童年的亲密延续到少年甚至青年时期，非常自然地发展成了性爱。第 32 回写黛玉无意中听到宝玉在湘云、袭人面前称扬自己，不禁又喜又惊又悲又叹，准备偷偷离开：

> 这里宝玉忙忙的穿了衣裳出来，忽见林黛玉在前面慢慢的走着，似有拭泪之状，便忙赶上来，笑道："妹妹往那里去？怎么又哭了？又是谁得罪了你？"林黛玉回头见是宝玉，便勉强笑道："好好的，我何曾哭了。"宝玉笑道："你瞧瞧，眼睛上的泪珠儿未干，还撒谎呢。"一面说，一面禁不住抬起手来替他拭泪。林黛玉忙向后退了几步，说道："你又要死了！作什么这么动手动脚的！"宝玉笑道："说话忘了情，不觉的动了手，也就顾不的死活。"……（林黛玉）一面说，一面禁不住近前伸手替他拭面上的汗。（第 32 回）

黛玉一边提醒宝玉不能动手动脚，一边自己却忘情地为宝玉拭

---

❶ [英]霭理士著，潘光旦译注：《性心理学》，生活·读书·新知三联书店 1987 年版，第 41 页。

汗，这是至性至情的流露。

黛玉在宝玉童年生活中的重要位置是宝钗无法替代的，他们三个人都明白这一点。宝玉为了让黛玉放心，一再强调"先不僭后"。黛玉为此也十分得意，可以说这是她抵挡"金玉之论"的王牌。宝钗也非常清楚："宝玉和林黛玉是从小一处长大，他兄妹间多有不避嫌疑之处。"（第 27 回）因此总是有意远着宝玉。也就是说，宝玉与黛玉除了木石前盟的仙缘之外，又有非常现实的感情基础。

在有了一致的价值观念和耳鬓厮磨的情感基础之后，宝黛之间产生了真挚的爱情，而"爱是一种富于想象力的给予价值的手段"。[1]由于想象力的作用，情人之间很难用理性的眼光和世俗的价值标准去彼此认知、评判，爱有时甚至会使对方的缺点都变得可贵。女孩脸上的黑痣或雀斑在旁人眼里也许是一种缺陷，可是在她的情人眼里，却很可能是独具魅力的象征。这种"性的过誉"现象就是中国俚语里所说的"情人眼里出西施"。正是爱的想象力创造了人间的"爱的神话"。在旁人看来也许是幼稚，然而，爱的魅力"却正在于它的幼稚"。[2]家长们在乎黛玉的"小性儿"和"虚弱"，宝玉对此却全不在意；宝玉的所作所为被人认为是"呆气"，宝钗、湘云等也一再劝他立身扬名，黛玉却只是一往情深、固结缠绵地去爱，除了要求宝玉的爱之外，从未有过任何的挑剔和不满，甚至连吃胭脂的毛病都没有觉得不妥，只是提醒他"不要带出幌子来"，宝黛的举动可以有多种解释，但"爱的想象力"无疑也是一个重要因素。

情人的个性是与道德理想、性心理以及想象力等都有关系的一个

---

[1] [美] 欧文·辛格著，高光杰等译：《爱的本性（第 1 卷）——从柏拉图到路德》，云南人民出版社 1992 年版，第 17 页。

[2] 林庚：《〈红楼梦〉与三生石》，载《燕京学报》1995 年第 1 期。

复杂概念。关于宝玉的"惧父"心理以及由此而来的对男性社会对科举仕途的厌恶即俗常所说的"叛逆"性、对女性心理的细致了解以及由此而来的温柔体贴等个性，我在《贾宝玉性格的心理学阐释》一文里做了较详细的分析，这里不赘。特殊的身世和家庭环境还造成了宝玉广义爱美、贪图享受和逃避现实的个性。他有时也思索生命的意义，但总是堕入云烟般的虚幻，甚至觉得"越早些死的越好，活着真真没有趣儿"。他见了星星月亮都要长吁短叹、咕咕哝哝，却几乎从未想过要对自己对他人负什么实际的责任，对黛玉也不例外。除了私下的体贴安慰、赌咒发誓之外，宝玉对他与黛玉之间的爱情没有采取任何实际有效的行动。他只希望与一群美丽的女孩在与世隔绝的"大观园"中厮守终生，或者让女孩们的眼泪把他的尸首漂起来，送到鸦雀不到的偏僻之所随风而化。这种爱幻想、不切实际的个性恰好与林黛玉投合，他们可以一起淘气喝酒不听奶妈的劝阻；可以一起心游天外，嘲笑世俗的人生；可以一起偷看"邪书僻传"，并互相借书中人物调笑。

与此相反，宝钗却是一个理智的明白事理的姑娘，讲究实际而又有强烈的责任感和理家的才干，不但千方百计为母亲分忧解愁，还能见机行事规劝无法无天的兄长，并时时以儒家的道德理性来压抑自己诗人的气质和情感，耐心、自卑地待人接物，尽力帮助她周围的人。宝玉欣赏她的美貌和才华，有时甚至到了"忘了妹妹"的地步。可是，在内心深处，却对宝钗的"明白事理"有一种本能的敬畏。宝玉在宝钗面前总是"讪讪地"，不敢放肆。当宝钗见机劝导他留意仕途经济、触着他的心病时，他就恼羞成怒、大发脾气。从自身修养来说，宝钗和贾政同属封建道德的正人君子，很难想象宝玉在想方设法躲避正统父亲的同时，会找一个与父亲一样正统的妻子。从某种意义上说，宝玉对宝钗的敬畏是"惧父"心理的一种延续；而黛玉却与他情投意合，同样具有"叛逆性"。这里，我想要进一步指出的是，以宝玉浪漫不拘逃避现实的个性，与其说是看透了科举的弊端和仕途的龌龊，还不如说是讨厌包括读书、做官在内的一切成规性的东西。在任性与浪漫这一点上，宝玉与黛玉本来就深相契合，再加上前面所说的情人之间的给予性评价，他们更是以情人的心态，互相欣赏、鼓励着对方的任性、浪漫以及其他的个性。

宝玉与黛玉之间，除了性情相投的一面之外，还有异品相吸的一面。黛玉的多疑多忌、孤僻清高和自我纠缠的个性与宝玉的开朗活泼和广泛的同情心形成鲜明的对照。他们都有着诗人的细腻和敏感，不过黛玉多关注自己的感受，宝玉则多关注他人的感受；黛玉喜散不喜聚，宝玉却要常聚不散。"爱要求我们对另一个人的神秘性感兴趣。"❶黛玉的极度敏感、猜忌和多愁善感使他们的爱充满了无尽的悲哀，同时也使平庸的生活焕发出异彩。宝玉在面对黛玉时的谨慎踌躇、小心翼翼、欲言又止，甚至可以说是一种心灵的探险，充满了奇异的刺激和愉悦。书中多次写到，从小在女孩堆里长大的宝玉，"一点刚性也没有"，而他周围的许多女孩反而不乏男儿的豪气。宝玉自贬为渣滓浊沫，习惯在众裙钗面前服低做小，甚至甘心为丫头们充役。从某种意义上说，只有娇弱无助凄楚哀怨的黛玉才能唤起他潜意识中的男性自尊。

顺便提及，有的论者认为宝玉以及后来的一些红学家对黛玉的欣赏带有玩赏女性的心态。我们认为，至少在宝玉不存在"玩赏"。被人需要是一种幸福，"由于爱，一个人会证实另一个人存在的意义"。❷宝玉真诚地给黛玉以爱，并从爱的行为中证明自我存在的价值。宝玉其

---

❶ [英]霭理士著，潘光旦译注：《性心理学》，生活·读书·新知三联书店1987年版，第73页。

❷ [美] 欧文·辛格著，高光杰等译：《爱的本性（第1卷）——从柏拉图到路德》，云南人民出版社1992年版，第7页。

实并不像一般论者所说的那样纯洁，于袭人有"初试"之情，于秦钟有馒头庵之"疑案"，于金钏儿等有狎昵之语，可是，对林黛玉却始终是挚爱之而又深敬之，的确已经升华为一种精神的追求。在精神的层面，黛玉始终是宝玉不可替代的"唯一"。可见，在贾宝玉身上，肌肤之爱与精神之爱并不矛盾，性可以成为爱的基础，但爱并不一定要有性的内容。相反，在特殊情形下，情感的专一并不意味着性对象的专一。这些西方近现代的爱学原理在《红楼梦》中早已得到了深刻的描写。按神话设计，黛玉是为了报答宝玉在仙界的灌溉之恩而追随他来到人间，"如果爱是由于所得到的价值而对那个客体进行报答的一种方式，那么爱就会转化为感恩、谦让"。❶可是，他们的爱从一开始就充满了无尽的悲哀。宝玉对黛玉充满了怜悯和不求回报的奉献，可以说正是黛玉多愁善感、自我纠缠的独特个性帮助宝玉完成了性的升华，爱成了彼此精神上最重要的依托。"要是没有爱，人生就失去了价值。"❷正因为有了对黛玉的爱，宝玉的人生才有了意义。黛玉死后，他曾转移人生的目标，尽尘世的义务；后来勘破天机，感悟到情缘的虚幻，终于结束了无意义的世俗人生。

在宝玉择偶这件事上，非常典型地体现了爱的本质特征。在黛玉和宝钗之间，宝玉和家长们采取的是两种截然不同的眼光和评价方式。

爱的过程伴随着"给予评价"，"一旦出现给予，一个男子汉会不在乎其他男人们没有把他所爱的人看作是悦人心意的。给他一个挑选的机会，他宁可喜欢他所爱的人，也不喜欢具有性感吸引力的女人"。❸

---

❶ [美] 欧文·辛格著，高光杰等译：《爱的本性（第 1 卷）——从柏拉图到路德》，云南人民出版社 1992 年版，第 9 页。

❷ [美] 欧文·辛格著，高光杰等译：《爱的本性（第 1 卷）——从柏拉图到路德》，云南人民出版社 1992 年版，第 14 页。

❸ [美] 欧文·辛格著，高光杰等译：《爱的本性（第 1 卷）——从柏拉图到路

贾宝玉正是用情人的眼光来看待林黛玉，给了她超出客体性价值和个体性价值的评价，用自己的想象力美化她，对她性格中的弱点以及身体上的严重疾患可能给婚姻家庭带来的不幸等都视而不见；对宝钗则基本上是属于客体性评价，所以能看到并且欣赏她的优良品性，有一种休谟所称的"赞许感"。他曾对宝钗的丫头莺儿说"明儿不知哪一个有福的消受你们主子奴才两个"；他甚至也会对她偶尔动心，但终究未能激发出严格意义上的、专一的爱，后来虽然与宝钗有一段相敬如宾的夫妻生活，主要是一种无可奈何的"认命"。以黛玉的睿智和超人的知解力，对宝玉的"痴""愚"之举毫不介意，也是同样的道理，"在热恋中的男女竟会把对方很丑的特点认为极美，而加以誉扬颂赞"。[1]从这种意义上理解，宝黛可以说是因为一起"叛逆"而相爱，又因为相爱而一起"叛逆"，热恋中的黛玉几乎从未顾及宝玉的前程，因为爱意味着盲目的尊重和非理性。贾母等家长则是以理性的眼光对黛玉和宝钗进行客观性评价和个体性评价，评价的标准又只能是当时所通行的社会道德和审美标准，于是，他们觉得黛玉行为乖僻而且身体虚弱，不合适做宝玉的妻子；而严格遵守儒家道德规范的宝钗，不但有温柔敦厚的个性涵养，而且有健康的体质，一定会成为贤妻良母。父母之爱子女则为之计深远，贾母等毫不顾及宝黛的"私心"，的确"狠毒"，可是为宝玉择偶的初衷却是好的，他们或许可以忽略黛玉的生命，却断然不会有意破坏宝玉的幸福。家长们苦心积虑地选择宝钗，原是为了让宝玉幸福。就是今天的家长们又何尝不希望自己未来的儿媳贤慧而又健康？

（原刊《红楼梦学刊》2000年第1辑）

德》，云南人民出版社1992年版，第9页。

[1] [美] 欧文·辛格著，高光杰等译：《爱的本性（第1卷）——从柏拉图到路德》，云南人民出版社1992年版，第9页。

四、从贾母王熙凤在贾府中的地位
看传统家庭中的"女权"现象

古罗马政治家卡图（公元前 234—前 149）曾经说过："到处都是男人统治妇女，而统治所有的人的我们，却受着我们妻子的统治。"**❶**也就是说，公众的、社会的权力始终属于男性，而在社会的细胞——家庭这一微观层次，女性反而成了统治他们的男性的统治者。这的确是一个有趣的值得探讨的问题。

大量证据显示，中国早在夏商时期已经存在明显的男尊女卑的观念和现象。**❷**先秦以来的礼法一直保证男性的绝对权威，传统中国无疑是典型的男权社会。可是，正如西蒙娜·德·波伏娃在女权主义的理论经典著作《第二性》中指出的那样，"在整个历史过程中都会碰到的一个很重要的事实：抽象的权利不足以限定女人的现实具体处境；这种处境在很大程度上取决于她的经济作用；而且，抽象的自由和具体的权利往往呈反比例变化"。**❸**也就是说，男尊女卑的观念所提供给男

---

❶ [法]西蒙娜·德·波伏娃著，陶铁柱译：《第二性》，中国书籍出版社 1998 年版，第 107 页。

❷ 闵家胤：《阳刚与阴柔的变奏——两性关系与社会模式》，中国社会科学出版社 1995 年版，第 120—132 页。

❸ [法]西蒙娜·德·波伏娃著，陶铁柱译：《第二性》，中国书籍出版社 1998

性的抽象权力并不足以保证他们在现实生活中处于绝对的尊位；作为个体的男人和女人的实际处境取决于包括经济在内的许多因素。本文无意也不可能为传统社会的男性霸权性质翻案，只是想从《红楼梦》提供的材料出发，对贾母、王熙凤在贾府的地位进行实事求是的分析，然后进一步探讨传统家庭中"女权"现象的原因和意义。

（一）

贾府先祖贾源、贾演（书中亦作贾法）兄弟九死一生，以军功挣下两个世职，并敕造宁、荣两府，赫赫扬扬将近百载。传至第四代，元春选妃省亲，再次给这个渐次萧索的家族带来了烈火烹油、鲜花着锦之盛。《金瓶梅》中西门庆是家庭中至高无上的权威，贾府中的男性却一个个灰头灰脸地退到家庭权力结构的边缘，稳居家族权力中心的是贾母和凤姐这一老一少两位妇人。如果说生齿日繁、事务日盛的贾府是一个微型的王国，那么，贾母是权柄在握、无为而无不为的君主，凤姐则是杀伐决断谈笑定乾坤的权臣。

贾府中的一切都在贾母的掌握之中。大至宝玉的亲事，小至客人如刘姥姥的去留，事无巨细，都得请老太太示下，从太太起，没有一个人敢驳老太太的回。贾母不但客观上拥有至高无上的地位，主观上亦具有强烈的权、利意识，她与两个儿子的正面冲突充分说明了这一点。

在对待宝玉的问题上，贾母和贾政之间一直存在着矛盾，至第33回宝玉挨打而达到正面冲突的高潮。在贾府的男性后裔中宝玉是荣宁两公选定的"唯一""略可望成"（第5回）的人，在他身上寄托着家

年版，第106页。

族的希望和未来。可是，从"抓周"那天起，贾政就对他大失所望，贾母则一直爱如珍宝命根一般。贾政平日在管教宝玉的时候总要顾忌到贾母，当他得知宝玉"在外流荡优伶，表赠私物，在家荒疏学业，淫辱母婢"时，气急之下欲置宝玉于死地，并发狠说："今日再有人劝我，我把这冠带家私一应交与他与宝玉过去！"王夫人劝阻不住，情急之中搬出贾母："况且炎天暑日的，老太太身上也不大好，打死宝玉事小，倘或老太太一时不自在了，岂不事大！"贾政听了，不但没有罢手，反而冷笑道："倒休提这话。我养了这不肖的孽障，已不孝；教训他一番，又有众人护持；不如趁今日一发勒死了，以绝将来之患！"说着竟要拿绳子来勒死。试想，政老爷要教训儿子，真正"护持"得住的除了贾母还能有谁？正所谓"众人者，不敢斥言贾母，其实则专谓贾母也"。[1]不提贾母则罢，提起贾母反而火上浇油要将宝玉勒死，这岂不是公开与贾母过不去？这里面未尝没有夺回"教子权"的意图。我们且看贾母如何应对：

正没开交处，忽听丫鬟来说："老太太来了。"一句话未了，只听窗外颤巍巍的声气说道："先打死我，再打死他，岂不干净了！"贾政见他母亲来了，又急又痛，连忙迎接出来，只见贾母扶着丫头，喘吁吁的走来。

贾政上前躬身陪笑道："大暑热天，母亲有何生气亲自走来？有话只该叫儿子进去吩咐。"贾母听说，便止住步喘息一回，厉声说道："你原来是和我说话！我倒有话吩咐，只是可怜我一生没养个好儿子，却叫我和谁说去！"贾政听这话不像，忙跪下含泪说道："为儿的教训儿子，也为的是光宗耀祖。母

---

❶ 洪秋蕃第 33 回回末评语，见冯其庸纂校订定：《重校八家评批红楼梦》（上），江西教育出版社 2000 年版，第 744 页。

亲这话，我做儿的如何禁得起？"贾母听说，便啐了一口，说道："我说了一句话，你就禁不起，你那样下死手的板子，难道宝玉就禁得起了？你说教训儿子是光宗耀祖，当初你父亲是怎么教训你来！"说着，不觉就滚下泪来。

贾政又陪笑道："母亲也不必伤感，皆是作儿的一时性起，从此以后再不打他了。"贾母便冷笑道："你也不必和我使性子赌气的。你的儿子，我也不该管你打不打。我猜着你也厌烦我们娘儿们。不如我们赶早儿离了你，大家干净！"说着便令人去看轿马，"我和你太太宝玉立刻回南京去！"家下人只得干答应着。

贾母又叫王夫人道："你也不必哭了。如今宝玉年纪小，你疼他，他将来长大成人，为官作宰的，也未必想着你是他母亲了。你如今倒不要疼他，只怕将来还少生一口气呢。"贾政听说，忙叩头哭道："母亲如此说，贾政无立足之地。"贾母冷笑道："你分明使我无立足之地，你反说起你来！只是我们回去了，你心里干净，看有谁来许你打。"一面说，一面只令快打点行李车轿回去。贾政苦苦叩求认罪。（第33回）

这一场母子"对话"表面上是为宝玉挨打一事，实际上牵涉到家庭权力的问题。贾政明知宝玉是贾母掌上珠心头肉，现在竟毫无顾忌地横施笞挞，并要置之死地。这对老祖宗权威是一种公然的冒犯，贾母很清楚这一点。所以，一出场即以"先打死我，再打死他"八个字镇住贾政，使他只有躬身陪笑的份儿；接着，以"我一生没养一个好儿子"，使贾政无地自容，并连同贾赦一笔抹倒；然后，又从对面勘人，对王夫人说"他将来长大成人，为官作宰的，也未必想着你是他母亲了"，使贾政惶恐不已；最后，直逼出"你分明使我无立足之地"的决绝之语，使贾政只得叩头认罪。这些话无异于在说"你打宝玉就等于打我""我的两个儿子都不是好儿子""你长大了，为官作宰了，就不把母亲放在眼里了""你让我在这个家里没有权力，没有地位，总之，没有立足之地"。试想，在标榜孝道的社会里，一个正统的儿子，面对暴怒的母亲的此类问题，除了陪笑下跪、叩头认罪，还能怎么样呢？这场突如其来的冲突最后以贾政当着合家老少和门人奴仆的面直挺挺地跪下叩头认罪告终，贾母不仅从死神手里救回了她心爱的孙子，而且在众人面前有力地维护了她不可侵犯的权威和地位。

如果说，贾母与次子贾政的冲突主要在于"权"，那么，与长子贾赦的冲突则主要在于"利"。贾政虽然平庸，却为人正派；贾赦则一味好货好色，再加上邢夫人懦愚贪苛，因此，贾母明显偏爱贾政一房而厌嫌贾赦夫妇。贾赦夫妇却不识时务，将主意打到贾母最贴心最中意的丫鬟鸳鸯身上，欲纳为妾。贾母得知此事后，"气的浑身乱战，口内只说：'我通共剩了这么一个可靠的人，他们还要来算计！'因见王夫人在旁，便向王夫人道：'你们原来都是哄我的！外头孝敬，暗地里盘算我。有好东西也来要，有好人也要，剩了这么个毛丫头，见我待他好了，你们自然气不过，弄开了他，好摆弄我！'"（第46回）然后又对邢夫人说："我有了这么个人，便是媳妇和孙子媳妇有想不到的，我也不得缺了，也没气可生了。这会子他去了，你们弄个什么人来我使？你们就弄他那么一个真珠的人来，不会说话也无用。我正要打发人和你老爷说去，他要什么人，我这里有钱，叫他只管一万八千的买去，就只这个丫头不能。"（第47回）洪秋蕃在第46回回末评语中分析说，鸳鸯既无落雁惊鸿之美，更无偕鸾附凤之思，贾赦之意大概在于贾母的财物，因为"贾母藏物，鸳鸯主之，鸳鸯来而藏物可探囊而取矣"。❶这不禁让我们联想到贾琏和鸳鸯商议拿贾母的东西去当银子等情节内容（第 72 回）。鸳鸯对于贾母，除了体贴周到之外，的确还有"总钥匙"的作用，一如平儿之于凤姐。因此，她在贾母心目中的价值远胜过"一个真珠的人"，远胜过"一万八千"。因此，贾母说的"算计""盘算""弄开了他，好摆弄我"，并非空穴来风。这场母子之间的丫鬟之争从某种意义上说是一场尖锐的利益之争。这场尴尬的母子之战以贾赦"含愧""告病"结束，贾母毫不含糊，果断地捍卫了自己的利益，当然还包括权威。事后，她不无自豪地借题发挥："我进了这门子作重孙子媳妇起，到如今我也有了重孙子媳妇了，连头带尾五十四年，凭着大惊大险千奇百怪的事，也经了些。"（第 47 回）至于贾赦，则一直心存不满和怨恨。在一次家宴上，贾赦先是借笑话说贾母偏心，接着又当众称赞贾环的诗并且对贾环说："以后就这么做去，方是咱们的口气，将来这世袭的前程定跑不了你袭呢。"贾赦的官职按理应该由贾琏之子承袭，如果贾琏无子，则应由宝玉或贾兰承袭，怎么也轮不到贾环。因此，贾赦这么说，是有意反抗贾母。❷

《仪礼·丧服子夏传》云："妇人有三从之义，无专用之道。故未嫁从父，既嫁从夫，夫死从子。"这里所说的"三从"，本义是为丧服规定的种类，女性的丧服随她所处的具体情况随男性亲属而定，后来却被误读曲解为"服从"，认为女子未嫁服从父亲、已嫁服从丈夫、夫死服从儿子。因此，在家庭权力结构中，贾母们的威胁主要来自儿子，凤姐们的威胁则主要来自丈夫。所以，夫妻关系是理解凤姐权力意识的最佳切入点。

---

❶ 洪秋蕃第 46 回回末评语，见冯其庸纂校订定：《重校八家评批红楼梦》（中），江西教育出版社 2000 年版，第 1040 页。

❷ 萨孟武：《红楼梦与中国旧家庭》，岳麓书社 1988 年版，第 52 页。

在荣府，好机变而且言谈去得的贾琏本来是当家理事的人，可自从娶了凤姐之后，"倒退了一射之地"（第 2 回）。聪明美丽、言谈爽利、心机深细、男人万不及一的凤姐不仅当仁不让地成为荣府的当家奶奶，并且通过协理秦氏丧事，一度成为宁府威重令行的"管家"。在这个错综复杂的大家庭中，她"说一是一，说二是二，没人敢拦"（第 65 回）；在夫妻之间，她事无巨细，处处都要占先，这里只看两件"小事"。

贾琏的乳母赵嬷嬷要为自己的两个儿子讨事做，与贾琏说了几遍都无着落，于是当着贾琏的面求凤姐："倒是来和奶奶来说是正经，靠着我们爷，只怕我还饿死了呢。"凤姐听了这话笑着回答："妈妈你放心，两个奶哥哥都交给我。你从小儿奶的儿子，你还有什么不知他那脾气的？拿着皮肉倒往那不相干的外人身上贴。可是现放着奶哥哥，那一个不比人强？你疼顾照看他们，谁敢说个'不'字儿？没的白便宜了外人。"（第 16 回）可见凤姐非但不谦让，反而趁机抢白、贬损贾琏。赵嬷嬷果然知趣："从此我们奶奶作了主，我就没的愁了。"贾琏则只能不好意思地讪笑。当即贾蓉、贾蔷来汇报去姑苏采买女乐之事，贾琏尚在迟疑，贾蓉悄拉凤姐衣襟，凤姐即会意帮衬，代为断定："依我说很好。"然后顺水推舟，把两个奶哥哥推荐给了贾蔷。

与奶娘一起嬉笑挖苦，与蓉、蔷一起暗中联盟，凤姐玩弄琏爷有如傀偶；而贾琏奶娘的两个儿子谋事，尚且要仰息凤姐，可见"一切事权，凤姐实握之，贾琏不及也"。❶

同样还是派差的小事。元妃省亲之后，贾政本想将大观园中的十二个小沙弥和十二个小道士发到各庙分住，凤姐为了给贾芹一件事

---

❶ 洪秋蕃第 16 回回末评语，见冯其庸纂校订定：《重校八家评批红楼梦》（上），江西教育出版社 2000 年版，第 327 页。

做，即通过王夫人说服贾政，将这班人一起送到家庙铁槛寺，专派一人管理。贾琏得知凤姐要派贾芹后说："西廊下五嫂子的儿子芸儿来求了我两三遭，要个事情管管。我依了，叫他等着。好容易出来这件事，你又夺了去。"（第23回）当下凤姐承诺日后让贾芸负责园子里种植树木花草的工程。贾芸再次向贾琏打探消息时，贾琏回答："前儿倒有一件事情出来，偏生你婶子再三求了我，给了贾芹了。他许了我，说明儿园里还有几处要栽花木的地方，等这个工程出来，一定给你就是了。"（第24回）贾芸乖觉，马上借钱买了冰片麝香送给凤姐，第二天即如愿以偿。凤姐贾芸之间的一段对话耐人寻味：

> 至次日来至大门前，可巧遇见凤姐往那边去请安，才上了车，见贾芸来，便命人唤住，隔窗子笑道："芸儿，你竟有胆子在我的跟前弄鬼。怪道你送东西给我，原来你有事求我。昨儿你叔叔才告诉我说你求他。"贾芸笑道："求叔叔这事，婶子休提，我昨儿正后悔呢。早知这样，我竟一起头就求婶子，这会子也早完了。谁承望叔叔竟不能的。"凤姐笑道："怪道你那里没成儿，昨儿又来寻我。"贾芸道："婶子辜负了我的孝心，我并没有这个意思。若有这个意思，昨儿还不求婶子。如今婶子既知道了，我倒要把叔叔丢下，少不得求婶子好歹疼我一点儿。"

> 凤姐冷笑道："你们要拣远路儿走，叫我也难说。早告诉我一声儿，有什么不成的，多大点子事，耽误到这会子。那园子里还要种树种花，我只想不出一个人来，你早来不早完了。"（第24回）

贾芹的母亲求了凤姐，凤姐没事"找"事，给贾芹弄了一个肥缺，甚至连贾政夫妇都落了圈套；贾芸"捡远路儿走"，求了贾琏两三遭，终于明白"叔叔竟不能的",转而"把叔叔丢下"来"求婶子",一求即中。贾芸既已从贾琏口中得知凤姐允派花木工程事,却处心积虑复求于凤姐,因为他知道"贾琏之许,尚未足恃也"。❶

从贾芹、贾芸谋差这样的小事已"足见凤姐之权胜于贾琏"❷,至于凤姐"早告诉我一声儿,有什么不成的"诸语,则无异于恩由己出的公开宣言。贾氏子侄尚知权在凤姐而千方百计前来巴结奉承,丫鬟奴才们更只能唯凤姐之命是从,久而久之自然就形成了兴儿所说的局面:"我们……有几个是奶奶(凤姐)的心腹,有几个是爷(贾琏)的心腹。奶奶的心腹我们不敢惹,爷的心腹奶奶的却敢惹。"(第65回)凤姐在丈夫贾琏面前占尽上风,再加上贾母的宠爱、王夫人的支持,她在贾府呼风唤雨、左右逢源。

指出贾母和凤姐在贾府中的统治地位并不难,问题是,这种家庭中"女性统治"现象的原因和意义何在?

(二)

在巴金等大多数现代作家笔下,封建大家族的结构与权力布局几乎都以男性为中心,像张爱玲《金锁记》《创世纪》等作品中那种阴盛阳衰、女性占据绝对中心的家族结构属于少见的异态格局。❸可是,在明清家庭题材小说中,女性占据家族(庭)权力中心的情形却并不少见,如《醒世姻缘传》中寄姐之母童奶奶《野叟曝言》中文素臣之母水

---

❶ 洪秋蕃第 24 回回末评语,见冯其庸纂校订定:《重校八家评批红楼梦》(上),江西教育出版社 2000 年版,第 521 页。

❷ 护花主人第 23 回回末评语,见冯其庸纂校订定:《重校八家评批红楼梦》(上),江西教育出版社 2000 年版,第 493 页。

❸ 谭桂林:《写出人性深处的原始悲怆——谈张爱玲的家庭题材小说〈金锁记〉和〈创世纪〉》,载《中国现代文学研究丛刊》1997 年第 4 期。

夫人以及《林兰香》中耿、林、宣、花诸位夫人等。

传统家族（庭）中的女性占统治地位的现象至少可以从以下三个方面获得解释：第一，男主外女主内的分工原则；第二，孝道观念；第三，女子自身的能力。

中国自古有"女正位乎内，男正位乎外"（《易经·家人卦》），"男不主内，女不主外""男子居外，女子居内"（《礼记·内则》），"男不言内，女不言外。内言不出，外言不入"（《孔子家语·本命解》），"卿之妃曰内子，在闺门之内治家也"（《释名·释长幼》）等说法，一句话，外事由男主之，内事由女主之。这种观念将女性的活动范围严格限制在家庭之内，于女性的社会地位十分不利；但是，于她们的家庭地位却十分有利，萨孟武先生甚至认为："此乃分工合作之意，本来没有平等不平等的意思。"❶

在父权制的封建时代，纯粹的社会权力始终属于男人；而且，所有的礼法几乎都规定男人在家庭中处于绝对支配地位。可是，在实际的运作之中，家庭主妇根据"主内"的分工原则反而成了权力的执行者，就像凤姐，公堂之上包揽词讼，必须"假托贾琏所嘱"（第15回）；贾府之内，她却说一不二，在很多事情上连贾琏都要仰其鼻息，这时，男人拥有抽象的权力，而女人却在具体事务中掌握着实际的权柄。

"女子居内"这一历史处境的形成有着生理和生物学上的原因。在原始的棍棒与野兽的时代，男人由于体力的优势，成为主要的劳动者。他们在制造和完善生产工具的过程中，不断树立和实现了新的目标，逐渐超越本能实现自我、征服自然掌握世界；女性却由于怀孕、分娩等生殖束缚而不得不留在家中，日复一日地重复千篇一律的家务劳动和母性事务。当男性为了提高本部落、本氏族的威望而将生命置之度

---

❶ 萨孟武：《红楼梦与中国旧家庭》，岳麓书社1988年版，第43页。

外的时候，生命有了超越性价值。女性同样有着超越的冲动，但却由于程度远远高于男性的物种的奴役，而被排除在战争之类的袭击行动之外，她只能渴望和崇拜男性的成功与胜利。经过漫长的历史岁月，男人在征服自然的过程中，也征服了女人，取得了绝对的主宰世界的特权。❶由此可见，"男主外女主内"的分工原则是两性冲突的历史结果，具有强烈的男权色彩，而追根溯源，却又有着生理学和生物学上的"合理性"，的确不能简单地以平等不平等论之。在法律早已承认两性平等的今天，仍有人甚至包括社会地位很高的女人呼吁"让女人回家"，也从一个侧面说明了这一问题的复杂性。

除了"主外""主内"的性别分工有利于女性在家庭中操持权柄之外，"百行孝为先"的传统观念对提高母亲在家庭中的地位也极为有利。《白虎通》有言："妻者齐也，与夫一体，自天子至庶人，其义一也。"强调夫妻同荣共辱。❷在强调孝道的场合，更是父母一体，母亲与父亲一样，在子女面前具有神圣不可侵犯的权威。气急败坏的贾政可以将儿子往死里打，一见到母亲却马上陪笑下跪；强梁霸道的贾赦为了几把古扇可以弄得人家倾家荡产，讨娶鸳鸯的事却只能含愧告终。不管真心还是假意，他们都不敢违拗母亲，承担忤逆的罪名。值得注意的是，《红楼梦》中的贾家以及《野叟曝言》中的文家《林兰香》中的耿家、《歧路灯》中的谭家等，都是老爷早逝老太太当家，这是偶然的巧合，还是作家群体在潜意识中对远古母权社会的一种遥远的记忆和呼应？

无论是"女主内"的分工原则，还是子女出自孝道的顺从，都只

---

❶ [法]西蒙娜·德·波伏娃著，陶铁柱译：《第二性》，中国书籍出版社 1998年版，第69—74页。

❷ 陈顾远：《中国婚姻史》，岳麓书社 1998年版，第115—117页。

能给女性在家庭中掌权提供一种可能性，而非充分条件。作为个体的女性在家庭中的实际地位还牵涉到诸多复杂的因素。这里，主要看看当事人的能力问题。

贾母是贾源长子贾代善之妻，丈夫"早已去世"（第2回），长子贾赦袭了世职，次子贾政亦升了员外郎。在贾氏家族中，与贾母同为"代"字辈的，还有代儒、代修（第13回）以及"两三个妯娌"（第53回），应该也是荣宁两公的后代。这样看来，贾母并不是唯一的老祖宗。

贾代善去世究竟有多"早"？贾代善去世之时和之后，族人是否有争夺财产的行为？如果有，贾母又是如何应对？凡此种种，书中都没有明确的交代。不过，贾母处变不乱的大将风度在抄家之后却有充分表现。在最初的惊吓混乱过后，贾政还在一筹莫展、抱怨叹息，贾母却迅速恢复了理智与常态，先是祷告天地，恳求皇天菩萨饶恕儿孙，宁愿独自承担罪孽；接着开箱倒笼，将作媳妇以来积蓄的银两衣物全部拿出接济众人，又嘱咐送回黛玉灵柩、送还甄家寄存的银两、减省男女仆从、清理房地田产等，并乘机训诫子孙："若说外头好看里头空虚，是我早知道的了，只是'居移气，养移体'，一时下不得台来。如今借此正好收敛，守住这个门头，不然叫人笑话。"（第107回）这里，贾母不仅表现出了老祖宗的慈爱，更有乱中定乾坤的气魄和才干。由此可以推断，"贾母年少理家，宽严得体，出入有经；较之凤姐苛刻作威，相去天壤"。❶满堂儿孙，包括凤姐在内，自然只有惭愧敬佩的份，贾政即在内心感叹："老太太实在真真是理家的人，都是我们这些不长进的闹坏了。"（第107回）

享得富贵耐得贫贱的贾母，在家败的时候，可以尽其所有，独撑

---

❶ 护花主人第107回回末评语，见冯其庸纂校订定：《重校八家评批红楼梦》（下），江西教育出版社2000年版，第2435页。

大厦，成为家族的首脑、灵魂和支柱❶；在家族兴旺的时候，也决非只知道一味享福的"老废物"（第 39 回），如前所述，当权威和利益遇到来自儿子们的挑战和威胁时，她会像愤怒的狮子一样咆哮。而且，在鸳鸯事件中，她曾迁怒于王夫人，旋即又笑着让宝玉代自己下跪赔不是，并向薛姨妈称赞王夫人而批评邢夫人。诸如此类喜怒无常、当众褒贬的作法未尝不是一种权术，让人又惧又敬。

所以，贾母的威望来自老祖宗的特殊身份，也与她自身的手腕和能力相关。

贾母溺爱宝玉主要因其"异"（衔玉而生），溺爱凤姐则主要因其"才"。这一老一少两位女性在一起的时候，有着数不胜数的畅怀欢笑，论者多以为是凤姐刻意讨好老祖宗以固宠，其实，未尝不是一种心有灵犀的默契和愉悦。贾母临终无限深情地劝勉凤姐："我的儿，你是太聪明了，将来修修福罢。"（第 110 回）可见她对凤姐的狡猾和心机明了于心，平日里却因为爱、因为欣赏而包容甚至纵容，所谓"凤儿嘴乖，怎么怨得人疼他？"（第 35 回）。

凤姐的管理才能在协理宁国府时表现得十二分畅满。面对乱哄哄的宁国府，凤姐迅即将其积弊概括为五条："头一件是人口混杂，遗失东西；第二件，事无专执，临期推委；第三件，需用过费，滥支冒领；第四件，任无大小，苦乐不均；第五件，家人豪纵，有脸者不能服钤束，无脸者不能上进。"（第 13 回）针对这种局面，首先，她大刀阔斧地进行人员调配，拿着花名册一一分派，某人管某处，某人领某物，全部登记在册。于是，众人都有了投奔，有了责任心，"不似先时只拣便宜的做，剩下的苦差没个招揽。各房中也不能趁乱失迷东西。便是人来客往，也都安静了，不比先前一个正摆茶，又去端饭，正陪举哀，又顾

---

❶ 王蒙：《红楼启示录》，生活·读书·新知三联书店 1991 年版，第 239 页。

接客。如这些无头绪、慌乱、推托、偷闲、窃取等弊,次日一概都蠲了";接着,她又杀鸡儆猴,严惩迟到者,使宁府中人知道她的厉害,"众人不敢偷闲,自此兢兢业业,执事保全"。"协理"期间,刚到宁府,荣府的人跟着;一回到荣府,宁府的人又跟着,凤姐虽然忙得茶饭无心坐卧不宁,却筹划得十分整齐,合族上下,无不称叹。与凤姐的精明能干形成鲜明对比,合族中其他许多妯娌,"或有羞口的,或有羞脚的,或有不惯见人的,或有惧贵怯官的,种种之类,俱不及凤姐举止舒徐,言语慷慨,珍贵宽大",因此她根本不把众人放在眼里,"挥霍指示,任其所为,目若无人"(第14回)。秦氏临终梦中托言给凤姐:"你是个脂粉队里的英雄,连那些束带顶冠的男子也不能过你。"(第13回)而协理秦氏丧事一节,恰是这一断语的最好注脚。

凤姐的能力还突出地表现在经济方面。第11回、16回和72回等多处写到凤姐放债取息,锦衣卫从凤姐房中抄出许多借券,有违禁重利的,也有按例生息的。这些都是凤姐所为,贾琏毫不知情。据平儿说,凤姐放债的本利有两种,一是公家的月钱,她提前支取放出去,等别处的利钱收齐了再发给众人,几年之间,拿着这一项银子翻出了几百利钱;二是自己的体己钱,一年不到,有上千的利钱。贪图钱财重利盘剥当然是一种罪恶,但是,比起贾府那些安富尊荣不知筹划的老少爷们,凤姐这种"打细算盘分斤拨两"(第45回)的经济头脑的确是难能可贵的。她自己曾说到放债的动机:"我真个的还等钱作什么,不过为的是日用出的多,进的少。……若不是我千凑万挪的,早不知道到什么破窑里去了。"(第72回)她"千凑万挪",抄家时仅体己就"不下七八万金"(第106回),贾琏则连给爱妾尤二姐治办丧礼的银子都没有。这其实是"凤姐之权胜于贾琏"的一个重要原因。凤姐曾极端傲慢自负地对贾琏说:"我们看着你家什么石崇邓通,把我王家的地缝子扫一扫,就够你们过一辈子呢。"(第 72 回)贾琏只有陪笑的份儿。凤姐的经济实力是她在家族中傲视群雄的一个重要本钱。

凤姐的能耐当然不止于这些,毒设相思局、弄权铁槛寺、大闹宁国府、赚取尤二姐、避让贾探春,凡此种种,无不表现出了解把握各种人事几微的超人的奸猾和才智。凤姐不放在眼里的又岂止那些羞口羞脚的妯娌,丈夫贾琏、婆婆邢夫人、宁府当家奶奶尤氏等正经主子哪一个不被她玩弄于股掌?这样智慧而邪僻的女子在夫妻之间家庭之中又岂能由于抽象的礼法而处于卑位?

(三)

萨孟武先生认为,在中国历史上"凡妇女掌握大权的,往往发生问题",而妇女握权发生祸乱的原因是,古代妇女多不读书,"纵曾读书,也是一知半解,不识大体。且深居闺房之内,不知外间情形,一旦有权在手,便为所欲为,重者祸国,轻者害家,凤姐就是一个例子"[1]。妇女掌权是否一定会发生问题?深居闺房的女子是否一定不读书?是否一定要读书才能识大体?读了书而且识大体的男人掌权是否一定不会发生问题?——萨先生的这一论断显然存在许多逻辑漏洞。这里仅只简单讨论家庭中女权的意义。

与萨先生的论断构成鲜明对比,哥伦比亚作家、诺贝尔文学奖获得者马尔克斯对两性的历史作用的看法是:"妇女以铁的手腕维持着人类的秩序,而男子们则一味地以种种狂热鲁莽的行动来闯荡世界,推动历史。"所以,在其享誉全球的《百年孤独》中,"妇女总是在男子搞

---

[1] 萨孟武:《红楼梦与中国旧家庭》,岳麓书社 1988 年版,第 75—76 页。

乱了的地方建立秩序"。❶在《红楼梦》中，贾源、贾演兄弟在金戈铁马中出生入死闯荡天下成就家业的英雄传奇已成为远去的背景❷，在"外面的架子虽未甚倒，内囊却也尽上来了"（第2回）的末世的贾府，贾敬读了书中了进士却不识大体，一味好道，除了烧丹炼汞之外，其他事情一概不放在心上；贾政读了书而且识大体，却素性潇洒不以俗务为要，公暇之余只知看书下棋；贾赦、贾珍、贾琏、贾蓉等，既不喜读书又不事骑射，只知道一味追逐声色犬马；祖先选定的唯一"聪明灵慧，略可望成"的宝玉，又整天疯疯傻傻地在内帏厮混，既不关心家族衰亡，也不准备尽辅国安民的责任，这一群白白衣租食税的老少爷们，不用说创世的豪情，连治家的责任心都消失殆尽。如果说，贾宝玉对儒家修齐治平的人生理想主要是一种积极意义上的背离的话，贾赦、贾琏、贾珍、贾蓉等则是一种消极意义上的背离，他们已丧尽礼仪廉耻，一味高乐，将家闹得天翻地覆，逐渐将整个家族推向衰败的深渊。

男性在不断毁坏，女性却在竭力重建。被贾珍闹得乱哄哄的宁国府一经凤姐协理，立刻秩序井然；贾府年轻一辈中有才有识兴利除弊的是女孩儿探春和"未来的宝二奶奶"宝钗；锦衣卫抄家之后，最先镇静下来理智地面对混乱局面的是白发苍苍的贾母，等等，诸如此类的情节有着相同的内在语义模式：男性只会制造混乱并在混乱中措手无策，女性则以铁的手腕在维持着大家庭的秩序，撑起倾颓的大厦。

凤姐是一位贪得无厌、心狠手辣的恶人，却很难说是贾府的罪人，贾府被抄的直接原因是贾赦贾珍等在外恃强凌弱、聚众赌博，凤姐包揽词讼、重利盘剥只是"案中案"。正如王蒙先生所说："王熙凤其人

---

❶ [哥伦比亚]加西亚·马尔克斯、门多萨著，林一安译：《番石榴飘香》，生活·读书·新知三联书店1987年版，第157—158页。

❷ 李舜华：《从历史传奇到儿女真情：重构〈红楼梦〉的四个世界》，载《红楼梦学刊》2000年第4辑。

虽然没有高水平的战略眼光，个人品德上也颇可非议，但她的精明强悍机变却使她成为能够胜任贾府的日常管理的唯一的、无可替换的人物。"❶这一点可以从探春的观察中进一步得到证明。探春是贾府年轻一辈中最有责任心的人，当贾母因宝玉受惊吓而过问大观园的管理情况时，她回答说："近因凤姐姐身子不好，几日园内的人比先放肆许多。"（第73回）凤姐只不过病了几日，管理上略有松懈，下人们就聚赌抽头、争斗相打。凤姐苦心经营的管理体制虽然问题重重，但是，这一体制一旦松弛或停摆，整个贾府就陷入了混乱甚至彻底瘫痪。凤姐的权威先后受到三次打击，而且，一次比一次严重：第一次是邢夫人利用下人之间的矛盾向凤姐求情使其当众受辱。第二次是邢、王二位夫人心血来潮小题大做，发起并主持抄捡大观园，使平日里威风干练、游刃有余的凤姐成为被动的、违心的"跟班"和"催拨儿"（第74回）。第三次是贾母逝世。凤姐当日办秦可卿丧事，大权在握，欲行便行，事无不举；今日办贾母丧事，原以为仗着自己才干，必有一番大作用。殊不知，贾政唯知悲戚，邢夫人一片私心一味省俭死拿住银两不放，王夫人偏听不明只知埋怨，下人们乘机作践、偷懒，在这种内外掣肘的情况之下，凤姐事事呼唤不灵，威令不行于奴婢，直至嚷破喉咙、吐血晕倒，"家下人等见凤姐不在，也有偷闲歇力的，乱乱吵吵，已闹的七颠八倒，不成事体了"。（第111回）这是贾母、凤姐所代表的管理体制瘫痪之后贾府"树倒猢狲散"的形象寓言。万历朝权臣张居正受到攻击时，曾面奏皇上说，任何人替陛下做事都免不了作威作福，因为误事的官员必须降黜，尽职的官员必须提升，所以不是威就是福。❷在过度膨胀、浮肿的超级大家庭之中又何尝不是如此，任何人要真正当家都会

---

❶ 王蒙：《红楼启示录》，生活·读书·新知三联书店1991年版，第219页。

❷ 黄仁宇：《万历十五年》，中华书局1982年版，第16页。

作威作福。所以，我们没有理由过分责备凤姐的专权，更没有理由说是凤姐专权才导致贾府的衰败。相反，正如王蒙先生所说，"从全书来看，王熙凤越失势贾府越混乱败落，贾府越混乱败落王熙凤越失势"。❶

凤姐的才干和智慧将贾府中所有的男子都比下去了，可是这并不意味着对传统男性世界及其价值的否定。凤姐刚出场，叙述者就郑重其事地点明她"自幼假充男儿教养"（第3回）的经历，而贾府小姐中第一能人探春则曾公开宣称："我但凡是个男人，可以出得去，我必早走了，立一番事业，那时自有我一番道理。偏我是女孩儿家，一句多话也没有我乱说的。"（第55回）由此可见，无论是叙述者，还是书中人物贾探春等，都没有扬弃男性的价值，不仅如此，就连奉女儿为神明的第一男角贾宝玉对以宗法观念为根基、具有典型的男性霸权色彩的儒家思想体系也没有彻底否定和背叛，对儒家圣贤经典、对君主、对亲权都有相当程度的尊崇。❷探春渴望像男儿一样走出家庭干一番雄飞飘举的事业，明显有男性优越的意味，毕竟，家庭中的天地太过狭小；而凤姐以男儿式的杀伐决断在家庭之内纵横捭阖，则又在一定意义上模糊了性别的差异，与其说是褒男贬女或者褒女贬男，毋宁说是对男外女内观念的认同。

像《金瓶梅》那样描写男权中心家庭的作品，一个重要的主题就是揭露父权夫权对女性的压迫以及封建礼教对青年爱情的扼杀，而像《红楼梦》这样主要描写女权中心家庭的作品，除了这方面的内容之外，还为揭露封建家庭的弊端和罪恶提供了新的角度。世家贵族仰仗天恩祖德，一个个醉生梦死，毫无责任心和使命感可言，或像贾母一样安享清福，或像宝玉黛玉一样清谈遐思，或像贾珍贾琏一样无限制

---

❶ 王蒙：《红楼启示录》，生活·读书·新知三联书店1991年版，第246页。
❷ 刘敬圻：《贾宝玉生存价值的还原批评》，载《红楼梦学刊》1997年第1辑。

地追求感官刺激，所谓"安福尊荣者尽多，运筹谋划者无一"（第 2 回）；凤姐等当权派弄权受贿、任用私人；邢夫人与凤姐婆媳之间、邢夫人与王夫人妯娌之间的明争暗斗；家族内部翁媳叔婶兄弟之间的淫乱；下人之间无所不在的"窝里斗"；等等，这些均与男权女权没有多大关系，却能从更广更深的层面全方位地暴露人性中无法避免更无法根除的种种弱点。长幼尊卑的礼教观念和伦理准则不足以规范复杂的人性、维持大家庭和谐的秩序，建立在宗法血缘观念之上的人治体制也永远不可能完善和恒定。也许，这才是精致烂熟的贵族生活的本质？这才是君子之泽五世而斩、荣辱自古周而复始的根本原因？从这个意义上说，家庭中"女权"比"男权"具有了更深刻的内涵。如前所述，在现代作家中张爱玲似乎特别偏爱描写女权中心的家庭，从而"使她的家庭题材小说显示出独特的思想深度与艺术风韵"[1]，这也许与她的"红楼情结"不无关系。

（四）

综上所述，通过对贾母和王熙凤在贾府地位的分析，我们可以得出如下结论：由于"男主外女主内"的分工原则、"百行孝为先"的孝道观念，更由于一些女性自身所具有的为男人所不及的综合能力，一些女性尤其是德高望重的老太太在家庭中往往具有至高无上的地位和权势。这种"女正位乎内"的"女权"现象为暴露封建旧家庭的弊端和罪恶提供了新的视角，从男权之外的新角度揭示了封建贵族家庭生活的本质：在由血缘维系着的封建大家庭中，除了通常所说的男权性别压迫之外，还滋生和蔓延着懒惰淫乐、嫉妒报复、贪婪自私、欺瞒讹

---

❶ 谭桂林：《写出人性深处的原始悲怆——谈张爱玲的家庭题材小说〈金锁记〉和〈创世纪〉》，载《中国现代文学研究丛刊》1997 年第 4 期。

诈等种种与性别与等级无关的恶，它们既是人性深处无法根除的弱点，更是世袭贵族家庭制度的产物。因此，封建大家庭从它诞生的那一天起即已注定斩衰的命运。二知道人说："雪芹纪一世家，能包括百千世家。"❶诚哉是言！

（原文以《女正位乎内——论贾母、王熙凤在贾府中的地位》为题刊
《红楼梦学刊》2002年第2辑）

---

❶ 二知道人：《红楼梦说梦》，见冯其庸纂校订定：《重校八家评批红楼梦》（上），江西教育出版社2000年版，第33页。

五、《红楼梦》中的比德观——
从"林黛玉与花"说起

《红楼梦》中，太虚幻境是一个"朱栏白石，绿树清溪""仙花馥郁，异草芬芳"的"清净女儿之境"，其间之香"群芳髓"由初生异卉之精和各种宝林珠树之油合制而成；其间之茶"千红一窟"由仙花灵叶上的宿露烹煮而成；其间之酒"万艳同杯"由百花之蕊、万木之汁酿成。"太虚幻境的人间投影"❶大观园里，佳木葱茏、奇花烂灼、藤萝掩映、异草芬芳.翠竹、梨花、芭蕉、杏花、桑、榆、槿、柘、荼蘼、木香、牡丹、芍药、蔷薇、藤萝、薜荔、杜若、蘅芜、茝兰、清葛、紫芸、青芷、碧桃、绿柳、海棠、桂花、玫瑰，应有尽有，这些是写景。联系到人物，林黛玉是西方灵河岸上三生石旁绛珠仙草转世投胎的"草木"之人，薛宝钗自幼服用的"冷香丸"由白牡丹、白荷、白芙蓉、白梅等四种名花之蕊合成，湘云有醉卧芍药裀之韵，妙玉有私赠梅花之情。联系到文，与花相关的诗文除了《葬花吟》《芙蓉诔》《桃花行》，还有海棠诗、菊花诗、红梅诗、柳絮词等，不一而足。由此可见，花草树木这些自然界的精华是《红楼梦》艺术世界不可或缺的组成部分。

事实上，这些花草树木已经远远超出了"物象"本身，成为具有

---

❶ 余英时：《红楼梦的两个世界》，上海社会科学出版社 2002 年版，第 38 页。

丰富艺术内涵和审美价值的"意象",它们与红楼故事尤其是红楼女儿之间有着复杂而多元的联系。在这些意象中最引人注目的是花,有学者认为,《红楼梦》的中心意象不是"石头"而是"花(落花)"❶,不无道理。而遍读文本就会发现,与花关系最密切的人物是林黛玉。因此,本文主要以"林黛玉与花"为例,分析"花"与人物之间的"比德"关系。

(一)

《红楼梦》"女儿"与花之间有着对应的关系,在第5回的"判词"及"红楼梦曲"中,"榴花开处照宫闱"言元春是石榴花,"气质美于兰"以妙玉比兰花;第63回更是通过掣签清楚地指出:薛宝钗是牡丹花,探春是杏花,李纨是梅花,湘云是海棠花,麝月是荼蘼花,香菱是并蒂花,黛玉是芙蓉花,袭人是桃花。这些人中,元春、李纨、袭人、麝月、香菱等人与花的关系比较固定单一,其他几位则不然,作者以多种巧妙的方法将她们与不同的花联系在一起,最典型的就是通过"海棠诗""菊花诗""柳絮词"等让黛玉、宝钗、探春、湘云等人借物抒情言志。如宝钗"珍重芳姿昼掩门""淡极始知花更艳""白玉堂前春解舞,东风卷得均匀""好风频借力,送我上青云"等诗句,既是咏海棠、柳絮,也是自我性情怀抱的写照,这样,她与海棠、柳絮之间也就有了某种比喻的关系。黛玉与花之间千丝万缕的联系尤其引人注目,我们按文本次序简单梳理如下。

第23回,黛玉嫌水流出大观园之后不干净,糟蹋了花,因此不同意宝玉将落花撂在水里的做法,而是将花瓣装在绢袋里埋入花冢,任

---

❶ 苏涵、虞卓娅:《〈红楼梦〉落花意象论》,载《山西师大学报》(社科版)1998年第1期。

其随土而化。黛玉"肩上担着花锄，锄上挂着花囊，手内拿着花帚"的形象像雕塑一样具有强烈的视觉冲击力。这里，第一次将黛玉与落花紧密联系在一起，同时强调她葬花的目的是为了保持花的"干净"。

第 26 回，黛玉去找宝玉被不知情的晴雯挡在门外，于是站在花阴之下悲泣，结果哭得"花魂默默无情绪""落花满地鸟惊飞"。再次将林黛玉与落花联系在一起，同时还将她与"花魂"联系在一起。

第 27 回，在祭饯花神的芒种节，连矜持的宝钗都忘情扑蝶融入了大自然的美丽之中，黛玉却因误会而独自躲在山坡边悲悲切切地吟诵令人心碎肠断的《葬花吟》。明义《题红楼梦》绝句说"伤心一首葬花词，似谶成真自不知"❶，说这首诗是林黛玉自作的诗谶。蔡义江先生也指出："《葬花吟》是林黛玉感叹身世遭遇的全部哀音的代表，也是作者曹雪芹借以塑造这一艺术形象，表现其性格特性的重要作品。"❷"未若锦囊收艳骨，一抔净土掩风流；质本洁来还洁去，强于污淖陷渠沟""试看春残花渐落，便是红颜老死时；一朝春尽红颜老，花落人亡两不知"，这些诗句"凄楚感慨，令人身世两忘"（甲戌本批语），不知何者为人何者为花，黛玉与落花几乎合二为一了。

第 37 回，探春发起"海棠社"，众人题咏白海棠。这是大观园里的第一次诗社活动。结果李纨的评价是，宝钗之诗含蓄浑厚，居首；黛玉之诗风流别致，居第二；湘云后来补写，让众人"看一句，惊讶一句"，认为"这个不枉做了海棠诗"，可谓压倒群芳。

第 38 回，大观园"诗人"们作"菊花诗"十二题，黛玉作了《咏菊》《问菊》《菊梦》三首，被评为最佳。

---

❶ 明义：《题红楼梦》，见冯其庸纂校订定：《重校八家评批红楼梦》（上），江西教育出版社 2000 年版，第 97 页。

❷ 蔡义江：《红楼梦诗词曲赋鉴赏》，中华书局 2001 年版，第 203 页。

第 40 回，宝玉说残荷可恨，要让人拔去，黛玉说，她不喜欢李义山的诗，却喜欢"留得残荷听雨声"❶这一句，希望留着残荷。

第 63 回，黛玉掣到"芙蓉"花签。

第 70 回，林黛玉作"桃花诗"，宝琴骗宝玉说是她作的，宝玉坚持说，只有"曾经离丧"的黛玉才能"作此哀音"。众人因此诗而重起诗社，并改"海棠社"为"桃花社"，结果却不了了之。同回，众人填"柳絮词"，黛玉的词被认为"太作悲了"。

第 76 回，中秋之夜，黛玉与湘云躲开众人，在凹晶馆联诗，黛玉说出"冷月葬花魂"，湘云说她"不该做此凄凉奇谲之语"，连妙玉也说"太悲凉了"。

第 78 回，宝玉撰写《芙蓉女儿诔》祭奠"芙蓉花神"晴雯，结果黛玉却从"芙蓉花中走出来"，小丫鬟还以为是鬼。宝黛两人一起修改祭文，黛玉听宝玉说出"茜纱窗下，我本无缘；黄土垄中，卿何薄命"，陡然变色。脂评说，诔文"明是为阿颦作谶"（庚辰本 79 回），"知虽诔晴雯，实乃诔黛玉也"（靖藏本 79 回）。此论已被广泛认可。晴雯是黛玉的副身，这里通过晴雯巧妙地进一步强化了黛玉与芙蓉花之间的关系。

综上所述，《红楼梦》中至少有十处明确将黛玉与花联系在一起，还不包括竹。从表层形式看，关涉的具体对象除了"落花""花魂"之外，有海棠、菊花、残荷、芙蓉、桃花、柳絮等几种；关联的方式有行为（葬花、哭花阴），但主要是诗作，其中，海棠诗、菊花诗、柳絮词是与人分咏，"冷月"句是联诗，《葬花吟》《桃花行》是独作，"残荷"句

---

❶ 李商隐《宿骆氏亭寄怀崔雍崔衮》诗句"秋阴不散霜飞晚，留得枯荷听雨声"。《红楼梦》中"枯荷"变为"残荷"的"可能"原因有多种，而最大的可能"是曹雪芹的有意改动"。参见段启明：《大观园里玉溪生——兼及"枯荷"与"残荷"》，载《曹雪芹研究》2017 年第 3 期。

是引前人诗,《芙蓉诔》是宝玉为她作的"诗谶"。其中,《葬花吟》《桃花行》直承古老的《薤露歌》以及唐代刘希夷的《代悲白头翁》、明代唐寅的《花下酌酒歌》等诗歌传统❶,以"花"象征生命的美好与脆弱,是黛玉的悲歌、"女儿"的悲歌,也是人类生命的悲歌。从修辞的角度来说,这些花意象还有一个重要的作用,就是通过比德的方法来塑造人物形象,并含蓄地表达作者对人物的态度。

评点家张新之曾指出,《红楼梦》中的诗作,"其优劣都是各随本人按头制帽,故不揣摩大家高唱。不比其他小说,先有几首诗,然后以人硬嵌上的"。❷事实上,在作品中,钗、黛、湘三位的诗才可说是鼎足而立,"三人个性各各不同,曹雪芹为她们代拟的诗作亦与其性情、志趣、才学与处境相称"。❸比如说海棠诗,宝钗"珍重芳姿昼掩门""淡极始知花更艳"句与她端庄矜持、罕言寡语、随分从时的淑女形象吻合;黛玉"碾冰为土玉为盆""娇羞默默同谁诉"句写出了她高洁的性情及孤弱的处境;湘云"自是嫦娥偏爱冷"句"不脱自己将来形景"(脂评),"也宜墙角也宜盆"句则写出了她的英豪阔大。再比如柳絮词,湘云"纤手自拈来,空使鹃啼燕妒"句有"占春"的喜悦,情致妩媚;宝钗"好风频借力,送我上青云"句更是翻新出奇,把"轻薄无根无绊"的柳絮变成了凌云壮志的象征,立意高远;黛玉"漂泊亦如人命薄,空缱绻,说风流""草木也知愁,韶华竟白头"等句则自写身世怀抱,缠绵悲戚。

<hr>

❶ 胡怀琛:《林黛玉葬花诗考证》,见吕启祥等主编:《红楼梦研究稀见资料汇编》(上),人民文学出版社 2002 年版,第 82—86 页。

❷ 张新之:《红楼梦读法》,见冯其庸纂校订定:《重校八家评批红楼梦》(上),江西教育出版社 2000 年版,第 66 页。

❸ 詹颂:《代拟的超越与疏理:〈红楼梦〉中女性人物诗词作品探析》,载《红楼梦学刊》2004 年第 1 辑。

　　湘云的海棠诗压倒群芳，宝钗的螃蟹咏为"绝唱"，其柳絮词亦"为尊"，林黛玉则菊花诗夺魁，正如蔡义江先生所说，作者这样写并不是为了表现她们的诗才，而是要"让所咏之物的'品质'去暗合咏它的人物"，之所以林黛玉菊花诗夺魁，是因为"没有谁能比黛玉的身世气质更与菊花相合适的了"。❶也许我们并不能说湘云与海棠花之间以及宝钗与螃蟹、柳絮之间存在某种独特的联系，可是黛玉和菊之间却有着明白无误的类比关系，典型地体现了传统的比德观念。

（二）

　　所谓比德，简单地说，是指以自然物象之美来比附人物的道德之美，是先秦重要美学观念之一。

　　现存史料中最早关于"比德"的论述见于《管子》。《管子·水地》以水、玉比德："夫水淖弱以清，而好洒人之恶，仁也；视之黑而白，精也；量之不可使概，至满而止，正也；唯无不流，至平而止，义也；人皆赴高，己独赴下，卑也。卑也者，道之室，王者之器也。""夫玉之所贵者，九德出焉。夫玉温润以泽，仁也；邻以理者，知也；坚而不蹙，义也；廉而不刿，行也；鲜而不垢，洁也；折而不挠，勇也；瑕适皆见，精也；茂华光泽，并通而不相陵，容也；叩之，其音清搏彻远，纯而不杀，辞也。是以人主贵之，藏以为宝，剖以为符瑞，九德出焉。"❷《管子·小问》以禾比德："桓公放春三月观于野。桓公曰：'何物可比于君子之德乎？'……管仲曰：'苗，始其少也，眴眴乎何其儒子也！至其壮也，庄庄乎何其士也！至其成也，由由乎兹免，何其君

　　❶ 蔡义江：《红楼梦诗词曲赋鉴赏》，中华书局2001年版，第247页。
　　❷ [汉]刘向校，[清]戴望校正：《管子校正》，《诸子集成》，岳麓书社1996年版，第289页。

子也！天下得之则安，不得则危，故命之曰禾。此其可比于君子之德矣。'"❶以水及其他自然物比德的说法也见于晏婴、老子、庄子等人的论述中，可见比德的观念在先秦诸子中非常普遍，不过，对后世影响最为深远的比德观则来自儒家。

《论语·雍也》以山水比德："子曰：智者乐水，仁者乐山；智者动，仁者静；智者乐，仁者寿。"《论语·子罕》以松柏比德："子曰：岁寒，然后知松柏之后凋也。"此外，孔子和荀子还以天地比德、以玉比德、以土比德、以芷兰比德。❷其中"以玉比德"之说见于《荀子·法行》里记载的"问玉"轶闻，大意是说，子贡问孔子，君子贵玉而贱珉的原因是什么？是不是因为玉少而珉多？孔子回答说，不是这样的，君子"贵玉"的原因是："夫玉者，君子比德焉。温润而泽，仁也；栗而理，知也；坚刚而不屈，义也；廉而不刿，行也；折而不挠，勇也；瑕适并见，情也；扣之，其声清扬而远闻，其止辍然，辞也。故虽有珉之雕雕，不若玉之章章。《诗》曰：'言念君子，温其如玉。'此之谓也。"这里对"玉德"的描述与管仲之说如出一辙，所不同的是孔子明确做出了"玉者，君子比德焉"的论断，从而更具影响。《孔子家语·问玉》也类似的记载，不过"玉德"发展到了十一种，即仁、义、礼、智、信、乐、忠、天、地、德、道，囊括了儒家所有的伦理纲常。

先秦尤其是原始儒家的比德观对后世影响深远，从儒家的修身说，到建筑、绘画、诗歌等艺术形式，乃至民间吉祥文化，都有一定程度的体现。❸而就所"比"的内容来说，影响最广的莫过于松竹梅兰菊

---

❶ [汉]刘向校，[清]戴望校正：《管子校正》，《诸子集成》，岳麓书社1996年版，第345页。

❷ 钟子翱：《论先秦美学中的"比德"说》，载《北京师范大学学报》（社科版）1982年第2期。

❸ 张燕：《论中国艺术的比德观》，载《文艺研究》2000第6期。

与君子人格之间的"比德"关系。元代以降，竹梅为"双清"、松竹梅为"岁寒三友"、梅兰竹菊为"花中四君子"的说法可谓无远弗届。"梅兰竹菊四条屏"至今仍是中国画中的重要代表作之一。

就菊而言，早在《礼记·日令》中已有"季秋之月，鞠（通'菊'）有黄华（通'花'）"的记载，注意到了菊花的季节特点。在文学作品中，锺会《菊花赋》首倡"菊美"之说："夫菊有五美焉。圆花高悬，准天极也；纯黄不杂，后土色也；早植晚登，君子德也；冒霜吐颖，象劲直也；流中轻体，神仙食也。"至于菊花与人格的直接比附则始于陶渊明，其《和郭主簿二首》其二云"芳菊开林耀，青松冠岩列。怀此贞秀姿，卓为霜下杰"，讴歌菊花傲霜怒放之姿；其《饮酒》（五）云"采菊东篱下，悠然见南山"，"菊花"既是恬淡幽静的田园生活的象征，又是诗人随意适性的心境的写照，菊我一体。后人推崇陶渊明高尚的情操志节，他笔下的菊花也成了高尚人格的象征，辛弃疾云"自有陶潜方有菊，若无和靖即无梅"，就是说，是陶渊明、林和靖分别赋予了菊和梅人格志节的内涵。陶渊明之后，咏菊赞菊成风，诗作不下万首❶，晋袁崧《咏菊》云"灵菊植幽崖，擢颖陵寒飙。纯露不染色，秋霜不改条"；唐白居易《咏菊》云"耐寒唯有东篱菊，金粟初开晓更清"；宋王十朋《十月望日买菊一株颇佳》云"秋去菊方好，天寒花自香。深怀傲霜意，那肯媚重阳"；宋陆游《晚菊》云"菊花如志士，过时有余香"；宋郑思肖《画菊》云"宁可枝头抱香死，何曾吹落北风中"；宋朱淑贞《菊花》云"宁可抱香枝上老，不随黄叶舞秋风"；明沈周《菊》云"秋满篱根始见花，却从冷淡遇繁华"，等等，都是脍炙人口的咏菊名作，中心题旨就是歌咏菊花早植晚发、不畏寒霜、耿介拔俗的"君子"之德。

---

❶ 彭茵：《中国古典诗歌中的菊花意象》，载《学术论坛》1998 年第 6 期。

　　《红楼梦》中的菊花诗自然是传统"菊文化"的产物。有学者发现，曹雪芹同时代的宗室文人嵩山《神清室诗稿》卷中有咏菊五题，分别为"访菊""对菊""菊梦""簪菊""问菊"；永恩《诚正堂稿》中有一组和嵩山诗的《菊花八咏》，分别为"访菊""对菊""种菊""簪菊""问菊""梦菊""供菊""残菊"。《红楼梦》中的"咏菊十二题"就是在这"八题"基础上增加了"忆菊""咏菊""画菊""菊影"四种。❶嵩山是敦诚的好友，而敦诚是曹雪芹的好友，不管是谁影响谁，这一材料都证明了小说中咏菊的情节在现实生活中真实存在。

　　联系以菊比德的文学乃至文化传统，林黛玉"菊花诗夺魁"这一情节自然有深意存焉。同样是咏菊花，宝钗、宝玉、湘云、探春的诗都是暗示他们未来的命运，只有黛玉的诗是借物抒情言志。❷《咏菊》云："满纸自怜题素怨，片言谁解诉秋心。一从陶令平章后，千古高风说到今。"这里的"素怨""秋心"有坚贞、高洁的含义，诗作者直接点明她笔下之菊即陶渊明笔下之菊，以菊自比的用意非常明显。《问菊》"孤标傲世偕谁隐？一样花开为底迟"句中"孤标傲世"，更是黛玉的自我写照。

　　除了菊花之外，与林黛玉这一形象构成比德关系的，还有荷、芙蓉和竹。

　　关于荷和芙蓉。荷，又名芙蓉，其花名"莲"。当宝玉要求拔除破败的荷叶时，宝钗表示暂时没有工夫收拾，言下之意也是应该拔除，黛玉却希望留着残荷，不免让人产生联想。宋周敦颐《爱莲说》中称"出淤泥而不染，濯清涟而不妖"的莲为"花之君子"，从此莲或者说荷也就成了君子人格的象征。黛玉独喜"残荷"恐怕不是泛泛之笔。

---

❶ 蔡义江：《红楼梦诗词曲赋鉴赏》，中华书局 2001 年版，第 246 页。
❷ 蔡义江：《红楼梦诗词曲赋鉴赏》，中华书局 2001 年版，第 246—247 页。

如果说喜欢残荷还比较含蓄，"掣花签"则直接点明了黛玉与芙蓉花的关系。她抽到芙蓉花签，所题"莫怨东风当自嗟"诗句出自欧阳修《再和明妃曲》，上句为"红颜胜人多薄命"。根据脂批透露的消息，黛玉是在贾府事败、宝玉避祸出走之后泪尽而逝，因此这两句既惋惜她的脆弱敏感，又认为她是"求仁而得仁"，应该"自嗟"而不必"怨"人❶，这是花签诗的含义。可是，花签本身还很值得分析。博学的红楼女儿们自然知道花签诗所隐上句的内容，却不但不避讳，反而笑说："这个好极。除了他，别人不配作芙蓉。"黛玉向来敏感，掣签前还默默祈祷希望掣着好签，结果"也自笑了"。可见大家都舍"诗"取"花"，认为这是一枝好签，因为诗虽然不祥，花却是"出淤泥而不染，濯清涟而不妖"的"君子"，所以只有黛玉"配"。另外，黛玉的副身晴雯是木芙蓉，应该是由黛玉的水芙蓉"连类而及"。

关于竹。竹虽属林木，可有时也被当作"花"来看待，"双清""岁寒三友""花中四君子"中都包括了竹。《诗经·卫风·淇奥》云："瞻彼淇奥，绿竹猗猗，有匪君子，如切如磋，如琢如磨。"已经将竹与君子联系在一起。《礼记·礼器》云："其在人也，如竹箭之有筠也，如松柏之有心也。……故贯四时而不改柯易叶。"则直接赋予竹以人的品格，将竹引入了社会伦理的范畴。魏晋时期"竹林七贤"遁隐竹林，以竹之高标、清姿比况自己，从此中国的文人士大夫便与竹子结下了不解之缘，敬竹爱竹，种竹养竹，咏竹画竹，甚至有"不可一日无此君""无竹令人俗"的佳话，正如元韦居安《梅磵诗话》所说："植物中惟竹挺高节，抱贞心，故君子比德于竹焉，古今赋咏者不一。"总之，在传统文人的心目中，清风瘦骨、超然脱俗的修竹幽篁几乎成了坚贞高洁的君子的化身。联系这一背景，黛玉与竹的关系也就格外值得注意。

---

❶ 蔡义江：《红楼梦诗词曲赋鉴赏》，中华书局 2001 年版，第 338 页。

潇湘馆是一个"绿竹猗猗"的所在,对此作者多次致意:第17回,贾政一行"盘旋竹下而出",来到"有凤来仪"即潇湘馆;第23回,宝玉和众姐妹选择大观园中的住所,黛玉对宝玉说"我心里想着潇湘馆好,爱那几竿竹子隐着一道曲栏,比别处更觉幽静";第40回,贾母领着刘姥姥一行,来到潇湘馆,"一进门,只见两边翠竹夹路";等等,书中对潇湘馆之竹的描写不下十次。潇湘馆之竹至少有两层意蕴:一则以娥皇女英哭舜帝的故事隐喻宝黛爱情悲剧;二则以竹比黛玉清雅脱俗之性。

综上所述,在《红楼梦》中,黛玉与菊花、荷、芙蓉和竹有密切的关系,而这几种植物在传统文化中都是"君子比德"的经典对象,可见黛玉与这些"花"的关系并非偶然,应该是作者匠心所在。

(三)

在红学研究中,对钗黛的评价一直都有争议,左钗右黛说、左黛右钗说、钗黛合一说、钗黛对立说,凡此种种,不一而足。造成这种现象的原因无非两点:第一,从文本的角度来看,作者没有对他笔下的人物做直接的评判,使读者缺乏直接的依据;第二,从读者的角度来看,任何阐释活动都离不开接受者的积极参与,而每一位接受者对作品的理解都会打上时代和个人的烙印。

《红楼梦》整体上属于传统第三人称全知叙述模式,但是作者有意克服这一模式的局限性,叙述者较少直接站出来表达自己的主观态度和价值标准,表达对人物的看法,所以引来有无穷无尽的争论,而这一点也恰好是作品的魅力所在。不过,另一方面,我们必须指出,没有表达态度不等于没有态度。事实上,任何作品都不可能不留下作者的思想痕迹,绝对的"零度风格"不可能存在。在《红楼梦》中,作者很少让叙述者直接评价人物，却运用各种艺术手法巧妙地达到了评价人物的修辞效果，"比德"就是众多艺术手法中的一种。

就钗黛而论，如上所述，黛玉先天是一尘不染的世外仙草，后天与菊花、荷、芙蓉、竹等"花"中诸"君子"联系在一起，结合传统比德观来看，作者对黛玉的态度不必多言。

与黛玉形成对比的是宝钗。宝钗是众所周知的"牡丹花"。宝钗掣到牡丹花签，众人都笑说："巧的很，你也原配牡丹花。"签上所题诗句"任是无情也动人"出自唐代罗隐《牡丹花》诗，切合宝钗感情冷漠却又处处讨人喜欢的性格特点。此外，还隐含着此句之后两联四句："芍药与君为近侍，芙蓉何处避芳尘？可怜韩令功成后，辜负秾华过此身！"前两句与钗黛湘关系巧合，后两句则以韩弘弃牡丹之典暗示宝玉日后"悬崖撒手"令宝钗寂寞终生。❶这是题诗的丰富内涵。至于签上的牡丹花本身，还另有含义。

牡丹花姿优美，色泽艳丽，富丽堂皇；号称"国色天香""花中之王""富贵花"，不仅"艳冠群芳"，更代表世俗富贵。巧的是，宝钗身上还有和尚送的金锁。其实，"金"也是古人比德的对象物之一，"一诺千金""金石之交""真金不怕火炼"等熟语都是"比德"的产物，比喻守信以及坚贞的君子人格，不过，更多的时候是以"金玉满堂"来比喻富贵。

除了金锁和牡丹，宝钗还与其他花草构成了某种比附关系。她偶尔也在"瓶中供着数枝菊花"，但是，"菊花诗"是黛玉独占鳌头，宝钗与湘云、探春并列"次之"，而且不知有心还是无意，宝钗的《画菊》《忆菊》又排在最末；她的"冷香丸"中也有白荷、白芙蓉、白梅，但是，一般人认为，"冷香丸"既言宝钗之"香"来自外力又暗示其性情之"冷"；虽

---

❶ 蔡义江：《红楼梦诗词曲赋鉴赏》，中华书局 2001 年版，第 333 页。

然蘅芜苑遍植香草，而且香草自屈原开始已经成为君子的象征，但是，杜若、蘅芜、莔兰、青芷等毕竟没有能够像梅兰竹菊一样脱颖而出，成为"花中君子"，因此菊花、白荷、白梅及诸种香草虽然也与宝钗产生了联系，但是，在比附之中，我们能感觉到宝钗的美好，却无黛玉般的高洁可言，因此，也体会不到作者的赞赏之情。

值得指出的是，宝钗的"牡丹"与黛玉的"芙蓉"之间还有一层对比关系发人深思。五代蜀汉张翊所著《花经》以九品九命来为花卉定品第高下。

所谓九品是古时评定人才的方法，分上上、上中、上下、中上、中中、中下、下上、下中、下下九品，品数越少地位越高；九命则是周代级别，上公九命为伯，王之三公八命，侯伯七命，王之卿六命，子男五命，王之大夫、公之孤四命，公、侯伯之卿三命，公、侯伯之大夫及子男之卿再（即二）命，公、侯伯之士及子男之大夫一命，子男之士不命。可见九命与九品相反，数字越大地位越高。

按《花经》所列，牡丹为"一品九命"，芙蓉为"九品一命"，恰好处在高低两极。既以世俗的"品""命"作为标准，代表的自然是世俗之见。也就是说，在世俗的眼光中，牡丹是花中之王，地位尊贵，芙蓉则身份卑微。宝钗"原配牡丹花"，黛玉"配作芙蓉"，不知大观园众人据何标准，亦不知作者是何用意。或许，是对两人现实处境和价值的暗示？一个有母亲呵护兄长疼爱又有八面玲珑的处世技巧；一个孤弱一人、寄人篱下又过于敏感而处处小性儿，在世人看来，身份价值自然有别。其实，叙述者对钗黛曾有过居高临下的比较性评价："如今忽然来了一个薛宝钗，年岁虽大不多，然品格端方，容貌丰美，人多谓黛玉所不及。而且宝钗行为豁达，随分从时，不比黛玉孤高自许，目无下尘，故比黛玉大得下人之心。"这里，叙述者正是按世俗的标准来衡量钗黛的为人，事实上，宝钗不仅比黛玉大得下人之心，而且比黛玉大得除了宝玉之外的几乎所有人之心。

分析至此，我们发现，《红楼梦》文本隐含着两种评价钗黛的标准：一种是以"花中君子"之说为依据，从文人标举的理想境界出发，赞赏黛玉超尘脱俗的高洁与任性；一种是以《花经》"九品九命"之说为依据，从普罗大众的现实需要出发，肯定宝钗理性温仁的世故与豁达。

宋周敦颐《爱莲说》云："水陆草木之花，可爱者甚蕃。晋陶渊明独爱菊；自李唐来，世人盛爱牡丹；予独爱莲之出淤泥而不染，濯清涟而不妖，中通外直，不蔓不枝，香远益清，亭亭净植，可远观而不可亵玩焉。予谓菊，花之隐逸者也；牡丹，花之富贵者也；莲，花之君子者也。噫！菊之爱，陶后鲜有闻；莲之爱，同予者何人；牡丹之爱，宜乎众矣。"文人雅士爱菊莲之"隐逸"与"君子"，与众人爱牡丹之"富贵"，从精神超越的层面来说，境界自有高下。可是，无论从哪个角度来说，都不应该用文人雅士或者说思想者的精神追求来否定世俗百姓的现实追求，反之亦然。所以，代表理想境界的黛玉与代表世俗道德标准的宝钗大可以"并美"于世。至于读者的喜好，则大可各随心意。

除了钗黛之外，以花姿潇洒、有"花中神仙"之称的海棠比英豪阔大的湘云，以剪雪裁冰、耐寒傲冷的梅比寡居守节的李纨，以绚丽灿烂、春尽而逝的杏花比"生于末世运偏消"的探春，以生于幽谷、无人自芳的兰比孤芳自赏的妙玉，以随风飘扬的桃花比"事二夫"的袭人，等等，相对来说都直接明了，无须多言。也许与"为闺阁昭传"的创作主旨相关，传统上与"花中君子"比德的主要是男士，《红楼梦》中全是女儿。贾府男性中身上体现了比德观的只有"绛洞花主"宝玉，所比之物为"顽石"和"美玉",这里不做具体讨论。

（原刊《红楼梦学刊》2006年第3辑）

六、形象、主题、结构的三重性——
甄士隐与贾雨村的叙事功能

《红楼梦》主要写贾府的故事，贯穿始终的却是两个与贾府不太相干的人物——甄士隐和贾雨村。开篇第 1 回是"甄士隐梦幻识通灵，贾雨村风尘怀闺秀"；结尾第 120 回是"甄士隐详说太虚情，贾雨村归结红楼梦"。这样的安排多少有点让人感到意外和好奇。事实上，怎样理解这两个人物，也是解读《红楼梦》的一大关键。

美国著名的后经典叙事学家詹姆斯·费伦指出，小说人物包含有三个因素，第一，模仿的人物，即作为人的人物；第二，主题的人物，即作为观念的人物；第三，综合的人物，即作为艺术建构的人物。❶也就是说，小说中的人物，除了是行动的功能之外，他还兼有表达主题和建构作品整体性的功能。这三个因素之间的关系和表现方式则视具体的作品以及作品中具体的人物而定。巧合的是，《红楼梦》中的甄士隐和贾雨村正好比较典型地体现了人物的三重特性。为了表述的方便，我们不妨将第一种因素即模仿的人物称为人物形象，即狭义的"人物"，将第二种和第三种因素分别称为主题功能和结构功能。下面，我们就从

---

❶ [美]詹姆斯·费伦著，陈永国译:《作为修辞的叙事——技巧、读者、伦理、意识形态》，北京大学出版社 2002 年版，第 4 页。

形象意义、主题意义、结构意义三方面来分析甄士隐和贾雨村这两个人物的叙事功能。

（一）作为"人物"形象的甄士隐和贾雨村

甄士隐，淡泊功名的乡宦，遭受劫难之后遁入空门。作为艺术形象，甄士隐这个人物给人突出的印象是作为凡夫俗子的恬淡超逸以及慷慨友善。他是一个家境小康的乡宦，出身当地的望族，"不以功名为念，每日只以观花修竹、酌酒吟诗为乐"，"是神仙一流人品"。对雄心勃勃却落魄潦倒的贾雨村，他以礼相待并资助盘缠，使其得以赴京赶考、实现理想。后来，甄士隐遭受一连串命中注定的劫数，先是独生女儿丢失，接着房舍被烧，然后又遭丈人算计、厌嫌。最后，他在贫病交攻、急忿怨痛之中，听到世外高人吟诵《好了歌》，顿觉世间万事皆空，大彻大悟，遁入空门。此后的甄士隐两次在急流津出现，已是可以在太虚幻境和红尘之间往来自如的得道仙人。

贾雨村，出身于诗书仕宦之族的落魄书生，经过勤奋努力和投机钻营，登高官显爵，又因贪赃枉法而沦为罪犯，最后被削职为民。对于贾雨村这一人物，自脂砚斋开始，就有不少的评论，比较有代表性的评价可分为两类：一类完全是否定性评价，说他是忘恩负义的"奸人""谄媚求荣贪赃枉法的官僚""没落地主阶级官吏的典型""官场中卑鄙小人""典型的势利官僚""国贼禄蠹的典型代表""社会蛀虫""封建官僚"等；另一类注意到性格的复杂性，认为他是"有识有才而无行的人""雄壮的奸佞""儒雅的名利之徒""潇洒的奸诈小人""富有才干的投机商""性格复杂的典型人物"等。❶脂砚斋早就指出，他有

---

❶ 关于贾雨村的思想性格研究，参见任明华编著：《红楼男性》，中华书局2006

时"真是个英雄"，有时是"下流人物"。更有许多学者指出，他的性格前后有明显变化，可分为"两个阶段"，前期是"正人君子"，后期是"丑恶封建官僚"。❶这些观点都有道理，都很有启发性。理解这个人物，我们应该抓住以下两个要点。

第一，正如很多学者所指出的，贾雨村的性格有明显的发展线索和轨迹，前后有明显的区别。《红楼梦》中绝大多数人物的性格都是定型的，贾雨村的性格却写出了发展变化的过程，很值得留心。

第二，在承认前后思想性格具有明显区别的前提下，还应该看到，在前后期，他的性格同样不是单一的，而是复杂的。具体来说，在他身上，狂放豁达与汲汲名利两种看似矛盾的个性品质始终交织在一起，只是在人生不同的阶段表现不同而已：前期是狂放豁达为主，骨子里潜伏着名利之心；后期是蝇营狗苟，在名利场中翻滚，却依然保留着几分不俗的书生本色。所以，作为一个典型的艺术人物，贾雨村的意义主要不在于刻画了封建官僚、国贼禄蠹的形象，而在于揭示了这个人物堕落的过程，包括外在环境的逼迫和内心的煎熬。

学者们对贾雨村寄居葫芦庙时的表现大多给予正面的评价和肯定。其实，一开始他就是一个性格复杂甚至矛盾的人物。他是诗书仕宦之族的末世子弟，家业凋零，独自漂泊，沦落到了"行囊路费一概无措"、只好暂借庙宇安身的地步。他高声吟诵"天上一轮才捧出，人间万姓仰头看""玉在椟中求善价，钗于奁内待时飞"（第1回），固然表达了雄飞高举的理想，却也有待价而沽、待时而动的投机心；他错认娇杏为知己而且"狂喜不尽"，固然有青年公子的浪漫情怀，却也有怀才不遇的愤懑和求"遇"求"偶"的迫切心；他"受了银衣，不过

年版，第171—188页。

❶ 任明华编著：《红楼男性》，中华书局2006年版，第172页。

略谢一语，并不介意，仍是吃酒谈笑"，固然是不落俗套、不拘礼法的洒脱之举，联系他后来被参之后"心中虽十分惭恨，却面上全无一点怨色，仍是嬉笑自若"（第2回）的隐忍功夫来看，却未尝不是故作旷达来掩盖内心的自卑，同样，他说"读书人不在黄道黑道，总以事理为要"（第1回），并不辞而别，固然表现出了洒脱与自信，却也未尝没有名利为念、急于摆脱困境的心理作祟。总之，这时的贾雨村是一个有才华、有理想、有抱负同时又有野心、利心、投机心的"穷儒"。正因为"穷"，所以表面豁达潇洒，内心自卑好强；正因为"穷"，所以，求"遇"求"达"心切。他"进京求取功名，再整基业"（第1回）的驱动力来自家族的责任、人生的理想，也来自内心深处的名利之念，这名利之念正是他后来堕落的根芽。

第32回之后的贾雨村较少正面出现，他为了讨好贾赦而制造冤狱害得石呆子家破人亡、官场几次沉浮、对贾家落井下石等罪恶行径都是通过他人转述，这时的贾雨村已经完全堕落为投机钻营、贪赃枉法甚至陷害无辜的腐朽官僚和忘恩负义的无耻小人。但是，值得注意的是，作品中还特意写到他主动求见宝玉，而且是"回回定要见"，宝玉嫌其俗而不愿见，湘云说是"主雅客来勤"。于宝玉，固然是嫌贾雨村为禄蠹国贼而不愿见；于贾雨村，却不以"淫魔色鬼"视宝玉，而愿意亲近，未尝没有赏识其不拘礼法、不问世事、不同流俗的个性品质的原因，所谓"虽不能至，心向往之"。他一方面与贪财好色的贾赦走得近，另一方面却也因为言语不俗而一直得到正人君子贾政的礼遇。总之，在后期"没天理"、投机钻营、徇情枉法、无所不用其极的贾雨村身上，依稀可辨早年那个"相貌魁伟，言语不俗""剑眉星眼，直鼻方腮"的贾雨村的影子，他最后在急流津与甄士隐对话之后"沉睡"，彻底摆脱了名缰利锁的束缚，更是超越时空，直接将前期的贾雨村升华了。

    要理解贾雨村的前后变化过程，第2.3.4回中与他相关的故事是关键。紧接第1回末，贾雨村乌帽猩袍，已由一介穷儒摇身一变而成新科进士、新任知府。他的"三把火"竟然是：第一，为甄士隐的遭际伤感叹息，允诺会派差役探访英莲下落；第二，娶娇杏为妾，一年多之后又扶为正室；第三，答谢甄家娘子许多物事，令其好生养赡，静待女儿消息。对甄士隐夫妇的感恩答谢自不必说，娶娇杏，又何尝不是为了酬谢风尘知己之义？这时的贾雨村，可说是一位重情重义的君子。接下来叙述者介绍，他为官不到一年，即让其他官员侧目而视，被上司"寻了个空隙"参劾，原因是他才干优长、恃才侮上并有些贪酷之弊，上司的参本中则有"生情狡猾，擅纂礼仪，且沽清正之名，……致使地方多事，民命不堪"（第2回）等语，在这些叙述与参语的背后，我们可以看到一个典型的初出茅庐的青年官员形象，他年轻气盛，不懂官场规则，所以恃才侮上；他有胆有识，雄心勃勃想干一番事业，所以擅纂礼仪，并致使地方多事；他读圣贤书却是凡人而不是圣人，所以，难免贪酷之弊，结果弄得上司不满、同僚侧目，很快落了个"革职"的下场。面对同僚上司的幸灾乐祸，他内心十分惭恨，面上却全无怨色，嬉笑自若。这是他仕途上的第一次打击，有了内心深处的这份"惭恨"，他"担风袖月，游览天下胜迹"时的无奈和不甘就可想而知了。

    接下来，他重新陷入困境，甚至比借居葫芦庙时更加难堪。他曾因偶感风寒病在旅店，身体劳倦，盘费不继；他曾在金陵甄家做家教而被溺爱不明的甄家祖母"辱"慢；他在林如海家坐馆时曾因闲居无聊而漫无目的地在街上闲逛。在经历这一切的时候，他内心的痛苦和煎熬可想而知。他前后两次受助时的不同表现非常耐人寻味，也很能说明问题。在葫芦庙，当甄士隐雪中送炭资助银衣时，他不过略谢一语，并不介意；而且不待黄道吉日，也不屑甄士隐的荐书，自信满满扬长而去。这一次，在经历了至少两年的蹭蹬潦倒之后，好不容易有了东山再起的机会，林如海答应帮忙"周全协佐"之后，他"一面打躬，谢不释口"，谢了"又谢"；对林如海的日程安排，他"唯唯听命，心中十分得意"；到了京城，拜见贾政之前，也是谨小慎微礼节周到，先整了衣冠并拿了宗侄的名帖投了。在葫芦庙，是我命在我不在天，所以，他心高气傲，目空一切，大有李谪仙"仰天长啸出门去，我辈岂是蓬蒿人"的气概；这一次，他是在世途中翻了跟斗之后绝处逢生，是我命在人不在我，所以，在权贵面前情不自禁就低了他的"剑眉"，折了他的"圆腰"，而且在摧眉折腰之后，心中还十分得意。这就是生活"磨练"的逼真写照。

因为贾政、王子腾等人的直接帮助，他得以官复原职。走马上任之后，第一件要处理的公事就是薛蟠打死冯渊案。在得知有人打死人竟可以依财仗势逃走了事之后，他的第一反应是"大怒"，并要依法立即发签捉拿凶手。叩是，接下来事情的进展完全扰乱了他的心智。首先，门子告诉他，为官一方，必须熟悉当地的"护官符"，否则不但官爵不保，甚至会有性命之忧。从他"忙问'何为护官符'？我竟不知"来看，他很可能联想到了上次的被参，只怕仍心有余悸。接着，他知道了凶手薛蟠不但是"护官符"中不能得罪也得罪不起的人物，还是刚刚有恩于他的贾府和王府的亲戚。再有，他也知道了凶案中受害者之一、被拐卖的女孩就是他昔日恩人甄士隐的女儿英莲。这时，他将甄士隐昔日的恩情以及自己对甄家娘子的承诺轻而易举地抛开，对门子说："且不要议论他，只目今这官司，如何剖断才好？"当门子建议他做顺水推舟的人情送给贾府王府时，他承认这样做有道理，但仍然犹豫不决："但事关人命，蒙皇上隆恩，起复委用，实是重生再造，正当殚心竭力图报之时，岂可因私而废法？是我实不能忍为者。"（第 4 回）门子听了之后冷笑道："老爷说的何尝不是大道理，但只是如今世上是行不去的。岂不闻古人有云：'大丈夫相时而动'，又曰：'趋吉避凶者为君子'。依老爷这一说，不但不能报效朝廷，亦且自身不保，还要三思为妥。"雨村听后"低了半日头"，然后接受了门子的建议，徇情枉法，胡乱判断了此案，然后，急忙作书两封，向贾政及王子腾讨好。

"乱判葫芦案"是贾雨村放弃士大夫核心价值、人格和灵魂彻底堕落的标志，他此前的被参和此后所有的投机钻营、贪赃枉法都只是虚写，唯有这件事写得细致入微。他从最初的"大怒"，到顾虑皇恩、顾虑法纪，到决定徇私枉法，再到徇私枉法之后不以为耻反而主动邀功，再到过河拆桥"充发"门子，环环相扣，写出了他心灵变化的轨迹。在他低头寻思的过程中，早年志气高远的抱负，第一次被参的教训，贾府相助的恩义，辜负皇恩的不忍，"相时而动""趋吉避凶"的世情，不合时宜可能带来的严重后果，以及知道底细的门子可能带来的麻烦，等等，大概都会在他脑海里一一浮现。所以说，他低头寻思的过程，是一个读圣贤书、有正义感的封建官员灵魂和良知遭受拷问并最终堕落的过程，促使他灵魂和良知堕落的，是自身的遭遇和门子一语道破的世情。自始至终，贾府和王府并未出面，甚至连凶手薛蟠都未出面，严格地说，迫使贾雨村妥协、退让并最终放弃良知德操的，是他经历过的世态炎凉，是自古以来消磨和侵蚀人类良知的官场积习，是人性中根深蒂固的名利欲念。在封建官僚制度早已进入历史坟墓的今天，放眼望去，世上的"贾雨村"又何止一二？所以，这一形象具有超越时空的意义。

（二）作为观念载体的甄士隐和贾雨村

甄士隐和贾雨村从名字的寓意到人生态度、生命轨迹，都充满了寓言色彩，寄寓了作者的观念态度和作品的主题思想。从主题表达的角度来看，甄士隐和贾雨村这两个人物至少具有三重寓意：第一，"真"与"假"的寓意；第二，"隐"与"仕"的寓意；第三，"盛"与"衰"的寓意。

1. "真"与"假"的寓意。

中国古代小说中有一种特殊的修辞手法就是通过人物名字的谐音来表达某种特殊的寓意，《红楼梦》在这方面表现非常突出，甄英莲谐音"真应怜"、"元迎探惜"谐音"原应叹息"、霍启谐音"祸起"等都是大家耳熟能详的例子，乃至于有人认为："细绎百二十回各人名，皆有用意。"[1]而最耐人寻味的还是甄士隐和贾雨村这两个人名的寓意。

甄士隐的含义有"真事隐""真事引""真士隐""隐去真相"等种种解释。相应地，贾雨村的含义有"假语存""假于村""假予忖""假寓纯"等种种解释，其名"贾化"、表字"时飞"则分别被理解成"假话""实非"。不管对这两个人名做怎样的理解阐释，"甄"谐音"真"、"贾"谐音"假"是毋庸置疑的，再加上"太虚幻境"牌坊上的对联"假作真时真亦假，无为有处有还无"，"真假""有无"遂成为解读《红楼梦》的关键元素。

对于"真假""有无"有从哲学上对立统一原则去理解的，真与假、有与无相反相成、互相依存并且可以互相转换。有从文学创作原理上去理解的，前提是将甄士隐理解成"真事隐去"，贾雨村则理解成"假语

---

[1] 话石主人：《红楼梦本义约编》，见一粟编：《古典文学研究资料汇编·红楼梦卷》，中华书局1963年版，第182页。

存"或小说第120回中所说的"假语村言",其中"村言"指村俗之言。在此基础上,又有两种不同的态度。一种是,强调《红楼梦》这部小说的自传性质,认为作者写的都是真人真事,只是为了掩人耳目而将真人的名字、称谓隐去,因此要特意说明是"真事隐"。持这一观点的学者在具体解读作品时往往将小说中人物与现实生活中的人一一对应,以至穿凿附会,走入了歧途。另一种是,从文学创作的普遍原理出发,认为"真事隐""假语存"强调的是在"真事"的基础上加上艺术虚构创造出来的"假语"。也就是说,小说中的有些故事、有些人物来自现实的素材,有些细节甚至是"追踪蹑迹,不敢稍加穿凿","不过实录其事,又非假拟妄称"(第1回),但是,整体来说,《红楼梦》是将真事隐去、假语虚构的故事。我们认为,后一种解释不仅符合《红楼梦》的创作实际,而且符合文学创作的普遍规律。

简单地说,甄士隐与贾雨村这两个人物的名称应该寓含了曹雪芹对哲理意义上的以及文学创作观念中的"真假"关系的思考。

2. "隐"与"仕"的寓意。

中国传统文化中的道家和儒家表现出了隐与仕、出世与入世两种截然不同的人生价值取向。道家崇尚和追求原始质朴的人性,憎恶人类在文明社会中表现出来的争夺、奸诈等品行,并拔高原始人性的完美性,主张无为不争、少私寡欲、绝学弃智,要让人性和社会都恢复到原始、质朴的状态,因此,道家的人格典范是真人、隐士,其特点是:尊天道、法自然、清静无为、超尘脱俗。儒家则强调内圣外王,所谓"内圣"指主体修养,对善的领悟,对仁义道德的把握;"外王",是指把主体修养所得,推广于社会。儒家给个体设计的人生理想是修身、齐家、治国、平天下,即首先要修炼完美的道德之身,然后以之齐家,进而治国、平天下。在"修齐治平"思想的影响之下,儒家强调士君子要刚强有力，积极入世，担当起家国天下的重任。因此，儒家的人格典范是有道德、有修养并以家国天下为己任的君子。

夏麟书、关四平两位先生曾在《论贾雨村的形象在〈红楼梦〉艺术结构中的作用》一文中指出："甄、贾二人，一以道家思想为主导，一以儒家思想为指归；一超脱出世，一汲汲入世；一仰慕仙道，一痴迷仕途；一清高自洁，一势利鄙俗。二者的鲜明对比，正典型地概括了封建士人的两种人生观与两种人生道路。"❶结合这两个人物的人生轨迹，还可进一步发现，作者（包括曹雪芹以及续作者）对"隐"与"仕"的态度。

甄士隐本来是个性情闲淡的乡宦，经历了亲人离散、家业凋零的尘世劫难之后，飘然出世，最后成了不再受尘世荣辱穷达喜怒哀乐干扰的世外高人。贾雨村本来是个志向高远的儒者，经过积极拼搏，曾跻身高位，却由于客观上龌龊腐朽的环境和主观上强烈的功名利禄之心，不仅未能实现儒家的"仁德"，反而连自身人格都彻底堕落，最后落了个披枷带锁的下场。值得注意的是，贾雨村在官场几经沉浮最后沦为阶下囚之后，续作者给他安排了一个与甄士隐殊途同归的结局，他在急流津觉迷渡口得甄士隐指点迷津，恍恍惚惚沉睡了过去，"再叫不醒"，也就是说，他最终也脱尽尘缘，回归了本真自然的生命状态。可以说，甄士隐是遭劫出世，贾雨村则是入世遭劫，遭劫之后终于也选择了出世。另外，作品还通过贾宝玉与甄宝玉的对比强化了甄士隐、贾雨村之间这种隐与仕、醒悟与痴迷的对比。甄士隐与贾宝玉代表"隐"，一隐于方外，一隐于尘世；贾雨村与甄宝玉代表"仕"，一个是一开始就积极求"仕"，最后走到了"仕"途的尽头，成了囚徒，一个

---

❶ 夏麟书、关四平：《论贾雨村的形象在〈红楼梦〉艺术结构中的作用》，载《学习与探索》1990 年第 4 期。

是刚刚收拾起怪胆狂情，走上"仕"的正途，继续了"贾雨村们"的"事业"。

值得注意的是，方外的甄士隐与沉迷尘俗的贾雨村两次见面的地点"知机县""急流津觉迷渡口"等都具有明显的象征意味。

第一次，甄士隐之所以不与贾雨村相认，是因为贾雨村高官厚禄、尘梦方酣，所以并不"知机"，不顾故人死活，奔名利之岸而去。第二次，贾雨村已从名利的云端掉入深渊，以他过人的"颖悟"，终于"得知仙机"，迷途知返，酣睡于"急流津觉迷渡口"，回归了《庄子·知北游》中所标举的"媒媒晦晦""心若死灰"的生命状态。

从甄士隐与贾雨村的遭遇，再结合作品中第一男主角贾宝玉的形象，作者显然有肯定道家之"隐"而否定儒家之"仕"的倾向，但是也不宜下绝对的断语。从名字的含义来看，甄士隐所代表的"隐"的人生才是"真"，贾雨村所代表的红尘历劫的生活则是"假"。可是，我们也应该看到，"真"虽然值得肯定，但是毕竟只存在于方外，一般人可望不可及；"假"虽然庸俗苦痛，但是毕竟是实实在在的人生，如果没有红尘俗世，也就没有了人生可言。所谓"假作真时真亦假，无为有处有还无"，真与假、有与无永远都是相对存在、互为条件的，"甄士隐""贾雨村"应该是你中有我、我中有你，就像道家与儒家在中国文化中也永远处于对立互补的状态一样。所以，作者对"隐"与"仕"应该不会持断然肯定或否定的态度。

3. "盛"与"衰"的寓意。

从长篇家庭小说的奠基之作《金瓶梅》，到现代文学史上的巴金、茅盾、张爱玲等人的家庭小说，家庭或者家族的盛衰都是固定不变的中心内容和情节，《红楼梦》也不例外，它是贵族家庭由盛而衰的悲歌。

在贾府故事开始之前，作为引子和前奏，甄士隐的故事，贾雨村的故事，甚至还包括林如海的故事，都有一个共同之处，即都有一个由盛而衰的家庭或家族作为身世背景。作为乡宦，作为当地的望族，甄士隐一家转眼灰飞烟灭，零落不堪。贾雨村也是出身诗书仕宦之族，却生于末世，父母祖宗根基已尽，人口衰丧，只剩得他一身一口。林如海之祖，曾袭过列侯，到如海已经五世，如今支庶不盛，子孙有限，只有黛玉这样一介弱女聊解膝下荒凉之叹。这三家故事有着共同的内在语义模式：世事沧桑，人生无常，不管是一方望族，还是平常的诗书仕宦之族，还是钟鸣鼎食的列侯之族，全都逃不脱由盛而衰的命运。所以，这三家相对于贾府的故事来说，都有"未雨闻雷""将雪见霰"的预告的作用。具体到甄士隐，"不过雪芹要用他的事迹充当书中贾府的一个缩影，具体而微"。[1]至于贾雨村，从祖宗根基到他出场时的困顿，再到二十余年的宦海沉浮，再到最后的获罪，更是由盛而衰、由衰复盛、盛而复衰——盛衰循环往复的形象表现。贾雨村的命运岂不正是贾府"兰桂齐芳"之后的隐喻？所以，甄士隐和贾雨村这两个人物的故事明显暗示了《红楼梦》的盛衰主题。

在中国传统小说中，很多时候，作者都通过开头和结尾为读者提供一条解释整部作品的线索，或者为观察故事提供一个哲学的框架，或者强调小说所包含的道德训诫、主旨意蕴。从上面的介绍中可以看到，作为开篇的两个重要人物，甄士隐和贾雨村对理解《红楼梦》的主题有着非常重要的意义。

（三）作为结构因素的甄士隐和贾雨村

除了作为人物形象和主题观念的载体，甄士隐和贾雨村这两个人

---

[1] 赵冈：《花香铜臭读红楼》，台湾时报文化出版事业有限公司1978年版，第115页。

物还具有明显的建构艺术整体的功能，具体表现为线索功能、见证功能、阐释功能。

1. 线索功能。

作为线索人物，甄士隐突出的作用是沟通凡俗两个世界；贾雨村的突出作用则是沟通贾府和贾府以外的社会，尤其是官场。

《红楼梦》不同凡响的艺术成就之一就是在尘世之外虚构了一个虚无缥缈、引人遐思的太虚幻境。甄士隐一出场，即在梦中听到了一僧一道的对话，听到了绛珠仙草因还泪而追随神瑛侍者下凡从而引出一干风流冤家同时下世历劫的故事，并亲历亲见了"太虚幻境"以及"通灵宝玉"，梦醒之后，梦中的僧道竟然来到他眼前，要报走他怀抱之中的宝贝女儿。就这样，在似真似幻的艺术氛围中，一下子就将虚无缥缈的太虚幻境与尘俗人世联系起来了，把读者带入了似真似幻、虚实难辨、真假难明的艺术境界之中。后来，他在急流津两次与贾雨村见面，来去无影，穿梭于太虚幻境与尘世之间，再次强化了仙凡两个世界的联系。

相比之下，贾雨村的线索功能更加引人注目。脂评曾指出贾雨村在有关薛蟠、英莲、宝钗等人的故事情节中的"穿插""带叙"作用[1]；评点家王希廉也指出他"为一部书中起结之人"。[2]具体地说，他与冷子兴的"演说"，将金陵贾府旧宅与京城贾府联系起来，又将江南甄家与京城贾家联系起来，将甄宝玉与贾宝玉联系起来；他与黛玉的师生缘

---

[1] 第 4 回雨村与门子商议命案，"二人计议，天色已晚，别无话说"等语，甲戌本眉批："盖宝钗一家不得不细写者，若另起头绪，则文字死板，故仍只借用雨村一人穿插出阿呆兄人命一事，且又带叙出英莲一向行踪，并以后之归结，是以故意戏用'葫芦僧乱判'等字样撰成半回，……但其意实欲出宝钗，不得不做此穿插。"见郑红枫、郑庆山：《红楼梦脂评辑校》，北京图书馆出版社 2006 年，第 63 页。

[2] 王希廉第 117 回回末评，见冯其庸纂校订定：《重校八家评批红楼梦》（下），江西教育出版社 2000 年版，第 2672 页。

将林家贾家联系起来；他乱判葫芦案，又带出薛家以及补述英莲的遭遇；此后数十回中，他与贾府的交往以及在官场的沉浮将贾府与贾府之外的社会联系起来，尤其为宝玉所厌恶的官场提供了形象的写照；最后，他与甄士隐的一番交谈，完结了整部红楼故事。评点家王希廉甚至认为："若不为事罢官，如何能归结《红楼梦》？"●也就是说，贾雨村罢官的情节乃专为归结全书而设，否则他无由与甄士隐沟通，也就无由了结全书。再则，如前所说，甄士隐是联结仙凡的线索，贾雨村与甄士隐的交往，又间接地联结了甄士隐与贾府，也就是说，他还是仙凡之间一个不可缺少的中间环节。

2. 见证功能。

正如罗宗阳先生在《贾雨村断想》一文中指出的，贾雨村"不是全书故事的旁观者、解说员，而是直接的参与者，他与贾府息息相关，贾府的兴衰际遇涉及他的升沉，而他的荣辱变化又直接联系到贾府的命运"。●所以，贾雨村这个人物对红楼故事具有见证的功能。

甄士隐的情况与贾雨村有所不同。他在第 1 回出家之后，只在第 2 回、第 92 回被偶尔提及，然后就是在急流津与贾雨村的两次相见，所以，他对贾府的故事几乎从未参与，可是，他的见证功能却要比贾雨村更加完善和有力。他不仅一开始就在梦中得窥太虚幻境的仙机，而且从第 120 回来看，他对宝玉以及贾府的过去、现在和未来都了如指掌，原因就是他已是超脱尘世高高在上的"仙长"。赵冈先生曾经很形象地指出，甄士隐"是整个故事的见证人。换言之，曹雪芹在拍红楼梦这部电影时，同时采用了两部摄影机。第一部，也是主机，是那块

● 王希廉第 117 回回末评，见冯其庸纂校订定：《重校八家评批红楼梦》（下），江西教育出版社 2000 年版，第 2672 页。

● 罗宗阳：《贾雨村断想》，载《红楼梦学刊》1989 年第 2 辑。

顽石……甄士隐是第二部摄影机，被隐藏在影棚的阴暗角落中"。❶用叙事学的理论来解释，贾雨村处于故事层，如果作为叙述者的话，他只能是同故事叙述者，是有限视角；甄士隐处于超故事层，他是异故事叙述者，而且是无所不知的"上帝"，是全知视角。甄士隐不仅可以见证每一件事，知道每一个人过去、未来的命运，甚至可以透视每一个人物的内心。中国传统小说总体上采用的是全知叙事模式，《红楼梦》也不例外，虽然有刘姥姥见挂钟那样非常精彩的限知叙事片断，总体上还是全知叙事模式。不过，甄士隐作为小说中一个虚构的人物，同时合理地具有全知的功能，是很值得注意的。

3. 阐释功能。

小说作品所采用的各种叙事模式都有其优势和不足，全知叙事的不足之一是叙述者的介入性评论。如果生活中一个讲故事的人，不时打断故事的进展，喋喋不休地对故事中的人按自己的标准进行好坏评价，听故事的人肯定会很不耐烦，就是这个道理。《红楼梦》在很大程度上做出了努力，试图克服这种不足，所以，它的叙述者比较少站出来对人物评头论足，对事情加以解释。有些事情，则比较巧妙地采用故事中人物的口吻来加以阐释和说明。这时候，人物所说的话，不一定代表这个"人物"本身的思想态度，甚至可以与他的思想态度无关，而是作者的代言人，或者代表了社会的普遍价值标准。甄士隐和贾雨村就比较典型地具有这种阐释功能。

甄士隐详说太虚情事一段，对"通灵宝玉"来龙去脉的解释，对太虚幻境中众女儿命运的解释，对贾府"兰桂齐芳"的预言，都属于阐释性内容，体现了阐释的功能。贾雨村的阐释功能则典型地体现在

---

❶ 赵冈:《花香铜臭读红楼》，台湾时报文化出版事业有限公司 1978 年版，第116 页。

他的"正邪两赋"之论,研究者多以此来证明贾雨村具有"不同流俗"的个性和见识,当然也有一定的道理,但是,这么一段脱离故事情节、眼界开阔、境界超拔的宏论,与贾雨村的思想关联实在有限,更主要的,应该是代作者立言传心,也就是说,这里的贾雨村主要发挥了阐释的功能。

综上所述,对于《红楼梦》中的甄士隐与贾雨村,不能简单地以独立存在的人物来看待,他们既是小说中虚构的有独特人生经历和情感世界的"人物",同时还具有表达主题和建构艺术形式的结构功能。具体地说,其主题的意义主要表现在三个方面:暗寓真与假的关系;代表隐与仕的不同人生道路;预示盛与衰的情节内容。其结构功能主要也表现在三个方面:贯穿始终、联结众多人物事件的线索功能;分别从超故事层和故事层这两个层面证明故事内容的见证功能;代表作者严格地说应该是叙述者发表看法、解释事件原委的阐释功能。《红楼梦》高超的叙事艺术由甄士隐和贾雨村这两个人物所承载的多重叙事功能而可见一斑。而从形象、主题、结构三重维度解读小说人物的研究方法,可以说具有一定的模式意义。

（原刊于中国红楼梦学会
《话说〈红楼梦〉中人》,
崇文书局2006年11月版）

七、红楼中那些温暖的故事——
贾府生活的另一面

  《红楼梦》描绘中国传统大家庭生活，可谓穷形尽相。自 20 世纪初期新文化运动以来，在反封建的惯性思维之下，研究者对《红楼梦》中所呈现出来的礼教之虚伪、专制之流毒、骨肉倾轧之险恶等，多有揭示阐发。但是，正如赵敏俐先生所说："这一百多年来，由于我们对中国传统文化批判得太激烈了，因而到现在形成了一个文化的断裂。"**❶**传统文化中有许多被忽略或者被遮蔽的东西值得重新发掘、思考并借鉴。就《红楼梦》而言，其描写的传统大家庭生活，的确有虚伪残忍、黑暗悲惨的一面，同时也有光风霁月、和煦明媚的一面。早在 1944 年，李长之曾在一篇题为《〈水浒传〉与〈红楼梦〉》的演讲稿中说到："夏天最好读《水浒传》，因为它写得痛快。冬天最好读《红楼梦》，因为它写得温暖。"**❷**贾府生活中温暖的一面，需要暂时放下全盘否定的批判性视角，心平气和地去体会。

  彩衣娱亲——孝道的高境界。传统家庭伦理中以孝道为最高准

---

  ❶ 崔希亮、耿云志等：《"经典重读与书香社会的构建"座谈会纪要》，载《中国文化研究》2015 年第 2 期。

  ❷ 李长之等：《水浒传与红楼梦》，见吕启祥等主编：《红楼梦研究稀见资料汇编》，人民文学出版社 2001 年版，第 962—963 页。

则。《孝经》"开宗明义"第一章就说:"夫孝,始于事亲。""事亲"包括侍亲、养亲、顺亲、娱亲、尊亲等诸多方面。孔子曾经说:"今之孝者,是谓能养。至于犬马,皆能有养;不敬,何以别乎?"(《论语·为政》)即孝敬父母,不能停留在物质供养的层面,最重要的是要有发自内心的敬爱之意。如果说,庶民阶层的孝道主要需要物质层面的赡养,那么,像贾府这样的贵族之家,孝道更主要地体现在精神层面的顺亲与娱亲。贾府子弟不肖,导致家业衰落直至被抄家革职、一败涂地,令贾母受惊、祖宗蒙羞,固然是大不孝。但是,我们也应该看到,贾府子弟中也有不少人在日常生活中演绎了孝道伦理中的温情角色:宝钗深知贾母年老之人喜热闹戏文、爱甜烂之食,故意点贾母喜欢的戏文和食品;贾宝玉折了大观园新开的桂花,不敢自己先玩,亲自插瓶、送给祖母和母亲;王夫人嘱咐周瑞家的不要告诉老太太人参已经朽烂的真相,等等,这些都表现了小辈对长辈发自内心的孺慕、体贴之情。当然,贾府中令人印象最为深刻的孝敬之举是贾政与王熙凤在贾母面前的娱亲行为。

贾政性格迂阔、不苟言笑,可是,作为孝子典范,他却有着老莱子"戏彩娱亲"的心意,书中多次写到他体会贾母心意并努力承欢取乐的场景。元宵节贾政散朝之后陪贾母猜灯谜,故意乱猜、挨罚;出灯谜给贾母猜,又偷偷让宝玉把谜底告诉贾母,总之,就是要让贾母高兴。又一次元宵节,贾政陪贾母玩击鼓传花的游戏,为了博老母亲一笑,一本正经、道貌岸然的贾政居然当众讲怕老婆的丈夫给老婆舔脚的笑话,真是用心良苦、难能可贵。

冰雪聪明的王熙凤更是把"戏彩娱亲"的功夫做到了极致。很多人强调凤姐与贾母之间主要是一种利害关系、凤姐对贾母的态度主要是逢迎与利用,显然是过于看重人际关系中的功利性而忽视了情感的价值。无论从哪个角度看，凤姐对贾母是孝顺的。她时常打起十二分精神，"效戏彩斑衣"（第 54 回），给老祖宗带来了数不胜数的畅怀欢笑。根据凤姐自己的介绍，逗老祖宗乐，或者是为了饭前增进食欲，或者是为了饭后易于消化。更有甚者，当贾母因贾赦谋娶鸳鸯而盛怒时，正是凤姐出人意表的戏语瞬间化解了大家的尴尬并令贾母回嗔作喜。二知道人曾指出："锁媪之眉者黛玉也，牵媪之肠者宝玉也，能开媪之笑口者，熙凤一人耳。"❶凤姐"娱亲"行为的背后，除了过人的口齿与智慧之外，有着对贾母细致入微的关怀与体贴。在贾母去世之后，凤姐"总理"丧事，她左支右绌，劳累委屈到吐血晕厥，是贾母众多儿孙中唯一一个为丧事操碎了心的人。由此亦可证明，凤姐对贾母有真正的孝敬之心在。

理性与担当——母性之爱的光辉。北齐颜之推《颜氏家训》说："人之爱子，罕亦能均；自古至今，此弊多矣。贤俊者自可赏爱，愚顽者亦当矜怜。"强调父母对子女应该尽可能一视同仁。贾母的子媳中，贾赦夫妇一个好货好色、一个愚昧贪婪，相比之下，贾政夫妇要正派贤能得多，也要孝顺得多。贾母平日里"不大作兴邢夫人"（第 71 回），或者"不大喜欢贾赦"（第 107 回），也是人之常情。尽管如此，贾母在家政安排上仍然显得理性而智慧，极力维持一种客观平衡，由二房贾政的妻子王夫人和大房贾赦的儿子儿媳贾琏凤姐一起主管家务，而非一房独揽。另一方面，贾母虽然整天与孙儿孙女们吃喝玩乐，自称是"老废物"（第 39 回），事实上，贾府的一切都在她的掌握之中，大至宝玉的亲事，小至客人如刘姥姥、李婶子、邢岫烟等人的去留，事无巨细，都得请她的示下。贾母不但客观上拥有至高无上的地位，主观上

---

❶ 二知道人：《红楼梦说梦》，见冯其庸纂校订定：《重校八家评批红楼梦》（上），江西教育出版社 2000 年版，第 22 页。

亦具有强烈的权利意识，关键时刻，她会及时拿出她的身份，体现她的权威。比如，在宝玉挨打事件中，贾母暴怒之下拿出母亲的身份，直逼得贾政陪笑下跪、叩头认罪，不仅从死神手里救回了她心爱的孙子，而且在众人面前有力地维护了她不可侵犯的权威和地位。在鸳鸯事件中，贾母迁怒于王夫人，旋即又笑着让宝玉代自己下跪赔不是，并向薛姨妈称赞王夫人而批评邢夫人。这种喜怒无常、当众褒贬的作法看似率性，未尝不是一种权术，让人又惧又敬。❶

正是这位智慧而威严、让人又惧又敬的老祖宗，在大难来临的时候充分显示了母性之爱的光辉。锦衣卫抄家之后，贾府上下乱作一团、抱怨叹息，只有年迈的贾母在最初的慌乱过后迅速恢复了理智与常态，祷告天地："总有合家罪孽，情愿一人承当，只求饶恕儿孙。"（第106回）在遽然而降的灾难面前，贾母不怨不尤，主动担责。接着，一边井井有条地安排家计，一边开箱倒笼，"将做媳妇到如今积攒的东西都拿出来"救济众人。在财产分配时，尽可能周到公平，不仅是两房儿子名下尽量均衡，连宁府的贾珍、惜春、贾蓉也都一视同仁。因此，评点家们说，贾母所为"实属公允周匝"❷，"媪之爱，公而溥也"❸。不仅如此，在大厦将倾的时候，贾母还表现出了一份道家的淡定与超然。当贾政表示要兢兢业业治家奉养老太太到一百岁的时候，贾母说："你们别打谅我是享得富贵受不得贫穷的人哪。……若说外头好看里头空虚，是我早知道的了。……如今借此正好收敛。"（第107回）

---

❶ 参见段江丽：《女正位乎内——论贾母、王熙凤在贾府中的地位》，载《红楼梦学刊》2002年第2辑。

❷ 洪秋蕃第107回回末评语，见冯其庸纂校订定：《重校八家评批红楼梦》（下），江西教育出版社2000年版，第2437页。

❸ 二知道人：《红楼梦说梦》，见冯其庸纂校订定：《重校八家评批红楼梦》（上），江西教育出版社2000年版，第22页。

哥伦比亚作家、诺贝尔文学奖获得者马尔克斯对两性的历史作用的看法是："妇女以铁的手腕维持着人类的秩序，而男子们则一味地以种种狂热鲁莽的行动来闯荡世界，推动历史。"所以，在其享誉全球的《百年孤独》中，"妇女总是在男子搞乱了的地方建立秩序"。❶在《红楼梦》中，正是贾母，在灾难面前，"一人承当"，用伟大的母性之爱呵护无论贤俊顽愚的每一位子孙，独撑大厦。

信任与忠诚——主仆之间的良性互动。在阶级分析的框架下，传统家庭中主仆关系里非人性的一面得到了深刻的揭露。如果换一个视角，回到历史场域之中就事论事去讨论，主仆关系的复杂内涵还有进一步探讨的空间。儒家文化一方面强调上下尊卑的等级差别，造成许多的不平等；另一方面，也提倡"仁者爱人"（《孟子·离娄下》），"人不独亲其亲，不独子其子"（《礼记·礼运篇》），"老吾老以及人之老，幼吾幼以及人之幼"（《孟子·梁惠王上》），等等。总之，强调推己及人、将心比心的恕道。

在传统伦理所提倡的主仆关系中，一方面强调仆对主、下对上的绝对服从；另一方面，也强调主对仆、上对下的怜惜，经典而通俗的说法出自陶渊明笔下："此亦人子也，可善遇之。"（《南史·陶潜传》）《红楼梦》中，贾母对小演员、小道士、丫鬟们以及小板儿的顾惜、关心，体现的正是"推己及人""将心比心"的仁者情怀。而贾母对贴身丫鬟鸳鸯则不止有上对下的怜惜关爱，更有超越等级身份、肝胆相照的依赖与信任。贾母视鸳鸯为唯一"可靠的人"（第46回），"只听他一个人的话"。贾府上下，也只有鸳鸯"敢驳老太太的回"（第39回）。贾母无条件的信任换来的是鸳鸯以命相随的忠诚，从某种意义上说，鸳鸯殉

---

❶ [哥伦比亚]加西亚·马尔克斯、门多萨著，林一安译：《番石榴飘香》，生活·读书·新知三联书店1987年版，第157—158页。

主的故事是对"士为知己者死"这一经典命题的演绎。

贾母与鸳鸯之间信任与忠诚的关系一目了然。与此相对照,另一对肝胆相照的主仆——熙凤与平儿,却向来被忽略甚至被误解了。在封建社会,养在深闺的贵族小姐与自幼一起成长的心腹丫鬟之间很容易产生深厚的情感。她们朝夕相处、知己知彼,既是主仆,又是闺中密友。当小姐出嫁、丫鬟陪嫁之后,从某种意义上,主仆就已结为荣辱与共的命运共同体。在阶级分析的视野中,我们更多地看到的是她们之间的等级差别以及由此而带来的不平等待遇;从人性的角度,则有可能更多地看到她们在既有制度之下所表现出来的特殊的情感关系。平儿是四个陪嫁丫头中唯一一个与凤姐相处融洽而被贾琏"收房"的通房大丫头,因为有"变生不测凤姐泼醋"的情节,平儿被"贾琏之俗、凤姐之威""荼毒"的薄命形象遂深入人心。事实上,就像生活中再亲密的亲人、朋友也会有误会一样,凤姐此次迁怒平儿委实是突发情况下误会、羞恼所致。叙述者正是围绕这件事,通过宝钗、袭人以及平儿自己,再三强调凤姐素日里待平儿的好。而这件事的结局,是凤姐人前人后多次不乏诚意的道歉。因此,主仆两人的关系非但没有因此疏远反而更加亲近。至第 55 回,平儿主动拿这件事打趣,说到忘情处竟"你""我"相称,凤姐也丝毫不以为忤。正如李纨所说,平儿是凤姐的总钥匙,足见凤姐对平儿信任有加,而平儿对凤姐的忠诚亦不亚于鸳鸯之于贾母,具体体现在三个方面:一则处处维护,甚至为了照顾凤姐的感受而主动疏远贾琏;二则借机劝谏,多次说得向来"说一是一,说二是二,没人敢拦"(第 65 回)的凤姐心服口服;三则在凤姐身后全力保全巧姐,行救孤之义。在青山山农《红楼梦广义》中曾言,平儿待凤姐"有古名臣事君之风"。❶事实上，这对主仆之间既有类似"君臣"的等级差别，亦有心心相印、知音互赏的知己之情。贾母与鸳鸯、凤姐与平儿之外，黛玉与紫鹃之间亦不乏真挚的姐妹情义，限于篇幅不赘。

综上所述，子辈对长辈精神层面的敬爱与体贴，老祖母理性而公平的慈爱以及大难来临时的担当与超脱，主仆之间超越身份等级的信任与忠诚，等等，《红楼梦》所描写的这些发生在贾府中的故事，至今仍有温暖人心的力量与价值。当代的家庭形式以及人伦关系早已有了颠覆性的改变，但是，传统家庭文化中的某些超制度、超时代的正面质素仍有借鉴的意义。

（原刊《光明日报·文学遗产》2015年8月27日）

---

❶ 青山山农：《红楼梦广义》，见一粟编：《古典文学研究资料汇编·红楼梦资料汇编》，中华书局1964年版，第214页。

八、贾雨村的堕落之路

《红楼梦》中的贾雨村与甄士隐一样，具有特殊的寓意与结构功能。同时，贾雨村作为"模仿的人物"❶，其形象亦颇为完整，可以说是贾府人物之外着墨最多、角色特征也最鲜明的人物。对这个人物，脂砚斋早就指出，他有时"真是个英雄"❷，有时是"下流人物"❸。更有许多学者指出，他的性格前后有明显变化，可分为"两个阶段"，前期是"正人君子"，后期是"丑恶封建官僚"。❹

对于贾雨村前后性格的变化，评点家姚燮曾表示困惑："雨村在贫困中，犹不失读书人本色。不知后来一入仕途，且居显要，便换了一副面目肺肠。诚何故也？"❺其实，细读文本，我们发现，贾雨村从"目

---

❶ 美国著名的后经典叙事学家詹姆斯·费伦指出，小说人物包含有三个因素：第一，模仿的人物，即作为人的人物；第二，主题的人物，即作为观念的人物；第三，综合的人物，即作为艺术建构的人物。见[美]詹姆斯·费伦著，陈永国译：《作为修辞的叙事——技巧、读者、伦理、意识形态》，北京大学出版社 2002 年版，第 4 页。

❷ 甲戌本第 1 回针对"雨村收了银、衣，不过略谢一谢，并不介意，仍是吃酒谈笑"之语侧批："写雨村真是个英雄。"

❸ 甲戌本第 2 回针对"早有雨村遣人送两封银子，四匹锦缎，答谢甄家娘子"之语侧批："雨村已是下流人物，看此，今之如雨村者，亦未有矣。"

❹ 任明华编著：《红楼男性》，中华书局 2006 年版，第 171—188 页。

❺ 大某山民第 1 回评，见冯其庸纂校订定：《重校八家评批红楼梦》（上），江西教育出版社 2000 年版，第 22 页。

空一切的少年时代"到"善于钻营的官僚时代"❶,并非偶然,而是有着合乎逻辑的内在线索可循,大致可以分为三个阶段。

第一阶段,踌躇满志、洒脱自信的落魄书生。贾雨村出场时,乃出身诗书仕宦之族的落魄书生,父母祖宗根基已尽,欲"进京求取功名,再整基业",却因囊中羞涩而困顿淹留于葫芦庙中,以卖字作文为生。其中秋之诗云"玉在椟中求善价,钗于奁内待时飞""天上一轮才捧出,人间万姓仰头看",在自高身价的同时,也表达了他雄飞高举的理想。此时的雨村在甄府丫鬟娇杏眼中的形象是:"这人生的这样雄壮,却又这样褴褛。"这是相对客观的视角,可见"褴褛"的外表掩盖不住他内在气质上的"雄壮"。得甄士隐主动资助盘缠,他"不过略谢一语,并不介意",连夜赴京,并托人带话给甄士隐:"读书人不在黄道黑道,总以事理为要,不及面辞了。"这些细节,充分显示了贾雨村的自信与洒脱。

第二阶段,年轻气盛、锋芒毕露的官场新秀。贾雨村再次登场,已是新上任的"本府太爷"。原来他进京之后,一路顺遂,中了进士,被外派为官。这时的贾雨村,仍不失读书人本色,顾念旧情,且雄心勃勃、锋芒毕露。他在困境中错认甄府丫鬟娇杏为"风尘中之知己",飞黄腾达之后不忘初心、主动相认,娶其为侧室,并在嫡妻病逝之后扶其为正室。

娇杏"命运两济"的故事固然有"侥幸"的寓意,但是,在现实的层面,贾雨村不顾门楣和出身,娶微贱时之"知己"为姜为妻,确有不同流俗的情怀。再则,当得知甄士隐父女的遭遇之后,贾雨村"伤感叹息",并允诺一定会派差役将英莲"找寻回来"。对甄家娘子,亦

---

❶ 李辰冬:《红楼梦重要人物的分析五:贾雨村》,见吕启祥等主编:《红楼梦研究稀见资料汇编》,人民文学出版社 2001 年版,第 565 页。

有不薄的馈赠。这些私领域的表现，颇有重情重义的君子之风。此时的贾雨村，在公领域的官场亦具初生牛犊的锐气与进取心。对贾雨村在知府任上的表现，叙述者介绍说：

> 虽才干优长，未免有些贪酷之弊；且又恃才侮上，那些官员皆侧目而视。不上一年，便被上司寻了个空隙，作成一本，参他"生性狡猾，擅纂礼仪，且沽清正之名，而暗结虎狼之属，致使地方多事，民命不堪"等语。龙颜大怒，即批革职。该部文书一到，本府官员无不喜悦。（第2回）

这段话在程乙本中被修改为："虽才干优长，未免贪酷；且又恃才侮上，那同寅皆侧目而视。不上一年，便被上司参了一本，说他貌似有才，性实狡猾，又题了一两件狗庇蠹役、交结乡绅之事。龙颜大怒，即批革职。部文一到，本府各官无不喜悦。"相比早期脂本所说，程乙本的考语"又题了一两件狗庇蠹役、交结乡绅之事"强化了贾雨村"贪赃枉法"的形象，正如有些学者所指出的那样，"乙本改易雨村居官考语，直可为后来乱判葫芦案、讹陷石呆子种种'没天理'事注脚，乃有所指。"❶

对这种修改的评价牵涉到读者对贾雨村这一形象的理解。如果将贾雨村作为前后性格一致的定型人物来看，这种修改自然有其道理。但是，早期脂本之妙恰好在于刻画了一位典型的初出茅庐的官场新人形象：他年轻气盛，不懂官场规矩，所以恃才侮上；他锋芒毕露、雄心勃勃想干一番事业，所以擅纂礼仪，并致使地方多事；他读圣贤书却是凡人而不是圣人，所以难免有贪酷之弊，凡此种种，他很快令同僚不满、上司侧目，因而被上司蓄意找茬参劾，落了个革职的下场。面对上司同僚的幸灾乐祸，他内心十分惭恨，面上却全无怨色、嬉笑自若，这

---

❶ 张俊、沈治钧评批：《新批校注红楼梦》，商务印书馆2013年版，第37页。

可以说是"奸雄必有之态"（甲戌本侧批），也以说是读书人桀骜不驯的本色。这是贾雨村春风得意走上仕途之后的第一次打击。有了内心深处的这份"惭恨"，他接下来"担风袖月、游览天下胜迹"时的无奈与不甘就可想而知了。

第三阶段，投机钻营、贪赃枉法的腐败官僚。贾雨村被革职之后，一夕之间从理想的云端重新跌入困境，其遭遇甚至比寄身葫芦庙时更加难堪。他曾在金陵甄家做家教，因溺爱不明的祖母"辱师"而辞馆；他曾孤独地病倒在旅店，身体劳倦、盘费不继；他在林如海家坐馆时也因为闲居无聊而漫无目的地在街上闲逛。在经历这一切的时候，他内心的痛苦、沮丧和煎熬可想而知。

有两个对比性的细节非常传神地刻画了贾雨村性格中的微妙变化：在葫芦庙，当甄士隐雪中送炭资助银两冬衣时，他不过"略谢一语，并不介意，仍是吃酒谈笑"，而且不待黄道吉日，也不屑甄士隐的荐书，自信满满，扬长而去。在经历了一番官场蹭蹬之后，林如海答应帮忙"周全协佐"谋取东山再起的机会，他的反应是"一面打恭，谢不释口"，"谢"了"又谢"；对林如海的日程安排，他"唯唯听命，心中十分得意"；到了京城，拜见贾政之前，也是谨小慎微礼节周到、小心翼翼。当日在葫芦庙，是我命在我不在天，所以，他心高气傲，目空一切，大有李谪仙"仰天长啸出门去，我辈岂是蓬莱人"的气概；这一次，他是在世途中翻了跟斗之后绝处逢生，是我命在人不在我，所以，在权贵面前情不自禁地低了"剑眉"，折了"圆腰"。什么叫生活磨练？这就是生活磨练。

在贾政、王子腾等人的帮助之下，贾雨村得以补授应天府之职。走马上任之后，第一件要处理的公事就是薛蟠打死冯渊案。

他对此案的第一反应是"大怒"，并准备依法捉拿凶犯。可是，却被门子示意阻止了。

接下来,他从门子口里知道了"护官符"的来龙去脉和利害关系,也知道了凶手薛蟠和被拐卖的小女孩的情况。薛蟠不但是"护官符"中不能得罪也得罪不起的人物,还是刚刚有恩于他的贾府王府的亲戚,而本案中被拐卖的女孩就是他昔日恩人甄士隐的女儿英莲。门子说,如果触犯了"护官符"中的人家,"不但官爵不保,只怕连性命还保不成"。贾雨村听闻此言,马上由此前的"大怒"转为迟疑不决,并因此引来门子的嘲讽:"老爷当年何其明快,今日何反成了个没主意的人了!"门子的话正点出了贾雨村"当年"与"今日"的性格反差。

当门子建议做顺水推舟的人情送给贾府王府时,贾雨村仍然犹豫不决:"事关人命,蒙皇上隆恩,起复委用,实是重生再造,正当殚心竭力图报之时,岂可因私而废法?是我实不能忍为者。"对此,甲戌本上的脂批说是"奸雄"之"假";蒙府本脂批则说:"良明不昧势难挡。"从人物性格的发展逻辑来说,我们认为,蒙府本批语自有其合理性,这时候的贾雨村其实面临徇私与依法的激烈矛盾。

门子听了贾雨村之言之后冷笑道:"老爷说的何尝不是大道理,但只是如今世上是行不去的。岂不闻古人有云:'大丈夫相时而动',又曰:'趋吉避凶者为君子'。依老爷这一说,不但不能报效朝廷,亦且自身不保,还要三思为妥。"雨村听了这番话之后"低了半日头",最后接受了门子的建议,徇情枉法,胡乱判断了此案,并急忙作书两封,向贾政及王子腾讨好。

如果说,贾雨村在断案之前尚可谓"良明不昧"的话,从断案的那一刻开始,他已出卖了自己的良知,因私废法,且将甄士隐昔日的恩情以及自己对甄家娘子的承诺一笔勾销。

可以说,"乱判葫芦案"是贾雨村放弃士大夫核心价值、出卖人格和灵魂的标志。至此，那个曾经追求"清正之名"的官场新秀已经彻底堕落为腐败官僚。此后，他在堕落的路上越走越远，直至最后因为贪财、婪索属员再次被弹劾，并被送有司法办，革职为民。

第32回之后，贾雨村较少正面出现，他为讨好贾赦而诬陷石呆子、官场几次沉浮、对贾家落井下石等丑恶行径都是通过他人转述。他此前的被参和此后所有投机钻营、贪赃枉法、忘恩负义的事迹都只是虚写，唯有"乱判葫芦案"一事写得细致入微。从最初的"大怒"，到顾虑皇恩、法纪，到决定徇私枉法，再到徇私枉法之后不以为耻反而主动邀功，再到过河拆桥"充发"门子，环环相扣，写出了他内心的矛盾纠结和变化轨迹。

在贾雨村低头寻思的过程中，早年志气高远的抱负，重整基业的家族使命感，甄家的恩义，第一次被参的教训，贾府王府的势力以及相助之情，辜负皇恩的不忍，"相时而动""趋吉避凶"的世情，言行不合时宜可能带来的严重后果，以及知道底细的门子可能带来的麻烦，等等，大概都会在他脑海里一一浮现。所以说，他低头寻思的过程，是一个读圣贤书、有责任心与正义感的封建官员灵魂和良知遭受拷问并最终堕落的过程。促使他灵魂和良知堕落的最大动因，应该是自身的遭遇和门子一语道破的世情。自始至终，贾府王府并未出面，甚至连凶手薛蟠都未出面。严格地说，迫使贾雨村妥协、退让并最终放弃良知德操的，是他经历过的世态炎凉，是自古以来消磨和侵蚀人类良知的官场积习，是人性中根深蒂固的名利欲念。

贾雨村由贾宝玉的性情而引发的关于"正邪两赋"的大段议论是这一人物的主题功能之一，它代表了《红楼梦》作者关于人性的深度思考。反观贾雨村的人生轨迹，又何尝不是"正邪两赋"？他本来是个志存高远的儒者，经过积极拼搏，曾跻身高位、雄心勃勃，想干一番事业并追求清正之名；即使在春风得意的时候，仍保持了一份不忘微贱之交的初心和真情；最后却由于主观上强烈的功名利禄之心和客观上龌龊腐朽的官场生态与社会环境，不仅未能实现弘扬儒家"仁德"、再整家业的理想，反而连自身人格都彻底堕落，最后落了个披枷带锁的下场。

在封建官僚制度早已进入历史坟墓的今天，放眼望去，世上的"贾雨村"又何止一二？在象征寓意的层面，被革职为民之后在急流津觉迷渡口的草庵中沉睡不醒的又岂止一个贾雨村？所以，这一形象具有超越时空的意义，其堕落的过程发人深省。

（原刊《文史知识》2015年第10期）

九、复调性与人物形象——
以钗黛之争为中心

导论：复调性与钗黛之争的实质

在文学批评领域，有一句流传很广的话，叫"一千个读者眼里有一千个哈姆莱特"（There are a thousand Hamlets in a thousand people's eyes.），据说这句话来自《哈姆莱特》的作者莎士比亚本人。换作中国话来说，就是"仁者见仁，智者见智"的意思。按接受美学的理论，文本需要有读者阅读，融进读者亦即审美主体的经验、情感和艺术趣味，才能成为作品——审美对象，而读者由于时代、性别、个性等因素不同而导致价值取向、评价标准不同，故而对文学人物的理解与评价也不同。因此，文本解读永远是见仁见智的问题，永远不可能有唯一正确的解。从这个意义上说，红学史上的"钗黛优劣之争"注定"是个永远扯不清的问题"。❶

这还只是问题的一个方面，强调的是读者的因素。另一方面，从《红楼梦》文本的角度看，其杂语性与对话性的特质也注定了解读的多维性。20 世纪最有影响力的理论家之一、俄国的巴赫金从其对话理论

---

❶ 刘梦溪：《红楼梦与百年中国》，中央编译出版社 2005 年，第 379 页。

出发，极力推崇陀思妥耶夫斯基的小说，认为陀氏的小说世界并非只有一种声音、一种思想、一种立场，而是有着两种或者两种以上互不相容、互相冲突、有自身充分价值和存在意义的声音、思想和立场存在，而且在小说发展的最后也不是以其中一种立场、思想和声音去统一其他的思想、立场和声音。这就是巴赫金影响深远的"复调对话"理论。❶巴赫金复调理论的实质是强调不同生存个体的价值与理由的平等对话。尽管《红楼梦》与陀氏小说艺术风格明显不同，但却具有实质的相似性，即具有复调性。❷可以说，复调性正是《红楼梦》打破传统"写法"的表现之一。

巴赫金认为，在复调小说中，"不是众多性格和命运构成一个统一的客观世界，在作者统一的意识支配下层层展开，这里恰是众多的地位平等的意识连同它们各自的世界，结合在某个统一的事件之中，而互相间不发生融合"❸；小说中的人物，也"不仅仅是作者议论所表现的客体，而且也是直抒己见的主体"❹。也就是说，与传统的由作者统摄的独白型小说相比，复调小说中存在众多地位平等、互相间不发生融合的思想意识；人物与作者亦处于平等对话的关系，两者的思想意识并不能划等号。这样一来，人物与人物之间、人物与作者之间的多重对话构成了多元的思想价值体系，也就注定了读者的阐释存在多重可能性。这正是钗黛优劣之争中"'拥钗派'和'拥黛派'似乎都可以从书

---

❶ 祁晓冰：《作为叙事的学对话——论巴赫金的对话理论》，载《伊犁师范学院学报》（社科版）2008 年第 3 期。

❷ 贝京、王攸欣：《大钧无私力万理自森著——论〈红楼梦〉的复调性》，载《红楼梦学刊》2008 年第 5 辑。

❸ [苏]巴赫金著，白春仁、顾亚铃译：《陀思妥耶夫斯基诗学问题》，三联书店1988 年版，第 29 页。

❹ [苏]巴赫金著，白春仁、顾亚铃译：《陀思妥耶夫斯基诗学问题》，三联书店1988 年版，第 18 页。

中找到立论的依据"**❶**的根本原因。

在明白了《红楼梦》的复调性以及钗黛之争的实质之后,我们将从人物自身的诉求、他者的立场、隐含作者的态度三个方面,分析钗黛形象的评价标准,希望能为更好地理解作者文心、解码黛钗形象提供有益参考。

(一)人物自身的诉求:重理与重情

在有关钗黛比较的论述中,王昆仑先生的说法非常富有启发意义:

> 宝钗在做人,黛玉在做诗;宝钗在解决婚姻,黛玉在进行恋爱;宝钗把握着现实,黛玉沉酣于意境。**❷**

这里,论者关注的是宝钗和黛玉自己的人生目标。"把握现实"的宝姐姐,既有仁者情怀,又充满家族责任心,积极营造各种良好的人际关系,克制忍让、成己成人,她身上表现出来的是儒家的理性与道德法则之光辉;"沉酣于意境"的林妹妹本来就不属于红尘滚滚的尘俗世界,她追求的是充满诗意与浪漫情怀的至情,是个体生命的圆满。从这个意义上说,"质本洁来还洁去"的结局,是她的宿命,也是她的幸运。而作为个人的人生目标,"把握现实"和"沉酣于意境"并无是非对错之别,因此,也就无所谓钗黛优劣之分。

台湾学者谢鹏雄先生亦对宝钗与黛玉做过类似的对比:

> 《红楼梦》中的薛宝钗和林黛玉都是深情、专情的女子。黛玉专情于恋爱,以宝玉这个"人"为对象。宝钗专情于封建伦理中的闺阁理念,以"贤妻良母"为目标。两人都执着于自己的情,生于此情中,死于此情中,始终如一。她们不是圣贤豪

---

❶ 刘梦溪:《红楼梦与百年中国》,中央编译出版社 2005 年版,第 378—380 页。
❷ 王昆仑:《红楼梦人物论》,北京团结出版社 2002 年版,第 257 页。

杰，但在那个时代的女子中，可称为烈女。❶

这里的"深情""专情"之"情"应该是指人的意念，而非与"理智""理性"相对应的"情感"之"情"，"深情""专情"即指执着。宝钗执着于封建闺阁理念、黛玉执着于宝玉的说法的确抓住了这两个人物的典型特质，换句话说，宝钗为理而生、黛玉为情而生。为理而生的宝钗在扮演各种家庭角色时，都严格遵守封建礼法所规定的女德妇道，是古代文学作品中独一无二的理性自制的女性典范；为情而生的黛玉，来到尘世的唯一目的就是还报神瑛侍者前生的灌溉之恩，因此，是古代文学作品中独一无二用整个生命在恋爱的女性典范。

换一个角度来看，林黛玉作为木石姻缘的女主角，是一种诗意的存在，其率真而一往情深的个性令无数读者击节赞赏；其恋爱失败以及随之而来的生命夭折的双重悲剧更是令无数读者扼腕叹息。可是，在世俗的层面，作为寄居在外祖母家的闺中女儿，林黛玉由于天性及后天的遭遇，造就了骄傲敏感、目无下尘的个性，很多时候与周边环境格格不入，给自己也给他人都带来了许多烦恼。在日常生活中，黛玉对待亲属关系之外的长者——主要是地位低贱者，有时表现得任性而有失厚道，典型的情节如挑剔周瑞家的、顶撞李嬷嬷、讥笑刘姥姥等，均说明她在儒家所提倡的"老吾老以及人之老"的尊老观念方面的确有所欠缺，与宝钗的谦卑有礼形成了鲜明的对比。在爱情关系中，在第42回"兰言解疑癖"之前，她因为嫉妒和缺乏安全感，时时针对宝钗、提防湘云、猜疑宝玉，表现得任性而自我，虽说情有可原，有时难免有无理取闹之嫌。

至于宝钗，自《红楼梦》问世以来，不管是喜欢她的人还是不喜欢她的人，都不得不承认她是一个典型的谨守封建女箴妇道的女子，只

---

❶ 谢鹏雄：《红楼梦女人新解》，台湾九歌出版社2004年版，第53页。

是评价的角度不同而已："尊薛者"多是全部或者部分认可传统妇德的人，而且相信宝钗是传统妇德的真诚践履者；"贬薛者"则或者否定封建妇德本身的价值，或者认为宝钗是心怀叵测、别有所图的伪道学。封建妇德是否合理、哪些合理、哪些不合理，是另一个问题，这里需要强调的是，宝钗的确因为过度理性而存在冷漠与无情的问题。综合宝钗在长幼伦理、兄妹伦理以及夫妇伦理等多维人际关系中的表现，可以说她是虔诚信奉封建礼法及伦理规则的人，所谓"奸诈狡猾"❶"奸恶"❷"阴险而凶残"❸之类的指控很难有说服力，不过，这些指控所依据的一些文本事实，的确让我们看到宝钗在谨守礼法、理性自制的同时，表现出了冷漠乃至无情的一面，典型情节如，为了安慰王夫人而说金钏之死"不为可惜"；对尤三姐及柳湘莲的遭遇无动于衷，只是关心自家应该及时酬客，以免让人家"看着无理"；在胞兄薛蟠判处斩刑之时犹能冷静地劝母亲"趁哥哥的活口现在，问问各处的账目"；甚至，在得知丈夫宝玉悬崖撒手、绝尘而去的消息之后，仍然做到了"端庄样儿一点不走"，并不忘孝道，劝解悲痛中的婆婆、以大道理安慰自己的母亲，将自己悲痛的情感压抑再压抑。可见，宝钗之冷漠无情实乃其道

---

❶ 哈斯宝《新译红楼梦回批》之第 5 回"贾宝玉奇缘识金锁 薛宝钗巧合认通灵"批语认为，宝钗"因为嫉妒宝玉对黛玉的爱情，她费尽心机，故意要赏鉴那块玉，笑脸看着婢女，让婢女说出同自己金锁上的话是一对儿，写这等情节，令人觉不出她的奸诈狡猾，回目上也只写'巧合'二字，就这样却淋漓尽致地揭示了她是何等奸诈"。见朱一玄编：《红楼梦资料汇编》，南开大学出版社 2001 年版，第 778页。另按，哈斯宝《新译红楼梦》第 5 回译自 120 回本《红楼梦》之第 5. 6. 8. 9 回。

❷ 陈其泰《红楼梦回评》之第 27 回评语云："宝钗窃听私语，而推至黛玉身上，既自取巧，又为黛玉暗中结怨，奸恶极矣。"见朱一玄编：《红楼梦资料汇编》，南开大学出版社 2001 年版，第 727 页。

❸ 龚力《封建末世"克己复礼"的典型形象——评薛宝钗》一文认为："通过薛宝钗对金钏儿、尤三姐之死，和薛蟠打死张三事件的态度，与早已精通封建统治术的王夫人、薛姨妈进行一下对照，就可以清楚地看出，薛宝钗是多么阴险，多么凶残！"载《南开大学学报》（哲学社会科学版）1974 年第 5 期。

德理性❶之人格特质使然，凡事均衡之以理，以理抑情。宝钗的表现，站在人情的角度，真可谓"天下忍人"❷矣；站在理智的立场，则可谓"诚为才德俱善之淑女"❸。因此，立场不同，观点自然不同。

抛开反封建的标签，情与理代表人类社会两种价值体系，各有其存在的合理性；而且，人类文明进步的本质就是道德理性对人类本能欲求的克制与约束，因此，情与理处于永恒的冲突之中，个体生命很多时候都会面临无法避免的矛盾，而任何执其一端的思想与行为均注定有失偏颇。因此，站在理性的角度，宝钗的温厚、周到、克制、豁达无疑应该得到欣赏与肯定；站在人情的角度，黛玉生死以之的深情令人动容，她的敏感、任性以及深深的孤独与焦虑都可以理解，李长之先生甚至说，黛玉因为真爱而令读者"恕了她一切"❹的性格弱点。反之，如果以理衡量黛玉，她过于感性而流于任性自我；或者以情衡量宝钗，她过于理性而流于冷漠无情，无疑都有过犹不及的地方，或许，这正是曹雪芹写出"叹人间，美中不足今方信"的缘由之一。

概言之，从人物自身的价值诉求来说，宝钗从理出发，注重人际关系的圆满，重视道德理性，表现出典型的理性人格特质；黛玉从情出发，注重个体生命的圆满，执着于纯粹的爱情，表现出典型的感性人格特质。一个重理，一个重情，她们的价值诉求各有其存在的理由和意义，读者以不同的价值标准去衡量，结果自然会不一样，衡之以

---

❶ 曹刚：《论道德理性》，载《唐都学刊》2003年第2期。

❷ 洪秋蕃回末评："尤三姐自刎、柳湘莲失踪，闻者无不骇然，独宝钗听了，并不在意，若非矫情镇物，即是天下忍人。"见冯其庸纂校订定：《重校八家评批红楼梦》（中），江苏教育出版社2000年版，第1547页。

❸ 张俊，沈治钧评批：《新批校注红楼梦》（四），商务印书馆2013年版，第1809页。

❹ 李长之：《红楼梦批判》，见吕启祥等主编：《红楼梦研究稀见资料汇编》，人民文学出版社2001年版，第441页。

理者必定会拥钗贬黛；衡之以情者无疑会拥黛贬钗；情理兼顾者，方可相对客观地看待两人身上的长处和不足。

（二）他者的立场：长辈与宝玉

在讨论了宝钗与黛玉自身不同的价值诉求之后，我们再来看与她们的命运密切相关的他者的立场。

钗黛与宝玉的婚恋关系是他们命运的主线，而在这一组婚恋关系中，与钗黛命运关系最为紧密的他者，是宝玉及其长辈。面对钗黛，宝玉与贾府长辈做了不同的选择，宝玉选择了黛玉，长辈们则选择了宝钗。小说在第 5 回以全知叙述者的口吻第一次将黛玉和宝钗对举：

> 如今且说林黛玉自在荣府以来，贾母万般怜爱，寝食起居，一如宝玉，迎春、惜春、探春三个亲孙女倒且靠后。便是宝玉和黛玉二人之亲密友爱处，亦自较别个不同，日则同行同坐，夜则同息同止，真是言和意顺，略无参商。不想如今忽然来了一个薛宝钗，年岁虽大不多，然品格端方，容貌丰美，人多谓黛玉所不及。而且宝钗行为豁达，随分从时，不比黛玉孤高自许，目无下尘，故比黛玉大得下人之心。便是那些小丫头子们，亦多喜与宝钗去顽。因此黛玉心中便有些恌郁不忿之意，宝钗却浑然不觉。（第 5 回）

叙述者这一段有关黛玉和宝钗的断语笼罩了后文无数的波澜，所代表的是相对客观的旁观者立场。这里，他者对钗黛的立场分为三种：一是宝玉，亲黛玉；二是作为家长代表的贾母，亲黛玉；三是以小丫头们为代表的下人，亲宝钗。综合来看，作为年幼失恃的、嫡亲的外孙女，黛玉此时在"封建家长"贾母心目中的位置除了宝玉无人可及；她与宝玉的亲密关系更是宝钗连想都不敢想的。至于下人们不满于黛玉的孤高而喜欢宝钗的豁达，应该也是人之常情，因为人毕竟不只是独立的个体，而且"是社会关系的总和"，要与他人相处，不能不顾他人的感受。这样，由钗黛辐射开去，不同立场的不同声音杂糅在一起，构成了多声部的复调，每一种声音都有其内在的合理性。

黛玉刚来贾府的时候，贾母安排她与宝玉一起吃住，钟爱有加；最善体察、迎合贾母心意的熙凤多次打趣她和宝玉；直到贾府准备给宝玉、宝钗定亲前夕，袭人还认为"素来看着贾母王夫人光景及凤姐儿往往露出话来，自然是黛玉无疑了"（第 82 回），这些都说明，黛玉曾是宝二奶奶的第一候选人。可是，孤标自傲、多愁善感的个性使她逐渐失去了长辈的欢心，也损坏了自己的身体，她只能在落落寡欢、自怜自爱中任凭生命之花一天天枯萎。第 35 回贾母已明确表示："从我们家四个女孩儿算起，全不如宝丫头。"至此，贾母的立场有了微妙的转变，只是众人尚未察觉，或者尚不能确定。

至第 90 回，王夫人、邢夫人、王熙凤等在贾母房中闲话，说起黛玉的病时：

> 贾母道："……时常听得林丫头忽然病，忽然好，都为有了些知觉了。所以我想他们若尽着搁在一块儿，毕竟不成体统。你们怎么说？"王夫人听了，便呆了一呆，只得答应道："……老太太想，倒是赶着把他们的事办办也罢了。"贾母皱了一皱眉，说道："林丫头的乖僻，虽也是他的好处，我的心里不把林丫头配他，也是为这点子。况且林丫头这样虚弱，恐不是有寿的。只有宝丫头最妥。"王夫人道："不但老太太这么想，我们也是这样。"（第 90 回）

也就是说，贾府的最高权威、长辈意志的代言人贾母在关键时刻为宝玉选择了宝钗而不是黛玉。

正如我在《从"爱的本性"论宝黛爱情》一文中所指出的，家长们的意志其实不能一概而论，贾政可能希望明白事理的宝钗帮助宝玉走上人生"正轨"；王夫人、熙凤也可能希望通过与娘家亲戚联姻增强自己的势力，不过，他们最后都得看贾母眼色行事，唯贾母之命是从。直到此时，王夫人还以为贾母选择的是黛玉，结果却出乎她的意料。贾母明确表示，之所以不选择黛玉，是考虑到她性格乖僻而且身体虚弱，也就是说，她最看重的是性格和健康。

贾母是第一个娇宠溺爱宝玉的人，从来都是以宝玉的舒适快乐为最高原则。在她看来，无疑只有模样儿、性格儿好的妻子才能保证宝玉一生的快乐和幸福。"性格儿"好，当然包含了封建伦理道德的内容，但也包含了广义的为人处世之道，比如说开放的胸襟、宽阔的度量、持平的恕道等，这些恐怕今天的人们在择偶时也不能不考虑。现代的社会学家、婚姻专家一般也都认为婚姻不是两个人的事而是两个家庭/家族的事。在传统社会，一个大家庭的女主人的性格和健康与整个家庭的秩序和利益之间，关系尤其密切，而健康问题直接关系到子嗣传承，当然又是家长们考虑的"重中之重"。所以，尽管贾母曾经对黛玉宠爱有加，在为宝玉选择婚姻对象这个问题上，她却毫不犹豫地从家族利益出发，选择了健康而且性格儿好的宝钗，而不是乖僻而且病弱不堪的黛玉。贾母宠爱黛玉是血缘亲情使然，最后选择宝钗为宝玉配偶则是理智考量的结果。站在家长的立场，这种考量不能说完全没有道理。

宝玉则不同，他对黛玉的爱恋是不知所起、一往而深地发自灵魂深处的情感。

人们在选择心灵伴侣时，往往伴随着一种价值评判。这种价值不是一个人所爱对象本身所具有的客体性价值，也不是一个人从自己的利益出发在所爱的对象身上发现的个体性价值，而是由于爱、由于肯定和赞许而赋予客体以动人的、超出其实际情况的意义和价值。爱人之间,"在相爱的过程中,彼此之间给予的价值高于他们的个体或客体价值"。❶这种"给予"会以各种不同的形式体现出来,比如关心对方的需要和利益,帮助对方获得成功,尊重、支持对方的个性,理解、同情对方性格中的弱点等。所以,"爱就是创造一种新的价值"❷,而不是理智意义上的价值判断。

从心理学的角度来说,宝玉和黛玉感情是建立在"耳鬓厮磨"的基础之上,而相同的价值观念和人生态度更是他们爱情的强力催化剂。宝钗、湘云等一再规劝宝玉注意仕途经济,而黛玉却"从来不说这些混帐话",作品多次写到宝黛互相认作"知己""两个人原是一个心"等,强调的都是这一点。贾宝玉爱幻想、不切实际的个性恰好与林黛玉投合,他们可以一起淘气喝酒不听奶妈的劝阻;可以一起心游天外,嘲笑世俗的人生;可以一起偷看"邪书僻传",并互相借书中人物调笑。

与此相反,宝钗却是一个理智的明白事理的姑娘,讲究实际而又有强烈的责任感和理家的才干,不但千方百计为母亲分忧解愁,还能见机行事规劝无法无天的兄长,并时时以儒家的道德理性来压抑自己诗人的气质和情感,耐心、自卑地待人接物,尽力帮助她周围的人。宝玉欣赏她的美貌和才华,有时甚至到了"忘了妹妹"的地步,可是,在内心深处,却对宝钗的"明白事理"有一种本能的敬畏,他在宝钗面前总是"讪讪地",不敢放肆。当宝钗见机劝导他留意仕途经济、触着他的心病时,他就恼羞成怒、大发脾气。从自身修养来说,宝钗和贾政

---

❶ [美]欧文·辛格著,高光杰译:《爱的本性(第1卷)——从柏拉图到路德》,云南人民出版社1997年版,第4页。

❷ [美]欧文·辛格著,高光杰译:《爱的本性(第1卷)——从柏拉图到路德》,云南人民出版社1997年版,第3页。

同属封建道德的正人君子，很难想象宝玉在想方设法躲避正统父亲的同时，会找一个与父亲一样正统的妻子。从某种意义上说，宝玉对宝钗的敬畏是"惧父"心理的一种延续；而黛玉却与他情投意合，同样具有"叛逆性"。在任性和浪漫这一点上，宝玉和黛玉本来就深相契合，再加上前面所说的情人之间的给予性评价，他们更是以情人的心态，互相欣赏、鼓励着对方的任性、浪漫以及其他的个性。

情人之间很难用理性的眼光和世俗的价值标准去彼此认知、评判，爱有时甚至会使对方的缺点都变得可贵，女孩脸上的黑痣或雀斑在旁人眼里也许是一种缺陷，可是在她的情人眼里，却很可能是独具魅力的象征。家长们在乎黛玉的"小性儿"和"虚弱"，宝玉对此却全不在意；家长们看重宝钗的明白事理、处世稳妥，宝玉则对其敬而远之。

因此，面对黛玉和宝钗，宝玉和家长们采取的是两种截然不同的价值评判标准。

贾宝玉是用情人的眼光来看待林黛玉，给了她超出客体性价值和个体性价值的评价，用自己的想象力美化她，对她性格中的弱点以及身体上的严重疾患可能给婚姻家庭带来的不幸等都视而不见；对宝钗则基本上是属于客体性评价，可以看到并且欣赏她的优良品性，他甚至也会对她偶尔动心，但终究未能激发出严格意义上的、专一的爱，后来虽然与宝钗有一段相敬如宾的夫妻生活，只是一种无可奈何的"认命"，已经完全没有了与黛玉之间那种震撼灵魂的爱恋与激情。

以贾母为代表的家长们是以理性的眼光对黛玉和宝钗进行客观性评价，评价的标准又只能是当时所通行的社会道德和审美标准，于是，在他们看来，黛玉性格乖僻而且身体虚弱，不合适做宝玉的妻子；而严格遵守儒家道德规范的宝钗，不但有温柔敦厚的个性涵养，而且有健康的体质，一定会成为宜室宜家的贤妻良母。父母之爱子女则为之计深远，贾母等未顾及宝黛的"私心"，客观上促成了宝黛爱情悲剧，可是为宝玉择偶的初衷却无可厚非，即使今天的家长们又何尝不希望自己未来的儿媳贤惠而又健康。❶

因此，作为与钗黛命运息息相关的他者，家长们采取了理性的、符合通行的社会道德和审美标准的立场；宝玉采取了感性的、符合个体生命需求的立场。家长的立场与标准无疑具有时代的局限性，应该批判和否定；但是，薛宝钗所代表的广义的道德型人格以及价值原则，自然具有超越时空的意义，无论如何，不能以个体的情感需求完全否定家长的立场。因此，通过宝黛钗爱情婚姻悲剧，《红楼梦》所呈现的，与其说是家长与宝玉孰是孰非的问题，毋宁说是情理之间存在永恒冲突的实质。

（三）隐含作者的态度：比德观念下的两种价值标准

传统批评强调作者的写作意图，批评家往往不遗余力地进行各种形式的史料考证，以便发掘和把握作者的创作意图。英美新批评兴起之后，强调批评的客观性，将注意力从作者转向了作品自身，把作品看成独立自主的文字艺术品，不考虑作者的写作意图和历史语境。20世纪 80 年代初以来，西方批评界再次将注意力转向了意识形态领域，转向了文本外的社会历史环境，作者的意图也不再被排斥在阐释活动之外。事实上，对于具有悠久的"知人论世""文以载道"的文学传统的中国人来说，纯粹以文本为中心的形式主义批评注定会水土不服，对于读者来说，作者的意图具有不可替代的引导作用，从文本中寻找作者的意图不仅可能，而且必需。

---

❶ 段江丽：《从"爱的本性"论宝黛爱情》，载《红楼梦学刊》2000 年第 1 辑。

那么，《红楼梦》中的隐含作者❶对待钗黛的态度如何呢？这也是一个长期争论的问题。

很多时候，隐含作者的态度可以通过叙述者的议论表现出来。《红楼梦》整体上属于传统第三人称全知叙述模式，但是隐含作者有意克服这一模式的局限性，叙述者较少直接站出来表达自己的主观态度和价值标准，表达对人物的看法，这也是人物评价歧见纷纭的原因之一，同时也是作品的魅力所在。不过，另一方面，我们必须指出，没有表达态度不等于没有态度，事实上，任何作品都不可能不留下作者的思想痕迹，绝对的"零度风格"不可能存在。

在《红楼梦》中，隐含作者很少让叙述者直接评价人物，却运用各种艺术手法巧妙地达到了评价人物的修辞效果。在钗黛评价问题上，俞平伯先生曾从小说中找到若干条材料，证明作者曹雪芹的态度是不偏不倚、没有褒贬之别：一是《红楼梦曲·引子》里"悲金悼玉的《红楼梦》"这句话，金指宝钗，玉指黛玉，"悲悼犹我们说惋惜，既曰'悲金悼玉'，当然与痛骂有些不同罢。这是曹雪芹不肯痛骂宝钗的一个铁证"❷；二是在"十二钗正册"中，其他十钗都各占一图、一诗，而钗黛合为一图、合咏为一诗，"作者的意图非常显明，就是想回避这先后的问题"；三是在《红楼梦曲》中，关于钗黛的曲子不分先后次序，"因为第一支《终身误》钗黛合写"；四是《红楼梦》一书中，"薛林雅调称为双绝，虽作者才高难分其高下"。❸因此，俞平伯先生强调："书中钗

---

❶ 《红楼梦》后40回作者存疑，而本文是以120本为文本依据。考虑到这种特殊性，根据语境，本文有时采用隐含作者而不是作者的概念。关于隐含作者概念内涵，参见申丹：《何为"隐含作者"？》，载《北京大学学报》（哲学社会科学版）2008年第2期。

❷ 俞平伯：《红楼梦研究》，人民文学出版社2015年版，第80页。

❸ 俞平伯：《红楼梦研究》，人民文学出版社2015年版，第178—193页。

黛每每并提，若两峰对峙双水分流，各极其妙莫能相下，必如此方极情场之盛，必如此方尽文章之妙。"❶这就是影响深远的钗黛合一说的基本内容。俞先生敏锐地洞察到了作者艺术构思与人物评价之间的巧妙关联，可谓巨眼。

事实上，《红楼梦》中含蓄地表达隐含作者态度的修辞手法还有很多，这里，重点讨论"比德"手法与钗黛评价之间的关系。对此，我曾撰文做过讨论❷，为了更清楚地阐明本文的要旨，这里不避重复，做一简述。

所谓比德，简单地说，是指以自然物象之美来比附人物的道德之美，是先秦重要美学观念之一。比德的观念在先秦诸子中非常普遍，不过，对后世影响最为深远的比德观则来自儒家。《论语·雍也》以山水比德："子曰：智者乐水，仁者乐山；智者动，仁者静；智者乐，仁者寿。"《论语·子罕》以松柏比德："子曰：岁寒，然后知松柏之后凋也。"

先秦尤其是原始儒家的比德观对后世影响深远，从儒家的修身说，到建筑、绘画、诗歌等艺术形式，乃至民间吉祥文化，都有一定程度的体现。❸而就所"比"的内容来说，影响最广的莫过于松、竹、梅、兰、菊与君子人格之间的"比德"关系。元代以降，竹梅为"双清"、松竹梅为"岁寒三友"、梅兰竹菊为"花中四君子"的说法可谓无远弗届，"梅兰竹菊四条屏"至今仍是中国画中的重要代表作之一。

在《红楼梦》中，女儿与花之间存在着明显的对应关系。清代评点家诸联曾在《红楼评梦》中说："园中诸女，皆有如花之貌。即以花论，黛玉如兰，宝钗如牡丹，李纨如古梅，熙凤如海棠，湘云如水仙，迎

---

❶ 俞平伯：《红楼梦研究》，人民文学出版社 2015 年版，第 80 页。

❷ 段江丽：《〈红楼梦〉中的比德——从"林黛玉与花"说起》，载《红楼梦学刊》2006 年第 3 辑。

❸ 张燕：《论中国艺术的比德观》，载《文艺研究》2000 年第 6 期。

春如梨，探春如杏，惜春如菊，岫烟如荷，宝琴如芍药，李纹、李绮如素馨，可卿如含笑，巧姐如荼蘼，妙玉如檐葡，平儿如桂，香菱如玉兰，鸳鸯如凌霄，紫鹃如腊梅，莺儿如山茶，晴雯如芙蓉，袭人如桃花，尤二姐如杨花，三姐如刺桐梅。"❶这里将红楼女儿与花做了简单的归纳类比，在强调诸女之"貌"的同时，其实也涉及到了"德"，这种女儿与花之间的类比关系是传统比德文化的延伸。

通观全书，与黛玉构成比德关系的主要意象包括菊花、荷、芙蓉、竹。联系以菊比德的文学乃至文化传统，林黛玉"菊花诗夺魁"这一情节自然别有深意。同样是咏菊花，宝钗、宝玉、湘云、探春的诗都是暗示他们未来的命运，只有黛玉的诗是借物抒情言志。❷《咏菊》云："满纸自怜题素怨，片言谁解诉秋心。一从陶令平章后，千古高风说到今。"这里的"素怨""秋心"有坚贞、高洁的含义，作者直接点明她笔下的菊花即陶渊明笔下的菊花，以菊自比的用意非常明显。《问菊》"孤标傲世偕谁隐？一样花开为底迟"句中的"孤标傲世"，更是黛玉的自我写照。无独有偶，荷、芙蓉和竹这几种植物在传统文化中也都是"君子比德"的经典物象，可见，黛玉与这些"花"的关系并非偶然，应该是作者匠心所在，以"花中君子"反复皴染林黛玉"孤高自许，目无下尘"的形象。

宝钗是众所周知的"牡丹花"。宝钗掣到牡丹花签，众人都笑说："巧得很，你也原配牡丹花。"签上所题诗句"任是无情也动人"出自唐代罗隐《牡丹花》诗，切合宝钗感情冷漠却又处处讨人喜欢的性格特点。此外，还隐含着此句之后两联四句："芍药与君为近侍，芙蓉何处

---

❶ 诸联:《红楼评梦》，见冯其庸纂校订定:《重校八家评批红楼梦》(上)，江西教育出版社 2000 年版，第 36—37 页。

❷ 蔡义江:《红楼梦诗词曲赋鉴赏》，中华书局 2001 年版，第 246—247 页。

避芳尘？可怜韩令功成后，辜负秾华过此身！"前两句与钗黛湘关系巧合，后两句则以韩弘弃牡丹之典暗示宝玉日后"悬崖撒手"令宝钗寂寞终生。❶这是题诗的丰富内涵。至于签上的牡丹花本身，还另有含义。

牡丹花姿优美，色泽艳丽，富丽堂皇，号称"国色天香""花中之王""富贵花"，不仅"艳冠群芳"，更代表世俗富贵。巧的是，宝钗身上还有和尚送的金锁。其实，"金"也是古人比德的对象物之一，"一诺千金""金石之交""真金不怕火炼"等熟语都是"比德"的产物，比喻守信以及坚贞的君子人格，不过，更多的时候是以"金玉满堂"来比喻富贵。

宝钗的"牡丹"与黛玉的"芙蓉"之间还有一层对比关系发人深思。五代蜀汉张翊所著《花经》以九品九命来为花卉定品第高下。

所谓九品是古时评定人才的方法，品数越少地位越高；九命则是周代级别，与九品相反，数字越大地位越高。按《花经》所列，牡丹为"一品九命"，芙蓉为"九品一命"，恰好处在高低两极。既以世俗的"品""命"作为标准，代表的自然是世俗之见。也就是说，在世俗的眼光中，牡丹是花中之王，地位尊贵，芙蓉则身份卑微。可是，林黛玉抽到的正是芙蓉花签，所题"莫怨东风当自嗟"诗句出自欧阳修《再和明妃曲》，上句为"红颜胜人多薄命"，有不吉利的含义。根据脂批透露的消息，黛玉是在贾府事败、宝玉避祸出走之后泪尽而逝，因此这两句既惋惜她的脆弱敏感，又认为她是"求仁而得仁"，应该"自嗟"而不必"怨"人❷，这是花签诗的含义。而花签本身的芙蓉也值得分析。虽然这里的芙蓉花应该是指木芙蓉，但是因为荷别名水芙蓉，所以，连类而及，这里的芙蓉很容易令人联系到被称为花中君子的荷。博

---

❶ 蔡义江:《红楼梦诗词曲赋鉴赏》，中华书局 2001 年版，第 333 页。
❷ 蔡义江:《红楼梦诗词曲赋鉴赏》，中华书局 2001 年版，第 338 页。

学的红楼女儿们自然知道花签诗所隐上句的内容，却不但不避讳，反而笑说："这个好极。除了他，别人不配作芙蓉。"黛玉向来敏感，掣签前还默默祈祷希望掣着好签，结果"也自笑了"，可见大家都舍"诗"取"花"，认为这是一支好签，因为诗虽然不祥，花却是"出淤泥而不染，濯清涟而不妖"的令人赞赏的"君子"，所以只有黛玉"配"。

宝钗"原配牡丹花"，黛玉则"配作芙蓉"，或许是对两人现实处境和价值的暗示？一个有母亲呵护兄长疼爱又有八面玲珑的处世技巧；一个孤弱一人寄人篱下又过于敏感处处小性儿，因此，在世俗观念中，身份价值自然有别：宝钗是一品九命的牡丹，黛玉则是九品一命的芙蓉。

分析至此，可以合理推导出如下结论：《红楼梦》本身隐含着两种评价钗黛的标准，一种是以"花中君子"之说为依据，从文人标举的理想境界出发，赞赏黛玉超尘脱俗的高洁与率性；一种是以《花经》"九品九命"之说为依据，从普罗大众的现实需要出发，肯定宝钗理性温仁的世故与豁达。

宋周敦颐《爱莲说》云："水陆草木之花，可爱者甚蕃。晋陶渊明独爱菊；自李唐来，世人盛爱牡丹；予独爱莲之出淤泥而不染，濯清涟而不妖，中通外直，不蔓不枝，香远益清，亭亭净植，可远观而不可亵玩焉。予谓菊，花之隐逸者也；牡丹，花之富贵者也；莲，花之君子者也。噫！菊之爱，陶后鲜有闻；莲之爱，同予者何人；牡丹之爱，宜乎众矣。"文人雅士爱菊莲之"隐逸"与"君子"，与众人爱牡丹之"富贵"，从精神超越的层面来说，境界自有高下。可是，无论从哪个角度来说，都不应该用文人雅士或者说思想者的精神追求来否定世俗百姓的现实追求，反之亦然。所以，代表理想境界的黛玉与代表世俗道德标准的宝钗大可以"并美"于世。至于读者的喜好，则大可各随心意。从比德的角度看，隐含作者对黛玉和宝钗持一种各善其长、各美其美的态度，表现出了观察与刻画人性的深度。这一结论，与俞平伯先生"两峰对峙双水分流，各极其妙莫能相下"之说高度契合。

（四）结语

综上所述，"钗黛优劣"是红学史上无法调和的公案之一，究其原因，除了评论者个体差异之外，还与《红楼梦》的复调性所导致的文本价值体系的多元性相关。在小说研究中，作为评价人物形象的依据，评论者对文本提供的材料，至少需要分清以下三个不同的层次：人物自身的价值取向、小说世界中他者的评价、作者的态度。在传统的独白型小说中，作者对于整个小说世界具有主宰权，从主题确立到人物塑造，作者自始至终发挥整合作用，而且还通过修辞技巧，控制读者在情绪、认识、道德等方面的反应，因此，主题的解读以及人物形象的评价都相对容易达成一致。作为打破了传统"与法"的杰出小说，《红楼梦》具有典型的复调性质，作者的权力受到限制，人物与人物、人物与作者构成多重对话，多种不同的思想立场价值观念均有其存在的理由和意义，这正是钗黛优劣之争中"拥钗派"和"拥黛派'都可以从书中找到立论依据的根本原因，因此，钗黛优劣之争注定不可能有定于一尊的答案，而是标准、立场不同，则结论不同。

就当事人自己的价值诉求而言，宝钗重理，属典型的道德型人格；黛玉重情，属典型的情感性人格，二者均具人类普泛性意义，不存在非此即彼的选择问题。而对接受者而言，衡之以理者必定会拥钗贬黛，衡之以情者无疑会拥黛贬钗，情理兼顾者，方可相对客观地看待两人身上的长处和不足。

就与钗黛密切相关的他者的态度而言，宝玉从个体生命需求的立场出发，选择了与自己情投意合、心灵相通的黛玉；以贾母为代表的家长则主要从家族利益的立场出发，选择了健康而且符合通行的社会道德标准的宝钗，即使家长的选择标准具有时代的局限性，但是，薛宝钗所代表的广义的道德型人格以及理性原则，仍然具有超越时空的意义，家长的立场仍有一定的合理性。因此，宝玉的立场与家长的立场同样不能彼此否定。

就作者的态度而言，《红楼梦》很少通过叙述者议论的方式直接对人物和事件进行直接的评价，却通过多种艺术技巧含蓄巧妙地表达了对人物的态度，在钗黛形象评价的问题上，突出的修辞技巧之一就是运用传统的"比德"手法，提供了两种评价钗黛的标准：一种是以"花中君子"之说为依据，从文人标举的理想境界出发，赞赏黛玉超尘脱俗的高洁与率性；一种是以《花经》"九品九命"之说为依据，从普罗大众的现实需要出发，肯定宝钗理性温仁的世故与豁达。二者之间同样不存在彼此否定和取代的问题。

总之，宝钗和黛玉的不同人生追求、贾宝玉和贾母等家长对钗黛的不同取舍，彼此不能融合甚至构成冲突，却均有其存在的合理性与意义；隐含作者对钗黛两人分别从不同的价值标准出发，给予了肯定和赞赏。明白了《红楼梦》所具有的不同声音的杂语性和对话性特征之后，从不同的角度、以不同的标准去看待而不是执着于单一视角或者单一标准，或可解钗黛优劣之惑。

值得指出的是，红学史上尊林派长期占据上风，原因非常复杂，至少有四点值得思考：一是文学的本质功能之一就是让人能够摆脱世俗的种种羁绊，追寻理想的心灵自由的王国，读者在审美活动中自然容易诉诸情感而抵制理性；二是很多人都有同情弱者的心理，宝黛的死别足以让铁石心肠者动容；三是叙述者对黛玉心理活动有诸多细腻的交代而较少涉及宝钗的所思所想；四是反封建思潮的影响，等等。此不赘述。

客观地说，黛玉之率真痴情、宝钗之明理忍让都是难能可贵的品德，不过，从物极必反的角度，黛玉因率真而至于任性，宝钗因明理而至于冷漠，都有些过犹不及。因此，在现实生活中，我们大可以扬二人之长而避二人之短，尽可能追求"兼美"的理想境界。

（原刊《红楼梦学刊》，2018年第1辑）

下篇
《红楼梦》传播影响研究

一、《红楼梦》早期脂批的阐释学意义—— 以阐释旨趣为中心

　　中国古代小说评点之评语包括读法、总评、眉批、夹批、旁批等多种形式，其中，夹批、旁批等形式源于附注于经的经注传统。❶小说评点因其部分评点文字与原文本融为一体而形成新的粘附性文本，为阐释学研究提供了重要的资料。《红楼梦》早期脂批又因批者与作者之间的特殊关系❷而呈现出强烈的"介入性"特征，从而具有更加独特的阐释学意义。迄今为止，很少有学者从阐释学角度对《红楼梦》脂批进行研究。本文拟从阐释旨趣这一角度切入，对《红楼梦》早期脂批在阐释学上的意义进行探讨与提炼，从一个重要侧面挖掘脂评的理论价值。

　　首先需要说明的是，正如孙逊先生所言，《红楼梦》各抄本上保留的大量没有署名和系年的批语要考证出哪一条是谁写的，几乎是一件

---

　　❶ 附注于经之经注，典型如郑玄《毛诗笺》《礼记注》，传注与经文句句相附。参见谭帆：《中国小说评点研究》，华东师范大学出版社 2001 年版，第 8 页。

　　❷《红楼梦》抄本上批语署名者包括脂砚斋、畸笏叟、棠村、梅溪、松斋、立松轩、玉蓝坡、绮园、鉴堂、左绵痴道人等。这些人的身份以及与作者的关系，我认可孙逊先生的看法：脂砚斋与畸笏叟是作者的亲属，棠村、梅溪、松斋也是作者的至亲好友，立松轩、玉蓝坡是作者同时代或者稍后的人，但他俩是作者圈子之外的人，绮园、鉴堂、玉蓝坡三人则是后评者。参见孙逊：《红楼梦脂评初探》，上海古籍出版社 1981 年版，第 77 页。

不可能的事。**❶**本文所说早期脂批，指见于甲戌本、庚辰本、己卯本**❷**的学界一般认为出自脂砚斋、畸笏叟等作者至亲好友之手的批语。

（一）"文虽浅近，其意则深"：意在文外的阐释旨趣

《红楼梦》第 2 回写贾雨村看到智通寺门旁有一副旧破对联："身后有馀忘缩手，眼前无路想回头。"心想："这两句话，文虽浅近，其意则深。"对此，甲戌本侧批云："一部书之总批。"**❸**也就是说，批者认为，小说原文中"文虽浅近，其意则深"这句话可以用来作为《红楼梦》这部书的总批语。

这看似简单的一句话，实则提出了理解与阐释过程中"文"与"意"的关系问题。这里，小说原文中的"文"，原指"身后有馀忘缩手，眼前无路想回头"这两句话，"意"自然是指这两句话所隐含的哲理。当批者将"文虽浅近，其意则深"借来作为"一部书之总批"时，"文"已合理引申为全书的"故事内容"，"意"则指作者通过文本所要表达的意旨，或者说，作者所要传达的用心。

脂批者给《红楼梦》下了"文浅而意深"的断语之后，在具体的批语尤其是前 5 回批语中，不断提醒读者关注作者的隐寓之意，从而表现出了意在言外的阐释旨趣。例如：

（1）第 1 回，来自太虚幻境的一僧一道对抱着女儿英莲的甄士隐说："施主，你把这有命无运、累及爹娘之物抱在怀内作甚？"甲戌本眉批云："看他所写开卷第一个女子便用此二语以订终身，则知托言寓

---

❶ 孙逊：《红楼梦脂评初探》，上海古籍出版社 1981 年版，第 26 页。

❷ 甲戌本、庚辰本及己卯本均题为"脂砚斋重评石头记"，亦即书名应为"石头记"。为了叙述的方便，本文对曹雪芹小说原著一概以"红楼梦"为名。

❸ 郑红枫、郑庆山：《红楼梦脂评辑校》，北京图书馆出版社 2006 年，第 30 页。

意之旨，谁谓独寄兴于一'情'字耶？"❶批者指出，英莲作为全书第一个出场的女子，其命运具有深刻的寓意，《红楼梦》一书的主旨不只是为了写情。

（2）第2回，针对甄家丫鬟娇杏"偶因一着错，便为人上人"的际遇，叙述者感慨说"谁想他命运两济"。对此，甲戌本眉批云："好极！与英莲'有命无运'四字遥遥相映射。莲，主也；杏，仆也。今莲反无运，而杏则两全。可知世人原在运数，不在眼下之高低也。此则大有深意存焉。"❷批者以娇杏与英莲两人的命运进行对比，再一次强调作者寄托了"世人原在运数"的寓意。

（3）第2回，贾雨村介绍，甄宝玉每次挨其父亲笞楚、吃疼不过时即"'姐姐''妹妹'乱叫起来"。甲戌本眉批云："以自古未闻之奇语，故写成自古未有之奇文。此是一部书中大调侃寓意处。"❸批者指出，甄宝玉挨打时"姐姐""妹妹"乱叫之举有"寓意"在其中。

（4）第4回，贾雨村在门子的提示、撺掇之下，徇情枉法、胡乱判了"葫芦"案，并以发配门子作结。甲戌本侧批云："起用'葫芦'字样，收用'葫芦'字样，盖云一部书皆系葫芦提之意也，此亦系寓意处。"❹批者指出，"葫芦僧乱判葫芦案"之"葫芦"两字对全书意旨具有隐寓作用。

（5）第4回，叙述者介绍贾府子弟引诱得薛蟠比以前"更坏了十倍"，却特别强调贾政"训子有方，治家有法"。甲戌本侧批云："八字

---

❶ 郑红枫、郑庆山：《红楼梦脂评辑校》，北京图书馆出版社2006年，第16页。文中下划线为引者所加，下同。

❷ 郑红枫、郑庆山：《红楼梦脂评辑校》，北京图书馆出版社 2006 年，第27—28页。

❸ 郑红枫、郑庆山：《红楼梦脂评辑校》，北京图书馆出版社2006年，第35页。

❹ 郑红枫、郑庆山：《红楼梦脂评辑校》，北京图书馆出版社2006年，第63页。

特洗出政老来，又是作者<u>隐意</u>。"❶批者指出，作者对贾政的处理，隐含某种用心。

（6）第 5 回，贾宝玉梦游太虚幻境，遇警幻仙姑，叙述者以赋描写仙姑体态外貌。对此，甲戌本眉批评论此赋兼及第 3 回描写贾宝玉外貌的两首词："按此书《凡例》，本无赞赋闲文，前有宝玉二词，今复见此一赋，何也？盖此二人乃通部大纲，不得不用此套。前词却是作者别有<u>深意</u>，故见其妙。"❷批者指出，第 3 回作者描绘宝玉的两首《西江月》词别有深意。

（7）第 5 回，有关薛宝钗、林黛玉的册词云："玉带林中挂，金簪雪里埋"，甲戌本侧批云："<u>寓意</u>深远，皆生非其地之意。"❸又，《红楼梦引子》中有"因此上演出这怀金悼玉的《红楼梦》"之句，甲戌本眉批云："'怀金悼玉'，大有<u>深意</u>。"❹批者指出，宝钗、黛玉的册词有"生非其地"之寓意，而"怀金悼玉"之句亦存深意。

（8）第 5 回，警幻仙姑转述宁、荣二公之灵请托之辞，甲戌本侧批云："一段叙出宁、荣二公，足见作者<u>深意</u>。"❺批者指出，作者写宁荣二公请托警幻，寄托了作者的深意。

（9）第 5 回，针对秦可卿的曲子《好事终》之"箕裘颓堕皆从敬，家事消亡首罪宁。宿孽总因情"等语，甲戌本侧批云："<u>深意</u>他人不知。""是作者具菩萨之心，秉刀斧之笔，撰成此书，一字不可更，一语不可少。"❻批者指出，秦可卿的判词隐含了不为他人所知的深意。

---

❶ 郑红枫、郑庆山：《红楼梦脂评辑校》，北京图书馆出版社 2006 年，第 66 页。
❷ 郑红枫、郑庆山：《红楼梦脂评辑校》，北京图书馆出版社 2006 年，第 72 页。
❸ 郑红枫、郑庆山：《红楼梦脂评辑校》，北京图书馆出版社 2006 年，第 75 页。
❹ 郑红枫、郑庆山：《红楼梦脂评辑校》，北京图书馆出版社 2006 年，第 78 页。
❺ 郑红枫、郑庆山：《红楼梦脂评辑校》，北京图书馆出版社 2006 年，第 77 页。
❻ 郑红枫、郑庆山：《红楼梦脂评辑校》，北京图书馆出版社 2006 年，第 80—81 页。

（10）第 13 回，庚辰本回前批语云："此回可卿【托】梦阿凤，盖作者大有<u>深意</u>存焉。可惜生不逢时，奈何奈何！然必写出自可卿之意也，则又有<u>他意</u>寓焉。"❶批者指出，作者写可卿托梦凤姐为家族做长远规划，而且特意让此论出自可卿之口，均寄寓了特别的意涵。

（11）第 24 回，写宝玉刚与袭人"约法三章"，其一是"再不许吃人嘴上擦的胭脂了"（第 19 回），不久又粘到鸳鸯身上、嬉皮笑脸讨其嘴上的胭脂吃，袭人见状说宝玉道："左劝也不改，右劝也不改，你到底是怎么样？你再这么着，这个地方可就难住了。"庚辰本对"你再这么着"侧批道："此五字内含有<u>深意深心</u>。"❷批者指出，袭人对宝玉所说"你再这么着"这几个字，有深意深心。

以上 11 例脂批，分别含有"寓意""深意""隐意""隐寓""他意""深心"等近似的词语，除了第（11）条之"深意深心"主语可以理解为"袭人"之外，其余 10 条，施事者都是作者，或强调作者在全书宏观主旨上的托言隐寓，或强调作者在微观人事处理上的别具用心，总之，脂批者认为，无论是宏观主题，还是微观细节，《红楼梦》作者透过表面文字，都寄寓了特别的用意。至于作者的"深意"所在，这里不做讨论。我们所要讨论的是，脂批这种强调意在文外的阐释旨趣所引发出来的小说理论方面的意义。

（二）"其书原系空虚幻设"：对《红楼梦》虚构性质的认知

上引各条脂批所对应的小说文本内容，除第（2）（4）（5）（11）条符合现实生活逻辑之外，其他各条均明显具有抽象或者玄幻色彩，可见，在脂批者看来，无论是模拟生活的写照，还是超验的故事，都不

---

❶ 郑红枫、郑庆山：《红楼梦脂评辑校》，北京图书馆出版社 2006 年，第 139 页。

❷ 郑红枫、郑庆山：《红楼梦脂评辑校》，北京图书馆出版社 2006 年，第 290 页。

过是作者用来表达意旨的工具与载体,这就将阐释旨趣引向了"意",而不是停留在"文"——故事本身。换一句话说,在脂批者看来,作者的意图在于表"意","文"乃"意"之载体,因此,"文"本身真实或者虚幻、雅或者俗并不重要。第16回有一条脂批很能说明这一问题。此回写秦钟临终,"只剩得一口悠悠余气在胸,正见许多鬼判持牌提索来捉他",秦钟放不下人世的种种牵挂不肯去,百般求告鬼判。对此,庚辰本眉批云:

> 《石头记》一部【书】中,皆是近情近理必有之事,必有之言;又如此等荒唐不经之谈,间亦有之,是作者故意游戏之笔耶?以破色取笑,非如别书认真说鬼话也。❶

该条批语对秦钟魂魄向鬼判求情一事感到迷惑,推断作者是否故意以游戏之笔取笑。针对"正见许多鬼判持牌提索来捉他"一句甲戌本夹批云:"看至此一句,令人失望。再看至后面数语,方知作者是故意借此世俗愚谈愚论设譬,喝醒天下迷人,翻成千古未见之奇文奇笔。"❷这条批语似乎呼应、解答了庚辰本眉批的疑问:甲戌本上的这条批语认为,作者这一段描写是故意借世俗之愚谈愚论来设譬说理,警醒世人。也就是说,世俗愚谈愚论,不过是为警醒世人所设之"譬",是表"意"之工具。

在探求"意旨"的阐释原则之下,脂批对《红楼梦》幻设为文的虚构本质有着清楚的认识和高度的肯定,如:

第1回,叙述者介绍大荒山、无稽崖那块顽石的来历时说,女娲炼石补天"只用了三万六千五百块,只单单剩了一块未用",甲戌本侧批云:"剩了这一块便生出许多故事。使当日虽不以此补天,就该补地之

---

❶ 郑红枫、郑庆山:《红楼梦脂评辑校》,北京图书馆出版社2006年,第179页。
❷ 郑红枫、郑庆山:《红楼梦脂评辑校》,北京图书馆出版社2006年,第179页。

坑陷，使地平坦，而不得有此一部鬼话。"❶称《红楼梦》乃一部由女娲补天神话衍生出来的"一部鬼话"。同一回中，叙述者介绍贾雨村出场："葫芦庙内寄居的一个穷儒——姓贾名化、字表时飞、别号雨村者走了出来。这贾雨村原系湖州人氏。"针对贾雨村的名、字、别号、籍贯，甲戌本依次侧批云："假话，妙！""实非，妙！""'雨村'者，村言粗语也。言以村粗之言，演出一段假话也。""胡诌也。"❷脂批者指出，作者通过谐音的修辞方法表明，《红楼梦》乃用"村言粗语""胡诌"出来的"一段假话"。

最典型的说法见于第12回的一条批语。道士给贾瑞送来"风月宝鉴"，并介绍说："这物出自大虚幻境空灵殿上，警幻仙子所制。"庚辰、己卯等夹批云："言其书原系空虚幻设。"❸脂批说，作者自己借道士之语表明，《红楼梦》乃"系空虚幻设"之作。

上述脂批中的"鬼话""假话""空虚幻设"云云，都是就《红楼梦》整体构思而言的。值得指出的是，脂批不仅关注宏观层面的"幻设"本质，亦关注微观层面的假托，典型如第2回，冷子兴向贾雨村介绍"钦差金陵省体仁院总裁甄家"，甲戌本侧批云："此衔无考，亦因寓怀而设，置而勿论。"❹无独有偶，第8回，叙述者介绍秦之父"秦业""现任营缮郎"，甲戌本夹批云："妙名！业者，孽也。盖云情因孽而生也。""官职更妙，设云因情孽而缮此一书之意。"❺显然认为秦钟父亲之名、之官职皆属托言寓意。

在另一些批语中，脂批者对《红楼梦》的虚构性质表达了高度肯

---

❶ 郑红枫、郑庆山：《红楼梦脂评辑校》，北京图书馆出版社2006年，第6页。

❷ 郑红枫、郑庆山：《红楼梦脂评辑校》，北京图书馆出版社2006年，第17页。

❸ 郑红枫、郑庆山：《红楼梦脂评辑校》，北京图书馆出版社2006年，第136页。

❹ 郑红枫、郑庆山：《红楼梦脂评辑校》，北京图书馆出版社2006年，第34页。

❺ 郑红枫、郑庆山：《红楼梦脂评辑校》，北京图书馆出版社2006年，第121页。

定的态度。典型如：第 2 回，叙述者介绍林如海的官职为"兰台寺大夫"，甲戌本批语云："官制半遵古名，亦好。余最喜此等半有半无，半古半今；事之所无，理之必有；极玄极幻，荒唐不经之处。"❶再如，第 8 回，叙述者介绍说，由顽石变幻而来的那块宝玉"亦曾记下他这幻相并癫僧所镌的篆文，今亦按图画于后"，对此，甲戌本眉批云："又忽作此数语，以幻弄成真，以真弄成幻，真真假假，恣意游戏于笔墨之中，可谓狡猾之至。作人要老诚，作文要狡猾。"❷在这些批语中，批书人公开表明，自己最喜"玄幻""荒唐"之处，并提倡"游戏"之笔、"狡猾"之文，无疑是对《红楼梦》虚构手法的高度肯定。

（三）"集小说之大成"：对《红楼梦》文类的判断

正因为认识到了文本的虚构性质，早期脂批者毫不犹豫地将《红楼梦》的文类性质定义为"小说"，主要体现在两个方面。

第一，脂批将《红楼梦》放在古今"小说""传奇""稗官"的谱系范畴中讨论。例如，第 1 回，写西方灵河岸上三生石畔的绛珠仙草为了报答神瑛侍者的甘露灌溉之恩，准备"下世为人"，"把我一生所有的眼泪还他，也偿还得过他了"。对此，甲戌本侧批云："观者至此，请掩卷思想，历来小说可曾有此句？千古未闻之奇文。"❸同一回，写雨村眼中的娇杏外貌："生得仪容不俗，眉目清明。"甲戌本眉批云："这便是真正情理之文。可笑近之小说中满纸'闭月羞花'等字。"❹又写娇杏眼中雨村形象："敝巾旧服，虽是贫窭，然生得腰圆背厚，面阔口

❶ 郑红枫、郑庆山：《红楼梦脂评辑校》，北京图书馆出版社 2006 年，第 28 页。
❷ 郑红枫、郑庆山：《红楼梦脂评辑校》，北京图书馆出版社 2006 年，第 112 页。
❸ 郑红枫、郑庆山：《红楼梦脂评辑校》，北京图书馆出版社 2006 年，第 15 页。
❹ 郑红枫、郑庆山：《红楼梦脂评辑校》，北京图书馆出版社 2006 年，第 18 页。

方，更兼剑眉星眼，直鼻权腮。"甲戌本眉批云："最可笑世之小说中，凡写奸人，则用'鼠耳''鹰腮'等语。"❶又针对娇杏"侥幸"成为人上人的命运，甲戌本眉批说："又最恨近之小说中满纸红拂、紫烟。"❷

上述批语都是将《红楼梦》放在"历来小说""近之小说""世之小说"的范畴中进行比较、评价，肯定《红楼梦》合情合理的艺术构思与描写技巧。类似这样以《红楼梦》与"近日小说""近来小说""近小说""别小说""从来小说""近之小说""千古小说""别部小说""千部小说""历来小说""近之传奇""各小说""今古小说""凡野史""今古野史"等作为比较范畴的评语所在多有。而且，从脂批举例来看，其所称"小说"均指以虚构为特征的作品。由此可见，在批者心目中，《红楼梦》毫无疑问属于以虚构为本质特征的"小说"文类中的一员。

第二，脂批不仅将《红楼梦》明确归类为小说，且进一步将其称为"压倒古今小说"的"真小说"，是"集小说之大成"者。第 16 回，写都判官听说秦钟魂魄说出宝玉的名字之后因"唬慌"而喝骂鬼使，对此，甲戌、己卯、庚辰诸本夹批云："调侃世情固深，然游戏笔墨一至于此，真可压倒古今小说。这才算是真小说！"❸第 17 回，描写怡红院房内摆设，庚辰本夹批云："花样周全之极！然必用下文者，正是作者无聊，撰出新异笔墨，使观者耳目一新。所谓集小说之大成，游戏笔墨，雕虫之校（技），无所不备，可谓善戏者矣，又供诸人同同一戏。"❹事实上，脂批者对《红楼梦》小说性质的认知及对其小说史地位的评价可以说直接受到作者曹雪芹本人的影响。

第 1 回，曹雪芹通过自己虚构的作者——石头之口，面对空空道

---

❶ 郑红枫、郑庆山：《红楼梦脂评辑校》，北京图书馆出版社 2006 年，第 18 页。
❷ 郑红枫、郑庆山：《红楼梦脂评辑校》，北京图书馆出版社 2006 年，第 18 页。
❸ 郑红枫、郑庆山：《红楼梦脂评辑校》，北京图书馆出版社 2006 年，第 180 页。
❹ 郑红枫、郑庆山：《红楼梦脂评辑校》，北京图书馆出版社 2006 年，第 196 页。

人的质疑,对"历来野史"尤其是"佳人才子等书"的弊端做了指摘,并在比较的视野下强调自己的作品是符合"情理"的"真传":"至若悲欢离合,兴衰际遇,则又追踪蹑迹,不敢稍加穿凿,徒为供人之目而反失其真传者。"石头此段话实乃曹雪芹夫子自道,表明他写作《红楼梦》就是要打破"历来野史"的旧套、一新读者耳目。对此,甲戌本眉批云:

> 事则实事,然亦叙得有间架,有曲折,有顺逆,有映带,有隐有见(现),有正有闰,以至草蛇灰线,空谷传声,一击两鸣,明修栈道,暗度陈仓,云龙雾雨,两山对峙,烘云托月,背面传(傅)粉,千皴万染诸奇。书中之秘法,亦复不少。……开卷一篇立意,真打破历来小说窠臼。阅其笔,则是《庄子》《离骚》之亚。❶

联系这段批语所针对的小说原文,这里的"事则实事"是就符合"事理"而言,是指曹雪芹所写之事是符合生活真实和艺术真实的事,而非指生活中实有之事。更值得注意的是,脂批在这里概括指出了《红楼梦》所运用的种种独具中国特色的小说技法,认为其"笔"法属于《庄子》《离骚》传统,并肯定其开头部分的立意,打破了历来小说的窠臼。在《红楼梦》文类性质属于"小说"这一点上,早期脂批作者们与曹雪芹可谓心心相印。

(四)"不必追究其隐寓":作者意图与读者接受问题

从《红楼梦》文类性质出发,脂批还提出了另外一个非常重要的课题:作者意图与读者接受的问题。

---

❶ 郑红枫、郑庆山:《红楼梦脂评辑校》,北京图书馆出版社 2006 年,第 9 页。

　　论及读者接受问题，第 5 回有一条脂批格外引人注目。叙述者说宝玉在太虚幻境听了几支"红楼梦曲"之后的反应："宝玉听了此曲，散漫无稽，不见得好处；但其声韵凄惋，竟能销魂醉魄。因此也不察其原委，问其来历，就暂以此释闷而已。"甲戌本眉批云："妙！设言世人亦应如此法看《红楼梦》一书，更不必追究其隐寓。"❶结合"不察其原委，问其来历"之语，这则批语中的"隐寓"一词应该是指《红楼梦》所使用的创作素材或者说隐含的本事。批书者的观点非常明确：世人阅读《红楼梦》，应该像宝玉听曲那样，不必追究故事的"原委"与"来历"，只要将它当作消愁解闷的书来读就好了。承认作品有"隐寓"而又强调"不必追究"、应该着眼其消愁解闷的审美功能，看似与前述强调"文"外之"意"矛盾，实则不然。关注"文"外之"意"隐含的逻辑是不要拘泥文字或故事本身，强调消愁解闷的审美功能同样主张不要拘泥于故事的原委与来历，在不要拘泥于故事本身这一点上，二者是相通的。而强调审美功能这一旨趣则为《红楼梦》阅读与阐释开出了一片广阔的天地。

　　脂批的这一看法与曹雪芹虚构的作者"石头"的宣言互为表里："历来野史，皆蹈一辙，莫如我这不借此套者，反倒新奇别致，……事迹原委，亦可以消愁破闷；也有几首歪诗熟话，可以喷饭供酒。……我这一段故事，也不愿世人称奇道妙，也不定要世人喜悦检读，只愿他们当那醉饱淫卧之时，或避事去愁之际，把此一玩，岂不省了些寿命筋力？"（第 1 回）作者借"石头"之口宣称自己的创作意图是供人"消愁解闷""喷饭供酒""把此一玩"云云，强调的无疑是《红楼梦》文本的消遣和审美功能。由此可见，即使作者另有怀抱，审美价值无论如何是其重要创作意图之一。

---

　　❶ 郑红枫、郑庆山：《红楼梦脂评辑校》，北京图书馆出版社 2006 年，第 79 页。

脂批者对作者的审美创作意图深以为然。第 7 回，针对宝钗所吃的丸药"冷香丸"，甲戌本夹批云："以花为药，可是吃烟火人想得出者？诸公且不必问其事之有无，只据此新奇妙文悦我等心目，便当浮一大白。"❶这位批者的观点再明白不过：只要能够有"新奇妙文"悦人心目，"事之有无"并不重要。

值得指出的是，第 1 回叙述者在介绍该书来历及题名时，有一首"曹雪芹"自题五言诗："满纸荒唐言，一把辛酸泪。都云作者痴，谁解其中味？"甲戌本眉批云："能解者方有辛酸之泪，哭成是书。"❷这句话是针对作者而言的：能够理解人生种种辛酸的人，才能撰写出此篇血泪文字。在后续的脂批中，我们会看到，许多故事素材乃至细节都是作者和批者一起经历过的往事，以至于批者有时会强调"非经历过，如何写得出"。❸更有甚至，有时批者会非常自信地宣称，作者之意"惟批书者知之"，典型如第 7 回，写焦大醉骂一段文字，靖本眉批云："焦大之醉，伏可卿死。作者秉刀斧之笔，一字一泪，一泪化一血珠！惟批书者知之。"❹

从阐释学的角度看，"非经历过如何写得出"、作者之意"惟批书者知之"等批语牵涉到作者与阐释者语境要素一致的问题，笔者将另外撰文讨论。这里，我们强调的是，《红楼梦》的确是一部有现实素材来源、从某种意义上来说寄托了作者"一生惭恨"❺的小说，因此，如前

---

❶ 郑红枫、郑庆山：《红楼梦脂评辑校》，北京图书馆出版社 2006 年，第 96 页。

❷ 郑红枫、郑庆山：《红楼梦脂评辑校》，北京图书馆出版社 2006 年，第 11 页。

❸ 第 18 回写元妃省亲时与贾母、王夫人相见，"三个人满心里皆有许多话，只是俱说不出，只管呜咽对泣"。庚辰本眉批云："非经历过，如何写得出？"见郑红枫、郑庆山《红楼梦脂评辑校》，北京图书馆出版社 2006 年，第 204 页。

❹ 郑红枫、郑庆山《红楼梦脂评辑校》，北京图书馆出版社 2006 年，第 106 页。

❺ 第 1 回云："空空道人乃从头一看，原来就是无才补天、幻形入世。"甲戌本侧批"八字便是作者一生惭恨"。见郑红枫、郑庆山：《红楼梦脂评辑校》，北京图书

文所讨论的，脂批认为，无论宏观立意还是微观细节，作者都别有寄托。但是，前文所讨论的"大有深意存焉"❶与此处所讨论的"不必追究其隐寓"并不矛盾，简单来说，前者所说"深意"乃言此意彼、别有寄托之意；后者所说之"隐寓"在其上下文中是指故事素材或者本事。要之，在脂批者看来，一方面，《红楼梦》作者透过故事文本，寄托了种种寓意，因此，读者宜关注文外之意而不宜拘泥于事情真假；另一方面，《红楼梦》有某些真实素材来源，但是，作者重要创作目的之一是提供审美意义上的艺术作品，因此，读者应该关注其审美价值而不必拘泥于本事来源。审美价值对于故事素材来说，未尝不是另一种形式的"文外之意"。也就是说，脂批强调不必追究本事、素材，而应着眼于素材被艺术化处理之后的审美功能，与前文所讨论的强调关注文外之意，在阐释旨趣上是相通的。

（五）结语

综上所述，早期脂批在阐释的基本理念和方法上强调《红楼梦》文浅意深、文外有意，进而认定《红楼梦》之"文"乃托言寓意的虚构幻设之物，因此，《红楼梦》的文类性质理所当然属于以虚构为本质特征的"小说"，并且是压倒古今的"真小说"，是"集小说之大成"者。另一方面，因为《红楼梦》有不少现实素材来源，有些故事以及细节乃作者与批书者共同经历过的往事，因此，脂批者相信，作者的有些用心之处只有他们这些与作者亲近的批书人才能体会、了解。至于普通读者，脂批认为，不必追究隐寓在作品中的素材、本事，重要的是通过经过作者高度艺术化处理之后的新奇妙文达到愉悦心目、破愁解闷的审

馆出版社 2006 年，第 8 页。

❶ 郑红枫、郑庆山：《红楼梦脂评辑校》，北京图书馆出版社 2006 年，第 139 页。

美目的。

由"意在文外"的阐释旨趣引导出来的对《红楼梦》虚构性质的认知以及对《红楼梦》小说文类的断定，这一思路及结论对 20 世纪新红学兴起之后盛极一时的"自叙传"之说具有釜底抽薪的否定意义；承认《红楼梦》有真实素材来源，却强调不必追究素材、本事，而应该将作品当作愉悦心目、破愁解闷的审美作品来对待，这一观点对至今犹时有所见的"索隐"红学亦属当头棒喝。

因此，早期脂批所体现出来的文浅意深、意在言外的阐释旨趣，以及由此引发出来的对《红楼梦》文本性质的判断，对《红楼梦》素材、本事的态度，在《红楼梦》的阐释史上都具有重要的理论意义，值得关注和挖掘。

（原刊《曹雪芹研究》2016年第1期）

二、《红楼梦》早期脂批的阐释学意义——以阐释语境为中心

上一节着重分析了早期脂批❶者对《红楼梦》寓意的强调以及虚构本质的认知。而另一方面，在早期脂批中有大量"据余说却大有考证"❷"嫡（的）真实事，非妄拥（拟）也"❸"真有是事，真有是事"❹"非经历过，如何写得出"❺"作书人将批书人哭坏了"❻之类具有实证意义的批语。下文以此类批语为依据，从阐释语境出发，继续探讨早期脂批的阐释学意义。

---

❶ 所谓早期脂批，是指见于甲戌本、庚辰本、己卯本等早期抄本之上的学界一般认为出自脂砚斋、畸笏叟等作者至亲好友之手的批语。

❷ 第1回甲戌本侧批，见郑红枫、郑庆山：《红楼梦脂评辑校》，北京图书馆出版社2006年，第9页。

❸ 第2回甲戌本侧批，见郑红枫、郑庆山：《红楼梦脂评辑校》，北京图书馆出版社2006年，第33页。

❹ 第3回甲戌本侧批，见郑红枫、郑庆山：《红楼梦脂评辑校》，北京图书馆出版社2006年，第39页。

❺ 第18回庚辰本眉批，见郑红枫、郑庆山：《红楼梦脂评辑校》，北京图书馆出版社2006年，第204页。

❻ 第18回庚辰本侧批，见郑红枫、郑庆山：《红楼梦脂评辑校》，北京图书馆出版社2006年，第205页。

（一）"非经历过，如何写得出"：作者生存境遇还原

《红楼梦》第 1 回在介绍该书来历及题名时，有一首"曹雪芹"自题五言诗："满纸荒唐言，一把辛酸泪。都云作者痴，谁解其中味？"这是整部小说中"作者以自己身份来写的唯一的一首诗"。❶作者自诉，在看似荒唐的故事中包含着人生的种种辛酸，而他担心的是作品的意义（"味"）无人能够理解。这里，作者其实提出了理解是否可能的问题。对此，甲戌本批语云："能解者方有辛酸之泪，哭成此书。"❷这句话是针对作者而言的：只有经历过人生种种辛酸的人，才能撰写出《红楼梦》这部血泪文字。这一批语本身已包含了批书人对作者以及作品意义的深切理解。因此，这里的"能解者"有双重的含义：（1）对于人生来说，曹雪芹是"能解者"；（2）对于曹雪芹与《红楼梦》来说，早期脂批作者是"能解者"。

在中国阐释学传统观念中，"只有在某一具体的语境中，意义才会呈现"。❸

早期脂批让我们看到，无论是曹雪芹创作《红楼梦》、赋予其意义，还是批书者阅读《红楼梦》、理解其意义，亦即他们之所以能够成为"能解者"，均与其拥有的特殊语境有关。

无论是《水浒传》《三国演义》《金瓶梅》等其他小说的评点，还是《红楼梦》印本刊行之后的大量评点，对于评点对象来说，评点者都是处于不同时空的陌生人，在思想、经历、情感等方面都存在相当的

---

❶ 蔡义江：《红楼梦诗词曲赋鉴赏》，中华书局 2001 年版，第 3—4 页。

❷ 第 1 回甲戌本眉批，见郑红枫、郑庆山：《红楼梦脂评辑校》，北京图书馆出版社 2006 年，第 11 页。

❸ 李清良：《中国阐释学》，湖南师范大学出版社 2001 年版，第 47 页。

距离。《红楼梦》脂批者则不同，他们是围绕在作者身边、与作者关系密切的人，不仅了解作者的生活，而且掌握《红楼梦》的创作动态，甚至以边读边评的方式参与到了《红楼梦》的创作过程当中❶，因而具有强烈的"介入性"特征。正因为这种特殊性，早期脂批在一定程度上为我们还原了作者的语境以及脂批者的语境，对于我们理解曹雪芹及批书者的理解——《红楼梦》是曹雪芹对世界的理解，脂批是批书人对《红楼梦》的理解——无疑具有重要意义。

这一节先看作者的语境问题；下一节再看批书者的语境问题。

第 1 回，针对"无才补天，幻形入世"之正文，甲戌本侧批云："八字便是作者一生惭恨。"❷又针对"然朝代年纪、地域邦国，却反失落无考"之语，甲戌本侧批云："据余说却大有考证。"❸批书者在这里明确指出，顽石红尘历幻的故事乃"作者一生惭恨"的写照；《红楼梦》之故事素材"大有考证"。批书者所说的"大有考证"与"作者一生惭恨"，无疑为理解《红楼梦》的文本意义提供了非常特殊的视角。接下来，脂批提供了不少故事素材以及大量来自生活的真实细节，这些素材与细节对于还原曹雪芹的生活境遇、创作语境无疑具有重要意义。这里将这些素材和细节概括为几种类型举例说明。

第一类，直接素材。典型如，第 2 回，冷子兴介绍说，皇上因恤先臣"额外赐了"贾政一个"主事之衔"，甲戌本侧批云："的真实事，非

---

❶ 典型如第 13 回靖藏本回首批语云："'秦可卿淫丧天香楼'，作者用史笔也。老朽因有魂托凤姐贾家后事二件，岂是安富尊荣坐享人能想得者？其言其意令人悲切感服，姑赦之。因命芹溪删去'遗簪''更衣'诸文。"见郑红枫、郑庆山：《红楼梦脂评辑校》，北京图书馆出版社 2006 年，第 140 页。

❷ 郑红枫、郑庆山：《红楼梦脂评辑校》，北京图书馆出版社 2006 年，第 8 页。

❸ 郑红枫、郑庆山：《红楼梦脂评辑校》，北京图书馆出版社 2006 年，第 9 页。

妄拟也。"^❶第 8 回，贾母初见秦钟，给了"一个荷包并一个金魁星"作为表礼，甲戌本眉批云："作者今尚记金魁星之事乎？抚今思昔，肠断心摧。"^❷第 18 回，写龄官在演出时因为《游园》《惊梦》"非本角之戏"而"执意不作"，"定要作《相约》《相骂》"，负责此事的贾蔷"扭他不过，只得依他作了"。对此情节，庚辰本夹批云："与余三十年前目睹身亲之人，现形于纸上。使（便）言《石头记》之为书，情之至极，言之至恰，然非领略过乃事，迷陷过乃情，即观此，茫然嚼蜡，亦不知其神妙也。"^❸等等，这些脂批指出了小说情节与现实素材的对应，肯定其"写实"性质。

第二类，隐含素材。典型如，第 1 回，针对"葫芦庙中炸供，那些和尚不加小心"（导致火灾）之语，甲戌本眉批云："写出南直召祸之实病。"^❹第 2 回，针对贾雨村介绍金陵贾府老宅时所说"后一带花园子里"之语，甲戌本批语云："'后'字何不直用'西'字？恐先生堕泪，故不敢用'西'字。"^❺同回针对甄宝玉"每打的吃疼不过时，他便'姐姐''妹妹'乱叫起来"之正文，甲戌本眉批云："盖作者实因鹡鸰之悲，棠棣之威，故撰成闺阁庭帏之传。"^❻第 15 回，写贾元春封妃、贾府始议省亲事，甲戌本回首评语云："借省亲事写南巡，出脱心中多少忆昔感今！"^❼等等。这几处脂批，分别提到了"南直召祸""西花园""鹡鸰之悲、棠棣之威""失败""家亡""南巡"等"本事"，至于详情则是语焉不详、欲说还休，因此，我们称之为隐含素材。

---

❶ 郑红枫、郑庆山：《红楼梦脂评辑校》，北京图书馆出版社 2006 年，第 33 页。
❷ 郑红枫、郑庆山：《红楼梦脂评辑校》，北京图书馆出版社 2006 年，第 121 页。
❸ 郑红枫、郑庆山：《红楼梦脂评辑校》，北京图书馆出版社 2006 年，第 212 页。
❹ 郑红枫、郑庆山：《红楼梦脂评辑校》，北京图书馆出版社 2006 年，第 20 页。
❺ 郑红枫、郑庆山：《红楼梦脂评辑校》，北京图书馆出版社 2006 年，第 31 页。
❻ 郑红枫、郑庆山：《红楼梦脂评辑校》，北京图书馆出版社 2006 年，第 35 页。
❼ 郑红枫、郑庆山：《红楼梦脂评辑校》，北京图书馆出版社 2006 年，第 171 页。

这几桩隐含素材，每一桩都是索隐派或者考证派红学的大题目，如"南直召祸"之本事，即有研究者曾宣称，"准备从各个方面，用数十万字的篇幅对此详加阐述"❶；"借省亲事写南巡"之本事，更是令人津津乐道，黄一农先生新近关于此一公案的研究即非常引人注目❷。这里，我们关注的不是这些素材"本事"为何的问题，而是它们对于还原作者曹雪芹生活境遇和创作语境的意义：综合这几桩隐含素材可以得知，作者曹雪芹的家族曾经历过如"南巡""省亲"类鲜花着锦、烈火烹油般的富贵荣华，后来因"召祸"而"势败""家亡"；曹雪芹本人还遭遇过兄弟手足的变故，正是这些经历构成了曹雪芹创作《红楼梦》的特殊语境，从而赋予了作品"到头一梦、万境归空"（第1回）的悲剧意蕴。

第三类，细节的真实性。脂批对《红楼梦》细节真实性的指认不一定指实际发生过的事，而是指作家要有过类似的生活经验才能写得情理逼真。典型如，第3回，叙述者介绍林黛玉进贾府、拜见贾母时的细节："于是三四人争着打起帘笼。"甲戌本侧批云："真有是事，真有是事！"❸第8回，叙述者介绍宝玉为避免被别事缠绕或者巧遇其父而绕远路去看望宝钗，结果恰巧撞见其父门下清客詹光、单聘仁，好一阵纠缠唠叨，甲戌本眉批云："一路用淡三色烘染，行云流水之法，写出贵公子家常不迹（即）不离气致。经历过者则喜其写真，未经历者恐不免嫌繁。"❹第14回，写秦可卿丧事，庚辰本回末评云："此回将大家丧事详细剔尽画，如见其气概，如闻其声音，丝毫不错，作者不负

❶ 张晓琦：《"南直召祸之实病"探源——红楼本事新论之一》，载《学术交流》1992年第5期。
❷ 黄一农：《二重奏：红学与清史的对话》，中华书局2015年版，第317—362页。
❸ 郑红枫、郑庆山：《红楼梦脂评辑校》，北京图书馆出版社2006年，第39页。
❹ 郑红枫、郑庆山：《红楼梦脂评辑校》，北京图书馆出版社2006年，第109页。

大家后裔。"❶第 18 回，写元妃省亲时有个细节："一时，有十来个太监都喘吁吁跑来拍手儿。这些太监会意，都知道是'来了，来了'。"对此，庚辰本、己卯本夹批云："画出内家风范，《石头记》最难之处，别书中摸不着。"庚辰本侧批云："难得他写的出，是经过之人也。"❷接下来，写元春见贾母、王夫人的情形："一手挽贾母，一手挽王夫人，三个人满心里皆有许多话，只是俱说不出，只管呜咽对泣。"对此，己卯本批语云：《石头记》得力擅长，全是此等地方。"庚辰本眉批云："非经历过，如何写得出？"❸第 22 回，写贾母率众人为宝钗作生日，"就在贾母上房排了几席家宴酒席"，庚辰本夹批云："是家宴，非东阁盛设也，非世代公子再想不及此。"❹第 76 回，写黛玉湘云月下联诗的一个细节，湘云"因弯腰拾了一块小石片向那池中打去，只听打得水响，一个大圆圈将月影荡散复聚者几次"，庚辰本夹批云："写得出。试思若非亲历其境者，如何摹写得如此。"❺等等。从小说创作原理来说，这些真实细节说明了作者的人生阅历及经验对于艺术创作的意义❻；这些有关尘世中"富贵场""温柔乡"的逼真描写正是红学研究中"人们常说的高度的现实主义精神"之所指❼。在阐释学视野之下，这些渊源有自的细节，则是还原作者创作语境的重要因素，如果说前述直接素材和隐含素材是作者人生经历的骨架，这些无所不在的真实细节则是作者生活阅历中的血肉。

综上，批书者从直接素材、隐含素材、情理逼真的细节三个方面提

---

❶ 郑红枫、郑庆山：《红楼梦脂评辑校》，北京图书馆出版社 2006 年，第 154 页。
❷ 郑红枫、郑庆山：《红楼梦脂评辑校》，北京图书馆出版社 2006 年，第 201 页。
❸ 郑红枫、郑庆山：《红楼梦脂评辑校》，北京图书馆出版社 2006 年，第 204 页。
❹ 郑红枫、郑庆山：《红楼梦脂评辑校》，北京图书馆出版社 2006 年，第 270 页。
❺ 郑红枫、郑庆山：《红楼梦脂评辑校》，北京图书馆出版社 2006 年，第 446 页。
❻ 叶朗：《中国小说美学》，北京大学出版社 1982 年版，第 234—236 页。
❼ 梅新林：《红楼梦哲学精神》，学林出版社 1995 年版，第 325 页。

供了重要的材料，部分地还原了《红楼梦》作者的生活经历、生存境遇，从一个重要侧面建构了作者的创作语境，亦即作品意义得以呈现的语境。了解这一语境对理解和阐释红楼之"味"无疑具有重要意义。

（二）"作书人将批书人哭坏了"：语境要素的一致性

除了提供重要材料、还原作者创作语境，脂批还不遗余力地以身说法，以其与作者的特殊关系以及由此而来的对《红楼梦》的独特理解诠释了语境要素在理解过程中的意义。早期脂批中有一部分内容，强调《红楼梦》中一些故事素材是批书人自己或者批书人与作者一起经历过的见闻，还有批书人对这类故事的强烈情感反应。一般研究者都将这类脂批作为《红楼梦》"写实"的证据来看，事实上，这一类脂批除了体现现实主义创作精神之外，还有着特殊的阐释学意义，此前对后者较少有人关注。这类脂批又可分为三类，具体如下。

第一类，相对平静的往事追忆。典型如：

（1）第6回，刘姥姥一进贾府时，针对王夫人所说"今儿既来了瞧瞧我们，是他的好意思"、王熙凤所说"若论亲戚们之间，原该不等上门来就该有照应才是"诸语，甲戌本分别有侧批云："穷亲戚来【看】'是好意思'，余又自《石头记》中见了，叹叹。""点'不待上门就该有照应'数语，此亦于《石头记》再见话头。"❶强调王夫人和王熙凤的相关话语为批书人曾在生活中听闻。

（2）第7回，宝玉对周瑞家的说自己"才从学里来，也着了些凉"等语，甲戌本批语云："余观'才从学里来'几句，忽追思昔日形景，可

---

❶ 郑红枫、郑庆山：《红楼梦脂评辑校》，北京图书馆出版社2006年，第92页。

叹！"❶强调批书人由宝玉的话联想到自己往昔生活中类似的情形。

（3）第8回，一群贾府仆众偶遇宝玉，奉承道："前儿在一处看见二爷写的斗方儿，字法越发好了，多早晚儿赏我们几张贴贴。"甲戌本眉批云："余亦受过此骗，今阅至此，赧然一笑。此时有三十年前向余作此语之人在侧，观其形，已皓首驼腰矣。乃使彼亦细听此数语，彼则潜（潸）然泣下，余亦为之败兴。"❷强调批书人曾经历过类似的事情。

（4）第16回，贾琏乳母说到江南甄家接驾时的盛况："凭是世上所有的，没有不是堆山塞海的，'罪过可惜'四个字竟顾不得了。"庚辰本侧批云："真有是事，经过见过。"❸强调批书人曾见识过"接驾"的场面。

（5）第21回，宝玉和袭人怄气，"不使唤众人，只叫四儿答应。谁知四儿是个聪敏乖巧不过的丫头"，庚辰本夹批云："又是一个有害无益者。作者一生为此所误，批者一生亦为此所误，于开卷凡见如此人，世人故（固）为喜，余犯（反）抱恨。盖四字误人甚矣。""被误者深感此批。"❹强调批书人和作者都曾有过被"聪明乖巧"的丫头所误的经历。

（6）第25回，写马道婆因宝玉烫伤一事向贾母说佛法，甲戌本侧批云："一段无伦无理信口开河的浑语，却句句都是耳闻目睹者，并非杜撰而有。作者与余实实经过。"❺强调批书人与作者都见识过马道婆以佛法骗取钱财之类的伎俩。

（7）第38回，宝玉令人给黛玉烫一壶合欢花浸的酒来，庚辰、己

---

❶ 郑红枫、郑庆山：《红楼梦脂评辑校》，北京图书馆出版社2006年，第102页。
❷ 郑红枫、郑庆山：《红楼梦脂评辑校》，北京图书馆出版社2006年，第110页。
❸ 郑红枫、郑庆山：《红楼梦脂评辑校》，北京图书馆出版社2006年，第175页。
❹ 郑红枫、郑庆山：《红楼梦脂评辑校》，北京图书馆出版社2006年，第259页。
❺ 郑红枫、郑庆山：《红楼梦脂评辑校》，北京图书馆出版社2006年，第303—304页。

卯夹批云："伤哉！作者犹记得矮𬯀坊前以合欢花酿酒乎？屈指二十年矣。"❶强调批书人和作者一起有过在二十年前一起以合欢花酿酒的经历。

（8）第 74 回，平儿分析鸳鸯借东西给贾琏凤姐夫妇，老太太其实是装不知情，庚辰本夹批云："盖此等事，作者曾经，批者曾经，实系一写往是（事），非特造出，故弄新笔。"❷强调琏凤夫妇向鸳鸯借东西、贾母佯装不知情之类的细节，实乃批书人和作者共同经历过的"往事"。

上述 8 条批语，批者以比较平静的语调点出了书中情节与自己生活经历的对应，其中第（5）（6）（7）（8）等四条并点出相关细节为批者与作者所共同经历。

第二类，情绪激烈的因事感怀。典型如：

（1）第 3 回，叙述者写宝玉容貌，"面若中秋之月，色如春晓之花"，甲戌本眉批云："'少年色嫩不坚劳（牢）'，以及'非夭即贫'之语，余犹在心。今阅至此，放声一哭。"❸

（2）第 5 回，巧姐册词云"势败休云贵，家亡莫论亲"，甲戌本侧批云："非经历过者，此二句则云纸上谈兵；过来人那得不哭。"❹关于湘云的"红楼梦曲"【乐中悲】有"襁褓中，父母叹双亡。纵居那绮罗丛，谁知娇养？"甲戌本侧批云："意真辞切，过来人见之，不免失声"❺；关于熙凤的"红楼梦曲"【聪明累】有"机关算尽太聪明，反

---

❶ 郑红枫、郑庆山：《红楼梦脂评辑校》，北京图书馆出版社 2006 年，第 371 页。
❷ 郑红枫、郑庆山：《红楼梦脂评辑校》，北京图书馆出版社 2006 年，第 436 页。
❸ 郑红枫、郑庆山：《红楼梦脂评辑校》，北京图书馆出版社 2006 年，第 51 页。
❹ 郑红枫、郑庆山：《红楼梦脂评辑校》，北京图书馆出版社 2006 年，第 75 页。
❺ 郑红枫、郑庆山：《红楼梦脂评辑校》，北京图书馆出版社 2006 年，第 79 页。

算了卿卿生命",甲戌本眉批云:"过来人睹此,宁不放声一哭。"●

(3)第13回,秦可卿临终给凤姐托梦,有"若应了那'树倒猢狲散'的俗语"之语,甲戌、庚辰本眉批云:"'树倒猢狲散'之语,全(今)犹在耳,曲(屈)指三十五年矣,【哀哉】伤哉,宁不恸杀!"❷

(4)第13回,凤姐总结出宁国府的五件弊端,甲戌本眉批云:"旧族后辈受此五病者颇多,余家更甚。三十年前事见书于三十年后,今(令)余想(悲)恸,血泪盈【面】。"庚辰本眉批云:"读五件事未完,余不禁失声大哭;三十年前作书人在何处耶?"❸

(5)第18回,叙述者说宝玉"三四岁时,已得贾妃手引口传",庚辰本侧批云:"批书人领至(过)此教,故批至此,竟放声大哭。俺先姊先(仙)逝太早,不然,余何得为废人耶?"❹接下来,写到元妃见宝玉时将其"携手搂入怀内"的细节,庚辰本侧批云:"作书人将批书人哭坏了。"❺

(6)第22回,贾政跟贾母开玩笑说:"何疼孙子孙女之心,便不略赐与儿子半点?"庚辰本夹批云:"贾政如此,余亦泪下。"❻

(7)第23回,写宝玉正在为入住大观园喜得无可无不可时,"忽见丫鬟来说:'老爷叫宝玉。'"顿时扫兴恐惧。对"老爷叫宝玉"一句,庚辰本侧批云:"多大力量写此句。余亦惊骇,况宝玉乎?回思十二三时,亦曾有是病来。想时不再至,不禁泪下。"❼

---

❶ 郑红枫、郑庆山:《红楼梦脂评辑校》,北京图书馆出版社2006年,第80页。
❷ 郑红枫、郑庆山:《红楼梦脂评辑校》,北京图书馆出版社2006年,第140页。
❸ 郑红枫、郑庆山:《红楼梦脂评辑校》,北京图书馆出版社2006年,第147页。
❹ 郑红枫、郑庆山:《红楼梦脂评辑校》,北京图书馆出版社2006年,第202—203页。
❺ 郑红枫、郑庆山:《红楼梦脂评辑校》,北京图书馆出版社2006年,第205页。
❻ 郑红枫、郑庆山:《红楼梦脂评辑校》,北京图书馆出版社2006年,第282页。
❼ 郑红枫、郑庆山:《红楼梦脂评辑校》,北京图书馆出版社2006年,第284页。

（8）第 24 回，贾芸对宝玉说，"只从我父亲没了，这几年也无人照管教导"。庚辰本侧批云："虽是随机而应，伶俐人之语，余却伤心。"❶

（9）第 28 回，宝玉在与冯紫英、薛蟠等人的聚会上提议喝酒行令，并主动提出："我先喝一大海，发一新令，有不遵者，连罚十大海，逐出席外与人斟酒。"对"我先喝一大海"句，庚辰本眉批云："大海饮酒，西堂产九台灵芝日也。批书至此，宁不悲乎！"❷

（10）第 73 回，仆妇们在邢夫人面前中伤探春，庚辰本夹批语云："杀，杀，杀！此辈专生离异。余因实受其蛊，今读此文，直欲拔剑劈纸，又不知作者多少眼泪洒出此回也。"❸

以上 10 条批语，都是因为《红楼梦》中相关细节与批书人的经历相同或者相似，因此令批书人有"放声一哭""失声痛哭""不禁泪下""哀哉伤哉""宁不痛杀""宁不悲乎""杀，杀，杀！"等，或表深悲巨痛或表愤恨不已的情感反应，是批书人对作者"辛酸泪"最强烈的呼应与共鸣，乃"作书人将批书人哭坏了"的最典型的表现。

第三类，与作者共享隐秘的信息。典型如：

（1）第 3 回，宝玉说："除《四书》外，杜撰的太多，偏只是我杜撰不成？"甲戌本侧批云："如此等语，焉得怪彼世人谓之怪，只瞒不过批书者。"❹

（2）第 5 回，宝玉梦游太虚幻境，"随了秦氏至一所在"，甲戌本侧批语云："此梦文情固佳，然必用秦氏引梦，又用秦氏出梦，竟不知立意何属。惟批书者知之。"❺

❶ 郑红枫、郑庆山：《红楼梦脂评辑校》，北京图书馆出版社 2006 年，第 290 页。
❷ 郑红枫、郑庆山：《红楼梦脂评辑校》，北京图书馆出版社 2006 年，第 348 页。
❸ 郑红枫、郑庆山：《红楼梦脂评辑校》，北京图书馆出版社 2006 年，第 434 页。
❹ 郑红枫、郑庆山：《红楼梦脂评辑校》，北京图书馆出版社 2006 年，第 53 页。
❺ 郑红枫、郑庆山：《红楼梦脂评辑校》，北京图书馆出版社 2006 年，第 72 页。

这两条批语均强调,作者相关用心与立意,只有"批书者"知道,言下之意是其他人无从得知。此外,第 7 回写焦大醉骂一段文字,甲戌侧批云:"忽接此焦大一段,真可惊心骇目,一字【化】一泪,一泪化一血珠。"靖本有眉批云:"焦大之醉,伏可卿死。作者秉刀斧之笔,一字一泪,一泪化一血珠。惟批书者知之。"❶靖批亦强调有"惟批书者知之"的隐秘信息。

上述三类批语对分析《红楼梦》的写实成分、了解批语作者的身份以及与作者的关系等都有重要意义,在此不论。此处,关注的是这类批语在阐释学上的意义。

从理解的发生学原理来说,"理解之所以能够发生,即理解的依据,正在于理解者与被理解者拥有相一致的语境,亦即俗话所说的'人同此心,心同此理'。理解发生的过程也就是'以心会心'"。❷而理解者对被理解者的理解程度则由二者之间语境要素一致性的程度决定,二者语境要素的一致性的程度越高,理解的程度也越高,反之亦然。

综合上述涉及的三类批语可知,早期围绕在曹雪芹身边的批书人与曹雪芹的生活经历、生存境遇有着高度的重合性与一致性,他们之间甚至就作品的素材以及立意拥有共同的、不足为外人道的秘密。因此,在批书者的视野里,小说文本的意义获得了最大限度的呈现与认同。荀子说:"凡同类同情者,其天官之意物也同,故比方之疑似而通。"(《荀子·正名》)所谓"同类",即指语境要素的一致性;所谓"同情"则指对事物认识的一致性。"同类"的程度越高,"同情"的程度也就越高。

脂批作者因为与曹雪芹在生活际遇方面高度"同类",因此,他们

❶ 郑红枫、郑庆山:《红楼梦脂评辑校》,北京图书馆出版社 2006 年,第 106 页。
❷ 李清良:《中国阐释学》,湖南师范大学出版社 2001 年版,第 47 页。

对《红楼梦》"同情"程度远远超出普通的读者想象。如上述第二类批语中，在普通读者看来也许显得平淡无奇的细节，很多时候却令脂批者情绪失控、大放悲声，所谓"过来人睹此，宁不放声一哭？"而"同情"的极致，或者说与作者"以心会心"的最高层次就是作者之意"惟批书者知之"。面对同样的情节，不同读者因为语境要素不同而会有不同的反应，对此脂批者有清醒的认识，"经历过者则喜其写真，未经历者恐不免嫌繁"❶；"非领略过乃事，迷陷过乃情，即观此，茫然嚼蜡，亦不知其神妙也"。❷正因为早期批书人与作者曹雪芹同样"领略过乃事，迷陷过乃情"，所以，才能对一些在普通读者看来也许"嫌烦""茫然"的情节内容独知其"神妙"，引起强烈的情感共鸣。

要之，从早期脂批中可以清楚地看到，曹雪芹之所以在《红楼梦》中赋予尘世人生"到头一梦、万境归空"的悲剧意蕴，是因为他经历过大家族由盛而衰的深悲巨痛；早期脂批者之所以对曹雪芹的"辛酸泪"有着异乎寻常的同情与共鸣，是因为他们拥有与曹雪芹高度一致的生活境遇。也就是说，早期脂批中隐含着对"意义与语境关系"这一阐释学命题的答案：作品意义的建构与作者的创作语境密切相关；对作品意义的理解则与理解者所处的阐释语境密切相关。

（三）"为天下儿女一哭"：语境要素的超越性

值得进一步讨论的是，在上述讨论中我们看到，早期脂批作者与曹雪芹之间在语境要素具有高度的一致性，因而从某种角度来讲，脂

---

❶ 第 8 回甲戌本眉批，见郑红枫、郑庆山：《红楼梦脂评辑校》，北京图书馆出版社 2006 年，第 109 页。

❷ 第 18 回庚辰本夹批，见郑红枫、郑庆山：《红楼梦脂评辑校》，北京图书馆出版社 2006 年，第 212 页。

批作者对《红楼梦》意义的理解程度远高于其他读者,这只是问题的一个方面。另一方面,是否只有像脂批作者们一样,拥有与作者高度一致的语境要素才能理解《红楼梦》的意义呢?还是让我们从脂批中来寻找答案。

除了上述强调"大有考证""的是实事""非经历过如何写得出"之类强调与作者拥有相同语境的批语之外,脂批还有另外一些批语同样引人注目。

(1)第1回,"好了歌解注"中有"乱烘烘你方唱罢我登场,凡认他乡是故乡"句,甲戌本眉批云:"总收古今亿兆痴人,共历此幻场幻事,扰扰纷纷,无日可了。"❶

(2)第2回,冷子兴介绍荣国府情况时说:"如今生齿日繁,事务日盛,主仆上下,安富尊荣者尽多,运筹谋画者无一。"甲戌本侧批云:"二语乃今古富贵世家之大病。"❷

(3)第2回,冷子兴介绍宁府情况时说,贾敬"一味好道,只爱烧丹炼汞",甲戌本侧批云:"亦是大族末世常有之事,叹叹!"❸

(4)第5回,秦可卿房间有对联云:"世事洞明皆学问,人情练达即文章。"甲戌本侧批云:"看此联极俗,用于此则极妙。盖作【者】正因古今王孙公子劈头先下金针。"❹

(5)第7回,宝玉初见秦钟,自我寻思,"我虽如此比他尊贵"云云,甲戌本夹批云:"这一句不是宝玉本意中语,却是古今历来膏粱纨袴之意。"❺

---

❶ 郑红枫、郑庆山:《红楼梦脂评辑校》,北京图书馆出版社2006年,第23页。
❷ 郑红枫、郑庆山:《红楼梦脂评辑校》,北京图书馆出版社2006年,第31页。
❸ 郑红枫、郑庆山:《红楼梦脂评辑校》,北京图书馆出版社2006年,第32页。
❹ 郑红枫、郑庆山:《红楼梦脂评辑校》,北京图书馆出版社2006年,第70页。
❺ 郑红枫、郑庆山:《红楼梦脂评辑校》,北京图书馆出版社2006年,第104页。

（6）第 7 回，写焦大醉骂，甲戌本夹批语云："一段借醉奴口角闲闲补出宁、荣往事近故，特为天下世家一笑。"❶

（7）第 8 回，叙述者介绍宝玉所衔之玉乃顽石"幻相"，并假托"后人"以诗相嘲，甲戌本侧批云："为天下儿女一哭。"❷同回叙述者由秦业为其子秦钟筹措赞礼事而发议论："贾家上上下下都是一双富贵眼睛。"甲戌本侧批云："为天下读书人一哭，寒素人一哭。"❸

（8）第 25 回，写王夫人与宝玉母子之间的亲密互动："王夫人便用手满身满脸摩挲抚弄他，宝玉也搬着王夫人的脖子说长道短的。"甲戌本侧批云："普天下幼年丧母者齐来一哭。""慈母娇儿写尽矣。"❹

（9）第 77 回，写王夫人盛怒之下发落了晴雯、四儿、芳官等丫鬟，并吩咐过完年之后令宝玉等人搬出大观园，庚辰本夹批云："况此亦此（皆）余旧日目睹亲问（闻）、作者身历之现成文字，非搜造而成者，故迥不与【他】小说之离合悲欢窠旧（臼）相对。想遭令（零）落之大族见（儿）子见此，难（虽）事各有殊，然其情理似亦有点（默）契于心者焉。"❺

在上述批语中，第（1）条之"古今亿兆痴人"、第（2）条之"今古富贵人家"、第（3）条之"大族末世常有之事"、第（4）条之"古今王孙公子"、第（5）条之"古今历来"、第（6）条之"天下世家"、第（7）条之"天下儿女"、及"天下读书人、寒素人"、第（8）条之"普天下幼年丧母者"、第（9）条之"事有各殊"的"零落之大族儿孙"等，都强

---

❶ 郑红枫、郑庆山：《红楼梦脂评辑校》，北京图书馆出版社 2006 年，第 106 页。

❷ 郑红枫、郑庆山：《红楼梦脂评辑校》，北京图书馆出版社 2006 年，第 112 页。

❸ 郑红枫、郑庆山：《红楼梦脂评辑校》，北京图书馆出版社 2006 年，第 122 页。

❹ 郑红枫、郑庆山：《红楼梦脂评辑校》，北京图书馆出版社 2006 年，第 302 页。

❺ 郑红枫、郑庆山：《红楼梦脂评辑校》，北京图书馆出版社 2006 年，第 447—448 页。

调"古今""天下""常有"等全称概念，将小说文本中所涉之事象的意义由个别扩展至"亿兆"、由一时一地扩展至超越时空的"古今""天下"，这就涉及了另一个阐释学的命题：与作者同时但没有生活交集以及与作者完全不同时空的读者，是否可以获得与作者一致的语境要素从而理解作品的意义？答案当然是肯定的。

事实上，中国学术的基本观念之一就是强调"人情"不远、"人性"相同，如《论语·阳货》云"性相近也，习相远也"；《孟子·滕文公》云"丈夫生而愿为之有室，女子生而愿为之有家。父母之心，人皆有之"；《荀子·不苟》云"故千人万人之情，一人之情是也"；等等。秦汉以降，"对于人之常情与共同人性的论述，几乎是无代无之，而且多是从天地宇宙这一终极存在境域层次来加以阐发"。而且，"正因存在着人之'常情'，每个人才可能理解别人，通过理解自己而理解别人"。❶因此，同时而不曾相交的人、不同时空的人，彼此之间都可以因为人情相通而获得语境要素的一致性，从而互相理解，亦即前述所谓"人同此心，心同此理"。从这个意义上，理解者的语境要素与被理解者的语境要素可以超越时空而达成某种程度的一致，我们将这一现象称之为语境要素的超越性，这种超越性建立在"人同此心，心同此理"的观念之上。

脂批中表现出来的由顽石历劫而"为天下儿女一哭"亦即由个性而共性的逻辑思路无疑是"人同此心，心同此理"之观念影响下的产物。在"古今""天下"的视野之下，具有超时空性质的语境要素就是"古今一也"的人情物理。脂批者对此有深刻认识，因此，在批语中多有强调"情理"之语，典型如：

（1）第2回，针对林如海"兰台寺大夫"之职名，甲戌本眉批云："余

---

❶ 李清良：《中国阐释学》，湖南师范大学出版社2001年版，第297.333页。

最喜此等半有半无，半古半今；事之所无，理之必有；极玄极幻，荒唐不经之处。"❶强调即使虚拟的官职，看似玄幻荒唐，实则符合事理。

（2）第7回，尤氏向凤姐说秦钟，"比不得咱们家的孩子们，胡打海摔的惯了"。甲戌本夹批云："卿家'胡打海摔'，不知谁家方珍怜珠惜？此极相矛盾，却极入情，盖大家妇人口吻如此。"❷批者指出，尤氏说贾府的孩子们"胡打海摔"，看似与实际相矛盾，其实正表现出了尤氏作为大家之妇的优越性，因此是"极入情"之言。

（3）第16回，写秦钟临终情形，"只剩得一口悠悠余气在胸，正见许多鬼判持牌提索来捉他"。甲戌本侧批云："看至此一句，令人失望。再看至后面数语，方知作者是故意借世俗愚谈愚论设譬，喝醒天下迷人，翻成千古未见之奇文奇笔。"❸庚辰本眉批云："《石头记》一部【书】中，皆是近情近理必有之事，必有之言；又如此等荒唐不经之谈间亦有之，是作者故意游戏之笔墨耶？以破色取笑，非如别书认真说鬼话也。"在这两段批语中，批书人首先肯定《红楼梦》一书中"皆是近情近理必有之事、必有之言"；然后，对此处看似"荒唐不经"的"鬼话"做出了情理上的解释，即作者是故意以世俗之愚谈设譬说理，以警醒世人。

（4）第29回，写贾母、凤姐等人趁清虚观打醮去解闷散心，结果却遇到了小道士惹恼凤姐、贾蓉挨贾珍训斥、宝玉因张道士提亲而生气、黛玉中暑等许多不如意之事，庚辰本回首批语云："清虚观贾母、凤姐原意大适意大快乐，偏写出多少【小】不适意事来，此亦天然至

---

❶ 郑红枫、郑庆山：《红楼梦脂评辑校》，北京图书馆出版社2006年，第28页。
❷ 郑红枫、郑庆山：《红楼梦脂评辑校》，北京图书馆出版社2006年，第103页。
❸ 郑红枫、郑庆山：《红楼梦脂评辑校》，北京图书馆出版社2006年，第179页。

情至理必有之事。"❶批书人认为,在适意快乐之时出现不适意之事,正是情理中常有之事。

（5）第77回,写王夫人为了宝玉不被女孩子"勾引坏了",发落了晴雯、四儿、芳官等她认为碍眼的丫鬟,并吩咐过年之后令宝玉等人全部搬出大观园。庚辰本夹批云:"一段神奇鬼讶之文,不知从何想来。王夫人从来未理家务,岂不一木偶哉?且前文隐隐约约已有无限口舌漫阔之潜(浸润之谮),原非一日矣。若无此一番更变,不独终无散场之局,且亦大不近乎情理。……想遭令(零)落之大族见(儿)子见此,难(虽)事各有殊,然其情理似亦有点(默)契于心者焉。此一段不独批此,真(直)从妙脸(抄检)大观园及贾母对月典(兴)尽生悲,皆可附者也。"❷王夫人怡红院发威一段文字,可以说是探春所谓自杀自灭的具体写照。❸庚辰本批语强调了三点:第一,王夫人怡红院发威一段故事看似神奇鬼讶,实则正合情理。这里所说的"情理"即是指大家庭"自杀自灭"的衰败过程。第二,不同的大家庭引发衰败的具体人事或有不同,但是,"自杀自灭"的本质是一样的。第三,此段批语适合第74回抄检大观园、第76回中秋之夜贾母伤怀等所有文字,亦即这些文字写出了大家庭零落的普遍性情理,因此,能够让所有"零落之大族儿孙""默契于心"。

概而言之,一些早期脂批强调,《红楼梦》中的某些具体情节会令"古今""天下"之某类人产生情感上的共鸣;联系其他一些批语可知,在

---

❶ 郑红枫、郑庆山:《红楼梦脂评辑校》,北京图书馆出版社 2006 年,第 351 页。

❷ 郑红枫、郑庆山:《红楼梦脂评辑校》,北京图书馆出版社 2006 年,第 447—448 页。

❸ 评点家洪秋蕃曾评曰:"似此兴风作浪、拨草寻蛇,岂是安静持家之道? 探春所谓自杀自灭是也。"见冯其庸纂校订定:《重校八家评批红楼梦》(中),江西教育出版社版 2000 年版,第 1763 页。

脂批者看来，能让"古今""天下"处于不同时空的人产生共鸣的根本原因，在于小说文本对人情物理的把握和反映。从阐释学角度来说，脂批的这些观念涉及了理解过程中语境要素的超越性问题，即处于不同时空的理解者与被理解者，可以因相同相通的情理而超越时空的局限，获得语境要素的一致性，从而使理解成为可能。

（四）结语

综上所述，早期脂砚斋、畸笏叟等几位批书人，他们是曹雪芹真实生活的见证者和参与者，以其得天独厚的有利条件，在批语中从直接素材、隐含素材以及诸多情理逼真的细节等方面提供了诸多珍贵的线索或材料，部分还原了作者的生活境遇以及创作语境。在中国阐释学传统中，"任何特定意义都只有在其特定语境中才能显现，才会有效，无此语境，即无此意义"❶。曹雪芹特定生活境遇以及创作语境的还原与再现，对于广大读者和研究者准确理解与阐释《红楼梦》之意旨，无疑具有重要的意义。

虽然有时也会就文本创作提出一些建议，但是，对于《红楼梦》来说，早期脂批者最重要的角色是读者和阐释者，亦即理解者。"理解之所以可能的根源，就在于理解者与被理解者可以具有相同的阐释语境。"❷理解者与被理解者亦即读者与作者之间，拥有的存在语境与阐释语境重合度和一致性越高，理解者／读者也就越能理解被理解者／作者在作品中所寄寓的种种内涵与寓意。作为一个特殊的"读者"群体，脂砚斋、畸笏叟等人与曹雪芹的生活经历、生存境遇有着高度的重合性与一致性，他们甚至与曹雪芹一起就作品的素材以及立意拥有某

---

❶ 李清良：《中国阐释学》，湖南师范大学出版社 2001 年版，第 143 页。

❷ 李清良：《中国阐释学》，湖南师范大学出版社 2001 年版，第 338 页。

些共同的、不足为外人道的秘密，这种语境要素的高度一致性使得脂批者与曹雪芹之间达到了"以心会心"的最高层次。"作书人将批书人哭坏了"之类的批语形象地演绎了语境要素一致性对于理解的重要影响，从而获得了阐释学的理论价值，它所指向的是"意义与语境关系"的阐释学命题。

对于理解者与被理解者来说，拥有相同的语境无疑有助于理解的实现，但是，这并不等于只有拥有一致的语境理解才能现实。对于那些与作者没有时空交集的读者来说，理解又是如何发生的呢？从媒介来说，依靠的是语言文字的基本传达功能；从本质来说，凭借的是人之常情与共同人性。早期脂批指出，《红楼梦》正是以"神奇鬼讶之文"写出了"天然至情至理"，因而能够超越时空局限，引发"古今""天下"之人的情感共鸣，达到"于世人说法""为天下儿女一哭"的审美效果。在这里，理解者与被理解者的语境要素是通过超越性而获得了一致性。

要之，早期脂批部分还原了作者曹雪芹的生存境遇，从而为读者理解《红楼梦》提供了重要的语境依据。同时，批书人注意到了意义与语境的复杂关系，一方面强调"能解者方有辛酸之泪"，甚至强调只有像他们那样与作者拥有高度一致的语境要素才能更好地了解作者之意；另一方面又强调语境要素具有超越性特征，认识到《红楼梦》作者正是通过美妙的文字写出了人情物理、至性至情，从而可以使与作者处于不同时空的读者能够超越时空局限，理解作者的立意与用心。早期脂批对阐释语境的关注和认识，具有不可忽视的阐释学意义。

从阐释的角度看，"据余说，却大有考证""的是实事，非妄拟也""真有是事，真有是事""非经历过，如何写得出""作书人将批书人哭坏了"等，向来被当作考证《红楼梦》"本事"的可靠前提的批语，都可以从文学审美的角度得到合理的解释。因此，挖掘早期脂批的阐释学意义，除了可以极大地丰富中国阐释学理论之外，还有助于从审美艺术的角度去理解脂批文字与《红楼梦》文本之间的关系，摆脱机械地从脂批中坐实曹家"本事"乃至进行曹贾互证的索隐思维。

（原刊《红楼梦学刊》2016年第5辑）

三、论王希廉《红楼梦》
"评语"的小说学思想

（一）引语：王希廉评点及其研究概说

评点，作为一种批评形式，有很多的名称，常用的有评点、批点、批评等。最早使用的词汇是"批点"，现在则多用"评点"。简单地说，"评"是一种与文学作品勾连在一起的批评文字，包括序跋、读法、眉批、旁批、夹批、总批等；"点"为圈点，包括圈、点、抹等。❶此外，评点者有时还对评点对象进行修改和加工，典型如金圣叹"腰斩"《水浒传》和《西厢记》。本文主要研究王希廉评点中的"评"即"评语"部分而不包括"点"。王希廉"评语"主要由《红楼梦批序》《红楼梦总评》以及"红楼梦回评"等几部分组成，总篇幅约 5 万字。

王希廉评点的双清仙馆本《新评绣像红楼梦全传》最早刊行于道光十二年（1832 年）。据目前所掌握的资料，在此之前，《红楼梦》的评点主要有脂砚斋评、张汝执评和东观阁评。脂砚斋、畸笏叟等人的评语几乎与《红楼梦》的创作同步进行，附在早期的手抄本上，程高本在刊印时将其删除，直至 20 世纪初新红学兴起时才被陆续发现，引

---

❶ 谭帆：《中国小说评点研究》，华东师范大学出版社 2001 年版，第 4—6 页。

起重视。张汝执的评语于嘉庆六年（1801 年）写在程甲本上，未曾刊行，影响有限。❶东观阁评语最早见于嘉庆十六年（1811 年）由东观阁书坊刊印的《新增批评绣像红楼梦》，这一带有批语的东观阁本问世之后，大受欢迎，在与同时期刊行的《红楼梦》白文本的激烈竞争中占有明显的优势。可是，道光十二年（1832 年）王希廉评本一经问世就动摇并逐渐取代了东观阁评本的垄断地位；至光绪十年（1884 年）前后王希廉、姚燮合评本出台，东观阁评本及其他本子"几废矣"；❷此后直至 1930 年商务印书馆铅印的万有文库本《石头记》，几乎所有的翻刻本和合评本都附有王希廉评。王希廉评语除了随单评本和众多的合评本广泛流传之外，还曾以《石头记评赞》的单行本行世，同样出现了"人争购之"的局面。❸因此，从传播的情况来看，王希廉评语是包括脂评在内的所有《红楼梦》评点中影响最大的一家。❹

---

❶ 曹立波：《红楼梦东观阁本研究》上篇第二章第一节，北京图书馆出版社 2004 年版，第 45—51 页。

❷ 吴克岐：《忏玉楼丛书提要》卷一，北京图书馆出版社 2002 年影印本，第 32 页。

❸ 张盛藻：《〈石头记评赞〉跋》，同治十三年刊本。

❹ 关于王希廉评本的影响主要参看王靖宇：《简论王希廉的〈红楼梦〉评》，载《红楼梦学刊》1982 年第 3 辑；吴盈静：《王希廉的红学研究》，台湾中央大学中国文学研究所硕士学位论文，1990 年；孙玉明：《〈双清仙馆本·新评绣像红楼梦全传〉序》，载《红楼梦学刊》2003 年第 1 辑。关于王希廉评本逐渐"取代"东观阁评本的过程主要参看曹立波《〈红楼梦〉东观阁本研究》上篇第三章第二节"东观阁本的沉寂及其原因"，北京图书馆出版社 2004 年，第 79—90 页。关于王希廉评语单行本《石头记评赞》的情况参看吴盈静《王希廉的红学研究》第三章第一节"王希廉评点的版本"，笔者所见为曹立波友提供的复印件。其介绍的大致情形为：王希廉评语随道光十二年（1832 年）双清仙馆本《新评绣像红楼梦全传》行世之后，历经咸丰、同治两朝，未再见发行。王希廉的评语得以继续流传，有赖于道光二十二年（1842 年）由养馀精舍刊行的单行本。该单行本除王希廉的评语之外，还误将读花人的《红楼梦论赞》及《红楼梦问答》当作王希廉手笔而收入，另有无名氏的《大观园图说》以及王希廉妄周绮的《红楼梦题词并序》等。该单行本在咸丰年间一度毁于兵燹，赖同治十三年（1874）金陵吴耀年据张盛藻抄本重刊才得以继续流传。笔

　　王希廉评点本《红楼梦》风靡天下，但学界对王希廉评点的关注和研究却很不够。周汝昌先生曾经认为，王希廉的评点之所以能风靡一时，并非评点本身真有独特的价值优点，"只不过是他有办法刊印出来罢了"。❶据我们所知，最早给王希廉评点以正面评述的是 20 世纪 80 年代初美国学者王靖宇先生的论文《简论王希廉的红楼梦评》。该文认为王希廉"基本上是从文学的角度来欣赏和分析《红楼梦》，而不是借它来说教"，并且所持的是"不偏不颇的平实态度"。❷随后有台湾吴盈静的硕士论文《王希廉的红学研究》（1990 年），该文对王希廉评点的版本流传、内容及地缘意义等做了初步的介绍和分析。此后，吴盈静分别于 1996 年和 1997 年在《嘉义农专学报》第 49.50 期上刊发了论文《王雪香红学中的道德意识——以道德之斧研批红楼情

者按：第一，关于读花人，《石头记集评》卷下云："江宁徐子仪镌曰：'《红楼梦论赞》并《红楼梦问答》，为临桂涂香雨孝廉所撰。香雨，名铁伦，别号读花人'。"吴盈静据此判断读花人即涂瀛，桂林人。徐振辉《历史比附：独特的人物品评——谈涂瀛的红学人物论》（载《红楼梦学刊》1994 年第 1 辑）说："瀛即涂宗瀛，安徽六安人，道光间举人，同治年间任苏松太道，官至湖广总督。"不知所据。第二，涂瀛的评语与王希廉"双清仙馆本"之间关系是一个值得关注的问题。据孙玉明先生在《〈双清仙馆本·新评绣像红楼梦全传〉序》中提供的版本信息，"北师大本"有《红楼梦问答》无《红楼梦论赞》；杜春耕先生所藏"黄本"和"蓝本"中则既有《红楼梦问答》又有《红楼梦论赞》。那么，《论赞》和《问答》是否都是涂瀛所作？作于何时？如果都是，而且作于同一时间，为什么"北师大本"只有《问答》而无《论赞》？它们是一开始（1832 年）就"混入"了王评本，还是在《石头记评赞》行世（1842 年）之后坊间翻刻、盗印王评本时再加入的？还有，周绮的《红楼梦题词并序》也与《论赞》一样，"北师大本"无而"蓝本""黄本"有。那么，有无"读花人戏编"的《论赞》及周绮的《题词并序》与王评本版本流传之间是否存在某种关系？比如说，是否存在这样一种可能：无《论赞》及《题词并序》的"北师大本"是"双清仙馆"原刻本，有《论赞》及《题词并序》的"蓝本"和"黄本"是后来的翻刻或盗印本？事实上，孙玉明先生根据"绣像"的质量情况已推测"黄本"为"其他书坊的翻刻本或者说是盗印本"。凡此种种，都是值得探讨的问题。

　　❶ 周汝昌：《红楼梦版本常谈》，见南京师范学院中文系资料室编：《红楼梦版本论丛》（供内部参考），南京图书馆翻印 1976 年 5 月，第 16 页。

　　❷ 王靖宇：《简论王希廉的红楼梦评》，载《红楼梦学刊》1982 年第 3 辑。

事》《论王雪香红学的女子才德观》。前者认为王希廉以兼糅儒道佛三家的"道德"法眼及传统的因果报应观念来审视《红楼梦》,并观照现实人生,从而针砭社会百态并提出治家良方;后者梳理了自先秦至清代的女子才德观,然后具体分析了王希廉评语中所体现出来的"迥异于时人的女子才德观"。

大陆学界,胡文彬先生分别于 1991 年和 1997 年发表《清代〈红楼梦〉评点家王希廉生平考述》❶及《王希廉家世生平考述补说:兼谈清代评点派的研究》❷。后者是对前者的补充和修正,这两篇文章提供了王希廉生平、家世的一些宝贵资料,并呼吁加强对评点派的研究。张庆善先生 1994 年发表《王希廉〈红楼梦〉评点新议》,该文就王希廉的小说功能观以及《红楼梦》的主题与主线问题、总纲、艺术手法、思想内容、主要人物等众多方面对王希廉的"评语"进行了全面的解读和分析,强调指出,王希廉"对《红楼梦》艺术成就的评价是应当肯定的"。❸严云受先生于 1994 年发表《王希廉〈红楼梦〉评点的理论贡献》❹,肯定了王希廉评语的理论意义。曹立波女史在其博士论文《〈红楼梦〉东观阁本研究》中从比较的角度讨论了王希廉批语对东观阁评点的借鉴。❺孙玉明先生在《〈双清仙馆本·新评绣像红楼梦全传〉序》中对王希廉评本的版本做了认真的考证和介绍,并对其评点做了高度的评

---

❶ 胡文彬:《清代〈红楼梦〉评点家王希廉生平考述》,载《红楼梦学刊》1991年第 3 辑。

❷ 胡文彬:《王希廉家世生平考述补说:兼谈清代评点派的研究》,载《红楼梦学刊》1997 年第 2 辑。

❸ 张庆善:《王希廉〈红楼梦〉评点新议》,载《红楼梦学刊》1994 年第 1 辑。

❹ 严云受:《王希廉〈红楼梦〉评点的理论贡献》,载《安徽教育学院学报》(社会科学版)1994 年第 1 期。

❺ 曹立波:《红楼梦东观阁本研究》,北京图书馆出版社 2004 年版,第94—101 页。

价，认为王希廉是"中国红学史上第一个对《红楼梦》的艺术结构作出系统分析"的"大评点家"，是"评点派红学家中""最具艺术眼光也最具影响力的人物"，其"艺术鉴赏能力远在姚（燮）、张（新之）之上"。❶

综上所述，王希廉评点本《红楼梦》一经问世即风靡天下，在脂评手抄本被发现之前的近百年间一直处于垄断地位。可是，王希廉的评点却一直被学界忽视甚或轻视，直至 20 世纪 80 年代初，才开始有正面的研究和介绍，至 2004 年相关论文不过十来篇。显然，这是一个有待深入而且值得深入的课题。

王希廉评语主要包含小说观念、小说形式批评和小说内容批评三方面的内容：小说观念可以从小说的地位、功能、性质等方面去理解；小说形式批评可以从结构、章法、修辞等方面去理解；小说内容批评则可以从主题、人物、寓意等方面去理解。相对于小说内容批评所具有的文本个性来说，小说观念和形式批评更具小说学的共性；而且，王希廉评语中的内容批评部分尤其是人物论，在王靖宇、张庆善、曹立波、吴盈静诸位的论文中已得到比较充分的讨论，鉴于此，本文主要以传统小说评点学体系为参照，从小说观念、小说形式批评两个方面讨论王希廉评语中所蕴含的小说学思想，并简单评价其意义和局限。

（二）小说观念：地位、功能、性质

在中国古代，作为文体的"小说"概念大概始于东汉的桓谭和班固。桓谭《桓子新论》说："若其小说家，合丛残小语，近取譬论，以

---

❶ 孙玉明：《〈双清仙馆本·新评绣像红楼梦全传〉序》，载《红楼梦学刊》2003年第 1 辑。

作短书,治身理家,有可观之辞。"❶这里,桓谭将"合丛残小语,近取譬论"的"短书"称为小说,这段话是否已具文体意义是一个值得讨论的问题,但是对后世作为文体的"小说"概念具有重大影响则是不争的事实。班固《汉书·艺文志》说:

> 小说家者流,盖出于稗官,街谈巷语,道听涂说者之所造也。孔子曰:"虽小道,必有可观者焉,致远恐泥。是以君子弗为也。"然亦弗灭也。闾里小知者之所及,亦使缀而不忘。如或一言可采,此亦刍荛狂夫之议也。❷

这里,"小说"作为目录学概念首次进入了正史。综合桓谭、班固关于小说的定义,主要有以下三层含义:第一,小说是一些琐碎浅薄的小言论;第二,小说是一些不合经史政教大道理的小道理,但对普通百姓治身理家有帮助;第三,小说来自民间传说并主要在民间流传。总之,"小说"形式小、内容小,有一定的可取之处,但要从事远大的事业或者说达到远大的境界,则会有妨碍或者说受限制,所以,君子是不屑去做的。

班固的定义成为传统目录学的经典性概念,影响了此后两千多年。东汉以降,至清纪昀编纂《四库全书》,传统目录学家一直固守班固的观念,从史学的角度出发,强调"小说"的实录性,对虚构想象类作品严加排斥。事实上,传统目录学家所说的"小说"与我们今天所说的以叙事性、虚构性、散文性和文字语言的自足性为特征❸的"小说"内涵有很大的差别。就创作情况而言,自宋元话本开始,形成了

---

❶ 《文选》卷三十一江淹杂体诗《李都尉陵从军》,[唐]李善注引,见《文选》岳麓书社 2002 年版,第 988 页。

❷ 班固:《汉书·艺术志》,见黄霖编,罗书华撰:《中国历代小说批评史料汇编校释》,百花洲文艺出版社 2009 年版,第 6 页。

❸ 马振方:《小说艺术论》,北京大学出版社 1999 年版,第 7 页。

文言小说和白话小说双水分流的局面，总体上说，后者更符合今天的小说概念。

随着白话尤其是长篇章回体白话小说的广泛兴起，晚明评点家们以大量存在的文本为依据，开创了与传统迥异的另一种"小说话语"❶，那就是小说评点学，它与传统小说观念最大的不同在于：班固、纪昀们是以"史"的眼光看小说，李贽、金圣叹们则是以"文"的眼光看小说。李贽不以尊卑论文体，认为小说与其他文体一样，同样可以成为天下"至文""妙文"，首创其功；金圣叹则以《水浒传》为文本依据，进一步从理论上对小说的"至文""妙文"性质进行了总结和提升，从而完成了中国文论史上小说话语的历史性转换。

王希廉身处道光之世，与他同时或后来的早期索隐派红学的存在足以证明，史学小说观依然有着强大的影响；而他的主要与历史相关的读书笔记《孪史》的存在则足以证明，他本人有着强烈的史学兴趣，可是，他在《红楼梦》评语中所表现出来的小说观念却具有明显的"文学"意识，他对小说的地位、功能和性质都有一定程度的认识。

1. 关于小说的地位。

在《红楼梦批序》中，王希廉首先说："仁义道德，羽翼经史，言之大者也；诗赋歌词，艺术稗官，言之小者也。言而至于小说，其小至尤小者乎？"❷似乎承认小说是"言之小者"中的"尤小者"。接着，是"客"的诘问："予以《红楼梦》为小说耶？夫福善祸淫，神之司也；劝善惩恶，圣人之教也。《红楼梦》虽小说，而善恶报施，劝惩垂诫，通其说者，且与神圣同功，而子以其言为小，何徇其名而不究其实

---

❶ 林岗：《明清之际小说评点学之研究》，北京大学出版社 1999 年版，第 69 页。

❷ 王希廉：《红楼梦批序》，见冯其庸纂校订定：《重校八家评批红楼梦》(上）），江西教育出版社版 2000 年版，第 3 页。下文所引王希廉关于《红楼梦》的批序、评语等，皆据该书，不一一出注。

也？""客"的意思是说，《红楼梦》"名"为小说，"实"则与"神圣"的"圣人之教""同功"，言下之意是不应该将《红楼梦》当小说看。这看似在抬高《红楼梦》的地位，实则在贬低《红楼梦》所属的"小说"文体，是班固式小说观念的体现。最后，"余"反驳说："客亦知夫天与海乎？以管窥天，管内之天，即管外之天也；以蠡测海，蠡中之海，即蠡外之海也。谓之无所见，可乎？谓所见之非天海，可乎？并不得谓管蠡内之天海，别一小天海，而管蠡外之天海，又一大天海也。道一而已，语小莫破，即语大莫载：语有大小，非道有大小也。《红楼梦》作者既自名为小说，吾亦小之云尔。"结果是"客无以难"。

这里，王希廉以形象的管蠡内外之天海为同一天海的比喻，令人信服地说明，小"语"（即"小说"）与大"语"（即承载圣人之教的经史）所具有的教化功能是相同的，小说与圣人之教，"道一而已"。从班固的"虽小道，必有可观者焉"，到冯梦龙的以小说"为六经国史之辅"（《醒世恒言·序》），再到王希廉的"语有大小，非道有大小"，即从小说有"可取之处"到小说是"经史的补充"再到否定"大道""小道"的区别、将小说等同于经史，实现了小说观念的两次飞跃。《红楼梦批序》中的"客"有可能是实写，但从语体风格来看，更大的可能是像苏轼的《赤壁赋》那样，有意模拟主客问答、抑客伸主的赋体来表达自己的观点。

总之，王希廉通过"客"与"余"的论辩，将小说提高到了与经史等同的地位，由此反观开头所引"大言炎炎，小言詹詹"，应该是用的《庄子·齐物论》中的本义，即"大言"气焰盛人，"小言"论辩不休❶，二者气势形式不同，不等于地位上有差别。王希廉与李贽一样否定文体有尊卑高下之别，不过，细加分析，二者的角度还是不同：李

---

❶ 陈鼓应：《庄子今译今注》，中华书局 1983 年版，第 42 页。

赘所说的"至文""妙文",强调的是艺术审美功能;王希廉所说的"道",强调的是道德教化功能。

2. 关于小说的功能。

从上面的论述中可见,在王希廉看来,小说的重要功能之一就是劝惩示儆,即道德教化,对此,他"于批本中已反复言之"。同时他又说,自己就像"麋鹿食荐,蝍且甘带"一样,视《红楼梦》为"粱肉"美味,"爱之读之,读之而批之,固有情不自禁者矣"(《红楼梦批序》)。这无异于申明,《红楼梦》给他带来了巨大的审美愉悦以至沉迷陶醉。在第 1 回评语中又指出,小说中的葫芦庙或有让小说"供胡卢一笑"的含义。事实上,他与副室周绮"唱和风雅,共研红学,人艳称之"。❶《红楼梦》吸引他们的,应该主要是"风雅"而非"教化"。小说兼具教化和审美的双重功能,这一观点并不新奇。王希廉在这一问题上的贡献在于用自己的切身体验强调并突出了《红楼梦》的巨大的审美功能,由此表现出来的"文学"趣味与那些要从作品中"索"出各种"隐事"的评点者的"史学"趣味迥然有别。

3. 关于小说的文体性质。

如前所述,班固以来的传统小说观念的主要特征之一就是"坚持实录,排斥虚构"。虽然金圣叹已经用"以文运事"和"因文生事"来说明了《史记》与《水浒传》之间实录与虚构的区别,但乾隆时期的纪昀仍然有贬斥虚构性小说的"经典名言":"今燕昵之词,媟狎之态,细微曲折,摹绘如生。使出自言,似无此理;使出作者代言,则何从而闻见之? 又未所解也。"❷如果说,王希廉在小说地位和功能问题上态

---

❶ 赵国璋主编:《江苏艺文志·苏州卷》第 2 分册"王希廉小传",江苏人民出版社 1996 年版,第 1289 页。

❷ 盛时彦:《〈阅微草堂笔记·姑妄言之〉跋》引纪昀语,见朱一玄编:《聊斋志异资料汇编》,南开大学出版社 2002 年版,第 498 页。

度还比较暧昧的话，在小说性质问题上却立场鲜明，他以文本为依据，毫不含糊地指出了《红楼梦》的虚构性质："甄士隐、贾雨村为是书传述之人，然与茫茫大士、空空道人、警幻仙子等，俱是凭空撰出，并非实有其人，不过借以叙述盛衰，警醒痴迷。"（《红楼梦总评》）不仅如此，他还进一步涉及了虚构与真实的关系，认为小说的虚构来自生活的真实：小说第 1 回是"说亲见盛衰因而作书之意"，是"代石头说一生亲历境界，实叙其事，并非捏造"，"《石头记》者，缘宁、荣二府在石头城内也。悼红轩似即怡红院故址，当是曹雪芹先生曩年目击怡红院之繁华，乃十年之后重游旧地，风景宛然，而物换星移，园非故主，院亦改观，不禁有满目河山之感，故题其轩曰'悼红'，以见鸟啼花落，无非不悼。此一把辛酸泪，不由人不落也"（第 1 回评语）。这里，明确指出《红楼梦》是一部具有自传性质的小说，小说中衰败之后的怡红院即是生活中曹雪芹的悼红轩，小说中的盛衰是作者曹雪芹亲身经历的写照，因此格外感人，让人不能不落酸辛之泪。

在王希廉之前，乾隆时期的周春《阅红楼梦随笔》、裕瑞《枣窗闲笔》等已经指出《红楼梦》的作者是曹雪芹，并且提供了有关曹雪芹身世的一些资料，但如此言之凿凿地说到小说自传性质的，王希廉应该是脂砚斋评之后的第一人。行文至此，笔者不禁好奇，王希廉是另有所据还是目见过脂评？此外，王希廉还借书中的"葫芦庙"引申发挥："此书虽是荒唐，却是实有其事，并非捏饰，所谓依样画葫芦……故甄士隐必住在庙旁，贾雨村必住在庙内。""书虽实录其事，而隐藏真迹，假托姓名，演为小说。"（第 1 回评语）说《红楼梦》"荒唐"而又"实有其事"，"实录其事"而又"隐藏真迹"，这无异于说《红楼梦》是作者对真实生活经过艺术加工之后的产物。由此可见，王希廉对小说的性质已经有了较准确的认识。

王靖宇、张庆善两位先生都注意到并强调了王希廉评语的"文学角度"。如果从小说话语发展史角度去考察，就会进一步发现，在班固所代表的强调实录的小说观念与李贽、金圣叹所开创的认可虚构的小说观念并行的情况下，王希廉从文本的实际情况和自己的阅读体验出发，自觉认同具有虚构性质的小说观念，无疑是他从"文学角度"解读《红楼梦》的理论前提。正是在此前提之下，他与其他众多评点者尤其是索隐派评点者拉开了距离。

（三）小说形式批评：结构、章法、修辞

中国古代评点学最早可追溯到唐代开元天宝年间殷璠的《河岳英灵集》及稍后出现的高仲武的《中兴间气集》。

殷璠在《河岳英灵集》中除了自序和《集论》之外，还在每一位诗人下面加了评语，高仲武的《中兴间气集》使用了相同的体例，因此，殷、高二人"可以说是中国评点文学的奠基人"[1]。到宋代吕祖谦、楼昉、真德秀、谢枋得等人的古文评点选本出现，评点学已进入成熟阶段，其中，吕祖谦的《古文关键》被认为是评点文体形成的标志性著作。[2]

在小说评点史上，刘辰翁的《世说新语》评点有开先河的意义。但《世说新语》本身属于传统笔记一体，与唐宋传奇尤其是明清白话体小说有着很大的区别，因此，严格意义上的小说评点到晚明才开始萌兴并迅速走向成熟，万历三十八年（1610 年）刊行的容与堂本《水浒传》

---

[1] 孙琴安：《中国评点文学史》，上海社会科学院出版社 1999 年版，第 24 页。
[2] 吴承学：《现存评点第一书——论〈古文关键〉的编选、评点及其影响》，载《文学遗产》2003 年第 4 期。

被认为是"现存最早最完整的小说评点"。❶

尽管古代评点被广泛运用于诗、词、曲、赋、文、八股乃至民歌等各种文体，但影响最大的还是明清小说尤其是白话小说评点。

评点批评的根本特征在于注重批评对象的细部特色，注重文章的布局脉络用笔技巧，通过对文本的精细解读总结出带有普遍有效性的规律或法式，示后学以方便法门。这一良苦用心在宋以来的古文评点中表现得尤其明显，"吕祖谦《古文关键》、楼昉《崇古文诀》、谢枋得《文章轨范》、归有光《文章指南》，等等书名就是明证。尤其值得注意的是，作为理学家的吕祖谦，其《古文关键》评点却无一语涉及儒家之道，而纯粹从写作学的角度展开"。❷这种着重从实用的角度分析文章结构形式、用笔而基本不涉及内容的批评风气在此后的八股时文评点中得到进一步的发扬。

八股时文本身即以"法密"❸著称，其评点更是以总结归纳文章的"法度"为要旨，直接满足士子们的功利性需求。明清小说评点是古文评点和时文评点直接影响之下的产物，因此，以求"法"为尚的写作学视角亦即"时文手眼"是理解小说评点的关键。有论者指出，"小说评点中的'法'，一般是指小说创作的技法、文法和章法"❹；又有论者将评点中的各种"法"统称为"小说技法"，具体分为人物技法、情节技法和叙事技法三类。❺可见对"法"的理解并不完全一致。林岗先生主要以金圣叹的《水浒传》评点、毛宗岗父子的《三国演义》评点以及

---

❶ 林岗：《明清之际小说评点学之研究》，北京大学出版社1999年版，第4页。

❷ 吴承学：《现存评点第一书——论〈古文关键〉的编选、评点及其影响》，载《文学遗产》2003年第4期。

❸ 章学诚著，仓修良编《文史通义新编》，上海古籍出版社1993年版，第300页。

❹ 范胜田：《小说例话》，浙江古籍出版社1996年版，第11页。

❺ 宁宗一主编：《中国小说学通论》第五编，安徽教育出版社1995年版，第529—1100页。

张竹坡的《金瓶梅》评点为对象，在"晚明文人文化"的基础上阐释了明清之际小说评点学的内在思维理路，认为这些评点家建立了大致完整的小说批评体系，这一体系具体可以从三个层次来把握，即结构论、文理章法论和修辞论。其中，结构论是从宏观层次把握小说文本的艺术特性，相当于金圣叹所说的"部法"；文理章法论和修辞论是从相对微观的角度把握小说文本的肌理组织和笔墨意趣，分别相当于"章法"和"句法、字法"。❶具体来说，评点家往往把叙事理解成空间次序方面安排故事而不是在时间中讲述一个故事；空间安排的上层是"结穴发脉，关锁照应"，也就是结构；中层是故事的段与段之间亦即上下文之间连贯组织的文理章法；下层是文句修辞。❷

这一分析模式以及具体的论述内容对小说评点学研究具有启发意义，不妨参照这一模式来讨论王希廉评语中所蕴涵的形式批评思想。

1. 结构论。

在西方重情节的小说观念的观照之下，中国古典小说的"缀段性"（episodic）特征备受批评，被认为是缺乏整体感和统一性，即缺乏"结构"意识。不用说西人，国人亦然，如陈寅恪先生曾说："至于吾国小说，则其结构远不如西洋小说之精密……如《水浒传》《石头记》与《儒林外史》等书，其结构皆甚可议。"❸

至 20 世纪末，海外汉学家韩南、浦安迪、米列娜等人开始对这个问题重新思考。典型如浦安迪曾明言，他的研究和发现直接受到评点家的影响："传统的古典小说评点家早就十分重视小说的结构问题。""今日所谓'结构'一语，早已在明清时代小说评阅者的词汇中

---

❶ 林岗：《明清之际小说评点学之研究》，北京大学出版社 1999 年版，第 7 页。

❷ 林岗：《明清之际小说评点学之研究》，北京大学出版社 1999 年版，第141—142 页。

❸ 陈寅恪：《论再生缘》，见《寒柳堂集》，上海古籍出版社 1980 年版，第 60 页。

出现过。"❶他举了金圣叹和毛宗岗的例子。❷

的确如此，如果抛开西方美学观念，返回中国古典小说的文本，就会发现，中国古典小说自有其独特的结构美学原则；而金圣叹、毛宗岗、张竹坡等杰出的评点家们则对古典小说所蕴含的结构美学原则有清楚的认识和分析，都表现出了强烈的寻求大结构、从整体把握作品的意识；而且，都认为作品的开头部分具有笼罩全文的作用，它们对全书的意义具有暗示和解释的作用，而作品的起首、中间、结尾部分则有类似的意象起"关锁""照应"的作用，从而使全书血脉贯通，具有内在的结构完整性。他们的大结构美学观显然有着坚实的文本基础，而且彼此之间可以互相发明。由此可见，以《三国演义》《水浒传》《金瓶梅》等为典型代表的中国古典长篇章回小说的确具有类似的大结构模式。❸

王希廉对《红楼梦》的"分段"，体现出来的恰是寻求大结构的美学原则，是对明清之际小说评点理论的直接继承。王希廉的"分段"以及对各段落的分析是否合理是另一个问题，这里主要强调其结构分析的理论意义。

需要说明的是，讨论《红楼梦》的结构不能不涉及续书问题。从前80回及脂批来看，曹雪芹无疑具有经营大结构的意图，遗憾的是我们已无法恢复原作面貌，因此，《红楼梦》的结构研究具有先天的不足和尴尬。

---

❶ 浦安迪：《中国叙事学》，北京大学出版社1996年版，第61页。

❷ 金圣叹《读第五才子书法》曰："《水浒传》章有章法，句有句法，字有字法。"毛宗岗《读〈三国演义〉法》曰："《三国》一书有首尾大照应、中间大关锁处。如……凡若此者皆天造地设，以成全篇之结构者也。"

❸ 关于毛、金、张三家评点的结构美学观念参看林岗《明清之际小说评点学之研究》第五章，北京大学出版社1999年版。

尽管早在乾隆年间，裕瑞等人已提出后 40 回与前 80 回非一人手笔的问题，可王希廉却将 120 回当作一个整体来看待。不管他是"根本没有发现这个问题"❶，还是发现了却有意回避，从结构的整体性把握来说，这样做是有道理的。

继王希廉之后，姚燮、洪秋蕃、张新之等人都是将 120 回当作一个人的手笔来进行分析的，其中，姚、洪像王希廉一样没有提及续书问题，张新之则是明知有续书之说却仍然坚持全书是一个有机的整体，并以结构的完整性为依据，对续书之说提出质疑："一部《石头记》，计百二十回，洒洒洋洋，可谓繁矣，而实无一句闲文。……有谓此书止八十回，其余四十回乃出另手，吾不能知。但观其中结构，如常山蛇，首尾相应，安根伏线，有牵一发浑身动摇之妙，且词句笔气，前后略无差别，则所增之四十回，从中后增入耶？抑参差夹杂人耶？觉其难有甚于作书百倍者。虽重以父兄命，万金赐，使闲人增半回，不能也。何以耳为目，随声附和者之多！"❷探佚学的研究成果说明，后 40 回在很大程度上背离了曹雪芹的旨意，全书已不可能达到"无一句闲文""牵一发浑身动摇"的"妙"境，但是，平心而论，在没有新材料发现之前，续书的具体情形及其是非功过恐怕永远无法定论，不过有一点必须承认，那就是：有续书才有完整的《红楼梦》，因此，抛开思想艺术水准不说，仅就结构的完整性而言，续书是值得肯定的。

王希廉在《红楼梦总评》中开门见山指出："《红楼梦》一百二十回，分作二十一段看，方知结构层次"，然后以贾府"盛衰"为内在依据，具体说明了"二十一段"的起止情况；在回评中，又一一指出"各

---

❶ 冯其庸：《重议评点派——代序》，见冯其庸纂校订定：《重校八家评批红楼梦》（上），江西教育出版社 2000 年版，第 22 页。

❷ 张新之：《红楼梦读法》，见冯其庸纂校订定：《重校八家评批红楼梦》（上），江西教育出版社 2000 年版，第 66—67 页。

大段中尚有小段落"的情况,强调大小段落之间互相照应,不板不乱。在具体分析中,他虽然没有像上述三家评点一样,指出作品中的"起结""关锁""照应"的标志(这一方面牵涉到评点者的眼光,同时还牵涉到文本依据),但是,还是体现了大致类似的内在思路:他以第1回"为一段,说作书之缘起,如制艺之起讲,传奇之楔子";以第5回"为四段,是一部《红楼梦》之纲领";又说"《跛足道人歌》及甄士隐注解是一部《红楼》影子"。

所谓"缘起""楔子""纲领""影子"云云,都是指开头部分为一部大书定下了主脑和基调。《红楼梦》第1回包括作者自述创作原由、宝黛来历、贾雨村出身以及甄士隐遭遇横祸悟透人生等内容;第5回主要写贾宝玉梦游太虚幻境耳闻目见预示"金钗"们悲剧命运的歌曲画册,这些无疑都有笼罩全书的意义和作用。

甄士隐家由"本地望族"刹那间妻离子散,贾雨村亦是仕宦之族的末世子弟,两人由盛而衰的身世遭遇对贾府的命运无疑具有预演和暗示的意义;而贾雨村沉沦红尘投机钻营、甄士隐随疯道人飘然而去则俨然是甄、贾两个宝玉的幻影。

虽然无法知道原稿的结尾,但可以肯定的是,《红楼梦》前几回尤其是第1回和第5回作为叙事起点,同《三国演义》《水浒传》《金瓶梅》一样,在结构上具有贯穿整个故事并暗示、解释后文事件性质的作用,它为理解全书的意义提供了一个解释性的框架。对此,王希廉显然心领神会,他不仅指出第1回和第5回具有"楔子""纲领"的地位和作用,而且还明确指出,《红楼梦》"是说贾府盛衰事","专叙宁荣二府盛衰情事",在"总评"和"回评"中反复以"盛衰"论事,并拎出了一条"正盛""极盛""将衰之兆""气运将终""离散一空""一败涂地"的线索。正是这条线索将那些头绪纷繁无穷无尽的宴饮、聚会、口角、阴谋等串联成了一个有机的整体。可以说，王希廉的"分段"分析，的确抓住了作品一些特性，由盛而衰以及由衰败带来的悲剧感正是解读整部《红楼梦》的关键。

总之，王希廉是红学史上对《红楼梦》进行结构层次分析的第一人，凭此一项，他就应该在红学史乃至整个小说评点史上占一席之地。

2. 章法论。

对小说创作技法的总结始于冯梦龙的《新刻绣像批评金瓶梅》。❶金圣叹《读第五才子书法》总结了《水浒传》的 15 条"文法"和 33 种"笔"；毛氏父子仿金氏体例列出了《三国演义》叙事的 13 条"妙处"；张竹坡则将各式"文法"在回前评中一一拈出，并在《批评第一奇书〈金瓶梅〉读法》中列了一些"章法"；脂砚斋在评《红楼梦》里提出了 30 来种"法"；东观阁评《红楼梦》也提出了数种"法"和 10 多种"笔"。❷

王希廉直接继承了评点学的这一传统，在《红楼梦总评》中指出："《红楼梦》一书，有正笔，有反笔，有衬笔，有借笔，有明笔，有暗笔，有先伏笔，有照应笔，有著色笔，有淡描笔：各种笔法，无所不备。"在回评中除了"总批"中所列的"笔"之外，还有补笔、闲笔、深笔、写生之笔、藏笔、化工之笔、深文刻笔、变笔、省笔、藏蓄笔作截断笔、反挑笔、雕龙手笔、描神之笔、旁笔等。除了各种各样的"笔"之外，还总结出了近 30 种"法"：随起随落之法、文章善渡法、由浅入深法、巨细浓淡相间法、反挑笔法、事后追神法、暗深一层法、补写法、文章开展法、生波再展法、文章避实法、文章躲闪法、借境脱卸法、并叠类叙法、

---

❶ 范胜田：《小说例话》，浙江古籍出版社 1989 年版，第 12 页。

❷ 曹立波：《〈红楼梦〉东观阁本研究》，北京图书馆出版社 2004 年版，第 98—99 页。

补写暗描法、文章剪裁法、暗描法、文章展拓法、侧笔映照法、先后变动安闲法、趁势补笔法、转放宽法、烘云托月法、文章暗补法、由宽渐紧法、下坂勒马法、文章照应法、文章放纵法、陪衬宾主法、文章趁势法、简净跳脱又是一种文法等。此外，还有双管齐下、深文、脱卸处不露痕迹、遥遥照应、前后照应、补叙、皮里阳秋、余波、插叙、两两对照、枯枝生干双管齐下之妙、闲闲带叙、反跌、呼应、手挥目送妙等与"笔""法"相关的众多评语。

按林岗先生的模式，叙事文理的章法只是评点家所说的"文法"中的一部分内容，即只包括处于空间安排的中层"段"与"段"之间的连缀组织的方法；而这一部分内容可以归并为四类：第一，意象、细节、人物甚至情节段落的反复迭用；第二，前铺"引文"后叙"余韵"；第三，运用"对偶"原理，以相同、相近甚至相反的故事段构成"对锁"章法；第四，"正文"与"闲文"交替穿插。❶应该说，这四个方面的确抓住了评点体系中"章法论"的主要内容。

王希廉在《红楼梦总评》中对《红楼梦》进行分段之后说："此一部书中之大段落也。至于各大段中，尚有小段落，或夹叙别事，或补叙旧事，或埋伏后文，或照应前文，祸福倚伏，吉凶互兆，错综变化，如线穿珠，如珠走盘，不板不乱，总评中不能胪列，均于各回中逐细批明。"这是对《红楼梦》叙事章法的"总评"，在具体的回评中，王希廉主要关注的是林岗所说的第二类和第三类。

先看前有"引文"后叙"余韵"的章法。

所谓"引文"和"余韵"都是相对于中心段而言的。叙述者在进入中心段之前，往往以细小事件做"引"，以暗示中心故事的到来；余

---

❶ 林岗：《明清之际小说评点学之研究》，北京大学出版社 1999 年版，第143—144 页。

韵则是在中心段故事结束之后再做余波，以避免突兀之感。毛氏父子所说的"将雪见霰将雨闻雷之妙""浪后波纹雨后脉沐之妙"，金圣叹所说的"弄引法""獭尾法"以及"隔年下种先时伏着""事先而起波""事过而作波"等说的都是这种方法。❶王希廉对这一章法有明确的认识，相关评语很多，典型如：

第5回：以画册、歌曲将各人一生因果逐一暗暗点出，后来便都有根蒂。将《正册》十二金钗及《副册》《又副册》二三妾婢点明，全部情事俱已笼罩在内。

第17回：宝玉试才，为下回做诗引线。崔李二诗，均有感慨兴亡之意，亦是无意中伏笔。

第21回：宝玉续《南华经》……是后来勘破根苗。

第30回：宝钗借丫头寻扇，讥诮宝、黛，引出后文撕扇等事。

第32回：湘云摇扇，袭人送扇，是撕扇余波。

第37回：海棠结社，已伏九十四回之花妖。凤姐与鸳鸯戏言……暗伏四十六回事。

第41回：宝玉等听曲、饮酒，是刘老老醉后余波。

第42回：刘老老取名巧姐，……直伏一百十八回中事。

第44回：四十二回……是上三回余波。

第45回：补写周瑞之子于凤姐生日闹酒无礼一层，为是日闹事余波。

第50回：白海棠诗湘云一人补题二首为余波，红梅花诗邢岫烟等三人各咏一首，又宝玉另作乞梅一首为联句余波。

---

❶ 林岗：《明清之际小说评点学之研究》，北京大学出版社1999年版，第151—156页。

第 51 回：袭人母死，引起后文许多丧事。

第 52 回：坠儿被撵引出后来晴雯、司棋被撵等事。

第 58 回：老太妃薨及后文周妃薨皆为元妃薨逝引子。

第 59 回：晴雯偏说"打发出去"，……岂知后来婆子未逐而自己却遭撵逐，此等处俱是反伏后文，且梨园女子概行遣去，亦即于此埋根。

第 61 回：凤姐要细细追求，平儿劝解，是此回余波。

第 66 回：甄士隐、柳湘莲出家俱是宝玉出家引子。

第 71 回：贾母八旬大庆是极盛时事，……已于极热闹时生冷淡根芽。司棋之私情败露，引出绣春囊、累金凤及搜检大观园，撵逐晴雯等事，此回叙事为下文几十回伏线。

第 72 回：彩霞放出为司棋、晴雯等被逐引子。贾雨村降官为宁府败事引子。凤姐梦人夺锦是被抄先兆。

第 74 回：搜检大观园是抄家预兆，杜绝宁国府是出家根由。

第 75 回：甄家抄没是贾家抄家引子。

第 76 回：贾赦回家绊跌，亦是将败之兆。贾珍夜宴，鬼声悲叹，贾母赏月，笛声凄楚，深浅不同，其不吉之征无异。联句一节是诗社结局余波。

第 77 回：芳官等出家，是将来惜春、紫鹃出家引子。

第 78 回：写宝玉痴情，为诗社联句余音。

第 79 回：紫菱洲口吟是上回挽诔余波。

第 82 回：宝玉是夜发热，先为心痛引子。如此小事亦有先伏后应，文章细而且活。

第 86 回：周妃薨逝，是元妃引子，又补叙算命一层，为次年元妃薨逝埋根。贾母梦元妃说"荣华易尽",不是梦境,是预兆。送兰花引出《猗兰操》,又因《猗兰操》引出下回宝钗歌词、黛玉和韵,血脉一气贯注。

第 93 回:夹叙母珠聚散,甄家抄没,引出贾府不祥诸事。

第 94 回:贾芹之胡行已经发觉,贾赦等之造孽亦当败露,以小事引起大事。

第 101 回:鬼魂未现,先有狗嗅一惊为引,妙极。

第 102 回:大观园冷落荒凉是盛极必衰气数使然,其叙病祟驱妖等事,所谓妖由人兴,抄没预兆。

第 103 回:贾政被参,是抄没先声。

写贾府诸钗悲剧命运,早在第 5 回即通过画册、歌曲一一暗示;写宝玉与众姐妹结社作诗,先写宝玉为大观园题额;写宝玉出家,先写宝玉续《南华经》;尤其是写贾府被抄衰败,先写搜检大观园、贾雨村降官、凤姐梦人夺锦、母珠聚散、甄家抄没、贾芹事败、病祟驱邪、贾政被参等众多"预兆""引子"。从王希廉上述评语中可以看出,书中一些重要的情节几乎都有"伏笔""引线"可寻,这样不仅没有突兀之感,而且使文章前后照应,"天衣无缝"。

这种"引文"手法与古文写作讲究"伏笔"的传统美学观念相关,更深一层理解,则与相信凡事都有"预兆"的文化传统相关。

与"引文"相对应,主要故事结束之后还有"余韵"点缀,如晴雯撕扇,前有宝钗借扇讥诮,后有湘云摇扇、袭人送扇;刘姥姥大醉之后,又有宝玉等众人听箫饮酒;芦雪庵众人即景联句之后,又有邢岫烟、李纹、薛宝琴三人的"红梅花"诗和宝玉的"乞红梅"诗,等等这些"余波""余音"确如"浪后波纹雨后脉沐",使前后文字映带有趣,文情自然荡漾、淋漓畅满。

从上面摘引的评语中可见,"引文"有时与正文相隔遥远,如第42回刘姥姥给凤姐女儿取名巧姐,直伏第118回巧姐遇救事:"余韵"则往往紧随正文之后。引文、正文、余韵构成了首、身、尾浑然一体的完整的故事单元;而单元和单元之间又彼此交错联结,肌理细密有序。不仅如此,如第82回评语所说,一些小事亦注意前伏后应,章法细密;又如第86回评语所说,诸事递相为引,血脉贯通。

再看"对锁"章法。

中国古代文学的各种体裁中广泛存在"对偶"现象,古代小说也不例外,不仅回目讲究对偶,在故事单元之间的连接技巧上也讲究"对锁""对应",也就是毛宗岗父子所说的"奇峰对插锦屏对峙之妙"。王希廉对《红楼梦》中的"对锁"章法同样是心领神会反复致意:

第13回:凤姐协理秦氏之丧,固显其有才有权,然幸是盛时,呼应俱灵,反照一百十回贾母丧事。

第19回:花解语,玉有香,自然巧对。写袭人一心跟定宝玉,反照后来改嫁蒋伶;写黛玉自然有香,正照宝钗丸药生香。

第28回:黛玉处处不放宝钗,宝钗处处留心黛玉,二人一般心事,两样做人。宝钗冷香丸是自己细说,黛玉丸方是宝玉谎说,遥遥关照。

第29回:写凤姐打道士,贾母安慰小道士,恃势、厚道两相对照。

第32回:写黛玉戋戋小器,必带叙宝钗落落大方;写宝钗事事宽厚,必带叙黛玉处处猜忌。两相形容,贾母与王夫人等俱属意宝钗,不言自显。

第41回:刘老老极村俗,妙玉极僻洁,两两相形,觉村俗却在人情之内，僻洁反在人情之外。

第 47 回：宝玉因在冯紫英家私同蒋琪互换腰巾致受痛责；薛蟠亦因在赖大家误认湘莲致遭毒殴，遥遥相照。

第 49 回：于赏雪联句之前，夹写湘云等炙吃鹿肉，事虽近俗，而雅趣倍加。

第 52 回：写宝玉出门仆从簇拥，众人请安，反衬后来衰败出家光景。

第 53 回：极写祭祠之盛，赏灯之乐，反照后来之萧索。

第 58 回：藕官与药官烧纸是假凤虚凰，宝玉替金钏焚香、晴雯制诔是真情实意，前后文遥相映照。

第 63 回：叙林家查夜一层与日间查看一层，两两对照，笔法周密。

第 64 回：上半回写幽淑女悲吟，下半回写浮荡子调情，是两扇反对文字。

第 73 回：写迎春懦弱可怜，异时之受婿折磨已先为描出；写探春锋利可畏，下回之不受搜检亦先为伏笔。

第 79 回：薛蟠娶夏金桂是娶妻不贤，迎春嫁孙绍祖是嫁夫失所，正宜作一回写。

第 80 回：王熙凤之挑唆秋桐是借剑杀人，金桂之甘舍宝蟾是以新间旧：一样行为，两样心思。

第 85 回：于极热闹时忽接薛蟠打死人命，有风云不测之象。

第 90 回：凤姐送衣服是敬重岫烟，金桂送果酒是勾引薛蝌，一正一邪，互相映衬。

第 92 回：司棋之死与尤三姐激烈相似，但三姐是明受柳湘莲之聘,司棋是私与潘又安相订,邪正不同。柳湘莲挥剑斩情,潘又安拔刀自刎,其心亦似相同,但柳生之去飘忽不测,潘郎之死明白显著,文笔迥殊。

第 96 回:王子腾中途病故,贾存周特放粮道,一悲一喜,俱出意外。

第 98 回:九十六、七、八回为一段,叙钗黛二人一婚一死。

第 108 回:宝钗庆寿是强欢笑,宝玉悼亡是真痛哭。

第 119 回:两宝玉相会,一甄一贾性情各别。

从上述评语中我们可以清楚地看到,《红楼梦》无论叙事还是写人,都存在大量"对锁"的现象。

从距离上看,相对的故事"段"有时在同一回之内,如第 64 回"上半回写幽淑女悲吟,下半回写浮荡子调情";有时则跨越数回甚至数十回而遥遥相对,如第 13.14 回写秦可卿之丧,第 110 回写贾母之丧。

从性质上看,有时是相同或相近的人事形成类比,如"花解语"与"玉生香"、薛蟠娶妻不贤与迎春嫁夫失所;更多的时候是相反的人事形成对比,如宝钗与黛玉处世态度的对比,凤姐恃势与贾母厚道的对比,凤姐送衣服与金桂送果酒的对比,等等。全书最典型的"对锁"无过于贾府盛衰的对比,而最能体现盛衰的又莫过于秦可卿与贾母丧事的对比:一为贾府重孙子媳妇,一为贾府老祖宗;一在盛时备极哀荣,一在败时马虎潦草。小说对秦氏丧事的描写有诸多疑惑,但是从反衬贾母之丧从而体现盛衰主题的角度来说,这一引人注目的"反对"是非常成功的。古典小说文体对传统美学中"对偶"原理的化用,不仅获得了"均衡""对称"的形式美感,更在刻画人物、深化主题、调节语调等多方面起到了很好的作用。王希廉同金圣叹等优秀评点家一样,对这种独具中国特色的小说技法进行了很好的解读和阐释。

需要强调的是，《红楼梦》的叙事章法不止前铺"引文"后叙"馀韵"及"对锁"这两类，王希廉评语所涉及的也不止这两类。不过，通过王希廉对这两类章法的反复"点评"，我们足以体会到《红楼梦》所代表的中国古典小说"天衣无缝""血脉贯通""文情曲折""针线细密""错综变化"的叙事章法。

3. 修辞论。

评点家对古代小说的修辞形态主要关注三个方面：一是谐音和隐喻；二是反讽；三是形神兼备的描写手法。[1]王希廉对《红楼梦》中蕴含的这三种修辞形态也都有所关注和发明。

先看谐音和隐喻。

> 第1回：情僧者，情生也；情僧缘者，因情生缘也。葫芦庙有二义，葫芦虽小，其中日月甚长，可以藏三千大千世界，喻此书虽是小说，而包罗万象，离欢悲合，盛衰善恶，有无数感慨劝惩，此一义也。此书虽是荒唐，却是实录其事，并非捏饰，所谓依样葫芦，此又一义也。……葫芦音同胡卢，人生若梦，幻境皆虚，离合盛衰，生老病死，不过如泡影电光。书虽实录其事，而隐藏真迹，假托姓名，演为小说，以供胡卢一笑耳，此亦一义也。

> 第2回：娇杏者，侥幸也。智通寺者，言惟智者能通此书之义也。冷子兴者，喻宁、荣二府极热闹后必归冷落也。

> 第4回：英者，落英也，莲落则菱生矣。

> 第5回：梅者，媒也；蓉者，容也；秦者，情也。命名取氏，俱有深意。茶名"千红一窟"，酒名"万艳同杯"，言目前

---

[1] 林岗：《明清之际小说评点学之研究》，北京大学出版社1999年版，第176—178页。

虽有千红万艳，日后总归抔土一穴。同是点化语，不是赞仙家茶酒。

第7回：薛宝钗冷香丸经历春夏秋冬，雨露霜雪，临服用黄柏煎汤，备尝盛衰滋味，终于一苦，俱以十二为数，真是香固香到十二分，冷亦冷到十二分也。又埋在梨花树下，不免于先合终离矣。

第9回：秦钟者，情种也。

运用人名双关语和文字游戏来表达某种比喻或复杂的文意，是中国古代白话小说尤其是《金瓶梅》以降的长篇白话小说一个突出的修辞特征。解读这些"游戏"文字中的"密蒂"成为评点家的兴趣和任务之一。与一些追求噱头的游戏文字不同，"真事隐去""假语村言"的《红楼梦》是以严肃的态度将"真味"藏在文字的反面，引无数读者遐想遥思。王希廉上述评语就是对《红楼梦》中"双关语"和"文字游戏"的解读。值得注意的是，王希廉对这一问题的兴趣似乎只持续到第9回，此后就较少提及了；还有，他对"葫芦""英莲""千红一窟万艳同杯"等名字和名称的理解都别具一格。

再看反讽。

第5回：叔叔不应在侄媳妇房里睡，略借嬷嬷口中说一句，秦氏即顺口扫开，用笔有深意。此时秦氏理应出去，陪侍贾母及邢王夫人，书中并不叙及，是深笔，不是漏笔。

第6回：贾蓉借玻璃炕屏，何必写眉眼身材、衣服冠带？作者自有深意，……慧眼人必当看破。

第11回：宝玉看见画联，触起前梦，一闻秦氏絮语，不觉泪下。回环照应，妙手深笔。

第12回：凤姐点兵派将，不叫别人，独叫贾蓉、贾蔷，……

是作者深文刻笔。

第 13 回：秦氏死后，不写贾蓉悼亡，单写贾珍痛媳，又必觅好棺木，必欲封诰，僧道荐忏，开丧送枢，盛无以加，皆是作者深文。

第 21 回：平儿说"别教我说出好话来"，是皮里阳秋。

第 41 回：妙玉拉宝钗、黛玉衣襟，心中非无宝玉，……是作者皮里阳秋，不可不知。

第 49 回：妙玉送宝钗、黛玉梅花，两人不谢妙玉，转谢宝玉费心，文人深笔。

第 111 回：秦氏多情而淫，何能超出情海，归入情天？痴情一司，恐尚未能卸事。……此说似属无根。慧心人须将册中题画及该当悬梁等语前后细参，此中有作者隐语真情，借笔写影深文，可以意会，不可言传。

第 115 回：借地藏庵尼僧口中竟说妙玉跟了人去，且说只怕是假惺惺。不但是文人暗笔，且见妙玉平日不满人意情事。

第 116 回：若妙玉如果被害，灵魂亦应仍归幻境，必当与宝玉一见，乃独不提及，是作者深文隐义，不可不知。

中国传统史学的最高原则是"皮里阳秋"，"真事隐去""假语村言"的《红楼梦》无疑借用了史家的"微词""曲笔"，因此，一直以来其微言大义与作家本旨都是研究者的热门话题。

王希廉评语中的"深意""深笔""深文刻笔""暗笔""皮里阳秋""深文隐义"等，很多情况下类似于"反讽"（irony），即"表里不一"的修辞意义。正如王靖宇先生所说，王希廉很可能没有看过甲戌过录本，却从字里行间看出了贾珍和秦氏翁媳之间微妙暧昧的关系❶，其感

---

❶ 王靖宇：《简论王希廉的〈红楼梦〉评》，载《红楼梦学刊》1982 年第 3 辑。

受之敏锐和观察之细致令人钦佩。应该说,《红楼梦》中存在大量的反讽现象,这正是众多人物形象以及全书的性质主旨历来众说纷纭的原因之一。可是,王希廉对"反讽"的关注似乎局限于秦氏和贾珍、宝玉的关系以及妙玉和宝玉的关系,对其他的人和事,则似乎不愿多加"深思"而只是作"表里如一"的解读,这样一来,也许"误读"了作者的本旨,却也给人留下了"平实"的印象。

最后看形神兼备的描写手法。

总评:书中多有说话冲口而出,或几句说话止说一二句,或一句说话止说两三字,便咽住不说。其中或有忌讳不忍出口,或有隐情不便明说,故用缩句法咽住,最是描神之笔。

第3回:王熙凤出来,另用一副笔墨,细细描画,其风流能干、权诈阴薄气象已活跳纸上,真是写生妙手。

第24回:小红一梦是一小红楼,妙在入梦时不先说破,读者几疑窗外真是芸儿叫他,化工之笔。

第98回:梦中迷路,忽听人叫唤,回首一看,却是亲人,自己身子依旧躺在床上,写梦境入神。黛玉临终光景,写得惨淡可怜,更妙在连呼"宝玉",只说得"你好"二字,便咽住气绝,真描神之笔。

第106回:贾政查看家人名册及出入帐簿,只有踱来踱去,绝无方法,描写不能理家人,情形如画。

第108回:湘云说到"有了"二字便脸红住口,活是新妇光景。

第110回:贾母与宝钗并无一言,惟有叹气,心中是疼护宝玉,又怜宝钗所嫁不偶,有说不出心事,形容入神。

第116回:王夫人说到"生也是这块玉",下句必是"死也是这块玉",忽然止住不说,流下泪来,神情如画。

第 119 回:惟宝钗、袭人心中无限苦楚,一字说不出来,情事逼真。

中国传统诗、画、书等艺术形式都追求以神摄形、以形写神、形神兼备的美学境界,金圣叹等小说评点家们创造性地将这种美学观念运用到小说评点之中,以"画""白描""化工之笔""追魂摄影之笔"等术语来评价那些写人状物的关键细节。王希廉评语中的"描神之笔""写生妙手""化工之笔""情形如画""神容入神""情事逼真"等便是对《红楼梦》中形神兼备的细节描写的欣赏和总结。

以上从三个方面讨论了王希廉评语中所蕴含的修辞学内容。当然,三者并非彼此排斥而是互相贯通的,限于篇幅,不赘。

(四)结语:王希廉评语的意义和局限

综上所述,王希廉的《红楼梦》"评语"中蕴含着包括小说观念、小说形式批评和小说内容批评在内的比较系统的小说学思想。限于篇幅和研究现状,我们主要分析了他的小说观念和小说形式批评两个方面。

通过上述归纳和分析,至少可以得出以下两点结论:第一,王希廉的小说学思想来自于对《红楼梦》的精细阅读,大多具有可靠的文本依据;第二,王希廉的小说学思想与明末清初以来的小说评点学传统一脉相承。王希廉的评语与金评、张评以及毛评相比,也许并无新颖独到之处,甚至还有相当一段差距,但是,就《红楼梦》的批评而言,却具有开风气的意义。也许这就是它一经问世迅即风靡而且至今仍然受到关注和好评的原因。因此,可以说王希廉的评语继承并丰富了中国古代小说评点学体系,而且为从"小说学视角"全面研究《红楼梦》

开了先例并提供了许多可资借鉴的资源，这应该是王希廉评语的主要意义和价值所在。

小说评点家在为小说理论做出贡献的同时，也存在明显的不足：第一，过于求深求隐，以至于有时因"过度诠释"而显得牵强附会；第二，过于琐碎而且有些概念随意性强内涵模糊，以至于不同的评点者对同样的文学现象各说各话，缺乏固定和规范的表述，从而削弱了整个评点体系的理论价值。王希廉的评语也不例外，如第15回评"写乡村女子纺纱等事，直伏巧姐终身"、第35回评"黛玉线穗已经剪断，宝钗线络从此结成"等就有牵强附会之嫌；再如众多的"笔""法"对《红楼梦》的创作技法进行了很好的总结和揭示，但具体的说法却显得琐碎而又随意，比如说"变笔""藏蓄笔作截断笔""先后变动安闲法""下坂勒马法""文章放纵法"等术语，虽然有文本依据，但是因为过于随意而几乎成为"自赏性"概念，很难融入具有模式意义的"公共话语"。除上述两点通病之外，王希廉评语的局限性还表现在，对于中国古代小说评点体系来说，虽然有继承和丰富之功，却缺乏创新；而且，相对于《水浒传》《金瓶梅》《三国演义》来说，无论思想还是艺术，《红楼梦》都有过之而无不及，可是王希廉评语的地位和影响却不能与金评、张评、毛评相提并论，这足以说明他对《红楼梦》思想和艺术的总结、挖掘还远远不够。当然，对此我们也不能求之过深过高。

（原刊《红楼梦学刊》2004年第1辑）

四、从小说叙事到影视叙事的改编空间——关于新版《红楼梦》电视剧的思考

　　电影与电视尤其是电视剧虽然不能等同视之，但是，由于二者在科学技术、历史形态、构成形态、审美形态、文化形态等诸多方面具有内在的关联性、共通性，所以，从 20 世纪 50 年代开始，就从互相排斥逐渐走向交叉、渗透、融合，到目前，已在很大程度上呈现出合流的态势。❶有鉴于此，本文在讨论新版《红楼梦》电视剧❷的相关问题时，使用的概念是比较宽泛的"影视叙事"而非狭义的"电视剧叙事"；而且，对一些具体作品的借鉴性分析也兼及电影和电视剧两个类别。

　　《红楼梦》电视剧重拍能否成功，导演、演员、技术制作乃至宣传策划等各个环节都很重要，但是，我同意这样一种观点，"无论是电影故事片，还是电视连续剧，作为屏幕叙事艺术的根本在于剧本"❸；"一

　　❶ 潘秀通：《关于影视"连枝而同本"的理论探索》，载《戏剧艺术》1999 年第 1 期。

　　❷ 本文所说"新版《红楼梦》电视剧"是针对 1987 年版《红楼梦》电视剧而言的。此文撰写的背景：2006 年社会各界在广泛讨论重拍《红楼梦》电视剧的问题，有关机构进行了声势浩大的"红楼梦中人"角色选拔活动，后来遂有由李少红执导的 2010 年版《红楼梦》电视剧。（2018 年 6 月 15 日补注）

　　❸ 崔文华：《寻找屏幕叙事艺术的根本》，载《现代传播》2005 年第 3 期。

部好的影视剧起始于它的原生体：剧本"❶。事实上，同样是公认的一流导演和一流演员的电影作品，《红高粱》《活着》《霸王别姬》等广受好评，近期的《英雄》《无极》《夜宴》等却受到不少质疑和诟病，根本问题还是出在剧本上。前者恰好都改编自同名小说，而且都是优秀的小说，使得影片的"故事"及其"内涵"都有了基本的保证；后者的"剧本"却未能提供符合逻辑的、有思想和哲理深度的"故事"。因此，《红楼梦》电视剧重拍（以下简称"重拍"），"关键还是好好拿出剧本来，这剧本要符合逻辑、情节"。❷

当然，就像有了好的剧本也不能保证就有好的影视作品一样，有了优秀的小说，也不能保证就有优秀的剧本。有了《红楼梦》这样公认的优秀小说之后，怎样才能改编出优秀的剧本，从而为优秀的电视剧提供必不可少的基础？这是一个具有很强的开放性的话题，具有广阔的讨论空间，也正是我们这里所要讨论的问题。

关于"重拍"，除了众多网民的热烈讨论之外，学界也不乏热情和高见。早在 2002 年 5 月，冯其庸、李希凡、蔡义江、卜健、周思源、丁维忠、张庆善、吕启祥、张书才、杜春耕、孙玉明、罗立平、张立国、王扶林、张云等众多专家学者、导演以及传媒人士就聚集在一起，就《红楼梦》电视剧重拍的诸多问题展开了深入的讨论❸；纪健生先生新近发表的长文《但愿真红不枯槁——写在〈红楼梦〉电视连续剧重拍之前》更是从艺术与学术、文本与文化、传播与认同、经典与精品、情节与故事、人物与演员、虚实与真假、细说与戏说、影视与戏曲、娱乐与审美、高雅与

---

❶ 郜志平：《"所有的戏剧都是冲突"——对影视剧作结构的再认识》，载《当代电视》2005 年第 6 期。

❷ 长风：《重拍电视剧〈红楼梦〉的讨论》，载《红楼梦学刊》2002 第 3 辑。

❸ 长风：《重拍电视剧〈红楼梦〉的讨论》，载《红楼梦学刊》2002 年第 3 辑。

通俗等 11 个方面❶，就"重拍"问题提出了全面细致、颇具参考价值的"想法"。综合众多学者和网民的意见，关于"重拍"，至少已取得如下共识：第一，"重拍"是有意义的；第二，"重拍"成功甚至拍出超越1987 年版电视剧《红楼梦》（以下简称"87 版"）的精品，在客观上是具备了条件的；第三，小说文本应该采用 200 多年来广泛流行并被广泛接受的 120 回本；第四，改编的基本原则应该忠于原著而又不能拘泥于原著，等等。本文正是以这些"共识"为逻辑起点，尤其是在第三条即以 120 回本为小说文本依据的基础之上，具体就第四条即如何"改编"的问题进行探讨，以求教于方家，并希望以这种特殊的方式为"重拍"、为伟大的《红楼梦》的普及尽绵薄之力。这里，借用李渔《闲情偶寄》中"立主脑""减头绪""密针线""戒讽刺"等概念，主要谈论主题、情节、人物等问题。

（一）"立主脑"：主题问题

正如一些学者所言，"影视剧的创作者对小说进行改编，本质上是对小说的一种解读"。❷对改编者来说，小说原著是一个客观存在的认识对象。由于认识能力、认识方法、审美情趣、生活阅历、人生体验乃至所处的时代背景的不同，改编者对小说的深层主旨往往会有不同于原作者的理解和认识。正因为如此，小说原著与改编之后的影视作品相比，抛开表层话语形式的差别不说，就其深层的主题内涵而言，不管成功还是失败，二者之间常常会存在距离和差异。比如，余华的小说

---

❶ 纪建生：《但愿真红不枯槁——写在〈红楼梦〉电视连续剧重拍之前》，载《红楼梦学刊》2006 年第 6 辑。

❷ 易取远：《影视作品对小说内容改编的特点》，载《湖南大众传媒职业技术学院学报》2004 年第 3 期。

《活着》，着眼点在于个人生活的苦难；张艺谋的同名电影则更强调个人苦难与社会历史环境的关联。再比如，莫言的小说《红高粱》传达出来的深层意义是，在特定环境下，不论男人和女人，都无法与外部环境抗争，最终将不可避免地走向失败，总体上有几分宿命的悲凉；而张艺谋的同名电影所表达的深层含义则是，男性永远是强者，是与恶劣环境抗争的胜利者，是行动的主体，他们可以掌握女性的命运。女性则是被动的弱者，她们总是逃脱不了失败的命运，这就有了原著中没有的男权的意识。❶还比如，王安忆的小说《长恨歌》通过女主人公王琦瑶的命运遭际表现上海近50年城市精魂的沧桑变迁，从而"阐释时间的无情与人世的苍凉"；关锦鹏的同名电影在叙事者、叙事主题、叙事策略等方面都做了调整，结果却"是内容与形式的双重受损"，从而"又一次体验了长篇小说改编的窘迫"❷。怎么评价这些影视作品是另一回事，我们在这里强调的是，这些具代表性的"改编"案例的经验和教训都值得借鉴。

《红楼梦》也不例外，在解决了版本取舍问题之后，改编时首先遇到的应该是主题问题。李渔在《闲情偶寄》中说："古人作文一篇，定有一篇之主脑，主脑非他，即作者立言之本意也。"❸曹雪芹"立言之本意"已无从考证。千人千心、千心千得，无论专家学者，还是普通读者，都会有自己心目中的《红楼梦》，但都不会是完整的《红楼梦》，编导也不例外。要尽可能接近曹雪芹的"立言本意"，就有必要博采众

---

❶ 易取远：《影视作品对小说内容改编的特点》，载《湖南大众传媒职业技术学院学报》2004年第3期。

❷ 陈林侠：《上海想象的一次陷落——以关锦鹏〈长恨歌〉为核心论长篇小说的影视改编》，载《贵州大学学报》（艺术版）2006年第1期。

❸ 李渔：《闲情偶寄》，见《李渔全集》（第11卷），浙江古籍出版社1991年版，第8页。

长，借鉴 200 多年来广大读者和研究者的阐释意见及研究成果。成功执导了"87 版"的著名导演王扶林先生在论及"重拍"时曾强调，"改编队伍中一定要有一个红学家"❶，可谓经验之谈。改编队伍中有没有、有几个红学家也许并不重要，重要的是改编者应该参考学界既有的、已经形成共识的研究成果（而不是一家之言），这样，就使电视剧对原著的理解有了基本的保障，从而有利于真正普及经典并尽可能避免"误读"经典。毕竟，学界的研究成果尤其是那些已经达成共识的成果，不是一人一时一地的理解，而是凝结了自《红楼梦》诞生以来无数读者和研究者的智慧，已经成为《红楼梦》不可分割的一部分。创新与超越固然重要，但是，创新与超越的起点是对传统的充分理解和掌握，否则所谓的创新与超越只能是独行者的呓语。

就《红楼梦》的主题而言，抛开评点家印象式的评语和索隐派各种不着边际的猜谜不谈，自王国维以来的小说批评派就提出了"人生悲剧及解脱""言情""言情而兼婚姻、家庭、社会""反封建礼教""阶级关系""新人性论""封建社会阶级斗争论""资本主义萌芽""宝黛爱情悲剧""两个世界"等诸多观点。❷梅新林先生曾将以前流行的包括评点家观点在内的各种主题说概括为三种："一曰史书说，一曰悟书说，一曰情书说。"并在"充分吸取前人研究成果基础上"，再以"回归文本"为原则，从 120 回整体文本出发，经过深入的哲理思辨，推绎出三重复合主题说："主题 I：贵族家庭的挽歌；主题 II：尘世人生的挽歌；主题 III：生命之美的挽歌。"❸

---

❶ 长风：《重拍电视剧〈红楼梦〉的讨论》，载《红楼梦学刊》2002 年第 3 辑。
❷ 段江丽：《小说批评派的种种主题说：1949 之前"红学"研究之二》，载《红楼梦学刊》2005 年第 5 辑；《1949 年之后〈红楼梦〉主题研究述评》，载《红楼梦学刊》2006 年第 1 辑。
❸ 梅新林：《红楼梦哲学精神》，学林出版社 1995 年版，第 324 页。

总而言之，从王国维的"人生悲剧及解脱"说，到梅新林的"三重复合主题"说，至少让我们感觉在不断接近曹雪芹的"意图源头"；而且在这个接近的过程中，累积了几代学者的点滴智慧，在以后的探索中，在电视剧的改编过程中，这些智慧都应该受到应有的尊重。

已有的关于《红楼梦》的影视作品也具有不可忽视的借鉴和参考的价值。在这些作品中，"主题"的影响一目了然。比如，黄梅戏《红楼梦》突出的是反封建主题，因此就拔高了宝玉的反抗性；"87版"电视剧出自反封建迷信的考虑，删掉了"太虚幻境"等内容；越剧的三个版本更能说明问题，已有学者对它们的主题差异做了比较研究，并对产生差异的原因进行了探索，很有启发意义。简单地说，越剧的三个版本中，"62年版"和新版均由徐进编剧，戏曲电视剧版也由徐进先生担任总编剧，可是，由于历史政治背景不同，编剧所采取的叙事立场不同，作品所表现出来的主题也有明显的差异："62年版"受当时主流意识的影响，以宝黛爱情悲剧为主线，并强调阶级对立关系，突出主人公身上的叛逆性和批判性，表现了比较激进的阶级斗争的主题；新版和戏曲电视剧版虽然仍以"62年版"为蓝本，以宝黛爱情悲剧为主线，却对主题内涵进行了调整，新版淡化了宝黛与家长的对立，增加了贾府兴衰的线索，突出了"衰亡"的主题；戏曲电视剧版则除宝黛爱情主线之外，演绎了更多爱情悲剧以及生活悲剧，表现了贾府兴衰、世态炎凉以及生命的悲剧感、虚无感等多重主题。❶相比之

---

❶ 越剧的三个版本分别指：1962年摄制的、由上海东方影视发行公司供版、中国唱片上海公司出版发行的戏曲艺术片《红楼梦》，简称"62年版"，徐玉兰、王文娟主演；2002年2月由上海大剧院红楼艺术有限公司授权出版、上海音像出版社出版发行的新版《红楼梦》，简称"新版"；2000年11月由浙江影视创作所、绍兴电视台、杭州南广影视制作公司联合拍摄的三十集戏曲电视连续剧《红楼梦》，简称"戏曲电视剧版"。关于这三个版本的主题差异及原因的具体论述，参见董文桃：《越剧〈红楼梦〉三个版本的主题差异探源》，载《红楼梦学刊》2007年第1辑。

下，戏曲电视剧版所表现的主题显然更加丰富、也更接近原著。

那么，新版电视剧要表现什么样的主题？这个问题最后只能由编导回答。据《中国新闻周刊》报道，新版编剧黄亚洲先生在回答"新版新在哪"的问题时曾谈到关于情节内容的一些想法和做法，包括：第一，编剧的想象和创作更多地体现在对情节的增删和种种细节的选择、强化、渲染中，其目的是让新版红楼梦更加通俗易懂，故事流畅，而不是简单地将一部复杂冗长的文学巨著重现。第二，在编写剧本时力求"故事好看"，因此下了很大的工夫在加强故事叙述的清晰度上，有些文本中不曾描述的"幕后戏"，都拿到了前台来表现，比如宝玉、黛玉、宝钗的三角关系就有了新的演绎。新版中，宝钗的爱情主线会更突出，其独特的心理情绪将会被适当渲染，尤其是对其母薛姨妈的自私心理，剧本更会加以生动地表现。第三，采取神话与现实两条线同时进行，剧本安排宝玉和黛玉在转世投胎前就以绛珠仙子与神瑛侍者的身份见面，"所以第一集就是《石头下凡》"，等等。增删情节并选择、强化细节，加强故事叙述的清晰度，神话与现实两条线索并行，这些都让人觉得很有道理，也充满期待。但是，新版的主题尚不得而知。不管编导对《红楼梦》主题做什么样的理解和阐释，有一点应该是可以肯定的，《红楼梦》是一部悲剧，至于究竟是什么样的悲剧，是"社会的？生活的？家族的？爱情的？生命的？"❶。我们认为，没有必要也不可能做明晰的区分，正如王蒙先生所说，"《红楼梦》的悲剧是感情悲剧也是政治悲剧，是文化的悲剧也是社会悲剧，是家庭悲剧也是个人悲剧，是人生悲剧也是历史悲剧，是时代悲剧也是永恒悲剧，是形而下的悲剧也是形而上的悲剧"。❷

---

❶ 长风：《重拍电视剧〈红楼梦〉的讨论》，载《红楼梦学刊》2002 年第 3 辑。

❷ 王蒙：《红楼启示录》，生活·读书·新知三联书店 1991 年版，第 285 页。

在思考主题问题时还有一点不可忽略，就是文学叙事与影视叙事的差异。"小说和影视的叙事语言是不同的，小说叙事使用的是文字语言。文字语言有着抽象性、间接性、模糊性、不确定性等特点。而影视叙事则主要使用声像语言，它是由画面、声响、符号等组成。声像语言具有着直观性、具体性、可感性、确定性等特点。"❶读者面对小说文本的语言符号，要调动自己的想象，根据自己的理解和经验，进行心理和思维空间的转换，才能感受到作品中的形象以及形象背后蕴涵的意旨。这种理解因为"间接"而具有"主观性"特点，所以，才会产生"一千个读者有一千个哈姆莱特"的现象。❷观众对影视作品中的人物以及意旨的理解，虽然也可因人而异，但是，其可视、可听的本质特点已经在相当程度上对观众的主观能动性进行了制约。因此，与小说文本相比，影视作品的主题应该更明确、更具体。换句话说，影视作品要求比小说文本有更加明确、更加具体、更加直观化的主题。

由文学叙事而来的影视作品，最终要符合"直观性、具体性、可感性、确定性"的要求，需要做多方面的技术处理，比如说，对小说中人物复杂的心理采用画外音的方式来表现、忽略那些无法作影像化处理的铺垫性叙事、加强情节的起伏跌宕，等等。而最关键的一点，应该是与主题相关的题材的确定。李渔所说的"主脑"其实也包含了两层含义：一是指戏曲作品的主题，即"作者立言之本意"；二是指与主题有关的题材，他说："一本戏中有无数人名，究竟俱属陪宾，原其初心，止为一人而设；即其一人之身，自始至终，离合悲欢，中具无限情由，无

❶ 韩鲁华、马茹：《从文本到图本：影视改编叙事转换及其接受——以〈红高粱〉和〈激情燃烧的岁月〉为例》，载《西安建筑科技大学学报》（社科版）2004年第2期。

❷ 李丽芳：《影像叙事对文学叙事的承接与超越》，载《云南师范大学学报》（哲社版）2006年第2期。

穷关目，究竟俱属衍文，原其初心，又止为一事而设；此一人一事，即作传奇之主脑也。"❶主题与题材密切相关，主题以题材来表现，题材为表现主题服务。具体来说，题材又包括人物与事件，戏曲作品总是通过主要人物和主要事件来表现主题，次要人物和次要事件都是围绕主要人物和主要事件而展开。❷

就《红楼梦》而言，宝黛钗无疑是主要人物，他们的爱情婚姻悲剧无疑是主要事件，但是，仅只是宝黛钗的爱情婚姻悲剧显然不能完全体现作者的"本意"。我们认为，要直观地、具体地、确定地表现原著所包含的悲剧意蕴，电视剧不妨依次以贾宝玉（石头）由苦求入世而撒手悬崖、"十二钗由荣而悴"、"荣宁两府由盛而衰"❸为主干内容，以此来组织情节。

曹雪芹对悲剧主题的具体阐发，牵涉到他对家庭、对人性的态度；其家庭观与人性观又直接影响到人物形象的塑造，对此，下文将做具体申述。

（二）"减头绪"与"密针线"：情节问题

在李渔看来，没有"主脑"的剧本只能是"断线之珠、无梁之屋"；确定了主题之后，必须突出主题；要突出主题，则需要"减头绪"，"头绪繁多，传奇之大病也"，因此，作者要"以'头绪忌繁'四字刻刻关心"。❹

借助现代科技，电视连续剧这种特殊的艺术形式已在很大程度上

❶ 李渔：《闲情偶寄》，见《李渔全集》（第 11 卷），浙江古籍出版社 1991 年版，第 8 页。
❷ 吴建民：《李渔的戏剧思想述评》，载《徐州教育学院学报》2005 年第 2 期。
❸ 俞平伯：《红楼梦辨》，人民文学出版社 2006 年版，第 101—102 页。
❹ 李渔：《闲情偶寄》，见《李渔全集》（第 11 卷），浙江古籍出版社 1991 年版，第 12.13 页。

突破了传统舞台的时空局限，其表现生活的容量已大大增加，大可不必局限于"一人一事"，很多时候，可以而且需要"多人多事"齐头并进。但是，"立主脑"和"减头绪"的基本原则还是需要坚持。正如朱光潜先生所说："戏剧和小说都描写人和事。人和事的错综关系向来极繁复，一个人和许多人有因缘，一件事和许多事有联络，如果把这种关系辗转追溯下去，可以推演到无穷。一部戏剧或小说只在这无穷的人事关系中割出一个片段来，使它成为一个独立自足的世界，许多在其他方面虽有关系而在所写的一方面无大关系的事事物物，都需斩断撇开。"❶现在的问题是，《红楼梦》已经对"极繁复"的生活中的人事关系作了艺术的选择和处理，形成了一个"独立自足的世界"，但是，在这个"世界"中，有名有姓的人物有数百之多❷，作为案头阅读文本，读者尚可通过反复阅读来加深印象；作为视听艺术，电视剧的人物事件太过繁复，观众就会像李渔说的那样，"如入山阴道中，人人应接不暇"。❸因此，在确定了版本和主题之后，如何对《红楼梦》小说中众多的人物和事件进行整合，是编剧要解决的另一个更为实际的问题。

其实，在改编、整合的过程中不止是需要"减头绪"，还需要"密针线"。李渔曾有一个非常形象的比喻，"编戏有如缝衣，其初则以完全者剪碎，其后又以剪碎者凑成。剪碎易，凑成难，全在针线紧密"。❹所谓"针线紧密"，就是要求戏剧中情节的安排和人物性格的发展都要

---

❶ 朱光潜：《朱光潜全集》（第四卷），安徽教育出版社 1988 年版，第 209 页。

❷ 关于《红楼梦》中人物到底有多少，由于所据版本和统计原则不同，各家说法不一，最少 398 人，最多 975 人。详情参见朱一玄：《红楼人物谱》，百花文艺出版社 2006 年版，第 1—3 页。

❸ 李渔：《闲情偶寄》，见《李渔全集》（第 11 卷），浙江古籍出版社 1991 年版，第 13 页。

❹ 李渔：《闲情偶寄》，见《李渔全集》（第 11 卷），浙江古籍出版社 1991 年版，第 10 页。

前后照应、严密周到、合情合理，这样才能使情节结构完美、人物真实可信。

如前所述，余华的小说《活着》，着眼点在于个人生活的苦难；张艺谋的同名电影则更强调个人苦难与社会历史环境的关联。根据这一表达目的，电影对小说内容进行了取舍删改等处理：第一，保留原著中与社会历史相关的事件，如富贵与春生在淮海战役中被俘的情节，龙二在"土改"中被枪决的情节，等等；第二，对不能表达或者不足以表达主旨意图的情节内容则采取删除或改变的策略。如小说中，富贵的外孙苦根吃豆子撑死了，电影里富贵的外孙馒头没有死。小说中，富贵的儿子有庆死于抽血过多，凤霞死于单纯的难产。对此，电影做了改写，有庆死于视察"大炼钢铁"情况的县长的汽车，富贵的女儿凤霞的难产则是"文革"中医生被打倒而直接导致的结果，这样一来，人物的命运都打上了鲜明的时代烙印。正是这些细节的选择、强化体现了编导的意旨及创作才华。

《红楼梦》电视剧无疑也需要对小说原著进行大刀阔斧的删简、增补以及改变等处理。

删减。如果确定以宝玉、十二金钗以及贾府的悲剧命运为中心内容，就应该突出与宝玉、与十二钗、与贾府几个正经主子直接相关的人和事，其他的内容则应该删减。比如，甄宝玉以及江南甄府的故事、赖尚荣当官的故事、傅家婆子求见宝玉的故事、贾政外放恶奴弄权的故事，甚至于众纨绔闹学堂的故事、贾瑞的故事、秦钟的故事、小红和贾芸的故事、薛宝琴新编怀古诗等都可以做或删除或简化的处理。

增补。为了使情节更连贯清晰、人物性格更饱满鲜明，原著中属于"留白"的部分可以添补增加。比如，贾雨村由一个志存高远、才华横溢的青年才俊堕落为投机钻营、贪赃枉法的腐朽官僚，其实有一个环境逼迫和内心煎熬的过程。环境逼迫主要指他初出茅庐时不懂官场规则而"被参"以及此后遭遇的困境,内心煎熬则主要体现在他乱判葫芦案之前的种种矛盾心理。这些在小说中都只是虚写,如果适当将这些情节具体化、细节化,就可以让观众更清楚地看到人性的复杂和封建官场的本质,也更能对比性地理解贾宝玉厌弃仕途的态度。再比如,黛玉清高自许、目无下尘以及孤傲敏感等性格特点在超验的层面,与"仙草还泪"的神话有关,在现实的层面,则与其出身高贵却幼年先后丧母丧父不得不寄人篱下的身世背景密切相关。这些重要信息在小说中只是通过叙述者之口做简单介绍,读者可从字里行间去捕捉,因此,哪怕她进贾府之后第一次正式亮相就是对前来送"宫花"的周瑞家的含酸挑刺,也并不突兀。电视观众则不然,如果不能有效地获取这些信息,则很可能会对这个小姑娘的任性和尖酸感到疑惑。她一进贾府即受到老祖宗的千般宠爱,更有宝哥哥的万般呵护,何来如此大的委屈与不满?在以后的日子里,又何来那么多的眼泪和悲愁?如果能适当地呈现她在父母膝下承欢的幼年生活,尤其是与母亲死别与父亲生离以及母亲平日里与她说表兄说贾府规矩等场景细节化,观众就更能理解同情她的处境和感受。还有,她与宝玉同吃同住、耳鬓厮磨的童年生活如果有一些典型细节的呈现,也可为日后宝黛爱情做铺垫。由黛玉的孤傲敏感顺便提及贾府四小姐惜春的孤介不群,应该也与她从小没有母亲的疼爱有关,为了使这一"钗"的形象更丰满,也可以考虑做适当的细节增补。再比如,贾府二小姐迎春的不幸婚姻在封建社会很具典型意义,在小说中也只是虚写,如果能适当地具体化,不仅能加深观众对女儿群体悲剧的体认,也能给现实中的父母某些启示,那就是儿女婚姻切不可谋之以利。值得强调的是,增补的内容一定以尊重原著、突出主题、符合人物性格逻辑为原则,否则就难免有蛇足之嫌。"87版""淫丧天香楼"的情节就在一定程度上违背了原作者的初衷，因为这正是曹雪芹在书稿修改过程中抛弃了的东西。再有，电视戏曲剧版增加金哥殉情、司棋抗婚等情节，虽然也与女儿悲剧相关，但是，毕竟离十二钗、离贾府远了点，不如把有限的篇幅集中在十二钗身上。

除了上面说到的迎春、惜春之外，巧姐的戏份也还有增加的必要。说到这里，我们还有一点杞人之忧，如果过分强化宝黛钗三角关系，有可能落入三角恋爱的俗套而稀释掉"千红一哭""万艳同悲"的悲剧意蕴，亦即作者所云"为闺阁昭传"的主题意蕴。因此，建议能尽量照顾到十二钗中的每一个人的戏份。韩剧《看了又看》中珍珠、银珠姐妹，《澡堂老板家的男人们》中尹京、恩京、秀珍三姐妹在剧中基本上都是平分秋色，编导通过她们不同的恋爱婚姻故事成功地塑造出了同一家庭中性格迥异的女性形象，其成功之处很值得借鉴。当然，十二钗中的钗黛凤肯定是重中之重，其他诸钗尤其是巧姐怎么也不可能与她们平分秋色，不过如果适当注意平衡诸钗的故事，可以从不同的侧面揭示原著丰厚的内涵，如果为了突出钗黛与宝玉的感情纠葛而忽略其他几钗，显然不可取。这似乎与"立主脑"矛盾，其实不然，在"为闺阁昭传"这一"主脑"的统摄之下，诸钗各自精彩，才会满目灿烂。

顺便提及，我之所以一再提到典型细节对人物性格以及故事发展的铺垫意义，也算是有感而发。近期热播的国产电视剧《行走的鸡毛掸子》中，汉良与三伏、元良与秀雨这两对由于家族利益而错配的鸳鸯，并未像一些惯常的模式那样演变为悲剧，反而由彼此排斥、抗拒逐渐转变为生死相许的恩爱夫妻，这一逆转之所以合情合理，他们婚前的一些细节处理功不可没。细心周到的汉良假弟弟之名给弟弟的恋人三伏从省城买回香水，三伏识破了他善良的谎言，而且对香水爱不释手；善良热情的元良新婚前夜在不知道秀雨就是自己第二天要迎娶的新娘的情况下，与纯洁美丽的秀雨坐在一起愉快地交谈并双双许愿，这些让人留下深刻印象的细节为他们日后感情的发展变化巧妙地做了铺垫，或者说，埋下了伏笔。小说中，类似这样的铺垫和伏笔可以含蓄、朦胧，影视叙事则需要付诸具体直观的声像，因此，我建议在改编时要增补相关情节和细节。

改变。改变，是指对那些原著中存在的内容进行调整腾挪，以便更符合作品的整体艺术构思。杜春耕先生注意到，在《红楼梦》音乐会上，王立平把《葬花吟》放在其他乐曲之后，很值得改编者参考。因为，"葬花"之举象征着黛玉生命之花的枯萎；"葬花之吟"更是黛玉"花落人亡两不知"的生命悲歌。总之，表明黛玉的生命已经走到尽头。可是，这一内容在小说中出现在第27回，此后她在大观园中与宝玉及众姐妹还有大段赏花吟诗、饮酒作乐的美好时光。与此相应，宝钗所扑的玉色双蝶，对她的"金玉良缘"应该也有明显的象征意味。假如将葬花与扑蝶的场景挪移至钗嫁黛死之前，其象征意义更加醒豁，应该会取得更震撼人心的艺术效果。再比如，小说中有的地方显示，凤姐似乎有巧姐与大姐儿两个女儿，如第29回就有"奶子抱着大姐儿带着巧姐儿"之语，一般认为这是复杂的成书过程留下的痕迹。从现存的文本来看，大姐儿和巧姐儿应该是一个人更合理，这就需要将描写大姐儿和巧姐儿的内容整合起来，整合为一之后还有年龄的问题需要理顺。小说文本中凤姐女儿的年龄忽大忽小，很让人疑惑。最明显的破绽就是第92回已经明确说明巧姐儿跟着李妈几年，认了3000多字，已经能够听懂《女孝经》与《列女传》，俨然是一个慕贤良的淑女了。可是，到了第101回，李妈竟然因为"大姐儿"哭闹惊醒了她的香梦并挨了平儿的训斥而"没好气"，而"咬牙""向那孩子身上拧了一把"，除非还是不会说话的婴儿，否则李妈没这个胆。这样的细节对表现凤姐的不得人心和仆妇李妈的恶毒都很有说服力，但是应该安排在符合巧姐年龄的合理位置。

（三）"戒讽刺"：人物问题

在具体讨论人物形象之前，首先有必要谈谈与悲剧主题相关的、曹雪芹在作品中表现出来的对家庭以及对人性的态度。

陈千里先生从《金锁记》与《红楼梦》的关系入手，对张爱玲和"曹雪芹（以及高鹗）"的家庭观念进行了比较研究，认为二者表现出了巨大的差异，总体来说，《红楼梦》虽然毫不留情地揭示了贵族之家不肖子孙的堕落，近乎冷峻地展示了"忽喇喇似大厦倾"的过程，但曹雪芹对家庭本身是持肯定态度的，因此，明显表现出对家庭亲情的依恋，对家庭没落的惋惜，即使对那些压制生机的家庭纲常秩序，叙述者也仅仅作了十分有限的否定。张爱玲则不然，由于受到"五四"新文化运动的影响，同时也由于特殊的充满阴霾的家庭生活经历以及特殊的女性视角与立场，张爱玲笔下的"家庭"往往有如地狱，连最能表现家庭温暖的母爱也被彻底解构。❶应该说，这一研究成果有比较可靠的文本依据，是可靠而且具有启发意义的。

可以说，自"五四"新文化运动以来，中国社会一直存在对包括传统家庭观念在内的传统文化表示怀疑、批判甚至完全否定的声音和现象。在红学领域，这一现象的突出表现就是将宝黛视为与封建家长彻底决裂的叛逆者，从而将作者曹雪芹与他笔下的宝黛一起拔高为反封建统治（包括家长制）的英雄。这一具有特定时代烙印的"误读"现

---

❶ 陈千里：《〈金锁记〉脱胎于〈红楼梦〉说》，载《红楼梦学刊》2007 第 1 辑。

在已经得到了相当程度的反思与纠正。在思想文化领域，在反思中继承"五四"新文化运动遗产、重新审视和建构传统文化的核心价值早已成为共识，可是，留心新时期以来的影视作品，一些编导集中表现出来的家庭观念却让人触目惊心，电影《红高粱》《菊豆》《大红灯笼高高挂》分别描写了三个黑暗的、畸形的家庭与三个理想的、浪漫的婚外恋情；电影《一声叹息》中，在经历了种种撕心裂肺的情感波澜之后，主人公的家庭虽然没有因为"第三者"的插足而解体，但是，结尾时主人公接到的一个令人毛骨悚然的电话似乎暗示这个家庭随时都有可能被"颠覆"，以至于使一些记者在新闻发布会上看完该片之后对婚姻产生了绝望；电影《女足 9 号》中，女主人公从丈夫那里得不到事业上的支持，感情上的呵护，性爱上的满足，是"家外"的教练给了她帮助和体贴；电视剧《北京人在纽约》中，王起明和郭燕这对中国夫妻到了美国之后，他们的婚姻家庭没有受到任何法律和舆论的保护，在美籍爱尔兰人麦卡锡·大卫的挑战之下迅速解体；电视剧《一年又一年》中，陈、林两家陈焕与林平平、林一达与朱群英、何大海与陈青这三对从恋爱走向婚姻的男女，在经历了近 20 年的风风雨雨之后，前两对各自解体，而从剧情所提供的情景来判断，解体的原因主要来自他们社会地位和家庭背景的差别；电影《红色恋人》中，父亲被置于革命与杀死女儿的两难困境之中，家庭的黑暗残酷与白色恐怖几乎同样令人不寒而栗，等等，不一而足。❶

对于有着家国一体的传统观念因而格外重视伦理亲情的中国人来说，婚姻家庭应该是温暖如春的人生港湾，可是在这些影视作品中，无论是传统的还是现代的，无论是在国内还是在国外，无论是和平年代

---

❶ 贾磊磊：《中国家庭：影视叙事体中的"裂变空间"》，载《中国电视》2001第 7 期。

的运动员还是特殊时代的革命家，"家庭"成了压抑人性、扭曲感情的牢狱；成了风雨中飘摇的孤舟；成了权衡地位、背景乃至金钱、权力的市场；甚至成了亲情与革命水火不容的战场。"家庭"沦落至此，夫复何言！正如贾磊磊先生所说，尽管是"虚构"，但是，影像艺术对现实世界的"模拟化"描述，具有其他艺术形式不具备的"指认功能"，因此，影视叙事逻辑时常会被误认为是现实中的生活逻辑。目前，影视艺术已经成为雅俗共赏的主流文化的重要组成部分，其叙事方式会不知不觉地影响甚至改变观众的生活态度乃至人生目标。因此，影视编导除了考虑生活的真实以及叙事的逻辑之外，还责无旁贷地应该承担起寓教于乐的道德责任；也就是说，尽管这些影视剧中形形色色的裂变的婚姻和家庭也许都可以寻找到生活的依据，尽管剧情的设计也许都合情合理天衣无缝，但是，影视编导仍然不能无视影视艺术对社会的能动作用。说"中国的影视人在经历了自我的感情重组后也想为自己的行为寻找合理的道德依据，来排遣心中的愧疚和悔悟"，难免有小人度君子之嫌，"五四"以来的反传统思维惯性、制造冲突激化矛盾的艺术考虑、商业炒作的需要，等等，都是原因。

但是，反观韩剧中普遍存在的对第三者的谴责，对儒家式家庭伦理亲情的礼敬，对仁义信爱等东方古典价值的阐发，对民族风情和民族个性的张扬，的确不能不让人在比较中产生疑惑，中国的家庭到底怎么啦？或者说，中国影视人的家庭观念到底怎么啦？有论者认为，中国人的情感教育基本上处于空白状态，人们往往对于在人生的各个阶段怎样表达和获得美丽健康的情感感到困惑。而"生活流"韩剧在中国大陆暗合了观众的某些观赏心理，其中之一便是成了社会性的情感教育"教材"，帮助观众完成个人的情感表达与体验。❶这话有一定的

---

❶ 李铭韬：《唯美神话的世俗重构——浅析韩剧的走红》，载《艺术评论》2005

道理，与那些把家庭离散、夫妻反目、子女叛逆当成现代生活的情感成规的国产影视剧相比，对于千千万万哪怕历经千辛万苦也要"回家看看"、渴望婚姻幸福家庭美满的观众来说，银屏上多一些张扬真善美的韩剧也许不是坏事。笔者曾经看到电视剧《浪漫的事》中，一对历尽生活艰辛的平凡夫妻（二女儿夫妇）在生活有了起色，妻子腹中也有了他们计划已久、盼望已久的孩子的时候，仅只因为丈夫由于工作不顺而对处于顺境中的妻子说了一句猜疑的话，妻子竟然赌气打掉孩子、毅然离婚，真不知道编导置夫妻情义以及无辜的小生命于何地？看来，面对"韩流"热潮，中国影视人只是武断地贬低韩剧的艺术水平或者申请政策保护是远为不够而且毫无意义的。

回到《红楼梦》的话题，我们希望新版电视剧在处理宝黛与家长们的关系时，多一些亲情与妥协的考虑，其他家庭成员之间的关系也是如此。贾宝玉尽管像老鼠见猫一样怕见父亲，可是出于儒家的孝亲观念，父亲在他心中却始终有着重要的地位，甚至高于黛玉。王熙凤在公公谋娶鸳鸯这件事上，先是真心劝阻婆婆，见婆婆愚昧固执，马上见风使舵，转为奉承顺从，然后再设法躲开是非。王熙凤的妥协，基于她对人事机微的把握，对自我身份的确认。贾珍、贾琏、贾蓉这般纨绔子弟，在很多场合可以胡作非为，在长辈面前却毕恭毕敬、骂不还口打不还手，等等这些"尊卑有序"的家庭秩序，或许有违背本性的虚伪的成分，但是，道德的本质就在于"化性起伪"，制约个体生命的感性欲求，以达成社会和谐。如果抛开"阶级批判""贵族叛逆者"等成见，"石头"即宝玉"背父兄教育之恩，负师友规训之德，以至今日一技无成、半生潦倒"的愧悔，叙述者"寄言纨绔与膏粱：莫效此儿形状"的教诫，当不可纯以"反语"视之。小说中的宝玉为辜负了"父兄""师

年第 11 期。

友"的恩德而深深忏悔，现实中的曹雪芹对家族昔日的风月繁华又何尝不是深深怀念？对自己的"无材补天"又何尝没有深深的遗憾与内疚？有人说，《红楼梦》宜冬天读，因为它写的是家庭，写得温暖。也有人说，《红楼梦》虽然写了人生的种种悲剧，但是，它并没有让人厌弃人生，而是让人觉得人生是可贵而且值得珍惜的。因此，无论如何，《红楼梦》中的"家庭"虽然不可避免地隐藏了许多的黑暗与罪恶，但是，总体上应该是符合儒家伦理秩序、充满人伦温情的，那些黑暗与罪恶，只不过是"好苹果上的烂疤痕"而已。❶对贾府的衰败，从老祖宗贾母到子孙中唯一"略可望成"的贾宝玉，从老少爷们到太太、少奶奶，从主子到奴才，从浊流到清流，几乎每一个人都有责任，又不能将责任落实到具体的任何一个人。这才是人生的、制度的、文化的真正悲剧。

造成《红楼梦》中众多悲剧的原因是什么呢？对这个问题，牟宗三先生和王蒙先生的观点值得参考。

牟宗三先生早在 1935 年就指出，"悲剧之演成"的问题"是人生见地问题"，也是支持《红楼梦》这部名著的"思想主干问题"。在谈到《红楼梦》悲剧的具体原因时，牟宗三先生认为，一般的悲剧是善恶对抗的悲剧，而善恶对抗的悲剧是直线的、显然的。《红楼梦》则不然，它与古希腊悲剧一样，是曲线的。这种悲剧的原因，"是性格之不同，思想之不同，人生见地之不同。在为人上说，都是好人，都是可爱，都有可原谅可同情之处；惟所爱各有不同，而各人性格与思想又各互不了解，各人站在个人的立场上说话，不能反躬，不能设身处地，遂至情有未通，而欲亦未遂。悲剧就在这未通未遂上各人饮泣以终。这是最悲惨的结局"；"各人都是闭着眼一直前进，为自己打算，痴心妄

---

❶ 陈千里：《〈金锁记〉脱胎于〈红楼梦说〉》，载《红楼梦学刊》2007 第 1 辑。

想，及至无可如何，必有一牺牲，这是天造地设的惨剧"。这种人性的冲突是第一幕的悲剧。在人性冲突的基础之上，再加上人世无常之感，就产生了第二幕的悲剧，而"第二幕之惨又胜于第一幕"，足以使"天地暗淡，草木动容"，乃"天下之至悲也"。❶也就是说，在牟宗三先生看来，《红楼梦》里边没有大凶大恶的人，造成许多悲剧的原因不是善与恶斗争，而是因为每个人性格不同、思想不同、人生见解不同，而彼此之间又缺少沟通、互不了解，各自站在各自的立场说话，不能反省自己，也不能设身处地为别人着想。这样，每个人都不能理解别人也不能被别人理解，每个人的理想愿望也都无法达成。人与人之间性格、思想、人生见解的冲突，再加上人世的无常，就构成了许多人生的悲剧。

王蒙先生论及《红楼梦》的兴衰主题时说，作者"虽然写了贾府的许多罪恶，但本书似乎并不倾向于将罪恶视作由兴而衰的根本原因"，并指出，除了巧姐获救为熙凤施恩之报、尤二姐之死为淫奔不才之报等两三个情节之外，"《红楼梦》绝少善恶报应观念的表现，这一点也是《红楼梦》高明与'现代'之处"；"《红楼梦》更倾向于把'兴衰'看成一种命运，一种东方式的圆圈——周而复始的过程"，这样一来，"贾府存在的一些疾患，一些问题，一些罪恶，却不是作为衰败的原因，而是作为必然的、无可挽回的衰败过程中无法不出现的一些征兆，一些现象，一些变化来表现的。……作者无意解释兴衰，而是着意地、细腻而又直面地纪录兴衰、表现兴衰，再现兴衰的历史过程"。总之，《红楼梦》的"兴衰"之辩，是超善恶甚至超时代的，因此也就更加深刻、更加客观，留给了读者更多的思考和总结空间，"甚至于比专写兴衰的'春秋战国'，各种演义更细致耐嚼"，它表现的，"是人的存

---

❶ 牟宗三：《红楼梦悲剧之演成》，见吕启祥等主编：《红楼梦研究稀见资料》，人民文学出版社 2001 年版，第 603—624 页。

在与行为的荒谬性"，是人的主体性与秩序、与包括理性及科学在内的一切占统治地位的东西之间的冲突。❶

综合牟宗三、王蒙的观点，《红楼梦》在表现人生悲剧这一主题时，对悲剧原因的探索立足于人性的冲突以及无常感、命运感，超越了是—非、善—恶、褒—贬等二元对立的模式。这其实涉及到了小说作者对人性的看法，他对芸芸众生所持的是同情、体贴、悲悯的态度，对人性中的弱点乃至罪恶不是高人一等的轻视、尖酸刻薄的谩骂、痛心疾首的批判，只是"按迹寻踪""实录其事"，写出人生的复杂与无奈。所以说，《红楼梦》虽然可见"缕缕血痕"，却无所谓"毁"无所谓"谤"，其风格表现为"温厚""缠绵""怨而不怒"。❷

红学史上对《红楼梦》中众多人物的评价有许多的争论，典型如拥林拥薛之争。一般认为，这种现象的发生，与读者的眼光和立场有关，与叙述者在一定程度上采取了客观叙事模式有关，这些都没错。这里要强调的是，还与作者对家庭、对人性的态度有关。李渔在《闲情偶记》"结构"篇中第一节即"以讽刺戒人"，大意是说文士不能以笔杀人、以文报仇泄怨。这里，不妨借用这一概念，强调《红楼梦》作者对他笔下人物的态度，"戒讽刺"，不是不要讽刺，而是要避免过于锋芒毕露的批判乃至谩骂，尤其是对贾政、王夫人、薛姨妈、薛宝钗、袭人等这些长期以来有争议的人物，应该持客观公正之心。

正如俞平伯先生早已指出的那样，《红楼梦》对于十二钗是"爱而知其恶"，没有一个是"全才"，"如秦氏底淫乱，凤姐底权诈，探春底凉薄，迎春底柔懦，妙玉底矫情，皆不讳言之"；即使是作者的"意中

---

❶ 王蒙《红楼启示录》，生活·读书·新知三联书店1991年版，第273—286页。

❷ 俞平伯：《红楼梦辨》，人民文学出版社2006年版，第104—105页。

人"钗黛，也写出了宝钗的"城府深严"，黛玉的"口尖量小"。❶其实，对那些一般意义上的否定性人物，曹雪芹也是"恶而知其善"，更不用说对其他人物含蓄蕴藉轻易不加褒贬的公心。如果说，"十二钗"身上的负面性格已多有论及，在既有的影视作品中也多有表现的话，那么，对那些否定性人物身上的正面性格却还关注得很不够，新版电视剧在这方面应该还有较大发挥的空间。比如，薛蟠被认为是"浊世里最肮脏的一块泥巴"❷，他鄙俗、下流、野蛮、霸道，可是，却并非天生的坏人和恶人。他对母亲和妹妹，有一种天性中带来的孝顺和关爱之情，对亲戚朋友也有讲情分和义气的时候，有时候还表现出浓厚的孩子气。这位无法无天的"呆霸王"其实也有天真纯朴、孝悌良善的一面。❸

再比如，贾琏是典型的"皮肤滥淫"的浪荡公子，"成日家偷鸡摸狗，脏的臭的"，都拉了"屋里去"，的确不堪，可是，除了"贪色无厌"之外，他还是"言谈去得"的、相对来说有责任心也有办事能力的当家少爷。在关系复杂的大家庭中，贾琏同时扮演孙子、儿子、侄子、丈夫和兄长、父亲、偷情者等多重角色，在贾母面前的"撒娇撒痴"、在贾赦夫妇面前的隐忍承顺、在贾政夫妇面前的恭敬服从，对凤姐的爱恨情怨、对黛玉的呵护照顾（陪她料理父亲后事）、对女儿巧姐的关怀爱护、对尤二姐的真情，甚至对无辜的石呆子的恻隐之心、对贪赃枉法的贾雨村的反感，等等，所有这些综合起来，才是有血有肉的贵族公子贾琏，而不只是一个市井的好色之徒。

再比如，赵姨娘是个招所有人包括她的亲生儿女厌嫌的"鄙贱

---

❶ 俞平伯：《红楼梦辨》，人民文学出版社 2006 年版，第 104—105 页。

❷ 赵冈：《假作真时真亦假——〈红楼梦〉的两个世界》，见胡文彬、周雷编：《海外红学论集》，上海古籍出版社 1982 年版，第 64 页。

❸ 段江丽：《贾府的亲戚》，见《话说〈红楼梦〉中人》，崇文书局 2006 年版，第 340—344 页。

人"，可是，在这个可恨之人的身上也有几分可怜之处。她不知分寸不知进退拼了命也要往上挣的动力，很大程度上来自原始的母性，当看到她为了猥琐不堪、是非不分的儿子贾环而善待、挽留彩霞的时候，当看到她凄凉悲惨地死去的时候，难免不让人感慨唏嘘。

除了对肯定性人物"爱而知其恶"和对否定性人物"恶而知其善"两条原则之外，对一些无明显"爱""恶"的人物，也应该注意到性格的复杂性以及独特性。比如说，刘姥姥的智慧、李纨的清雅、尤氏的宽厚、邢夫人身上偶尔表现出来世家夫人气质、王夫人平日里的良善以及因盲目的母爱而导致的种种狠毒，薛姨妈平日里的慈祥以及关键时刻为女儿含而不露的筹划都值得好好琢磨挖掘。

总之，《红楼梦》中的人物形象，几乎都是立体的、多面的。新近出版的《话说〈红楼梦〉中人》一书在坚持以文本为依据的前提下，对小说中诸多主要人物形象，都有较深入的挖掘和分析，对编导和演员塑造人物、对观众欣赏和分析人物，应该都有相当的参考价值。

顺便提及，既然曹雪芹通过秦可卿之口，一方面说，"月满则亏，水满则溢"，"乐极生悲"；另一方面又说，"否极泰来，荣辱自古周而复始"，也就是像王蒙先生所指出的，曹雪芹的态度，"更倾向于把'兴衰'看成一种命运，一种东方式的圆圈——周而复始的过程"，❶那么，由兴而衰是一种必然的命运，衰而复兴同样也具一定的必然性。这样看来，在贾府衰败到了"白茫茫一片"的极点之后，续作者以"兰桂齐芳"来预示另一轮兴衰的开始，也未必完全违背曹雪芹的"本意"，何况前面对贾兰的"兴起"多有伏笔。

在既往的研究中，由于过分强调封建社会必然灭亡的命运，传统家庭小说中的"亮色"的尾巴往往受到诟病，《红楼梦》中的"兰桂齐

---

❶ 王蒙：《红楼启示录》，生活·读书·新知三联书店 1991 年版，第 278 页。

芳"是如此,清代另一部很有代表性的家庭小说《歧路灯》也是如此。《歧路灯》写谭家由盛而衰、衰而复兴的故事,主人公谭绍闻在败光了所有祖业之后,在自身努力和外力帮助的"合力"作用之下,浪子回头,父子先后中魁,家业复初。有论者认为这样的结尾为垂死的封建社会唱了颂歌,严重削弱了作品的批判力量。且不说《歧路灯》作者的这种描写本身具有现实的依据,回到历史的现实中去,中国古代士子以科举出仕为人生理想,像《红楼梦》中的贾府和《歧路灯》中的谭家这样的门第,就算败落了或者曾经败落过,子孙中出一两个科举人物完全在情理之中。就《红楼梦》而言,具有寓言性质的贾雨村不就是一个生于"末世"的"诗书仕宦之族"吗?从象征意义来说,他的潦倒与发迹,奋发与堕落,未尝不可以理解为"兰桂"未来人生之路的隐喻。因此,无论是从作品本身的深层意义出发,还是从观众的接受心理出发,我认为,120回本中"兰桂齐芳"的结尾未尝不是一种可以考虑的、比较好的选择。

(原刊于《红楼梦学刊》2007年第3辑)

五、"正定模式"对《红楼梦》
当代传播的意义与启示

（一）荣国府为什么建在正定？

众所周知，习近平总书记曾于 1982—1985 年先后担任正定县委副书记、书记职务。习总书记主政正定期间的政绩之一就是力排众议、促成修建 1987 年版电视剧《红楼梦》（以下简称"87 版"）拍摄基地荣国府及宁荣街等旅游景区，为正定后来的发展带来了非常积极的影响，因而被称为"正定旅游模式"，又简称为"正定模式"。❶

关于"正定模式"，目前谈得比较多的是荣国府对正定旅游及经济发展的影响，较少从"《红楼梦》传播"的角度着眼。2017 年首届石家庄旅游产业发展大会——红楼文化论坛的题目之一"正定模式与《红楼梦》的当代传播"，强调"正定模式"对于《红楼梦》当代传播的意义，可谓另辟蹊径，凸显了地方旅游文化与学术之间的关系。下文拟就正定模式对《红楼梦》当代传播的意义与启示谈一谈自己粗浅的看法，以就教于方家。

---

❶ 张潇爽：《习近平地方执政故事》，载《人民论坛》2013 年第 13 期；张福建：《习近平在正定的历史文化探源》，载《领导之友》2016 年第 231 期（上）。

秉着实事求是、对历史负责的原则，在展开具体论述之前，有个有趣的小问题先提出来讨论。这个问题就是："87 版"《红楼梦》剧组的荣国府为什么会建在正定？这个问题目前有两种不同说法。

一种说法是剧组先选定在正定建荣国府，习近平得知这一消息之后提出建议，由临时性建筑改为永久性建筑，如"学习大军"发在党建网上的文章《习近平建"荣国府"的故事》说：

> 1983 年，中央电视台筹划将名著《红楼梦》拍摄成电视剧，并选择在正定搭建"荣国府"，作为临时外景拍摄基地，等电视剧拍摄完后，就将其作废。这时，时任正定县委书记的习近平慧眼千里，他认为这是一次发展正定旅游业的大好机会，他提出要将"荣国府"建成永久建筑。❶

另一种说法是剧组起初根本没有考虑正定，是正定县政府主动联系剧组，并以修建永久性荣国府的建议打动了剧组，才使得"荣国府取景地最终花落正定"。该说法见于河北新闻网新闻稿：

> 据正定荣国府设计者、古建筑专家杨乃济介绍，在当年《红楼梦》剧组选择荣国府取景地的时候，正定县的领导联系到杨乃济，希望把荣国府建在正定。杨乃济说："我最初听到这个想法的时候大吃一惊，在曹雪芹先生所写的《红楼梦》中，荣国府和大观园只有一墙之隔，而当时大观园已经在北京开始搭建了，这荣国府要是建在正定，岂不是要相距 250 多公里？"当时的正定县政府提出，不是在正定搭建一个荣国府的取景地，而是要建一座实实在在的荣国府。这个建议打动了《红楼

---

❶ 学习大军：《习近平建"荣国府"的故事》，2015 年 1 月 16 日：http://www.wenming.cn/djw/specials/djwwpt/wxgx/201501/t20150116_2405482.shtml? COLLCC=3861898117&COLLCC=815929768&.

梦》主创人员，荣国府取景地最终花落正定。"现在看来，当时正定县领导的做法真是目光深远。记得开拍的前一天，有媒体进行了报道，第二天不少游客就买票进场参观，如此一来，在拍戏的同时也创造了可观的收入，把正定旅游业从无到有地带动了起来。"杨乃济感慨道。❶

第二种说法亦见于张潇爽发表于 2013 年的《习近平地方执政故事》一文中："在河北正定时，得知《红楼梦》电视剧组在寻找外景基地，习近平看到潜在的商机，主动上门洽谈，力排众议，说服有关部门和县里投入大笔资金在正定建设拍摄基地'荣国府'，并修建荣国府旅游景区。"❷上引杨乃济先生之语正是这一说法的详细注脚。不过，第一种说法也有市场，张福建《习近平在正定的历史文化探源》一文就几乎照引了这一说法。❸比较起来，当事人杨乃济先生的说法应该更加可靠。利用此次活动的机会，我当面请教"87 版"《红楼梦》电视剧制片人任大惠先生，确认了杨乃济先生的说法。任先生说："当时正定县政府听到了《红楼梦》剧组准备兴建北京大观园的消息，就派工作人员联系剧组，希望正定也能与剧组合作，并提出可以按剧组设计的气氛图造成实景。"这样才有了正定的荣国府及宁荣街。任大惠先生还说，他是第一个与正定县政府接触的人，也是第一个前往正定谈合作的人。因此，他的说法无疑是最可靠的。

---

❶《正定荣国府落成 30 周年〈红楼梦〉剧组重游故地》，2016 年 8 月 17 日：http://hebei.hebnews.cn/2016-08/17/content_5745139.htm.

❷ 张潇爽：《习近平地方执政故事》，载《人民论坛》2013 年第 13 期。

❸ 张福建：《习近平在正定的历史文化思想探源》，载《领导之友》2016 年 11 月第 231 期（上）。

（二）正定模式对《红楼梦》当代传播的意义

接下来，谈谈正定模式对《红楼梦》当代传播的意义，主要有三点。

第一，精心建造的"荣国府"为电视剧提供了"画面真实感"，并为演员提供了有利于塑造人物的环境气氛，从而提高了电视剧的质量，有利于原著的传播。

据了解，习近平当初建议将荣国府建成永久建筑的理由是："这样既可以增加画面真实感，又能为正定增添新的景观。"● "增加画面真实感"考虑的是电视剧的艺术质量，"增添新的景观"考虑的是正定旅游发展，显然这一建议兼顾了电视剧的艺术性与地方旅游发展两个方面，而不是片面强调后者而忽略了前者。

事实上，精心建造的正定荣国府及宁荣街不仅提供了画面真实感，还为演员们塑造角色提供了最佳环境气氛。王熙凤扮演者邓婕女士说，在荣国府拍戏的感觉和之前的拍摄经历完全不同，"正定搭建了一座实实在在的荣国府，到这拍戏有一种'角色附体'的感觉，我感觉自己仿佛就是曹雪芹先生笔下的'凤辣子'"；宝玉的扮演者欧阳奋强先生说，"在到正定之前，拍室内戏主要是通过在棚里搭景，到荣国府以后，展现在我们眼前的是一个实实在在的真实场景，特别震撼。一走进来就感觉很通透，让人非常舒服，在这样的环境里拍戏，可以很快找到感觉"❷。这两位演员的现身说法证明，正是正定荣国府所提供的逼真的人物生活环境成就了他们出神入化的表演、成就了屏幕上的经典角色。

---

❶ 《习近平建"荣国府"的故事》，《党建网》，2015 年 1 月 16 日。

❷ 高薇：《正定荣国府落成 30 周年 〈红楼梦〉剧组重游故地》，2016 年 8 月 17 日：http://hebei.hebnews.cn/2016-08/17/content_5745139.htm.

"87 版"《红楼梦》电视剧已经成为《红楼梦》传播史上的经典之一,真实的画面感以及演员们"角色附体"式的精彩表演都是这部经典作品中不可或缺的重要因素。

第二,高度仿真的"荣国府"为熟悉《红楼梦》的读者及观众提供了体验场地,增加了对原著的理解。

小说文本的特色是通过语言文字与读者交流,欣赏者需要充分调动自己所有直接的和间接的生活经验发挥想象力的作用,才能部分还原并重构作品所要表达的内容。因此,读者的生活经验、想象力以及语言文字理解能力都直接影响到对小说文本的理解。明清时期广泛流行的小说插图以及现当代影视改编文学作品的潮流,本质上都是以直观、形象的图(像)补充或者取代抽象的文字表达,减低了理解的难度,或者说增加了理解的深度。

与插图及影视改编剧比起来,文学名著主题公园将文学作品中的内容物质化、实体化,更加能使文字描述的内容变得明确、具体、直观,参观者身临其境时对那些原本抽象的内容自然也就一目了然了。所以,文学名著主题公园为文学名著的传播提供了新的途径。

事实上,现代主题公园在诞生之初,就与文学名著结下了不解之缘。据说世界上最早出现的主题公园是 1952 年开放的荷兰马德罗丹小人国,它以英国作家斯威夫特的《格列佛游记》为蓝本,以 1∶25 的比例微缩了荷兰著名建筑和城镇景观。在中国,现代意义的主题公园之风约于 20 世纪 80 年代刮入,文学名著园很快成为主题公园的生力军,"三国""水浒""西游""红楼"这些重要的文学资源迅速获得青睐。而在这股文学名著园风潮中,红楼主题公园更是得风气之先,先后有上海大观园(1980 年动工,1988 年竣工)、北京大观园(1984年动工,1989 年全部建成)、正定荣国府(1984 年动工,1986 年竣工）。●这三座红楼主题公园各有特色，上海大观园"营造的动机和目的"有两个：一是弘扬独具一格的中国古典园林技艺，把《红楼梦》中的大观园作为蓝本，来建造一个"大观园"；二是为新建的淀山湖旅游区增加一个强有力的吸引点。❷北京大观园和正定荣国府则都是配合"87 版"电视剧《红楼梦》拍摄而建造的。

也就是说，建造上海大观园的主要目的在于弘扬中国古典园林技艺和增加旅游亮点；建造北京大观园和正定荣国府的直接原因都是拍摄《红楼梦》电视剧，亦即直接服务于《红楼梦》当代影视传播。具体说，北京的大观园主要按照《红楼梦》原著描写，展现了包括怡红院、潇湘馆、蘅芜苑等 40 余处景点的"大观园"图景；河北正定的荣国府则根据《红楼梦》中的具体描写，并参照有关资料修建了荣国府及宁荣街，两处各有侧重、各有所长。

《红楼梦》中以荣国府为代表的建筑既是主要人物活动的物理空间，也是贾府之尊荣豪富的物质化表现形态。根据书中所写，贾府在金陵石头城的旧宅情形是，宁国府在街东，荣国府在街西，"二宅相连，竟将大半条街都占了"，亭殿楼阁峥嵘轩峻，树木山石翁蔚茵润。至于贾府在"街市之繁华，人烟之阜盛，自与别处不同"的京城中敕造的府邸，更是气势非凡，这一点由黛玉眼中的荣府正门情形可见一斑：

　　　　一时黛玉进了荣府，下了车。众嬷嬷引着，便往东转弯，穿

　　过一个东西的穿堂，向南大厅之后，仪门内大院落，上面五间

　　大正房，两边厢房鹿顶耳房钻山，四通八达，轩昂壮丽，比贾

　　● 彭利芝：《从空中楼阁到人间胜景——红楼主题公园发展管窥》，载《红楼梦学刊》2011 年第 2 辑。

　　❷ 吴振千：《上海园林建设史上的一出"重头戏"——记上海大观园兴建始末》，2008 年 9 月 25 日（网文）：http://www.xcar.com.cn/bbs/viewthread.php? tid=8385059.

母处不同。黛玉便知这方是正经正内室,一条大甬路,直接出大门的。进入堂屋中,抬头迎面先看见一个赤金九龙青地大匾,匾上写着斗大的三个大字,是"荣禧堂",后有一行小字:"某年月日,书赐荣国公贾源"。又有"万几宸翰之宝"。(第3回)

即使有如此细致的文字描述,对于普通读者来说,要通过自己的想象力在脑袋中还原贾府的轩昂壮丽,还是会存在不同程度的困难与盲点。

正定荣国府的建造,将原著中的文字转换为实景,不仅为电视剧演员们提供了"角色附体"的表演情境,也为读者和观众提供了可以参观的实景场地。正定荣国府的设计者杨乃济先生在《正定荣国府》一文中介绍说:"荣国府占地三十三市亩(2.2公顷),总建筑面积4600平方米,房二百一十间,游廊一百零二间。左中右三路,共十四进院落。"[1]杨乃济先生甚至称其为"最完美的荣国府"。[2]这样一来,抽象的文字描述变成了高度仿真的实体景观,熟悉《红楼梦》的读者置身其间,对"金门玉户神仙府,桂殿兰宫妃子家"的富丽堂皇有了亲临其境的体验,自然极大地提高了对小说相关内容的认知及理解。

值得一提的是,正定荣国府是中国最早的影视拍摄基地。据了解,由中国电影家协会、中国电视艺术家协会共同评选的"2006中国十大影视基地(影视城)"为:横店影视城(1996)、上海影视乐园(1998)、中山影视城(2001)、象山影视城(2009)、长影世纪城(2005)、北普陀影视城(涿州影视城之后,1990年之后)、同里影视基地(1999)、镇北堡西部影视城(1993)、焦作影视城(1995)、涿州影视城(1990)。正定荣国府虽然遗憾未能跻身"十大影视基地",但

---

❶ 杨乃济:《正定荣国府》,载《紫禁城》1988年第2期。
❷ 正定县政协文史委:《千年正定城》,人民出版社2014年版,第258页。

是，从建造和竣工时间来说，却比这十大影视基地都要早；同时，它与北京大观园同年动工，比后者早三年竣工，因此，正定荣国府称得上是中国最早的影视拍摄基地，其开创性意义不言自明。称"'荣国府'的成功，开创了'中国旅游正定模式'"一点也不为过。❶

第三，永久性的"荣国府"为不熟悉《红楼梦》的游客提供了接触、认识《红楼梦》的机会，持续扩大了《红楼梦》受众群体。

毫无疑问，建造仿古景观为古代文学经典的当代传播提供了全新的途径和方式。据介绍，作为北方历史文化名城的正定，在 20 世纪 80 年代初，其历史文化事业却停滞不前。后来，县委书记习近平意识到，"正定古建集中，交通发达，应该复苏历史遗迹，发展文化旅游，实施旅游兴县，把正定打造称距石家庄最近的旅游窗口"。❷经过修缮隆兴寺、临济寺等文物古迹，正定旅游业逐渐发展起来，据统计，"1984 年，到正定旅游的人数大幅增加到 40 万人；1985 年，游客突破 50 万"。❸因此，荣国府的建造并非偶然，而是当时正定县政府"文化兴县""旅游兴县"发展战略的直接产物。

1987 年电视剧《红楼梦》开播之后，荣国府旅游迅速火爆起来，"天天游人满，日日进斗金"，仅年收入就达到 2000 余万元❹，远超投资资

❶ 张福建：《习近平在正定的历史文化思想探源》，载《领导之友》2016 年 11 月第 231 期（上）。

❷ 张福建：《习近平在正定的历史文化思想探源》，载《领导之友》2016 年 11 月第 231 期（上）。

❸ 张福建：《习近平在正定的历史文化思想探源》，载《领导之友》2016 年 11 月第 231 期（上）。

❹ 张福建：《习近平在正定的历史文化思想探源》，载《领导之友》2016 年 11 月第 231 期（上）。一说 1000 多万元，见张潇爽：《习近平地方执政故事》，载《人民论坛》2013 年第 13 期。而更准确的数字是 1761 万元："1987 年，随着电视剧《红楼梦》的播出，正定'荣国府'当年就迎来了 130 多万人前来游览，门票收入达 221 万元，旅游收入 1761 万元，极大地带动了正定旅游的发展，开创了旅游业的'正定

本。继《红楼梦》之后，在"荣国府"又拍摄了《雪山飞狐》《包青天》《郑板桥外传》等 200 多部影视剧❶，高峰时每年有 130 多万人次参观游览。❷

面对上述统计数据，论者多从经济效益的角度强调"旅游兴县"的成就，自然没错。但是，如果换一个角度，着眼于"文化兴县"，则可以发现这些数据后面还隐含着文化传播的重要意义。

就荣国府而言，在庞大的参观群体中，不可能全部是《红楼梦》的读者和研究者，也会有并不熟悉《红楼梦》的人。而这些人很可能会因为参观荣国府而激发出对《红楼梦》的好奇与兴趣，从而进一步去了解、阅读乃至研究《红楼梦》。日复一日，年复一年，随着正定旅游业的兴旺发达，自然会有更多的人群因为参观"荣国府"而了解《红楼梦》，为《红楼梦》的传播做出了别具一格的贡献。

事实上，正定县委当时的发展战略是发展文化旅游、实施旅游兴县，可以说，"文化"是内核，"旅游"是外壳。在讨论、借鉴正定模式时，如果只注重"旅游"收入而忽略了"文化"传播价值，则难免失之偏颇。

（三）正定模式对《红楼梦》当代传播的启示

正定模式极大地推动了正定的旅游事业，对正定的经济发展具有重要意义；同时，也在很大程度上提升了"87 版"《红楼梦》电视剧的艺术质量，对《红楼梦》当代传播具有重要的意义。那么，正定模式

模式'。"见宋家明：《正定古城的记忆》，载《天津人大》2016 年第 8 期。

❶ 张福建：《习近平在正定的历史文化思想探源》，载《领导之友》2016 年 11 月第 231 期（上）。

❷ 张潇爽：《习近平地方执政故事》，载《人民论坛》，2013 年第 13 期。

对《红楼梦》当代传播有什么启发呢？这里也简单谈三点。

第一，领导人的文化情怀对文学经典传播具有重要推动作用。

如前所述，当初正定县委确立"文化兴县""旅游兴县"的发展战略，在经济利益背后，蕴藏的是领导人的文化情怀。

在建造荣国府的契机来临之前，正定县在分管领导习近平以及文化局长贾大山的带领之下，文物保护工作正如火如荼地展开。习近平来到正定之后，经过大量扎实的调查研究，摸清了家底，了解到有"赵云故里"之称的正定县城有多处国家级文物保护单位，可惜大量文物古建都年久失修。对此，习近平感到忧心不已，他说："如果我们保管不当，就是对祖先犯罪，就是愧对后人。"❶同时又对正定未来的发展充满信心和希望："正定，有一个值得自豪的历史。正定，将有一个光辉灿烂的未来。"❷正是在这种文物保护与开发建设有机结合的大视野之下，才有了利用历史文化优势争取建造大观园之举："正定这里的文化是最好的，历史积淀也好，有得天独厚的优势开展旅游业。咱不应该失掉这个机会。"❸

习近平一方面将正定丰富的历史文化资源作为争取修建荣国府的有利条件，另一方面，也有对文学经典《红楼梦》之巨大文化价值的认知与尊重。关于第二点，从他当选最高领导人之后多次表现出来的"红楼情结"可以得到证明。

2014年3月26日，习近平访问法国期间，百忙之中抽时间看望已经99岁高龄的《红楼梦》法文译者李治华先生，一时成为中法文化交流的热门话题。

---

❶ 正定县政协文史委：《千年正定城》，人民出版社2014年版，第342页。

❷ 正定古文化研究会：《正定古今》，河北人民出版社1987年版，第3页。

❸ 中共正定县委、正定县人民政府：《习近平同志在正定纪实》（CD），2016年。

2013 年 10 月 3 日，习近平在雅加达发表的《携手建设中国—东盟命运共同体——在印度尼西亚国会的演讲》中说到：

> 几百年来，遥远浩瀚的大海没有成为两国人民交往的阻碍，反而成为连接两国人民的友好纽带。满载着两国商品和旅客的船队往来其间，互通有无，传递情谊。中国古典名著《红楼梦》对来自爪哇的奇珍异宝有着形象描述，而印度尼西亚国家博物馆则陈列了大量中国古代瓷器，这是两国人民友好交往的生动例证，是对"海内存知己，天涯若比邻"的真实诠释。

这里所说的"《红楼梦》对来自爪哇的奇珍异宝有着形象描述"或指第 52 回宝琴所说真真国女子的故事。宝琴说：

> 我八岁时节，跟我父亲到西海沿子上买洋货，谁知有个真真国的女孩子，才十五岁，那脸面就和那西洋画上的美人一样，也披着黄头发，打着联垂，满头带的都是珊瑚、猫儿眼、祖母绿这些宝石，身上穿着金丝织的锁子甲洋锦袄袖，带着倭刀，也是镶金嵌宝的，实在画儿上的也没他好看。

这里的"真真国"，《红楼梦大辞典》的解释是：

> 作者虚拟的国名，或含"真真假假"之意。似既有现实依据，又有虚构成分。究何所指，研究者们的看法不一。或谓指中亚以至阿拉伯伊斯兰教诸国，即旧史所称天方诸国者，其根据是：明清史籍所记天方诸国来华市易与进献之物中有珊瑚、宝石、琥珀、金刚钻、织文、锁服等，正与薛宝琴所说者相合；其妇女编发，亦即真真国少女之联垂；至于所谓西海，则指波斯湾以及阿拉伯海、红海。或谓似以指荷兰较为合理，其根据是：史载顺治年间，荷兰即与清有通商贸易联系，并居留台湾；真真国女子形貌具西洋人特征，其诗所描绘的岛国风光，也

符合台湾的地理情况，因此，可能是指居住台湾多年的荷兰人。❶

根据这一解释，很难把"真真国"与爪哇（洼）国联系起来。不过，最近有一位网名为"中天飞鸿"的作者在一篇博客文章中，结合《红楼梦》中的相关内容，专门讨论了习近平所说的"爪哇的奇珍异宝"问题，认为"爪哇"就是指小说中的"真真国"：

> 从宝琴的描述中，可以看出，那个十五岁的真真国的女孩子，是一个披着黄头发十五岁的西洋美人。应该说，这是一个来自荷兰的典型欧洲美少女。爪哇这个古代岛国在十六世纪末曾被荷兰殖民者侵入。也就是说，在曹雪芹写作《红楼梦》的时代，爪哇是由荷兰人统治的，称荷属东印度。但是，这位西洋美人却写作一首地地道道的"汉文诗"，可见，当时中国与爪哇的文化交流已经到了十分热络普遍的程度。

薛宝琴说"我八岁时节，跟我父亲到西海沿子上买洋货"，看到"真真国"的一个女孩子。也就是说，"真真国"地处"西海沿子"。从地理上看，在爪哇岛北面，与中国相望处，正有一片海，它的全称叫苏拉威西海。在苏拉威西海，一字形排列着印尼的大小不等的岛屿，这应该就是宝琴所说"西海沿子"。而苏拉威西岛北部的万鸦老，即默纳杜，就是当地最重要的港口和商业中心，这也正是与宝琴所说"八岁时节，跟我父亲到西海沿子上买洋货"的地方。因此，习近平在印尼国会发表重要演讲中所说的中国古典名著《红楼梦》对来自爪哇的奇珍异宝有着形象描述，正是古代中国与爪哇经济和文化交流的真实

---

❶ 冯其庸、李希凡主编：《红楼梦大辞典》（增订本），文化艺术出版社 2010 年版，第 354 页。

写照。❶

之前学界较少将"真真国"与亚洲国家联系起来，主要考虑到那位真真国女孩是一位典型的西洋女子。而现有资料说明，在曹雪芹所处的时代，爪哇属于荷兰殖民地，西洋女子出现在爪哇就毫不奇怪了。再加上从地理位置看，在爪哇背面与中国相望的苏拉威西海的情形与《红楼梦》中的"西海沿子"相似，真真国即爪哇的推测是有道理的。

爪哇国乃古代东南亚古国，其境主要在今印度尼西亚爪哇岛一带。唐朝时，一度为佛教国家。宋朝时分为三国，东爪哇最强，后为三佛齐所灭，信诃沙里国崛起后，在爪哇岛上建立了满者伯夷王朝，伊斯兰教兴盛。元朝时，元军大举征伐其地，败于满者伯夷王朝。明朝时为明朝藩属，屡有入贡。16世纪末荷兰在此地建立东印度公司的贸易和行政管理总部，并于不久侵占全境。二战后独立，并入印度尼西亚。因此，习近平说，"中国古典名著《红楼梦》对来自爪哇的奇珍异宝有着形象描述，而印度尼西亚国家博物馆则陈列了大量中国古代瓷器"，以此来证明中国与印度尼西亚友好往来的历史，是符合历史事实的。

2014年10月15日，习近平《在文艺工作者座谈会上的讲话》两次提到《红楼梦》：

> 精品之所以"精"，就在于其思想精深、艺术精湛、制作精良。"充实之谓美，充实而有光辉之谓大。"古往今来，文艺巨制无不是厚积薄发的结晶，文艺魅力无不是内在充实的显现。凡是传世之作、千古名篇，必然是笃定恒心、倾注心血的

---

❶ 中天飞鸿：《〈红楼梦〉中爪哇珠宝究竟是何种奇珍异宝？》，2013年10月：http://blog.sina.com.cn/s/blog_4c3b65fb0102efrp.html.

作品。福楼拜说，写《包法利夫人》"有一页就写了5天"，"客店这一节也许得写3个月"。曹雪芹写《红楼梦》"披阅十载，增删五次"。正是有了这种孜孜以求、精益求精的精神，好的文艺作品才能打造出来。

文艺的一切创新，归根到底都直接或间接来源于人民。"世事洞明皆学问，人情练达即文章。"艺术可以放飞想象的翅膀，但一定要脚踩坚实的大地。文艺创作方法有一百条、一千条，但最根本、最关键、最牢靠的办法是扎根人民、扎根生活。曹雪芹如果没对当时的社会生活做过全景式的观察和显微镜式的剖析，就不可能完成《红楼梦》这种百科全书式巨著的写作。鲁迅如果不熟悉辛亥革命前后底层民众的处境和心情，就不可能塑造出祥林嫂、闰土、阿Q、孔乙己等那些栩栩如生的人物。

在第一段引文中，习近平以曹雪芹的《红楼梦》与法国作家福楼拜的《包法利夫人》为典型案例，强调艺术家需要有孜孜以求、精益求精的精神，才能打造出艺术精品；在第二段引文中，习近平以曹雪芹和鲁迅为典型案例，强调作家要扎根人民、扎根生活才能真正写出伟大的作品。

这样，自2013年以来，短短数年之间，作为党和国家最高领导人，习近平不仅在日理万机的国事访问中拨冗看望《红楼梦》翻译家，还多次在非常重要的场合一再强调《红楼梦》重要的史料与文学价值，可见他对《红楼梦》的内容及经典地位有非常深刻的了解，并持一种崇敬礼赞的态度。

事实上，习近平关注和重视的不止是《红楼梦》，而是整个中华民族优秀传统文化。他《在文艺工作者座谈会上的讲话》中说："中华优秀传统文化是中华民族的精神命脉，是涵养社会主义核心价值观的重要源泉，也是我们在世界文化激荡中站稳脚跟的坚实根基。"并明确提出："增强文化自觉和文化自信，是坚定道路自信、理论自信、制度自信的题中应有之义。"也就是说，习近平将优秀传统文化提到了中华民族精神命脉的高度，将文化自觉与自信提到了治国理政的高度，真正体现了浓厚的、充满历史感和时代责任感的大文化情怀。

当初，正因为有习近平这样充满文化情怀的领导人，才会极力争取到荣国府落户正定，创造了《红楼梦》影视剧乃至整个中国影视剧发展史上的一段传奇。

"87版"《红楼梦》电视剧导演王扶林先生曾说到习近平当年对该剧的贡献："那时他仅29岁。正定，是他政治生涯的起点，也是电视剧红楼梦的开端。在我们艰难的创作初期，假如没有他的添薪给力，也许就没有那次红楼梦文化的全民普及和跨世纪中兴。"❶从某种意义上，正是习近平的"添薪给力"，成就了"荣国府"，也成就了《红楼梦》影视改编史上的经典。因此，在讨论"正定模式"时，不能只看到领导人的决策对发展当代旅游经济所起的作用，还应该看到他对文学经典《红楼梦》的传播所起到的推动作用。换句话说，文学经典的当代传播会受很多因素的影响，关键时刻，主要领导人的文化情怀有着决定性作用。这一点，如果与某些为了政绩不惜破坏古建文物的地方领导做比较，更显难能可贵。

第二，实事求是、敬畏经典是传播经典应该秉持的最基本同时也最重要的态度。

"文化搭台，经济唱戏"已经成为当代旅游发展的一种常规模式。按

---

❶ 《法兰克福书展爆出大热点 习近平：从红楼梦到中国梦》，凤凰网江苏站，2014年10月8日。

理说，这种模式的核心是"文化"。但是，要做到实事求是、尊重经典、尊重文化并非易事。这方面，正定"荣国府"的做法值得称道。

目前网上盛传一篇题为《习近平自述：我的文学情缘》的文章，据说是作者根据习近平 2014 年 10 月 15 日在文艺工作者座谈会上的讲话内容整理而成的，"习近平本人是否审读过不得而知，好在许多文艺工作者包括冯老都参加了这次会议"❶，其中有一节题为"冯老给了我一个在正定建荣国府的理由"，专门谈及正定荣国府的建造问题：

> 冯老（冯其庸）是红学家，我跟冯老结识于正定，当时我在正定当县委书记。那个时候，《红楼梦》剧组正好要搞荣国府。当时要找依据，就是为什么在正定搞？他们没有实际的荣国府、宁国府的图，但是我找到了。在哪儿找到的呢？在故宫博物院。故宫博物院有个专家叫王璞子，是正定人，我托人从他那里找到了图。再就是请冯老给了我一个为什么在正定建荣国府的理由。见《红楼梦》剧组的时候，我说我们这儿完全有资格搞，因为曹雪芹是正定人。他们都笑了，说莫名其妙，曹雪芹怎么是正定人？我说，曹雪芹的老家是正定的，这是冯老提供的。冯老研究红学，查明了曹雪芹的身世。曹雪芹的祖先是北宋的开国大将曹彬，曹彬是真定灵寿人，真定就是现在的正定，正定府当时的范围包括河北的灵寿县，就在正定的隔壁。我就拿这个理由跟他们讲，当然也是开玩笑。❷

这段话说明，当时正定县政府为了论证在正定建荣国府的理由，还充分征求了冯其庸先生等专家的意见，重视学术研究成果。得知曹雪

---

❶ 黄安年：《习近平自述"冯老给了我一个在正定建荣国府的理由"》，2016 年 10 月：http://blog.sciencenet.cn/blog-415-1008629.html.

❷ 习近平：《我的文学情缘》，2016 年 10 月：http://www.jwb.com.cn/bd/sz/201610/t20161013_4676986.html.

芹祖先、北宋开国大将曹彬是历史上的"真定"灵寿人、与正定有关系后，习近平说他曾拿这个理由跟剧组讲，但是，又申明这个理由"当然也是开玩笑"。曹彬与真定（正定）的确有关系，但是，以曹雪芹远祖曹彬为理由修建荣国府，显然牵强。因此，正定方面无论在申请时，还是在后来的旅游宣传中，均没有拿曹雪芹的祖先说事。在正定与曹雪芹、《红楼梦》的关系这个问题上，习近平及正定相关部门既能虚心请教专家、了解学术研究动态，又能实事求是、有一分证据说一分话，不像有些地方政府，为了给"经济"搭台，罔顾事实，与"文化"名人或者名著胡乱攀附。相比之下，正定实事求是、尊重经典的做法值得肯定和提倡。

值得指出的是，艺术家们对荣国府、宁荣街的设计同样表现出了对经典作品《红楼梦》的敬畏精神。在设计荣国府及宁荣街时，专家们一方面尊重文本，根据《红楼梦》中的具体描写去设计；另一方面，又广泛参考相关典籍文献以及保留下来的古迹实例。杨乃济先生说，荣国府的建造，"其一应规制，除照依《红楼梦》书中描写，也参考了北京清代王公府第的实例"❶；至于宁荣街的设计，"力图能表现出明末清初都城街道的面貌，并符合《红楼梦》书中有关叙述，所以在设计过程中，参考了故宫珍藏古代绘画作品中描绘的康乾时期街道及店铺的式样；又实际调查了北京鼓楼、西四等街道及许多旧的铺面房"❷。具体来说，参考的古代绘画作品主要有《康熙南巡回銮图》《弘历知春诗意图》《乾隆南巡图》《九老作朋图》以及乾隆二十六年（1761年）为其母作寿的街头点景图等；调查的北京街道有鼓楼大街、西四、前门外、崇文门外、朝阳门外大街等地方，到这些地方"找出一些残留下来

---

❶ 杨乃济：《正定荣国府》，载《紫禁城》1988年第2期。
❷ 茹竞华：《荣国府前宁荣街》，载《紫禁城》1987年第6期。

的可供参考的街道及店铺的形象"。在店铺的设计安排上,则以明末造园家计成《园冶》所说的"虽由人作,苑自天然"为指导思想。❶可见艺术家们对荣国府、宁荣街的设计,不仅尊重《红楼梦》文本,还广泛借鉴史料、实物以及古代园林艺术理论,这种一丝不苟、精益求精的态度和做法,同样是对经典的高度负责和尊敬。

第三,整合不同资源,多主题协调发展。

对于《红楼梦》电视剧的拍摄与传播来说,"建在与《红楼梦》故事毫不相干的,北京城西南方五百里外的河北省正定县"❷的荣国府及宁荣街堪称神来之笔。而作为文化主题公园,荣国府及宁荣街的落成及后来的发展,还得益于正定县政府多主题协调发展的战略。

正定旧称"真定",到曹雪芹时代的雍正元年,为避雍正名胤禛讳方改称"正定"。古城正定自北齐建常山郡一千四百多年来,一直都是郡、洲、府、县治所在地,曾两次为国都,是历史上北方政治、经济、文化中心城市之一,曾与北京、保定并称为"北方三雄镇"。正定文物古迹众多,素以"九楼四塔八大寺""二十四座金牌楼"著称,享有"古文物宝库"之誉。现有国保文物四处,省保文物七处。仅隆兴寺里的珍贵文物即已超出一般人的想象。该寺被梁思成誉为"京外名刹之首",内有建筑风格独特的摩尼殿,有被鲁迅先生誉为"东方美神"的倒座观音,有被物理学家称为"牛顿定律运用典范"的转轮藏,有被书法家推崇为"隋碑第一""楷书之祖"的隋龙藏寺碑,有铸成于宋代、高21.3米的目前我国最高的铜佛等。❸

---

❶ 茹竞华:《宁荣街——一条仿清的商业街》,载《古建园林技术》1992 年第 2 期。

❷ 杨乃济:《正定荣国府》,载《紫禁城》1988 年第 2 期。

❸ 施麦生、戎玉:《因地制宜开发国内旅游资源——正定旅游局近几年开发旅游体会》,见陈传康:《区域旅游开发研究》,气象出版社 1992 年版,第 160—167 页。

尽管有如此丰厚的历史文化积淀，但是，由于文物古迹年久失修，也由于 20 世纪 80 年代国内旅游业还处于初始阶段，正定游客稀少，即使 1978 年以来几座古寺经过修葺之后相继开放，旅游事业有了很大发展，但是，仍然很不理想。1986 年之前的七八年时间，所有寺院收入每年也不过 20 多万元。[1]正定县政府争取修建荣国府的动机之一就是"为正定添了新景观，解决资源单一问题"[2]，即在保护文物古迹之外，增添以古典文学名著《红楼梦》为文化内核的仿古景观，体现的正是开拓新资源、多主题协调发展的思路。

在荣国府及宁荣街取得巨大成功、正定旅游业出现历史性转机之后，正定县政府并未就此停下脚步，而是不断开拓新的主题，在此后的四年间，正定城里又相继出现了西游记艺术宫、降妖幻境宫（即西游记二宫）、封神演义宫、儿童游乐园和旅游飞机场等十多个独特的旅游景点与活动项目，使这个 5 万人口的小城每年接待旅游者 300 多万人次，变成了一个初具规模的旅游城。据统计，1986—1990 年，累计接待中外游客 1300 多万人次。[3]可以说，红楼主题公园的建造，为正定旅游业带来了飞跃性发展的机遇，而正定县政府贯彻的多主题发展战略亦有助于红楼主题公园的发展以及《红楼梦》的传播。

不可否认的是，进入 21 世纪之后，我国主题公园竞争进入白热化状态，红楼梦主题公园也面临转型，正定荣国府更曾一度"在迷茫中

---

❶ 张广瑞：《河北正定发展国内旅游的尝试（考察报告）》，载《旅游学刊》1990 年第 4 期。

❷ 施麦生、戎玉：《因地制宜开发国内旅游资源——正定旅游局近几年开发旅游体会》，见陈传康：《区域旅游开发研究》，气象出版社 1992 年版，第 160—167 页。

❸ 张广瑞：《河北正定发展国内旅游的尝试（考察报告）》，载《旅游学刊》1990 年第 4 期。

停滞不前"。❶要如何突破主题公园的发展瓶颈的确是一个值得深入探讨的问题。此处不赘。

　　总之，"正定模式"不仅为地方旅游事业的发展提供了重要的借鉴，换一个角度，对于古典名著的当代传播同样具有重要的参考意义。

（本文根据"2017年石家庄旅游产业发展大
会——红楼文化论坛"2017年9月3日发言
稿修改而成。原刊于《曹雪芹研究》2018
年第2期）

---

　　❶ 彭利芝：《从空中楼阁到人间胜景——红楼主题公园发展管窥》，载《红楼梦学刊》2011年第2辑。

六、日本“中国文学史”中的
《红楼梦》——以笹川种郎为中心

由于特殊的历史、文化以及地缘关系，日本中国学是“国际中国学”（Sinology，一译“国际汉学”）中成就最高、影响最大、性质也最特殊的部分，“红学”庶几亦不例外。《红楼梦》在日本的传播、接受与研究情况，近年已受到中国学界的一些关注，孙玉明先生的力作《日本红学史稿》尤具借鉴和启发意义。❶另一方面，自 1882 年末松谦澄的《支那古文学略史》以降，据不完全统计，包括古城贞吉、儿岛献吉郎、笹川临风、盐谷温、狩野直喜、吉川幸次郎等众多名家在内的日本学者，撰写了数十部《中国文学史》，其中大多数都有对《红楼梦》的介绍和评论。这些资料对于研究日本红学史来说具有重要的意义，至今尚未受到应有的关注。因此，笔者选择了这个课题，拟在尽可能占有完整资料的基础之上，达成两个互相关联的研究目的：通过系统梳理相关内容，一方面从历时性比较中，从一个重要侧面呈现日本一个世纪以来“红学”的发展轨迹；另一方面从共时性比较中，看中日红学相互影响情况。在此基础上，进一步从一个重要侧面探析中日之间的学术交流情况以及日本学者的中国观变迁情况。研究的重要内容之一

---

❶ 孙玉明：《日本红学史稿》，北京图书馆出版社 2006 年版。

为个案分析，本文为个案研究系列之一，介绍和讨论明治末年笹川种郎《支那文学史》对《红楼梦》的介绍及其重要意义。

（一）"帝国百科全书"与笹川种郎的《支那文学史》

据不完全统计，在 1882—1898 年期间，日本学者撰写的"支那文学史"共 5 部，按时间先后依次包括：末松谦澄《支那古文学略史》❶、儿岛献吉郎《支那文学史》❷、藤田丰八《支那文学史》❸、古城贞吉《支那文学史》❹和笹川种郎《支那文学史》❺。其中，末松谦澄《支那古文学略史》被认为是俄国人瓦西里·巴甫洛维奇·瓦西里耶夫《中国文学史纲要》之外最早的中国文学史著作。❻内容上，前三种都是先秦断代文学史，并且文学观念相当宽泛。❼古城贞吉《支那文学史》，一

---

❶ 末松谦澄：《支那古文学略史》（先秦断代文学史），（东京）丸善书店1882年版。

❷ 儿岛献吉郎：《支那文学史》（上古部分）、杂志「支那文学」第 1—9. 11 号连载，明治 24—25 年（1891—1892 年）。《支那大文学史》（古代篇），明治 42 年（1909 年）3 月,（东京）富山房刊行《支那文学史纲》,明治 45 年（1912 年）7 月,昭和 3 年（1928 年）4 月再版。

❸ 藤田丰八：《支那文学史》，东京专门大学藏板，成书时间为 1895—1897 年之间。参见段江丽：《明治年间日本学人所撰"中国文学史"述论》，载《中国文化研究》2014 年第 4 期。

❹ 古城贞吉：《支那文学史》,（东京）富山房明治 30 年（1897 年）5 月出版,明治 35 年（1902 年）12 月订正再版。

❺ 笹川種郎：《支那文学史》，帝国百科全书第 9 编，（东京）博文馆明治 31 年（1898 年）8 月。

❻ 俄国人瓦西里·巴甫洛维奇·瓦西里耶夫（В.п.ВасильевВ, 1818—1900 年）曾于 1880 年出版过《中国文学史纲要》，为世界范围内的第一部中国文学史，注意到了小说戏曲并对一些作品有高度评价。参见赵春梅：《简论瓦西里耶夫的〈中国文学史纲要〉》，载《西北大学学报》（哲社版）2005 年第 5 期。

❼ 关于明治、大正年间日本界的"中国文学观念"，笔者将另撰专文讨论，在此不赘。

般认为是日本第一部真正意义上的中国文学史，最早从世界文学史的视野观照中国文学，而且是自上古至清代的文学通史。在古城贞吉的文学史出版一年零三个月之后，笹川种郎的《支那文学史》作为"帝国百科全书"系列之第九种隆重登场。

笹川种郎（1870—1949 年），字临风，1896 年东京帝国大学毕业之后，曾任职以末松谦澄为总裁的毛利家编辑所，1924 年以《东山时代的美术》一文获文学博士学位。汉学造诣深厚，跨编辑、学术以及文学创作等多个领域，著述丰富，代表作有《近世文艺史》《日本绘画史》等。❶

要讨论笹川《支那文学史》的意义，除了著作本身的特点之外，还需要关注一个重要的背景资料，那就是它所依托的"帝国百科全书"这个重要的出版平台。

"帝国百科全书"是由博文馆于 1898—1909 年出版的一套百科丛书，共 200 卷。笹川种郎《支那文学史》于明治 36 年（1903 年）12月第 4 版发行时附有该丛书的征订广告以及"既刊百册总目录"等资料。根据这些资料可知，当时，该丛书已出版 100 卷。其征订广告介绍出版目的以及丛书价值时说：这套丛书的出版是"帝国"出版界空前盛事，卷帙浩繁、内容丰富，作者全部是当代各学科领域的第一流学者，专业领域横跨政治、经济、法律、文学、理学、工学、农学、林学等，囊括了当今世界思想领域与物质领域最进步发达的理论层面与事实层面的成就。如果说大英百科全书是网罗世界万事万物的最完全的图书，"帝国百科全书"至少堪称日本"帝国"的"百科全书"。该套丛

---

❶ 关于笹川种郎生平，参见李庆：《日本汉学史》，上海外语教育出版社 2002年版，第 570 页。

书出版之后，好评如潮，每卷都重印数版乃至十数版。❶事实上，这套丛书给博文馆赢得了很高的声誉，日本《世界大百科事典第 2 版之解说》在介绍博文馆时，特别强调《帝国百科全书》的出版提高了博文馆的声价。❷

顺便提及，据"既刊百册总目录"，在这套影响巨大的百科全书前 100 卷中，"文科书类"共 20 种，其中有关中国的 3 种，分别为第 9 编《支那文学史》、第 52 编《支那文明史》、第 93 编《支那哲学史》，而《支那文学史》为 100 种著作中唯一的文学史，当时中国文学以及中国文化在日本的影响由此可见一斑。事实上，笹川种郎在《支那文学史·例言》中说："今や支那文学の研鑽漸く盛ならんとす。又学界の慶事に非すや。"笹川说，当时中国文学研究渐成鼎盛之势，此乃学界幸事。笹川种郎的《支那文学史》挟"帝国百科全书"之势能，再加上其本身言简意赅且是通史等特点，其影响力自然远超同侪。

此前古城贞吉的《支那文学史》虽然是从先秦至清代的通史，却并未关注小说戏曲，并斥小说多出于"性行卑劣之徒"。笹川的文学史与古城一样，为自先秦至清代的通史。

与古城版文学史相比，笹川版文学史最突出的特点之一就是将即使在中国本土也向来被轻视的小说戏曲写进了文学史，在金元、明、清各代文学时均有专节介绍小说戏曲，其介绍的作品主要包括"金元时

---

❶ 笹川種郎：《支那文学史》，（东京）博文馆明治 36 年 12 月四版附录第 2 页"第壹百卷迄既成！续刊壹百卷新规发行"广告词编译。

❷ 《世界大百科事典第 2 版の解说》："（前略）全書·双書類を中心とする書籍出版にも進出，《実地応用·技芸百科全書》全 61 巻（1889—93）をはじめとして，《日本文学全書》全 24 冊（1890—91），《帝国文庫》正続 100 巻（1893—1902）などを連続的に出版したが，とくに博文館の声価を高めたのは《帝国百科全書》全 200 巻（1898—1909）で，10 年の歳月をかけた大出版であった。"http://kotobank.jp/word/博文館.

期”的《水浒传》《三国演义》《西厢记》，“明朝时期”的《西游记》《金瓶梅》和汤显祖的作品，“清朝时期”的《红楼梦》《桃花扇》和李渔的作品等。笹川在“例言”中提到了藤田和古城的作品，并特别强调，他的文学史内容包括了经、史、诗、赋、古文辞以及小说戏曲，暗含挑战古城的意味。从日本红学史的角度来看，笹川第一次将《红楼梦》写入“中国文学史”，其意义自然非同小可。

（二）笹川《支那文学史》对《红楼梦》的介绍与评价

笹川在《支那文学史》中有关《红楼梦》的内容并不长，全文抄录如下：

> 小説戯曲は清朝に於て優に出色の作を出しき。即ち曹雪芹の作と伝ふる紅楼夢の如き、李笠翁が十種曲の如き、洪昉思の長生殿伝奇の如き、孔云亭の桃花扇伝奇の如き、蒋藏園の孔雪楼九種の如き是れ豈当朝に於て伝ふべきものに非ずなり。紅楼夢は作者未だ詳ならず。蓋し小説を蔑視したる支那に在ては作者其名を匿すもの多く、故に傑作名篇の作者茫乎として遂に知られざるもの少しとせず。独り水滸伝のみに非ず、独り三国志のみに非ず。紅楼夢に至ても亦実に然りとなす。然れども余は曹雪芹の作なりと云ふに於て寧ろ信ずべきの理あるを知る。一百二十回の大篇は二百三十五人の男子と二百十三人の女子を錯雑配合し、賈宝玉及び金陵十二釵の情話を経とし、栄国寧国二府の盛衰を緯として一篇を成せるなり。其結構の大にして局面の複雑なる、作者縦横其藻思と才筆を運用して漏らず所なし。多少の褻気ありといえども未だ金瓶梅の甚しきが如くならず。人情の微に渉て精緻なる観

察を下せるの点に至ては支那稀に有る大作なりとす。水滸は
雄壮を以て優り、紅楼夢は幽艶を以て優る。若し其作の妙な
るに至て二者相比して譲らざらん。❶

　　译: 小说戏曲在清代出现了杰出之作,如相传为曹雪芹所
作的《红楼梦》、李笠翁的《十种曲》、洪昉思的《长生殿传奇》、
孔云亭的《桃花扇传奇》、蒋藏园的《孔雪楼》(应为《红雪
楼》之误。——译者注)之类,均为传颂一时之作。《红楼梦》
作者未详,盖因在轻视小说的中国,著者多自隐其名,所以佳
作名篇著者无从查考者不在少数。非惟《水浒传》《三国》,《红
楼梦》亦然。尽管如此,笔者认为作者为曹雪芹之说有宁可信
其有的道理。皇皇一百二十回之大作,二百三十五名男子和二
百一十三名女子,构成错综复杂的关系,以贾宝玉和金陵十二
钗之情事为经、荣宁两府之盛衰为纬,敷衍成篇,结构宏大、
关系复杂,著者纵横藻思、驰骋才笔,殊无遗漏。尽管被认为
多少有些衰气,却不似《金瓶梅》之为甚。而对人情之妙的精
细观察方面,实乃中国罕有之巨著。《水浒传》胜在雄壮,《红
楼梦》胜在端丽,若比较其文之妙,二者不相上下。

在这段近 400 字的文字里,笹川就《红楼梦》涉及了以下 5 个问
题: 第一,《红楼梦》乃清代小说代表作。笹川的“清朝文学”一共只
有三小节,包括“总说”“诗人与文章家”“小说与戏曲及批评”等,其
对小说戏曲的重视由此可见一斑;而戏曲列举了笠翁“十种曲”等 4
种,小说则仅列举了《红楼梦》一种,其对《红楼梦》的重视由此亦可
见一斑。第二,《红楼梦》的作者为曹雪芹。尽管《红楼梦》的作者尚

---

❶ 笹川種郎:《支那文学史》,(东京)博文馆明治 36 年版,第 310—311 页。本
文日文中译,除特别注明之外,乃为笔者所译。

存疑问,不过,笹川认为曹雪芹之说比较可信。第三,认同全书"一百二十回"、448人之说。关于《红楼梦》前80回与后40回是否出于同一人之手的问题,在"日本红学奠基人森淮南"❶的《红楼梦评论》中已有讨论,结论是全书"首尾贯通、前后一致",应为一人所作。❷笹川径言"百二十回大作",相当于间接否定了续书说。《红楼梦》中所描写的人物,按不同的标准统计有不同的说法。清嘉庆年间姜祺的统计结果为448人,其中男235人,女213人。日本学者多采用此说,笹川亦不例外。第四,《红楼梦》的内容,宝玉与金陵十二钗的爱情故事为经、荣宁两府盛衰故事为纬。第五,《红楼梦》的艺术特点,结构宏大,人物关系复杂,最大的成就在于对人情之妙的精细观察与描写,风格"端丽",与《水浒传》之"雄壮"形成对比。要之,除了一些客观情况介绍之外,笹川还对《红楼梦》的结构、文采、风格特点等做出了高度评价,尤其强调其人情观察之细、描写之妙,为中国文学所罕见,其在中国小说史上的地位,与《水浒传》相当。

笹川的文学史全文不过300余页,限于篇幅,对《红楼梦》只是高度概括式的介绍和评价。事实上,笹川是日本学界较早关注《红楼梦》的学者之一,曾于明治29年(1896年)11月在《江湖文学》创刊号上发表介绍120回《红楼梦》梗概的《金陵十二钗》。该文经过增补,收入次年出版的《支那戏曲小说小史》,成为"第四篇第二章"专谈《红楼梦》,占了10页的篇幅,基本观点与上引文学史的说法一致,不过引用原著的相关内容对观点有具体的分析、论证,引用的内容主要包括开篇女娲补天的神话、宝玉梦游太虚幻境以及结尾处甄士隐与贾雨

---

❶ 孙玉明:《日本红学史稿》,北京图书馆出版社2006年版,第17页。

❷ 森槐南:《红楼梦论评》(中译为《红楼梦评论》),载《早稻田文学》1892年11月15日。

村关于贾府未来兰桂齐芳、家道复初的对话等。此外，还论及了归锄子所撰续书《红楼梦补》。可以说，笹川在《支那文学史》中关于《红楼梦》的内容基本就是《支那小说戏曲小史》中"《红楼梦》"一章的概括性复述。不过，值得注意的是，在《支那小说戏曲小史》中对《红楼梦》的复杂结构似乎略有微词：

> 紅楼夢の結構は甚だ大にして複雑なり局面の複雑なるは自ら多岐亡羊の趣ありて読むもの多少の倦怠を生ずるの嘆なくんばあらず。然れども（中略）清朝に生産したる小説中に在ては即ち是を以て第一となす。❶

这里说，《红楼梦》的结构和人物关系非常复杂，其多歧亡羊之情形多少会令读者生倦怠之叹。可是，笹川并未将这一消极性的评价带入文学史中，不知是对此前观点的有意修正还是因为考虑到两部著作的不同读者对象所致：《支那小说戏曲小史》无疑是以专家为对象的学术专著，而作为"帝国百科全书"之一的《支那文学史》则是以大学生和普通读者为对象的普及性著作，正如作者在"例言"中所说："要するに其入門の指導たるに過ぎざるのみ。"亦即他的文学史只不过是中国文学方面的入门书而已。虽是谦辞，却的确道出了该文学史的大众读物性质。专著需要尽可能深入的学理探讨和分析，大众读物则更重视知识的普及。

（三）笹川对日本红学的意义和影响

在笹川之前，在日本虽然已有像大河内辉声那样狂热的"红

---

❶ 笹川臨風：《支那小说戏曲小史》，（东京）东华堂1897年版，第111页。

迷"❶，但是，真正撰文介绍、评论《红楼梦》的大概只有森槐南一人，其《红楼梦评论》乃日本红学奠基之作。❷因此，要评价笹川对于日本红学的意义，首先需要了解森槐南的红学成果。

森槐南《红楼梦评论》第一段总体上介绍了《红楼梦》的性质，然后分列"红楼梦的作者""红楼梦的作意""红楼梦的系图"三个小节。

第一段可以说是"总论"，主要针对《红楼梦》为"淫书"之说提出辩驳意见，并给予《红楼梦》极高的文学史地位，"清朝に至りて始めて世に出でたるは、上は歴代に対し下は後世に対し、将た世界萬国に対して清朝の特有として誇説すともをさをさ異辞あるべくも思はれざるものなるを（后略）"，即清朝问世的《红楼梦》，上溯历代，下至后世，即置之世界各国，毫无疑问，都堪称清朝独有之值得夸耀的巨著。

"作者"部分，森槐南首先指出，根据原著中关于创作缘起的说明"曹雪芹批阅十载增删五次"等语，作者为曹雪芹之说已成一般性的通论。然后指出，因为袁枚《随园诗话》的原因，反而使作者为雪芹之说似乎又成了问题："此に據りても雪芹が著なりと云ふは疑なきものの如し。"理由是，《随园诗话》关于《红楼梦》的记载不可信，因而难保其《红楼梦》为雪芹所撰云云非为杜撰之言。最后的结论是，采取"让步"的说法指出，对于像他自己那样痴迷《红楼梦》的人来说，作者问题清楚如否丝毫不影响小说本身的价值。对于森槐南这一段论

---

❶ 关于《红楼梦》早期在日本的流传情况，参见伊藤漱平：《日本における「红楼梦」の流行——幕末から現代までの書誌的素描》，见古田敬一编《中国文学の比較文学の研究》，汲古书院 1986 年 3 月；成同社译：《〈红楼梦〉在日本的流传——江户幕府末年至现代》，见《红楼梦研究集刊》第 14 辑，上海古籍出版社 1989 年 10 月。

❷ 森槐南：《红楼梦論評》，载《早稻田文学》明治 25 年第 27 号，明治 25 年（1892 年）11 月 15 日发行。

述，孙玉明先生的翻译和分析，很有参考价值。不过，孙先生说，"森槐南被袁枚的谎言所迷惑，居然得出了《红楼梦》的作者不是曹雪芹的说法"❶，这一判断似有商榷余地。如上所述，森槐南由袁枚《随园诗话》中相关内容的不可信进而类推到"《红楼梦》作者为曹雪芹之说"的可信度，但是，作者到底是不是曹雪芹则未下断语。

在"作者"部分，还提出了续书问题。森槐南认为，全书以宝黛钗的爱情故事为纬，以荣宁两府的骄奢淫逸及衰败为经，各种错综复杂的人际关系从头至尾、一以贯之，如此非"一书"所能做到，因此，各种续书伪作之说均可一笔勾销。

"作意"部分，森槐南由宝玉原型为纳兰性德说起，强调指出，作品虽然隐含了一些纳兰性德现实生活的内容，但是，作者是以想像中的情化为人物的灵魂，别做一种谈情的书，描绘天地间亘古以来缠绵悱恻郁结难解之至情。总之，强调《红楼梦》之至情乃作家的创作，并非现实中某人的"秘事"。

"系图"部分，森槐南指出，120 回的《红楼梦》，卷帙浩瀚，人物众多——男子 235 人、女子 213 人，头绪纷繁，中国虽然有《红楼梦谱》一卷，虽然细大无遗、疏密俱举，但是仍有眉目不清之虞，所以，绘制了荣宁两府的人物关系简图。

值得指出的是，森槐南在论述中三次以《源氏物语》与《红楼梦》进行类比，有"紅楼夢は彼の国の源氏物語なり"之说，即《红楼梦》就是中国的《源氏物语》。事实上，《红楼梦》与《源氏物语》的比较，至今仍是一个受到关注的话题。

参照森槐南的《红楼梦评论》可以发现，笹川对《红楼梦》的介绍和评价具有几个特点：第一，总体上继承了森槐南之说。第二，在作

---

❶ 孙玉明：《日本红学史稿》，北京图书馆出版社 2006 年版，第 25 页。

者问题上，比森槐南更明确地肯定曹雪芹说。第三，将《红楼梦》的风格特点概括为"端丽"，并与《水浒传》的"雄壮"并举。第四，对《红楼梦》的总体评价虽然也很高，但是，相对于嗜"梦"（《红楼梦》）成"癖"的森槐南来说，用语相对平实，没有诸如"下至万代"之类的夸张性语言。要之，在日本红学奠基人森槐南的基础之上，笹川种郎以简洁而且平实的语言，对《红楼梦》的基本情况做了相对全面的介绍。从日本红学发展的脉络来看，笹川于日本红学的贡献，不在于观点的创新，而在于第一次将《红楼梦》写进文学史，借助影响力巨大的"帝国百科全书"的平台，让《红楼梦》走进日本千千万万读者的视野，从某种意义上起到了普及《红楼梦》的作用。如果说，森槐南是日本红学奠基人的话，那么，说笹川种郎无疑是日本普及红学第一人。

笹川文学史的影响力，不仅为《早稻田文学》这样的学术杂志难以企及，即使同时期其他"中国文学史"作品亦无法望其项背，这一点从出版、销售情况可见一斑。古城贞吉的文学史自 1897 年 5 月出版，至 1902 年 12 月才有第二版，而笹川的文学史自 1898 年 8 月出版至 1903 年 12 月已是第四次再版。事实上，这种影响力也扩展到了中国。笹川的文学史虽然较末松、古城等人的作品后出，却最早被翻译到中国，从而成为中国早期中国文学史编写的范本❶，并因此而曾经被误以为是日本最早的中国文学史。❷

另一方面，可以说笹川对戏曲小说的重视也影响到了此后日本学

---

❶ 李群：《早期中国文学史写作中的日本影响因素》，载《苏州科技学院学报》（社会科学版）2009 年第 2 期。

❷ 笹川文学史于 1904 年在上海中西书局出版中译本；古城文学史则直到 1913 年才为上海开智公司铅印出版。参见赵苗：《20 世纪初期日本的中国文学史》，载《洛阳师范学院学报》，2010 年第 3 期。

界的"中国文学史"书写。日本学者伊藤漱平先生曾经指出,笹川的文学史本来就有挑战古城贞吉文史学的意味。也许是受了笹川的刺激,古城的文学史在明治"三十九年の訂正版"的篇末加了"余论",言及戏曲小说,并评价《红楼梦》应为小说魁首。●古城的原话为:"清人の白話小説に於ては、何人も紅楼夢を推して第一位に置くを憚らざるべし。"●

笹川之后,明治、大正年间的中国文学通史基本上都涉及了小说,而且大都沿袭《红楼梦》为清代小说第一的说法,代表作如久保天随分别于明治 36 年(1903 年)、明治 43 年(1910 年)出版两个不同版本的《支那文学史》●和儿岛献吉郎于明治 45 年(1912 年)7 月出版的《支那文学史纲》●,等等。久保天随在《红楼梦》的作者、结构、文采、风格特点等方面基本上都因袭笹川之说。

值得注意的是,久保天随在 1903 年的版本中,于《水浒传》之外,引

● 伊藤漱平:《日本における「红楼夢」の流行——幕末から現代までの書誌の素描》,见古田敬一编:《中国文学の比較文学の研究》,汲古书院 1986 年 3 月;成同社译:《〈红楼梦〉在日本的流传——江户幕府末年至现代》,《红楼梦研究集刊》第 14 辑,上海古籍出版社 1989 年 10 月。伊藤说古城的文学史在"三十九年的改訂版"篇末加了"余论","三十九年"应为"三十五年"之误,古城贞吉文学史于明治 35 年(1903)12 月"订正再版印刷"。

❷ 古城贞吉:《支那文学史》,(东京)富山房明治 1902 年版,第 584 页。

❸ 久保天随:《支那文学史》,(东京)人文社明治 36 年(1903 年)11 月。全书 1 册,共 12 讲,包括三代、周末(之一、之二、之三,共三讲)、两汉、魏晋、六朝、唐代、宋代、元代、明代、清代。又,久保得二:《支那文学史》(封面署久保得二,正文第一页署久保天随),早稻田大学出版部藏版,未署出版时间,京都大学图书馆藏文献信息标示出版年为 1910 年,但是,书中"讲述者识"语署"马年九月",马年为 1930 年。全书分上下两册,将中国文学史分为四期:上古文学(三代—周末)、中古文学(两汉—魏晋—江左)、中世文学(唐代—宋代)、近世文学(金元—明代—清代)。国内学者在介绍久保天随的文学史时多有将两者混淆的情况。

❹ 儿岛献吉郎:《支那文学史纲》,明治 45 年(1912 年)7 月初版,昭和 3 年(1928 年)4 月 12 版,第 372 页。

入了《西游记》，将《红楼梦》与它们的成就相提并论，而 1910 年版则又删除了《西游记》；❶同时，久保天随在他的两版文学史中，均将《红楼梦》与《儿女英雄传》做了对比论述，并论及《红楼梦》故事隐射满洲某贵族因而遭禁乃至改名为《金玉缘》之说。儿岛献吉郎《支那文学史纲》对清代小说的论述比较简单，认为清代小说当推《红楼梦》为第一，《儿女英雄传》次之；并以《红楼梦》比《金瓶梅》，以《儿女英雄传》比《水浒传》。❷儿岛献吉郎的《支那文学史纲》自 1912 年 7 月出版，至 1928 年 4 月已发行至第 12 版。可以说，在笹川之后，在日本先后出现的多种中国文学史对包括《红楼梦》在内的中国古代文学作品在日本的普及，同样起到了重要的作用。

在文学史之外，学术论文方面，狩野直喜发表于 1909 年 1 月的论文《关于中国小说红楼梦》为这一时期的代表作，主要讨论了作者、宝玉原型以及成书年代等问题。可以说，关注成书年代是狩野对日本红学的一个贡献，他推断"大概成书于十八世纪后半期"。❸这一观点也大致不错。

如果说，明治末年，笹川种郎以及后来的久保天随以及儿岛献吉郎等人的中国文学史让成千上万的日本人初识《红楼梦》，那么，大正年间，盐谷温在《支那文学概论讲话》中对《红楼梦》的长篇大论，则

❶ 久保天随《支那文学史》1903 年版第 427 页：《红楼梦》"錦簇花團の大文字、支那小説中の絶品、はるかに武を水滸、西遊に接することが出来る。水滸は雄壮、西遊は奇宕、紅楼は幽艷"；1910 年版第 360 页：《红楼梦》"花團錦簇の文字、燦爛人目を奪ふ。水滸の雄壮に対し、此は華艷を以て秀で、ともに其勝を擅にす"。

❷ 儿岛献吉郎《支那文学史纲》言："もし紅楼夢を金瓶梅に比すべしとすれば、児女英雄伝を水滸伝に比すべきなり。"见（东京）富山房明治 45 年（1912 年）7 月出版，昭和 3 年（1928 年）4 月 12 版，第 373 页。

❸ 狩野直喜「支那小説紅楼夢に就て」，原载『大阪朝日新聞』明治 42 年（1909 年）1 月 17 日，原文为："其の年代は恐らく十八世紀の後半期に出来たものであらうと言って居る。"『支那学文薮』，みすず書房 1973 年。

可以说将日本的红学研究推向了一个新的高度。对此，笔者另有专文论述，此处不赘。

（原刊《红楼梦学刊》2013年第6辑）

七、日本"中国文学史"中的《红楼梦》
——以盐谷温为中心

本文为"日本'中国文学史'中的《红楼梦》"个案研究系列之二，主要介绍和讨论大正年间盐谷温《支那文学概论讲话》中有关《红楼梦》的论述。

（一）《支那文学概论讲话》与《红楼梦》研究

在个案研究系列之一《日本"中国文学史"中的〈红楼梦〉——以笹川种郎为中心》❶一文中，我们说到，明治末年，笹川种郎以及久保天随、儿岛献吉郎等人的中国文学史让成千上万的日本人初识《红楼梦》，促进了《红楼梦》在日本的普及；这里，我们要强调指出的是，大正年间，盐谷温在《支那文学概论讲话》中对《红楼梦》的论述，将日本的红学研究推向了一个新的高度。

盐谷温（1878—1962 年），出身汉学世家，1902 年东京帝国大学文科大学汉文学科毕业，留校任教；1906 年成为东大中国文学科（当时称"支那"文学科）的副教授，长期主持"支那文学"讲座；1920

---

❶ 段江丽：《日本"中国文学史"中的〈红楼梦〉（一）——以笹川种郎为中心》，载《红楼梦学刊》2013 年第 6 辑。

年以《元曲研究》论文获文学博士学位，同年任东京大学教授。在东京大学校史"中文科"一节有这样的记载："中国文学の研究教育がようやくその実を備えるに至ったのは、塩谷温に始まる。"❶即："中国文学的研究及教育终于初具成果，始自盐谷温。"在20世纪上半叶，盐谷温与青木正儿分别作为日本东京学派与京都学派举足轻重的学术领军人物，主要以中国古代俗文学研究领域的杰出成就为学界瞩目，并垂范后世。❷

　　盐谷温《支那文学概论讲话》是在讲稿基础上修改、增补而成，于大正7年（1918年）12月完稿，大正8年（1919年）5月由大日本雄辩会出版。全书分上下两篇，上篇包括音韵、文体、诗式、乐府填词等四章，下篇包括戏曲、小说两章；"章"下面再逐级设"节""项"等子目。该书虽然不以文学史为题，实际上可以说是第一部分体中国文学史，因此，我们将其纳入日本"中国文学史"系列加以考察。

　　《支那文学概论讲话》出版之后广受好评，后来更名为《中国文学概论》多次再版。❸从篇幅上说，初版全书正文共540页，其中，上篇四章为第1—164页；下篇两章为第165—540页，其中戏曲为第165—347页；小说为第348—540页，由此可见戏曲小说的比重之大。而在小说中，《红楼梦》单设一"项"，篇幅为27页（第513—540页）；与此形成对照的是，《水浒传》《三国演义》《西游记》《金瓶

---

❶ 东京大学百年史编集委员会编：《东京大学百年史·部局史　一》，东京大学出版会1986年版，第732页。

❷ 周阅：《青木正儿与盐谷温的中国戏曲研究》，载《中国文化研究》2012年第2期。

❸ 笔者所见版本包括：《支那文学概論講話》，（东京）大日本雄辩会（讲谈社前身）大正8年（1919年）5月；《支那文学概論》（上、下），（东京）弘道馆昭和22年（1947年）8月；《支那文学概論》，讲谈社学术文库本，昭和58年（1982年）7月。本文所引该书日本版原文均出自初版。

梅》等"四大奇书"合设一"项",篇幅为 43 页(第 466—513 页),由此可见《红楼梦》的分量之重。❶

事实上,盐谷对中国古代小说的论述,很快引起中国学界的重视,并产生广泛的影响。《支那文学概论讲话》中的小说部分早在 1921 年 5 月即由郭希汾(绍虞)节译为中文,题为《中国小说史略》由上海书局出版,此后又由君左翻译、题为《中国小说概论》刊于《小说月报》1927 年 6 月 17 日卷号外。不久又有不止一种全译本出版。❷不仅如此,在中国学界,因为鲁迅的《中国小说史略》曾参考、借鉴盐谷温的《支那文学概论讲话》,还引发了鲁迅"抄袭"盐谷温的"公案"。❸在日本,《支那文学概论讲话》下篇亦于 1949 年以《中国小说の研究》为题发行单行本。

关于盐谷温红学思想,近年已有钟扬等中国学者撰专文介绍。❹这里,将盐谷温的《红楼梦》论述置于日本"中国文学史"书写史以及

---

❶ 塩谷温:《支那文学概論講話》,(东京)大日本雄辩会大正 8 年(1919 年)5 月。

❷ 盐谷温《支那文学概论讲话》早期中译有:孙俍工译,题为《中国文学概论讲话》,(上海)开明书店民国 18 年(1929 年)版;陈彬和译,题为《中国文学概论》,北京朴社 1926 年 3 月版。比较之下,一般认为,孙译相对完整而且忠实原著,更具参考价值。需要说明的是,孙译本第一次完整而且相对准确地将此书引进中国,其开创之功自不待言。不过,该译著毕竟是 80 多年前的作品,而且仔细比对原文可以发现,译文仍然存在编译现象,甚或有望文生义之憾,如译"就中"(尤其、特别)为"就中"、"刺身"(生鱼片)为"刺激"等,因此,为了给读者提供必要的参考资料,本文对一些重要的盐谷温观点的引用,尽量提供日文原文,并试做新译。

❸ 陈源于 1925 年 11 月 12 日《现代评论》"闲话"栏目刊文"闲话"称"鲁迅之小说史是抄袭盐谷温的",次年 1 月复以致徐志摩信的形式刊于《晨报副刊》。参见钟扬:《盐谷温论〈红楼梦〉——兼议鲁迅"抄袭"盐谷温之公案》,载《南京师范大学学报》(社会科学版)2005 年第 2 期。

❹ 钟扬:《盐谷温论〈红楼梦〉——兼议鲁迅"抄袭"盐谷温之公案》,载《南京师范大学学报》(社会科学版)2005 年第 2 期;钟扬:《红学:从盐谷温到鲁迅》,载《红楼梦学刊》2005 年第 4 辑。

日本"红学史"的脉络中去考察，以期更清楚地评价其历史意义。

从森槐南的论文《红楼梦评论》❶，至笹川、久保天随、儿岛献吉郎等人的中国文学史论著中的相关介绍，《红楼梦》作者为曹雪芹，120回出自一人之手，全书以主人公贾宝玉的爱情故事为经荣宁两府盛衰故事为纬、而且故事有生活中的原型可循，《红楼梦》乃清代最杰出的小说，等等，这些都已经成为日本学术界的共识。盐谷在《支那文学概论讲话》中，继承了这些"共识"并做了更加详细的介绍。除此之外，还以独到的视角对《红楼梦》进行考察和评价，从而奠定了他在日本红学史乃至国际红学史上不可忽视的地位。我们认为，盐谷"红学"的独创性主要体现在两个方面：第一，将《红楼梦》置于中国文学史以及文化传统视野之下进行考察；第二，将《红楼梦》置于西方近代性学术观念之下考察。

试分述如下。

（二）中国文学史以及文化传统视野下的《红楼梦》

无论是森槐南还是笹川种郎等人，虽然都强调《红楼梦》是清代杰出的代表作，或者将《红楼梦》与它之前的《水浒传》等优秀作品相提并论，但是，"史"的意识并不明显。盐谷在"红楼梦"一节中，开篇即是对《红楼梦》所处文学背景的宏观概括：

> 清朝は学問の盛な時代でありましたが、詩文は概して明
> 代に及びませぬ。けれどもさすがに康熙・乾隆の盛時に当た
> っては、明末右文の影響を承け、開国の気勢に乗じて奎運の
> 隆昌を来たし、詩宗文豪の輩出を見るに至り、就中俗文学界

---

❶ 森槐南：《紅楼夢論評》（中译为《红楼梦评论》），载《早稲田文学》，1892年11月15日。

に於ては、金聖歎・李笠翁の如き大批評家が現れました。金
聖歎……第五才子書・第六才子書を評撰して、戯曲小説の為
に萬丈の気焔を吐きあした。笠翁は……作曲の外に曲論に精
しく、その著に閑情偶寄があり、帝王の国事填詞を以て名を
得たるものとして、大に元曲を推重し、之を漢史・唐詩・宋
文に配するに至りました。（中略）而して戯曲には洪昉思の
長生殿と孔云亭の桃花扇あり、西廂・琵琶と並び称すべく、
小説に紅楼夢あり、以て水滸・西遊と相当るに足ります。実
際西遊記の幽玄奇怪なる、水滸伝の豪拓博大なる、紅楼夢の
華麗豊靡なる、之を天・地・人の三才に配すべく、独り支那
小説界に鼎立して覇を争ふのみならず、世界の文壇に押し出
しても敢て遜色はありませぬ。❶

　　译：清朝是学问鼎盛的时代，诗文总体上不及明代。不
过，在康乾盛世，承明末重文风气、乘清初开国之气势，文运
昌隆、诗宗文豪辈出，尤其是俗文学界，出现了金圣叹、李渔
这样的大批评家。金圣叹……评改第五才子书、第六才子书，戏
曲小说因此而气势万丈。笠翁在戏曲创作之外精通曲论，著有
《闲情偶寄》，因视填词为帝王国事而著名，大力推重元曲，使
之与汉史、唐诗、宋文并重。（中略）于是，戏曲中有洪昉思的
《长生殿》和孔云亭的《桃花扇》，足以与《西廂》《琵琶》并
称；小说中有《红楼梦》，足以与《水浒》《西游》抗衡。事
实上，《西游记》幽玄怪谲，《水浒传》豪宕博大，《红楼梦》华
丽丰赡，堪配天地人三才，不止在中国小说界鼎立争霸，置之

---

❶ 盐谷温：《支那文学概論講話》，（东京）大日本雄辩会大正 8 年（1919 年）
5 月，第 513—514 页。

世界文坛亦毫不逊色。

这里，盐谷将清代戏曲作品《长生殿》《桃花扇》与之前的《西厢记》《琵琶记》相提并论，将《红楼梦》与之前的《水浒传》《西游记》相提并论，并将《红楼梦》与《水浒传》《西游记》等中国优秀小说视为世界文坛的杰作，这些观点在当时日本学界已为成说而非如一些学者所说的乃"此前未见"的"空谷足音"。❶盐谷的创新在于，将清代戏曲小说的繁荣置于清初历史与文学背景之下考察，并强调金圣叹、李渔之小说戏曲的理论对小说戏曲繁荣的意义。接下来，在对《红楼梦》的大致内容做了介绍之后，将其评价为"古今东西第一人情小说"。❷如果说，森槐南、笹川种郎等人的评价基本停留在经验层面的判断，盐谷则已初步将视角伸入"史"的流变之中，探讨其创作语境以及文学史定位，从而使判断更具理论价值与说服力。

事实上，在具体讨论《红楼梦》的相关内容以及审美特征时，盐谷是将其置于文学史进而将其置于中国传统文化的大背景之下进行考察的。

首先，盐谷将《红楼梦》与《水浒传》《金瓶梅》进行比较，突显其内容上的特点。盐谷指出：《水浒传》主要描写了以 36 位男子为代表的各式各样的刚德；《红楼梦》则相反，致力于金陵十二钗 36 位美人（指正钗、副钗、又副钗合计 36 人——笔者注）为代表的各式各样的女性美，对温柔、优雅、清高、恋慕、执着、嫉妒、疏忽、阴险等所谓情海

---

❶ 钟扬：《红学：从盐谷温到鲁迅》，载《红楼梦学刊》2005 年第 4 辑。

❷ 塩谷温：《支那文学概論講話》，（东京）大日本雄辩会大正 8 年（1919 年）5 月，第 518 页，原文为："紅楼夢……古今東西第一の人情小説であります。"按：大概因为孙俍工将此句译为"古今东西第一底言情小说"，因而有论者认为，"鲁迅有别于盐谷温称《红楼梦》为言情小说而称之为人情小说"（钟扬：《红学：从盐谷温到鲁迅》，载《红楼梦学刊》2005 年第 4 辑）。殊不知，盐谷温对《红楼梦》的定位正是"人情小说"而非"言情小说"。

波澜曲尽其妙,淋漓尽致地演绎了男女两性悲欢离合、嬉笑怒骂之心理状态。而同为人情小说,《红楼梦》又与《金瓶梅》大异其趣。《红楼梦》写才子佳人,《金瓶梅》写奸夫淫妇;《红楼梦》写纨绔少年,《金瓶梅》写市井小人。换句话说,《金瓶梅》是以俗语记录下层社会的恋爱关系的庸俗之作;而《红楼梦》则以富贵红楼中的上流社会为中心,这一点恰与日本的《源氏物语》类似。

接下来,盐谷从中国传统文化的背景出发,对《红楼梦》所蕴含的审美趣味进行分析,并以饮食为例与日本文化进行对比:

> 支那は文明の旧邦で、文化の爛熟する所、人情風俗が十分に発達し、発展の極、流れて享楽的となり、遂に頹廃してしまひました。例へば支那料理の濃厚なる如く、支那人の性情は極めて複雑でありますから、淡泊な刺身や塩焼を愛好する、日本民族の単純なる性情を以てしては、到底その敵手でありませぬ。実際支那人と初対面の挨拶をしても、その辞令の巧なるには驚き入る外はありませぬ。況んや樽俎の折衝を主とする外交談判や、譎詐縦横の商略に於て、常に一籌を彼に輸するは当然のことであります。支那文学に虚飾の多きを見ても、その複雑なる国民性がよく分かります。ああ藜を羹にし、糗を含ふものは、与に太牢の滋味を論ずるに足らず、清貧の生活に慣れ、温柔郷裡の消息に通ぜざる窮措大の心理では、とても紅楼夢の妙文章を味ふことは出来ませぬ。此の点に於て小生の如きは全く紅楼夢を談する資格のないものであります。[1]

---

❶ 盐谷温:《支那文学概論講話》,(东京)大日本雄辩会大正 8 年(1919 年)5 月,第 519—520 页。

　　译：中国乃文明古国、文化鼎盛之地，人情风俗十分发达，发展到极致则流于享乐，以至颓废。举例来说，恰如中国食物味道浓厚一样，中国人的性情也极其复杂，因此，以喜欢清淡的生鱼片以及盐烤食物的日本民族的单纯性情，怎么也不是对手。实际上，即使是与中国人初次见面打招呼，其辞令之精巧无不令人惊叹，更不用说以樽俎折冲为主的外交谈判及谲诈纵横的商业策略方面，日本人自然常常输其一筹。即使看中国文学作品诸多的虚饰成分，也能很好地理解其复杂的国民性。啊，羹藜含糗，难语太牢之滋味；以惯于清贫生活、不能通温柔乡消息之穷措大心理，无论如何也体会不到《红楼梦》文章之妙。因此，像我这样的人，完全没有谈论《红楼梦》的资格。

　　盐谷温将《红楼梦》所描绘的华丽丰赡的上流社会的生活看作是中华古老文明的产物，并指出，是中华文明的高度发达导致了中华民族复杂的国民性，而这种复杂的国民性又与日本民族的单纯性形成对比。在这里，我们不仅可以看到盐谷温将《红楼梦》与中国传统文化联系起来进行深度解读的学术创新，还能看到他对中国传统文化的态度。引文中虽然有"发展到极致则流于享乐，以至颓废"之类的消极性评价，总体来看，盐谷对中华文明持高度礼赞的态度，他在引文末尾谦虚地以穷措大自比称自己没有谈论《红楼梦》的资格即是明证。事实上，盐谷出身汉学世家，其祖上三代都是汉学家，盐谷兄弟四人名字依次为"温良恭俭"，其家族对中国传统文化的态度由此可见一斑。

　　盐谷《支那文学概论讲话》"序言"在某种程度上可以说是一篇热情洋溢的中国文学与文化之赞歌：

　　　　支那は文学の古国なり。四千年の歴史を有し、四百余州

の地に誇り、人口の多き實に四萬萬と號す。泰華巍巍として
千秋に聳え、江河洋洋として萬古に流る。天地の正気茲に鐘
りて三代の文化夙に開け、漢唐の世、儒道を尊崇し文教を奨
励せしかは、済済多士、翰苑に翺翔し風月に吟咏して、詩賦文
章の英華を発揮し、元明以降、戯曲小説の勃興するに及びて、
国民文学に不朽の傑作出で、就中漢文・唐詩・宋詞・元曲を
推して空前絶後となす。何ぞその盛なるや。実際作家の数、
篇什の量、はた年代の久遠、種類の豊富なる点に於て、世界の
文学にその比を見ず。(後略)

译:中国乃文学古国,坐拥足以自傲的四千年历史和四百
余州国土,人口之多,号称四万万。泰山华山巍然高耸屹立千
秋,长江黄河浩淼无边流淌万古。天地正气钟于斯土,自三代
时文明早已开化,汉唐之世尊崇儒道奖励文教,人才众多,翺
翔翰苑吟咏风月,发扬诗赋文章之英华。元明以降,至戏曲小
说勃兴,国民文学出现不朽杰作,尤推汉文、唐诗、宋词、元曲
为空前绝后。其盛一至如此!诚然,中国文学在作家之数、篇
什之量以及年代之久远、种类之丰富等方面,在世界文学中亦
罕见其匹。(后略)

"泰山华山巍然高耸屹立千秋,长江黄河浩淼无边流淌万古。天地
正气钟于斯土","汉文、唐诗、宋词、元曲为空前绝后",中国文学"在
世界文学中亦罕见其匹",诸如此类,盐谷温对中国文化以及中国文学
简直到了顶礼膜拜的地步。一个值得思考的是,对中华文明如此推崇
的盐谷温,据说后来在日本军国主义氛围之下,多有宣扬和粉饰军国

主义的言辞❶,在日本全面发动侵华战争时更有"值此非常时局之际,将竭诚奉公"之语❷。

事实上,笔者在调查版本时还发现一个微妙的细节:在中日战争结束之后的昭和 22 年(1947 年)10 月,弘道馆出版了盐谷温《支那文学概论(合本)》限定版,其中并未收录这篇礼赞中国文学与文化的序言。像盐谷这样知华、慕华的学者,在日本侵华战争中的心路历程,是一个值得关注的课题。盐谷温祖辈盐谷宕阴曾为幕府儒官,参与翻刻校订魏源的《海国图志》,而魏源在《海国图志》中所提出来的"师夷之长以制夷"曾对幕末日本思想界产生巨大影响。或许,知华、慕华的盐谷温们内心深处亦有"师华之长以制华"之意识?

(三)西方近代性学术观念之下的《红楼梦》

盐谷温于 1906 年成为东京大学中国文学科的副教授之后,抱着学习以德国为中心的西方中国文学研究方法的目的,于当年前往德国留学;两年半之后,1909 年秋又前往中国北京学习汉语;1910 年冬天前往长沙拜著名藏书家与版本目录学家叶德辉为师,专攻中国戏曲;1912 年夏学成返回日本。❸盐谷温后来在回忆文章中曾经写到:"先师为余之苦心诚悃所感,亦肯认余之学力,遂不遗余力而教。"❹由此可见,盐谷之学力深得乃师赞赏。

事实上,盐谷不仅有深厚的汉学基础,又因为留学德国,有跨语

---

❶ 周阅:《青木正儿与盐谷温的中国戏曲研究》,载《中国文化研究》2012 年第 2 期。

❷ 塩谷温:「支那文学と国文学との関係」,载『東方文化』昭和 13 年(1938 年)11 月第三号。原文为"非常時局に際し、奉公の誠を致す"。

❸ 刘岳兵:《叶德辉的两个日本弟子》,载《读书》2007 年第 5 期。

❹ 塩谷温:《先师叶郎园先生追悼记》,载《斯文》1927 年 8 月号。

际（translingual）文学研究经验，尤其接触到了西方文学理论以及西方对中国小说、戏曲等俗文学的研究成果，这些，对他后来的研究产生了很大影响。周阅女史在《青木正儿与盐谷温的中国戏曲研究》一文中曾经指出，青木正儿与盐谷温均因为具有跨语际研究背景，受到西洋学术方式的影响，在学术观念上明显地表现出近代性特征。在他们的中国戏曲研究中，这种近代性特征主要表现为两点：第一，超越了日本江户儒学和明治汉学，将中国文学当作一种外国文学来看待，将中国戏曲置于世界文学的框架中加以考察，从而使中国文学研究挣脱了传统经学的束缚，跨入了近代学术体系；第二，对中国戏曲的发展轨迹展开历史形态的系统性研究。这种近代性学术观念同样影响到盐谷温的中国小说研究。这样的近代性特征同样体现在盐谷温的中国小说研究中。落实到《红楼梦》研究，表现之一即是如前所述的将其置于中国文学史中进行考察。此外，还表现在三个方面：第一，视《红楼梦》为文学作品，与当时风靡中国的索隐红学保持距离；第二，在世界文学视野下对《红楼梦》进行定位，评价《红楼梦》为"古今中西第一人情小说"；第三，初具读者反应批评的意识，由《红楼梦》中的"享乐主义"引申出来，强调文学阅读活动中读者的"阅读方法"与"心得体会"。试分述如下。

其一，文学的而非索隐的《红楼梦》。

自脂评始，《红楼梦》中人名的寓意以及隐含的本事一直是阅读与阐释的重要维度之一。这一"索隐"的方法，经戚蓼生序、周春《阅红楼梦随笔·红楼梦记》等环节，到 20 世纪初达到索隐红学的第一个高峰，一系列索隐派代表作相继问世，包括王梦阮、沈瓶庵《红楼梦索隐》（1916 年）及蔡元培《石头记索隐》（1917 年）、邓狂言《红楼梦释真》

（1919 年）等❶，索隐红学一时风光无二，尤其是蔡元培的政治解读，与当时全国排满反清情绪相表里，更是影响巨大。盐谷温关于《红楼梦》的论述正是诞生于这一背景之下，而且，对索隐红学的观点有清楚的了解，在文章中介绍了俞樾《曲园杂纂》的"纳兰性德说"、王梦阮与沈瓶庵《红楼梦索隐》的"清世祖顺治帝说"以及蔡元培的"康熙帝废太子胤礽说"等三种代表性说法，不过，盐谷温将这一问题严格界限在文学作品的范围之内，强调的是贾宝玉这一小说人物的原型问题：

　　红楼夢に記してある所は当時の貴族社会の写実である
とすれば、抑、本尊の賈宝玉が何人の影写であるかを攷究す
ることは、頗る興味ある問題であります。❷

　　译：如果说，《红楼梦》书中有当时贵族社会真实生活的
写实成分的话，那么，主人公贾宝玉到底是模拟谁而写，这是
个很有趣的问题。

盐谷温在这里强调的是贾宝玉这一人物对现实生活中某人的"影写"即模拟，属于文学创作范畴的模拟问题。在红学史上，索隐派以及后来以胡适为代表的考证派追求的的是作品中隐含的"本事"，而小说批评派追求的则是作品所表现的主旨或者主题。❸在强调"影写"之外，盐谷温还对《红楼梦》的主旨做了较深入的探讨以及明确的判断。在介绍了《红楼梦》的主干内容之后，盐谷温概括指出：

　　要之、紅楼夢は満紙荒唐の言でありますが、情によって

---

　　❶ 陈维昭：《索隐红学发展史通观》，载《海南大学学报》（人文社会科学版）2004 年第 3 期。

　　❷ 塩谷温：《支那文学概論講話》，（东京）大日本雄辩会大正 8 年（1919 年）5 月，第 531 页。

　　❸ 段江丽：《小说批评派的种种主题说——1949 之前红学研究之二》，载《红楼梦学刊》2005 年第 5 辑。

色を説き、色によって空を空を悟る悟道の大旨を演述したも
のであります。❶

　　盐谷温指出,《红楼梦》看似满纸荒唐言,却演述了由情说色、由
色悟空的悟道主旨;接下来,还进一步对宝玉梦游太虚幻境的情节进
行了分析,最后强调宝玉在太虚幻境所见两幅楹联"厚地高天堪叹古
今情不尽,痴男怨女可怜风月债难偿""假作真时真亦假,无为有处有
还无"是"全篇警句",而宝玉临迷津而骤然梦醒之"红楼一梦"正是
"全篇大旨"。这些观点本身来自中国传统评点派,并无新意可言。重
要的是,在中国本土索隐红学蔚然成风的背景下,盐谷温旗帜鲜明地
将《红楼梦》视为文学作品,表达了"文学的而非索隐的《红楼梦》"的
立场,而将文学视为独立的艺术门类,恰是近代性学术观念的特征
之一。

　　值得指出的是,或许是受到近代文学观念的影响,盐谷温甚至对
当时中国学界所说的"红学"也赋予了"文学"的品格。周汝昌先生
在《还"红学"以学——近百年红学史之回顾》一文提出,红学是一
门"自成体系的学术","够得上学术的'红学'""从胡适作《红楼梦
考证》开始",其他不管是始于清代的索隐,还是清代不可胜数的"对
《红》书的题咏、随笔、批点、专著",乃至后来诸多有关《红楼梦》的文
学、文化研究,均不能算是"红学",亦即周先生于"红学"独尊"考
证"而排斥其他所有相关的研究。❷这一观点明显偏颇,问世之后受到
学界强烈的质疑和批评自是在所难免。不过,平心而论,"红学"一词

---

　　❶ 塩谷温:《支那文学概論講話》,(东京)大日本雄辩会大正 8 年(1919 年)
5 月,第 526 页。
　　❷ 周汝昌:《还"红学"以学——近百年红学史之回顾(重点摘要)》,载《北
京大学学报》(哲学社会科学版),1995 年第 4 期。

诞生之初，的确与晚清经学瓜葛相连❶，而"红学"一词中"经学"的渊源的确使其有重考据的甚至以考据为正统的倾向。值得关注的是，盐谷温在介绍当时中国学界的"红学"时，似乎无视"索隐""考据"等内容，而专重"文学"方面的内容，将《红楼梦》"续书"以及与《红楼梦》相关的各类形式的文学作品包括红楼梦赋、红楼梦诗、红楼梦词、红楼梦论赞、红楼梦谱、红楼梦图咏、红楼梦散套、红楼梦传奇等，总称为"红楼梦文学"，还特别指出："支那人は呼んで紅学と申して居ります。"❷亦即他所说的"红楼梦文学"即中国人所说的"红学"。暂不说"红学"之称是否妥当，我们认为，盐谷温所提出的"红楼梦文学"的概念至今尚有借鉴意义。

其二，世界的而非只是中国的《红楼梦》。

关于《红楼梦》的地位问题，正如我在《日本"中国文学史"的〈红楼梦〉（一）——以笹川种郎为中心》一文中所指出的，在盐谷温之前，日本学者森槐南和笹川种郎都曾给予《红楼梦》很高评价。森槐南的说法是："清朝问世的《红楼梦》，上溯历代，下至后世，即置之世界各国，毫无疑问，都堪称清朝独有之值得夸耀的巨著。"❸并将《红楼梦》比作中国的《源氏物语》。笹川种郎的说法是："(《红楼梦》)对人情之妙的精细观察方面，实乃中国罕有之巨著。《水浒传》胜在雄壮，《红楼》胜在端丽，若比较其文之妙，二者不相上下"。❹简单来说，笹川种郎认为《红楼梦》与《水浒传》一起，代表中国古代小说的成就。森

---

❶ 张云：《晚清经学与"红学"——"红学"得名语境分析》，载《中国文化研究》2010年第3期。

❷ 塩谷温：《支那文学概論講話》，（东京）大日本雄辩会大正8年（1919年）5月，第537页。

❸ 森槐南：《紅楼夢論評》（中译为《红楼梦评论》），载《早稻田文学》1892年11月15日。

❹ 笹川種郎：《支那文学史》，（东京）博文館明治36年版，第311页。

槐南则认为,《红楼梦》的成就可以与日本的《源氏物语》相提并论,而且,置之世界各国,也堪称清朝独有之巨著。笹川种郎比较评价的范围,限于中国;森槐南有"中日"之间以及比较笼统的"世界"范围的比较视野,但结论仍是"清朝独有之值得夸耀的巨著",未作"世界性"定位。在《红楼梦》的地位这一问题上,盐谷温可以说是继承并发展了森槐南的说法。

盐谷温指出:《红楼梦》以上流社会的红楼生活为中心内容,这一点与日本的《源氏物语》相类似;在中国小说史上,《红楼梦》所描写的女性美恰与《水浒传》所描写的男性的"刚德"形成对比;而就其结构之细密、用意之周到、篇幅之宏大而言,堪称"古今东西第一人情小说"。盐谷温这一判断并非随意为之,而是将中国文学整体置于世界文学框架中考察的结果。如前所述,盐谷温在《支那文学概论讲话》"序言"中,曾感慨中国文学之繁盛,强调"中国文学在作家之数、篇什之量以及年代之久远、种类之丰富等方面,在世界文学中亦罕见其匹";在此前提下,又具体评价《西游记》《水浒传》《红楼梦》"堪配天地人三才,不止在中国小说界鼎立争霸,置之世界文坛亦毫不逊色";最后,再根据作品的具体内容,将《红楼梦》定义为"古今中西第一人情小说"。也就是说,盐谷温是由宏观而微观,环环相扣,在世界文学的坐标系中,依次给中国文学、中国小说《红楼梦》做定位性评价。这样,在日本红学界,从森槐南到盐谷温,《红楼梦》的定位,由中国"清朝独有之值得夸耀的巨著"到"古今中西第一人情小说",实现了从"中国"到"世界"的飞跃。

其三,读者参与的而非只是作者的《红楼梦》。

盐谷温在介绍蔡元培的学说时特意说明,蔡元培是他留学期间认识的人,并对蔡氏的学问、见识大加赞赏。对蔡氏的民族主义色彩强烈的索隐之说，盐谷温持一种理解的态度，认为其研究难免穿凿附会却颇为有趣，并指出其历史渊源以及时代背景。盐谷温进而由蔡氏的反清悼明之说论及《红楼梦》与满人的关系，从而引申出了一个非常深刻的文学理论问题，即读者在文学活动中的地位和作用的问题。

盐谷温首先介绍说，早在清代，《红楼梦》已被认为是讽刺满洲朝廷、发满洲贵族之隐私的作品，严重伤害满人的感情，因而被禁毁，但是，即毁即刻，非但未能禁绝，反而流行开来，评之赞之，犹为不足，进而演之绘之雕刻之，以至家具食器的装饰，《红楼梦》的影响无所不在。不仅如此，日常会话中如果引用《红楼梦》中的语言，会被人称羡不已，流行之势实在惊人。接着，盐谷温从《红楼梦》大流行这一现象入手，分析作者、作品与读者三者之间的关系：

红楼夢の作家の深意が諷喩にあるにせよ、腐敗した上流社会の内情の写実でありますから、興味を以て読みつつある間に、知らず識らず精神上にその影響を受け、享楽主義に流れ、耽溺・淫蕩・堕落・頽廃となり、青年の元気を消耗せしめたことは非常なもので、敢て阿片の中毒と違ひはありませぬ。是に於て、紅楼夢亡国論が起る所以であります。然しながら一管の綵筆を以て、天下の人心をこれほどまでに左右することができるかと思へば、實に不思議な力であります。夫に文章は経国の大業、不朽の盛事であります。興国には自ら興国の文学があり、亡国には亡国の文学があり、文学以て国を興すべく、以て国を亡ぼすべしでありますから、十分注意して読み物を擇ばなければならず、又更に読み方をも考へになけれぼなりませぬ。一概に亡国の文学だといつて排斥するのは、猶酒の弊害のみを認めて禁酒を強ふる様なもので、極

めて不徹底の論たるを免れませぬ。そんな固陋の見解では、
とても一世の人心を指導することは出来ませぬ。唯読む人の
心得が大切でありますから、一言御注意申して置く次第であ
ります。❶

　　译：尽管《红楼梦》作者的深意在于讽喻，可是，由于对
腐败的上流社会有逼真的描写，读者在追求阅读乐趣的过程
中，不知不觉地在精神上受其影响而迷恋于享乐主义，变得沉
溺、淫荡、堕落、颓废，消磨青年的精神意志，兹事体大，其危
害几与鸦片成瘾无异，"《红楼梦》亡国论"即肇因于此。然
而，作者一支彩笔，竟然能左右人心到如此程度，实在是一种
不可思议的力量。夫文章乃经国之大业，不朽之盛事。一国之
兴自有兴国之文学，一国之亡也有亡国之文学。正因为文学关
系到国家之兴亡，所以，读者必须慎重选择阅读的作品，更不
可不思考阅读的方法。将文学一概视作"亡国之物"而加以排
斥，则有如仅仅看到酒精之弊害而强令戒酒，难免有考虑不周
之议。如此冥顽固陋的想法，难以指导世道人心。唯有读者的
心得体会才是最重要的。故有此言，还请诸君思之。

这里，盐谷温提出了几个颇具启发意义的问题：第一，《红楼梦》
作者对上流社会腐败生活的描写本来出于讽喻的目的，而读者却往往
受其表层内容的影响而中毒，乃至有《红楼梦》亡国之论。第二，《红
楼梦》能对人心产生如此巨大的影响，足见其具有不可思议的感染
力。第三，文学作品是一种客观存在，其社会效果如何，关键在于读
者的选择以及读者阅读时的思考，排斥"亡国文学"的做法不可取，最

---

❶ 塩谷温：《支那文学概論講話》，（东京）大日本雄辩会大正 8 年（1919 年）
5 月，第 537 页。

重要的是读者的心得体会。言下之意是，虽然《红楼梦》的作者是出于讽喻的目的描写上流社会的腐败生活，客观上却像鸦片一样毒害了一些读者尤其是青年读者的精神，乃至被认为是"亡国文学"；但是，这也恰好证明了《红楼梦》的巨大的文学感染力；视文学作品为"亡国文学"而加以排斥于事无补，最重要的是读者本人的心得体会问题。

这一段说辞，至少有以下三点值得重视：第一，指出《红楼梦》作者主观上具有讽喻的创作目的；第二，以"中毒"反证《红楼梦》的艺术感染力；第三，从一些读者"中毒"的客观现象引申出文学阅读活动中读者的能动性问题。

相对于同一时期中国国内方兴未艾的索隐派红学，这样的理论分析，显然更具文学批评的品质而更具穿透力、说服力以及生命力。这里，尤其值得重视的是第三点，即文学活动中的读者作用问题。

众所周知，美国学者艾布拉姆斯在其出版于1953年的现代文学理论扛鼎之作《镜与灯》一书中提出了著名的文学（艺术）四要素之说，即文学（艺术）活动由作品、世界、作家、读者四个要素构成。以艾布拉姆斯的四要素说来考察最近100多年以来的西方文学理论，可以划分为三个阶段：19世纪以作者为中心的浪漫主义；20世纪初至20世纪60年代以文本为中心的形式主义与英美新批评；20世纪70年代以读者为中心的接受美学及读者反应批评。而所谓接受美学及读者反应的核心理论就是重视阅读主体在阅读、理解、阐释活动中的能动作用。

读者反应批评作为一种成熟的理论虽然至20世纪六七十年代才登上舞台，但是，西方学术观念中重视读者的观念则可谓源远流长。20世纪初，被认为是后来的新批评理论源头的英国学者瑞恰兹就以重视读者著称❶，再往前，在《圣经》翻译史上，早在 16 世纪德国宗教改革家马丁·路德（1483—1548 年）在有关翻译论述中就对接受者给予了极大的关注；19 世纪初，德国哲学家、新教神学家施莱尔马赫（1768—1843 年）关于关于翻译活动中读者因素的论述，则被认为是后来在翻译理论界影响巨大的奈达"读者反应论"的直接源头。❷总之，在西方学术观念中，读者一直作为文学艺术审美活动中的一个重要环节受到关注。

盐谷温强调读者对作品的选择尤其是强调阅读活动中读者的"阅读方法"与"心得体会"，体现的正是读者在审美活动中的参与及建构作用。而这样的理论观念，很容易让人联想到他留学德国时所受到的西方学术熏陶。通俗地说，"读者反应论"就是"一千个读者心中有一千个哈姆雷特"；而对中国学者来说，耳熟能详的另一种表述就是鲁迅关于《红楼梦》"命意"的论述："单是命意，就因读者的眼光而有种种：经学家看见《易》，道学家看见淫，才子看见缠绵，革命家看见排满，流言家看见宫闱秘事。"❸尽管中国自古即有"见仁见智""诗无达诂"等说法，但是，根据相关材料，鲁迅关于《红楼梦》"命意"的这一著名说法，完全可能是受盐谷温的启发而得出的。当陈源指责鲁迅抄袭盐谷温时，鲁迅一方面表示非常愤怒，另一面也实事求是地承认："盐谷氏的书，确是我的参考书之一。我的《小说史略》二十八篇的第二篇，是根据它的，还有论《红楼梦》的几个观点和一张《贾氏

---

❶ 陈定家、王红春：《瑞恰兹与新批评》，载《河南大学学报》(社会科学版) 2003 年第 2 期。

❷ 范祥涛：《奈达"读者反应论"的源流及其评价》，载《外语教学》2006 年第 6 期。

❸ 鲁迅：《〈绛洞花主〉小引》，见《鲁迅全集》(第 8 卷)，人民文学出版社 1981 年版，第 145 页。

系图》也是根据它的，但不过是大意，次序和意见就很不同。"❶由此合理推测，在鲁迅借鉴盐谷温的有关《红楼梦》的几个观点中，很有可能包括强调"读者反应"的命意说在内。

（四）结语

综上所述，继森槐南、笹川种郎之后，盐谷温因其在《支那文学概论讲话》中有关《红楼梦》的长篇论述而成为日本红学史上不可忽视且影响巨大的一环。盐谷温出身于汉学世家，有深厚的汉学功底，而且，从《支那文学概论讲话》"序言"来看，对中华文明持强烈的敬慕态度；同时又留学德国，受到西方近代性学术观念的熏陶。个人修为加上特殊的学术背景，使得盐谷温的《红楼梦》研究取得了足以垂范后世的成就。

盐谷温红学研究的独创性主要体现在两个方面：第一，将《红楼梦》置于中国文学史以及文化传统视野之下进行考察；第二，将《红楼梦》置于西方近代性学术观念之下考察。

就中国文学史以及文化传统而言，盐谷温认为，一方面，在中国文学史上，《红楼梦》与之前的《水浒传》《西游记》代表了中国小说最高成就，而且，包括《红楼梦》在内的清代小说戏曲的成功与小说戏曲理论的繁荣密切相关；另一方面，《红楼梦》丰富、复杂的审美内涵是中华古老文明的产物。就西方近代性学术观念而言，盐谷温的红学观表现出三个特点：第一，视《红楼梦》为文学作品，与当时风靡中国的索隐红学保持距离；第二，在世界文学视野下对《红楼梦》进行定位，评价《红楼梦》为"古今中西第一人情小说"；第三，初具读

---

❶ 鲁迅：《不是信》，载《语丝》1926 年 2 月 1 日第 65 期，见《鲁迅论文学与艺术》（上册），人民文学出版社 1980 年版，第 201 页。

者反应批评的意识,由《红楼梦》中的"享乐主义"引申出来,强调文学阅读活动中读者的"阅读方法"与"心得体会"。概言之,即文学的而非索隐的《红楼梦》、世界的而非只是中国的《红楼梦》、读者参与的而非只是作者的《红楼梦》。其中,第一点,与当时乃至后来、中国乃至国际红学界的索隐红学形成了鲜明的对照;第二点,为《红楼梦》的"国际"地位提供了公允而有力的论断;第三点,很可能直接启发了鲁迅关于《红楼梦》的著名的"命意说"。

要之,盐谷温的红学研究,视野宏阔而又具有近代性学术观念的理论穿透力,因此具有强大的说服力、生命力、影响力,至今仍具借鉴意义。

(原刊《曹雪芹研究》2014年第1期)

八、日本红学家大高岩旅华日记研究

日本红学家大高岩（大高巌，おおたかいわ，1905—1971年），1905 年 10 月 19 日生于日本东京。1929 年毕业于东京美术学校雕塑专业，同年 6 月来华，1932 年 1 月因"一·二八"上海事变回国。回日本之后主要从事中国文学翻译、研究工作，1958 年就职于三鹰市亚洲·非洲文化图书馆，负责整理"郭沫若文库"，1967 年因病退职，1971 年 4 月病逝。❶

据饭田吉郎《大高氏简略年谱·著译日录》提供的资料，人高岩一生发表有关《红楼梦》的论文 13 篇，其中 10 篇发表于 1930 年至 1938 年之间❷，3 篇发表于 1959—1964 年❶。1930 年代 10 篇全部刊

---

❶ 飯田吉郎:《大高巌氏略年譜·著訳目録》,载大高岩追悼文集刊行会编:《红迷 ある中国文学者の青春》,汲古書院 1976 年 10 月。为了给学界同仁提供相对准确的信息,注释中文献的名称一般用日文原文。此外,宁博尔为本文提供了部分日译中译文,特此说明并致谢。

❷ 《红楼夢と清朝文化》,载《満蒙》1930 年 3 月第 11 卷第 3 号;《红楼夢の新研究》,载《満蒙》1930 年 6 月第 11 卷第 6 号;《近代支那文学史上の先駆者—红楼夢の作者及び其識見に就て論ず—》,载《満蒙》1931 年 1—3 月第 12 卷第 1—3号连载;《红楼夢に現れた近代的な女性》,载《満蒙》1932 年 4 月第 13 卷第 4 号;《〈红楼夢〉に関する補足的な考察》,载《満蒙》1933 年 2 月第 14 卷 2 号;《黛玉葬花》,载《同仁》1933 年 10 月第 7 卷第 10 号;《賈宝玉の研究》,载《満蒙》1934 年 4 月第14 卷 4 号;《红楼雑感—賈宝玉の性愛と其生活に就いて》,载《満蒙》1934 年 5 月第 15 卷第 5 号;《红楼夢に於ける金陵十二釵—正册·副册·又副册雑考—》,载《満

于当时由中日文化协会主办的《满蒙》杂志。除了论文，大高岩还有涉红题材的戏曲作品 1 部❷，随笔 3 篇❸，摘译《红楼梦》1 部❹，自费刊印红学专著 1 部，即《红楼梦研究》❺，此为日本学界第一部红学专著。另有未刊发的有关《红楼梦》的随笔 1 部❻、著作 1 部❼、文学作品 1 部。❽除了红学著作之外，他还发表了有关中国文学尤其是现代文学的论文、随笔、译作 30 来篇（部）。

大高岩去世之后，以饭田吉郎为代表的朋友们为他编辑、出版的纪念文集取名为《红迷—一个中国文学者的青春》❾，可谓恰如其分。文集内容主要包括竹内好等友人的悼念文章、由饭田吉郎整理的《大高氏简略年谱·著译目录》、大高岩的著作《燕京日记·沪上日记》与《青春回想——中国文献蒐集密话》以及大高岩收集的 1931 年 5 月至 1932 年 1 月上海《文艺新闻》影印本等，并有其遗照及在华期间的照片、资料图片等 10 来幅。

蒙》1938 年 2—5 月第 19 卷第 2—5 号连载；《紅楼夢の構相—紅楼夢第一百二十回》，载《满蒙》1938 年 10 月第 19 卷第 10 号。

❶ 《紅楼夢の版本》，载《文献》1959 年 12 月第 2 卷；《金瓶梅と紅楼夢》，《文献》1963 年 6 月第 8 卷第 9 号；《海外における〈红楼梦〉文献》，载《大安》1964 年 6—7 月第 10 卷第 6—7 号。

❷ 《染春記（戯曲）—三幕　小説红楼梦の脚色化》，三幕戏曲，载《满蒙》第 12 卷第 8 号，1931 年 8 月。

❸ 《黛玉葬花》，载《同仁》1933 年 10 月第 7 卷第 10 号；《〈红楼梦〉と私》，载《大安》1963 年 3 月第 9 卷第 3 号；《红迷》，载《中国》1964 年 6 月第 7 卷。

❹ 摘译《红楼梦》第 4. 23. 27. 34. 35 回，载《新声》1957 年 12 月—1958 年 3 月第 1—4 号。

❺ 《紅楼夢研究》，1962 年 8 月。笔者所见为京都大学文学部藏本。

❻ 《红迷》，1968 年 7 月，计 295 页。

❼ 《改訂红楼梦研究》，1957 年 1 月，计 246 页。从时间上推断，该稿应该是 1962 年油印本《红楼梦研究》的底稿。

❽ 《新·红楼梦》（创作），1952 年，计 347 页。

❾ 《紅迷 ある中国文学者の青春》，汲古书院 1976 年 10 月。

　　中国学界最早关注并介绍大高岩红学成就的是胡文彬先生。早在1979 年胡先生即在《〈红楼梦〉在日本的流传和研究述略》一文中对大高岩的红学研究情况有所介绍❶；接着又在《红楼梦叙录》一书中对大高岩的红学成果目录做了比较详细的介绍❷；此外，还有专文评介。❸胡先生对大高岩的介绍为后续研究提供了重要的线索和参考。在胡先生之外，中国大陆学界对大高岩的研究主要分为两类：一是大高岩红学研究成果的译介，如程鹏译《曹雪芹的近代思想》❹，该文译自大高岩《红楼梦研究》一书第二章第二节。二是在关于日本红学研究的著述中涉及到大高岩，代表性成果如伊藤漱平著、克成译《〈红楼梦〉在日本》❺，孙玉明先生在其博士论文基础上修改而成的专著《日本红学史稿》❻，等等，尤其是后者设专节对大高岩的一些代表性红学成果做了评介，并在附录"日本《红楼梦》研究论著目录"中对大高岩的红学著述目录有较详细的介绍，为后续研究提供了重要的参考。

　　以大高岩的学术成就而言，学界对他的关注还是不够的。大高岩于 1929 年 6 月至 1932 年 1 月旅居中国的两年零七个月，先后在中国大连、北京、上海"流浪"，其《燕京日记》和《沪上日记》对这一段生活有比较详细的记录。透过这些日记，可以看到一个以中国文学研究

---

❶ 胡文彬：《〈红楼梦〉在日本的流传和研究述略》，载《北方论丛》1979 年第 1 期，见胡文彬、周雷著：《红学丛谭》，山西人民出版社 1983 年版，第 277—284 页。

❷ 胡文彬：《红楼梦叙录》附录三 "《红楼梦》研究外文论著知见录·日文"，吉林人民出版社 1980 年版，第 391—405 页。

❸ 胡文彬：《红楼隔海有知音——"红迷"大高岩》，见《红边脞语》，辽宁人民出版社 1987 年版，第 220 页；《红迷——大高岩》，见《红楼梦在国外》，中华书局 1993 年版，第 13—16 页。

❹ 大高著，程鹏译：《曹雪芹的近代思想》，载《红楼梦学刊》1982 年第 1 辑。

❺ 伊藤漱平著，克成摘译：《〈红楼梦〉在日本》，载《辽宁大学学报》1988 年第 2 期。

❻ 孙玉明：《日本红学史稿》，北京图书馆出版社，2006 年 11 月。

为自己终生志业的普通日本青年在那个特殊历史时期在中国的生活情况以及对中国的观感和态度。

本文主要根据大高岩旅华期间的日记，对其旅华身份、目的、经过、在华学术活动以及对中国的观感等问题进行梳理，为后续进一步探讨其汉学尤其是红学研究特色提供有益的借鉴。

（一）大高岩旅华的身份、目的及经过

大高岩于 1929 年[1]东京美术学校毕业之后决定前往他喜爱的中国。在启程前，他将所有书籍都处理了，唯一留下的只有《红楼梦》。他说："我唯一的事业——《红楼梦论稿》[2]已经写完用小包裹寄给文学博士盐谷温。""我即使什么时候死了，只要有它（指《红楼梦论稿》——引者注）存世，也就很好了。"[3]也就是说，24 岁的大高岩，酷爱《红楼梦》且撰写了《红楼梦论稿》，并将它寄给了当时已在学界享有盛誉的盐谷温博士。

---

[1] 飯田吉郎《大高巌氏略年譜》写"昭和二年（一九二七） 東京美術学校卒業 六月 中国文学（《紅樓夢》）を愛好し，大連を経て北京に渡る"。这里说大高于昭和 2 年（1927 年）6 月前往中国，有误。一则大高友人川合贞吉《大高巌兄の遺著に寄せて》云："彼は昭和四年（一九二九）六月から、昭和七年一月の上海事変までの約二カ年七カ月、大陸でその青春時代を送った。"（《紅迷 ある中国文学者の青春》第 14 页），明白指出大高于昭和 4 年（1929 年）6 月至昭和 7 年（1932 年）1 月大约两年零七个月在中国大陆度过；二则据大高《燕京日记》所载，他于 1929 年 6 月 10 日启程赴中国。

[2] 在飯田吉郎《大高巌氏略年譜・著訳目録》未见该稿。据 1930 年 7 月 22 日日记，大高岩此后在《满蒙》杂志上刊发的有关《红楼梦》的系列论文乃在《红楼梦论稿》基础上重新思考、改写而成："彼（小松重雄——引者注）は私の《紅楼夢稿》を《満蒙》誌に投稿することをすすめた。……それで、私も清朝文化を中心にした《紅樓夢》について、もう一度よくかんがなおしtかいてみようと思う。"

[3] 《燕京日记》，见《紅迷 ある中国文学者の青春》，汲古書院 1976 年 10 月，第 27 页。所引日文资料皆由笔者译为中文。下文引用大高日记只随文注明日记的时间。

当时大高岩的美术老师朝仓文夫❶受邀前往大连为"满铁"第一任总裁后藤新平的铜像选址，大高岩请求随行。

1929 年 6 月 10 日，大高岩告别父母、亲友以及初恋的女孩可枝小姐，怀揣他父亲给他的 200 元钱以及盐谷温的介绍信，与朝仓氏及导游小林氏一道，启程前往中国，6 月 14 日到达大连。

关于赴华的身份，大高岩在 29 年 6 月 27 日的日记中有明确交代：

> 在大连我想起了朝仓先生所说的话："去中国的人，多是因为在日本的研究遇到了困难，然后去增加见闻，以便进一步研究；或者是一些名士去游山玩水，像你这样去中国留学的，没怎么听说呢。"可是，我不是留学，是半工半读。

半工半读在日语中的汉字是"苦学"，专指通过自己劳动争取学费、在艰苦的生活环境中求学、做学问的情况。所以，大高岩赴华的身份就是典型的工读生。

关于赴华的动机和目的，大高岩在日记中亦有交代。据 1929 年 6 月 27 日的日记，大高岩曾与朋友小松重雄谈到他当初决定来中国的动机："我在日本的生活（精神上和物质上）遇到了瓶颈，希望去中国拥抱理想。去中国，是我人生的转机。我想，来到中国，就会开始新的生活。"他也曾在日记中写到自己来中国的目的："我为什么来北京？为学语言，为研究文学，为欣赏绘画和雕刻，为享受音乐和戏剧……"（1929 年 7 月 17 日）此外，大高岩还多次谈到，自己为了文

---

❶ 日记中只写"朝仓先生"，据大高岩《北平行》一文（载《满蒙》1933 年 10 月第 14 卷第 10 号），此朝仓先生名叫朝仓文夫："奉天で朝倉文夫先生の一行とお別れする迄の経過を、私はもう一度頭の中に描いてみた。"这里所写即《燕京日记》所写 1929 年 6 月 21 日与朝仓和小林在奉天车站告别的情形。另据大高朋友杉村勇造《大高巌君回想》一文所说，朝仓文夫应该是大高从小参加的美术学习班的老师："そしてかれがその後に、朝倉塾で彫刻を習い、美術学校に入ったことを知った。"《紅迷 ある中国文学者の青春》，汲古書院 1976 年 10 月，第 9 页。

学研究和语言学习才来到中国❶，最主要的是为了《红楼梦》而来到中国。❷从日记中看，大高岩对《红楼梦》喜爱已经到了痴迷得近乎不顾一切的程度：

いつになったら、東京に帰れるだろうか、父、母、姉、妹、親しい友よ。できるなら、こうした俗縁を絶ちたい。私は永久にこの国で過したい。そして、いったい私がなんになれるか、今のところ皆目見当もつかないのだが、漫漫的にシナ語でもやって、すきな『紅楼夢』でも読むしか、考えはない。困った私だ。（1930 年 4 月 1 日）

这则日记的大意说：父母姐妹以及好友都问他什么时候回东京。如果可能，他想斩断所有这些俗缘，永久在中国生活。他不知道自己未来毕竟会是什么样子，只想能够炉火纯青地使用中文、读喜爱的《红楼梦》。在写这篇日记的当天，他给家人寄去了照片，也收到了妹妹静江从日本寄来的东京复兴祭绘叶书（明信片），他在怀念东京和亲友的同时表达了愿意为《红楼梦》而斩断俗缘永久留在中国的强烈愿望！

喜爱《红楼梦》到了要舍弃祖国和所有亲人朋友的地步，恐怕在《红楼梦》中外阅读、传播史上很难找到如此狂热的"红迷"，也难怪他将其寄给盐谷温的《红楼梦论稿》视为唯一的事业，甚至觉得只要有这一文稿存世就死而无憾了。

大高岩原本希望能够在大连找份工作，结果，满铁大连图书馆的松崎鹤雄对他说："你如果要研究中国文化和文学、要接触体验的话，应

❶ 1929 年 6 月 22 日日记："私は文学研究と語学の勉強に北京にきたことを話したが……"见《红迷 ある中国文学者の青春》，汲古書院 1976 年 10 月，第 32 页。
❷ 1929 年 7 月 23 日的日记有这样的记载，一位名叫黄子明的中国人，听大高说是因为向往《红楼梦》来到中国，非常感动。见《红迷 ある中国文学者の青春》，汲古書院 1976 年 10 月，第 43 页。

该去北京。大连是殖民地，抱着像你这样想法的人待在这个地方，其实可惜了。"并极力劝他去北京（1929 年 6 月 15 日）。于是，大高岩决定独自去北京。在大连停留了一周之后，也就是 6 月 21 日，已经完成任务的朝仓氏与小林氏一起从奉天经朝鲜回日本，大高岩则在奉天与他们挥泪告别，独自一人带着松崎鹤雄的介绍信，坐火车经天津，于22 日到达位于北京东城的名叫一声馆的日本旅馆。

一到北京，接待他的一位姓八木的日本人即告诉他，由于经济不景气，找工作很困难。接下来，大高岩又拿着盐谷温的介绍信，并经八木介绍，拜访了桥川时雄等多位日本人，关于工作却毫无着落。至此，大高岩才知道，想要边谋生边学习有多么困难（6 月 22 日）。由于一声馆的费用较高，大高岩移居位于米市大街基督教青年会馆前的北京公寓，在这里认识了在日本内务省（北平事务所）工作、当时正专心研究中国国民党的小松重雄。这位小松重雄与大高岩在北京认识的另外两位日本朋友手岛、柳川（本名副岛隆起）后来在上海参加了中国左翼运动❶，大高岩在《沪上日记》中写到，小松后来去向不明，据说与同文书院共产党事件相关（1931 年 1 月 1 日）。

大高岩在北京公寓的费用是每月十三元九毛，包括二等房房费大洋六元九毛，三等饭大洋七元。在北京公寓安顿下来后，大高岩利用所有可能的机会找工作。这期间，有朋友劝他放弃文学的理想，放弃《红楼梦》，大高岩却总是沉默以对。他决定将自己的初衷贯彻到底。不过，求职无门，令他感到绝望；贫穷，令他感到恐怖。即使这样，他还是决定不回日本，而是考虑返回大连或者前往上海。最后，他接受了小松重雄的建议，继续留在北京，暂时以雕刻技艺谋生，希望能把

---

❶ 川合贞吉：《大高巌兄の遺著に寄せて》，见《红迷 ある中国文学者の青春》，汲古書院 1976 年 10 月，第 19 页。

产品卖给日本居留民或者慈善家，同时希望有机会去中国美术学校做老师。

大高岩在无业状态中备受煎熬，至 1929 年 8 月，受雇成为日本居留民北京寻常小学的临时教员，月薪银 60 元。❶同年 12 月入职日本内务省事务所，月薪六七十元（1930 年 9 月 10 日）。1929 年秋冬之际，他曾在由日本居留民团开设的名叫华语同学会的中文学校学习中文，并曾任一位从美国波士顿博物馆东洋美术部来北京留学的女子的日语家庭教师，不过因为忍受不了对方任性的性格而把这份工作转给了朋友川合贞吉。❷

受滨口内阁❸紧缩政策的影响，1930 年 8 月 30 日北平内务省事务所接到关闭事务所的命令，大高岩随即失业。这期间，大高岩爱上了事务所石川事务官公馆中国佣人的女儿、15 岁的姑娘李兰芳，欲与其结婚在北京生活，结果因为失业而作罢。10 月，朝仓文夫前往大连参加后藤新平铜像揭幕式，大高岩前往大连，与朝仓相会，旋即回到北京。11 月 27 日离开北京，28 日到达上海。

逗留上海期间，大高岩一直没有正式工作，靠卖文谋生。因为经济拮据有时一天只吃一顿饭（1931 年 1 月 21 日），有时断顿（1931 年 1 月 25. 26 日），极端困难时甚至连被褥都典当给当铺了，只能看人脸色借宿。这段时间，他曾对一位名叫曼丽的爱国女校学生产生好感，结果也是因为没有经济能力而致使这段感情也无疾而终（1931 年

---

❶ 北京日本居留民会颁发的"工作证"上写有"手当银六拾元をす"，即津贴银 60 元，见《红迷 ある中国文学者の青春》，汲古书院 1976 年 10 月，第 26 页。

❷ 川合贞吉：《大高巌兄の遗著に寄せて》，见《红迷 ある中国文学者の青春》，汲古书院 1976 年 10 月，第 14. 18 页。

❸ 滨口内阁，日本立宪民政党总裁、众议院议员滨口雄幸为日本第 27 任内阁总理大臣，任期为 1929 年（昭和 4 年）7 月 2 日至 1931 年（昭和 6 年）4 月 14 日。

3 月 5 日）。为了生存，他不得不一边继续研究中国文学一边写黄色读物（1931 年 5 月某日），直到 1932 年 1 月上海发生"一·二八事变"，大高岩不得不离开中国回到日本。

这样，大高岩怀抱对中国文学尤其是对《红楼梦》的热爱，于 1929 年 6 月来华，1932 年 1 月回日本，在中国度过了两年零七个月的时光。在华期间，曾在北京日本居留民小学任教 3 个月，在日本外务省北平事务所任职半年，其余时间基本上都是靠著译书稿赚取稿酬度日。在寂寞、沮丧的日子里，还曾有过寻花问柳及吸食鸦片的行为。正如他的朋友川合贞吉所说，大高岩在中国所度过的两年零七个月的岁月，正是北伐战争之后中国人民开始排日，而作为帝国主义侵略者的日本人在中国的日子开始变得艰难的时期。在这种特殊的历史背景下，大高岩作为中国文学研究者来到中国，过的是流浪生活。[1]而他的日记，为研究那一段特殊时期日本人在华的生活状态及思想情感提供了珍贵的资料。

（二）大高岩在华期间的学术活动

如前所述，大高岩对《红楼梦》的喜爱到了如痴如醉甚至要为此舍弃亲友和祖国的地步，他的朋友们也都知道他对《红楼梦》的痴迷。川合贞吉在《寄语大高岩兄的遗著》一文中说，他和大高岩以及另外三个朋友一起，曾于 1929 年 12 月 25.26 日游览八达岭长城。在前往八达岭的列车上，大高岩见一位三十五六岁的中国父亲带着一位十几岁的女儿，就问"令爱几岁了？"，结果引来这位父亲的不快。川

---

[1] 川合贞吉：《大高巌兄の遺著に寄せて》，见《紅迷 ある中国文学者の青春》，汲古書院 1976 年 10 月。

合猜想，大高岩一定是在想这个女孩像《红楼梦》中的谁。❶

根据大高岩《〈红楼梦〉与我》一文介绍，他最初与《红楼梦》结缘，是在学生时代。有一年暑假，他在百无聊赖中偶然看到《红楼梦》，随即不可思议地被迷住了，像着了魔一样一口气读完。他说，他生平第一次被一部作品如此感动。让他感动的主要是贾宝玉对林黛玉舍身忘我的深深的爱情，这种爱情让他想到但丁《神曲》中的贝雅特里齐和《浮士德》里的玛甘蕾；同时，他觉得林黛玉身上的女性之美是无法用语言来赞美的。正是由于这一机缘，使本来喜爱西洋文学的他重新关注东洋文学，而且左右了他后半生的命运。❷

大高岩到中国之后，在经济极其拮据的情况之下，曾在东安市场的旧书店花两元钱购买了一部"古版本"《红楼梦》，花六毛钱购买了《红楼梦》续书《后金玉缘》（1929 年 6 月 27 日）。他在北京因无业而无所事事的日子里，每天以欣赏艺伎、戏剧和《红楼梦》度日。朋友们不断劝他学习古文学，他也因整天沉迷于《红楼梦》而作罢（1930 年 11 月 15 日）。

当然，《红楼梦》也给他带来了机会。如前所说，大高岩在前来中国时已经撰写了《红楼梦论稿》寄给盐谷温博士。在极度苦闷彷徨时，其友人小松重雄建议他将《红楼梦论》❸向《满蒙》投稿，一则可以获取稿酬作生活费，再则可以体现自己存在的价值（1929 年 7 月 22 日）。于是，大高岩重新思考有关《红楼梦》的问题，撰写系列论文。根据日记所载，在华期间，大高岩主要发表了如下红学论文：

---

❶ 川合贞吉：《大高巌兄の遺著に寄せて》，见《紅迷 ある中国文学者の青春》，汲古書院 1976 年 10 月。

❷ 大高巌：《〈紅楼夢〉と私》，载《大安》第 9 卷第 3 号，1963 年 3 月。

❸ 此处《红楼梦论》及《红楼梦论稿》应该均指当时大高研究《红楼梦》的所有文章。

1.《小说红楼梦和清朝文化》(《紅楼夢と清朝文化》),刊于《满蒙》1930年3月第11卷第3号,获稿酬15元。这是大高岩第一次发表学术论文。所以,领到稿酬之后,他非常高兴,请朋友们一起饮酒作乐庆祝(1930年3月21日)。文末说明,该文初稿于1928年3月,改定于1929年8月。

2.《红楼梦新研究》(《紅楼夢の新研究》),刊于《满蒙》1930年6月第11卷第6号。第一篇论文发表后他很快收到编辑部的约稿信,于4月15日寄去第二篇红学论文,5月13日又接到责任编辑中沟氏的信,要求增加篇幅,6月刊出。

3.《近代中国文学史上的先驱者——论红楼梦作者及其见识》(《近代支那文学史上の先駆者--紅楼夢の作者及び其識見に就て論ず--》),《满蒙》1931年1—3月第12卷1—3号连载。这篇文章完成于1930年7月,写完之后他自己对该文很有自信,甚至写信给中沟氏要求预支稿酬(1930年7月1日)。结果,7月18日,《满蒙》杂志编辑部果然提前给他寄来了这篇文章的稿酬,金15元,相当于银27元。对于已经身无分文的大高岩来说,这笔稿酬可谓雪中送炭(1930年7月18日)。此后,他曾计划在《满蒙》出版《红楼梦新研究》单行本(1931年5月某日),但是,没有下文。

大高岩的第4篇红学论文《红楼梦中的近代女性》(《紅楼夢に現れた近代的女性》,刊于《满蒙》1932年4月第13卷第4期)发表时他已回到日本两三个月,是否在华期间撰写的日记中没有记载。

红学方面除了上述论文,大高岩在华期间还修改并发表了涉红戏曲作品《染春记》(《染春記(戲曲)—三幕 小説红楼夢の脚色化》),刊于《满蒙》第12卷第8号(1931年8月),该作品以《红楼梦》中贾宝玉上私塾的故事为素材,写性意识萌动的青春期少年的行为。大高岩在与一位名叫黄子明的中国学者交流时，还曾表示，希望用 20 年时间将《红楼梦》翻译为日文（1929 年 7 月 27 日），这个愿望最后似乎也没有实现。

除了红学研究，大高岩在华期间主要关注中国现代文学动态，撰写并发表了系列论文，他是日本早期中国现代文学介绍者之一。如果说大高岩的红学研究主要出于兴趣，那么，他的中国现代文学研究则主要是出于当时日本了解中国以及他本人谋生的需要。大高岩任职外务省事务所期间，主要工作是调查中国的国民党和共产党❶，曾协助长官撰写《中国农民运动》的报告（1930 年 3 月 15 日）。而对于大高岩自己来说，到上海之后，搜集资料，翻译、研究中国现代文学，已是他唯一的"飯の種"（赖以吃饭的本事）。❷

根据《大高岩氏简略年谱·著译目录》，大高岩在华期间发表的关于中国现代文学的研究成果包括以下内容：

1.《中国新兴无产阶级的展望》（《中国新興プロレタリア文芸運動の展望》），《满蒙》1930 年第 11.12 月第 11 卷第 11—12 号连载。

2.《中国无产阶级小说的现阶段》（《中国プロレタリア小説の現階段》），《上海周报》第 868.869 期，1931 年 4 月 30 日—5 月 15 日。

3.《现代中国文学概史》，《上海周报》第 871.873—882 期，1931 年 6 月 10 日—1932 年 1 月 1 日。

4.《两部新的报告文学作品》（《二つの新しいレポ文学作品》），《满蒙》第 12 卷第 7 号，1931 年 7 月。

5.《中国无产阶级文化运动的历史考察》（《中国新興プロ文化運

---

❶ "川合补注"，见《红迷　ある中国文学者の青春》，第 47 页。
❷ 大高巖：《青春的回想——中国文献蒐集密话》，见《红迷　ある中国文学者の青春》，第 84 页

動の史的考察》），刊于《满蒙》第 12 卷第 9 号，1931 年 8 月。

6.《从儿童剧看中国的排外思想》（《児童劇から見た支那の排外思想》），刊于《东洋》第 34 卷第 12 号，1931 年 12 月。

7.《中国文坛近事》，刊于《满蒙》第 12 卷第 12 号，1931 年 12 月。

8.《中国现代文艺杂志考》（《支那现代文芸雑誌考》）刊于《书屋展望》第 3 卷第 1 号，1932 年 1 月。 [①]

在华期间发表的其他方面的论文、随笔等有以下内容：

1.《上海杀人窟逃离记——中国事变趣谈》，（《上海殺人窟脱走記--支那事変綺譚》），刊于《实话时代》第 1 卷第 6 号，1931 年 9 月。

2.《魔都舞鞋》（《魔都に踊る靴》），刊于《周刊朝日》第 33 卷第 10 号，1931 年 9 月。

3.《上海工厂劳动者的日常生活》（《上海における工場労働者の日常生活》），刊于《协和》第 33 卷第 10 号，1931 年 9 月。

4.《秋风杂感——关于金圣叹〈西厢记〉序文》（《秋風雑感金聖嘆の〈西厢記〉序文に就いて》），刊于《上海周报》第 878.879 期合订本，1931 年 10 月 30 日。

5.《上海的不良少年与少女》（《上海の不良少年と少女》），刊于《犯罪科学》第 2 卷第 11 号，1931 年 10 月。

6.《上海共产党大检举密录》，刊于《实话时代》卷次不详，1931 年 11 月。

7.《关于中国旧式小说的若干考察——谷崎润一郎再评论》（《中国旧式小説に関する若干の考察--谷崎潤一郎への再批判》），刊于《上海周报》第 882 期，1932 年 1 月 1 日。

[①] 大高岩回日本之后公开发表及未及发表的中国现代文学领域的论文与著作目录详见《紅迷 ある中国文学者の青春》所附之《大高巌氏略年譜·著訳目録》。

由上述材料可见，大高岩在中国两年半的时间里，在《红楼梦》、中国现代文学等研究领域都取得了一定的成就。同时，还写了一些时事方面的随笔。回到日本之后，大高岩除了继续痴迷于红学研究、发表系列论文并自印出版专著之外，在中国现代文学方面也付出了巨大的精力和心血，在未刊目录中有两部该领域的专著，一部是《左联时代和鲁迅——中国革命文学史话》（《左聯時代と魯迅--中国革命文学史話》，524 页），另一部是《中国革命文学史——无产阶级革命时代的中国文学》（《中国革命文学史--プロレタリア革命時代の中国文学》，2064 页），后者可谓皇皇巨著。可惜这些成果均未能刊印问世。

除了撰写的学术论文和随笔之外，大高岩在中国期间所从事的文化活动还有雕塑、翻译、文学创作等，雕塑已在上文说及，这里只介绍翻译及文学创作。

大高岩在 1930 年 6 月 12 日的日记说："从今天开始，跟家庭教师王老师读（蒋光慈的）《鸭绿江上》，可能的话我想翻译出来。"7 月 26 日、8 月 16 日、8 月 21 日的日记都写到在翻译该书，可见是在边学边译。后来，他曾将《鸭绿江上》译稿交给来自东京白杨社的田中忠夫，田中氏正在为"中国左翼作家集"组稿（1931 年 1 月 8 日）。他还为《上海周报》翻译过蒋光慈的《少年漂泊者》。不过，从大高岩"著译目录"看，在他发表的译作中，蒋光慈的作品只有《血祭》，没有《鸭绿江上》及《少年漂泊者》，可见后两篇最后可能均未刊发。

大高岩从田中忠夫处得知东京的白杨社准备做"左翼"专题时，曾暗自计划，此后以中国无产阶级文艺为专业方向，日记中还特别注明，"今后'支那·シナ'改用'中国'"❶（1931 年 1 月 6 日）。于

---

❶ 关于"支那"一词，学界公认，它和葡萄牙语、荷兰语、德语、英语中的 China 以及法语中的 Chine 等皆起源于梵语 Ci^na—stha^na。在日本，"支那"曾经代表

是，他拟定了《中国新兴无产阶级小说集》的翻译目录，选定了当时中国"无产阶级小说"20种，其中已经完成的译作包括蒋光慈《鸭绿江上》、杨邨人《小三子的故事》、华汉《马桶间》、郑伯奇《帝国的荣光》等四种（1931年1月8日）。此外，大高岩发表的译作中包括郭沫若、张资平、茅盾、周全平、倪贻德、许钦文、王鲁彦、罗黑芷、沈从文、郁达夫等诸多作家的作品，还曾与波多野太郎一起翻译出版了景梅九的《留日回顾——中国无政府主义者的半生》。在《青春的回想——中国文献蒐集密话》一文中，大高岩对他在中国尤其是在上海期间有关中国现代文学的文献搜集及研究情况有比较详细的介绍，可资参考。

关于蒋光慈的《鸭绿江上》还有一点值得关注。大高岩在1930年6月10日的日记中写道："在东安市场买了蒋光慈的《鸭绿江上》。该小说描写的是受日本帝国主义压迫的弱小民族朝鲜的悲哀和反抗。蒋光慈是革命作家，是我喜欢的作家。"作为日本人的大高岩，却喜欢中国革命作家所写的反对日本帝国主义侵略的作品，应该代表了当时部分日本青年的心声。事实上，大高岩在日记中还曾特意写到对流落北京的朝鲜女孩们的同情（1929年8月7日）；同时，也写到看反战色彩强烈的电影《西线无战事》时的感动（1931年2月18日）。

对中国汉人的尊称，戊戌变法以后，许多流亡日本的革命家为了与满清划清界限，都以"支那人"自称。不过，在明治维新以后，尤其是甲午战争之后，日本对中国由仰慕彻底转为蔑视，"支那"也逐渐成了贬义词。辛亥革命之后，中国的正式国号从"大清帝国"变成"中华民国"，由此而引发了中日之间的"支那"争论。1930年中国国民政府曾训示外交部：今后凡载有"支那"二字的日本公文一律拒收。同年十月，日本外务省提请内阁讨论将中国的日文正式称谓改为"中华民国"。大高岩日记中所说"今後支那·シナを中国に改む"即反映了这一历史事实。不过，日本民间使用"支那"的现象并不减少，后来在侵华战争中，日本一直用"支那"来称呼中国，直到日本战败之后，盟国最高司令部政治顾问团确认"支那"含有贬义，责令日本外务省不得再使用"支那"称呼中国，从此，"支那"这一称为从日本政府的公文、学校教材、媒体等领域消失。

小说创作。1930 年 7 月 7 日的日记中曾有写自传性小说的计划;同年 10 月又拟了《阴暗之春》(《暗い春》)《朝鲜的热血》(《朝鲜の血潮》)《绝望的歌》(《绝望の歌》)等题目,准备写小说参加《改造》杂志的"有奖征文"活动,最后完成的作品取名为《下沉的歌》(《沈みゆく歌》)(1930 年 10 月 28 日—11 月 13 日),未见于已刊目录,可能未中选。

在未刊书目中有《阴暗之春》《哀歌》《红迷》等作品,篇幅分别 254 页、138 页、295 页。其中,《红迷》标注为"随笔",从目录看,共 6 章,第 1 章是关于"红迷"一词的解说;附录为"红楼梦解说",第 2—5 章的内容是作者本人在中国的经历见闻。❶因此,该书很可能就是作者原计划中的"自传性""小说"。《哀歌》和《阴暗之春》都是"创作",不知《哀歌》是否就是《下沉的歌》。由《阴暗之春》《红迷》等作品可知,大高岩回到日本之后的许多作品均构思甚至开始于中国。他后来得以就职于三鹰市亚洲·非洲文化图书馆,负责整理"郭沫若文库",主要得益于在中国现代文学研究领域的造诣。

在学术研究、翻译、创作之外,大高岩在中国的文化活动值得关注的还有与中国文人的交游。

大高岩在中国期间,主要生活在日本人圈子中,他曾为此苦恼,认为不利于学习中文(1930 年 8 月 16 日)。从日记中可知,与他有过一面之缘或者交往的中国文化人主要有周作人、钱稻孙、张资平、黄浩、黄子明、王道源、沈季路、温盛光等人。

大高岩在一次欢迎日本歌唱家斋藤茂吉的晚餐会上见到周作人、钱稻孙,在日记评价周作人是个"稳健的人"(1930 年 11 月 15 日);在上海曾见过张资平,认为对方看上去像个商人,因此不想与之交谈

---

❶ 参见《红迷　ある中国文学者の青春》所附之《红迷》"目录"。

（1931 年 1 月 7 日）。黄浩当时在经营前总理熊希龄的贫民救济慈善学校，曾试图帮助大高岩在该校寻求教职，未果（1930 年 7 月 23 日）；黄子明是从 2 岁到 23 岁都生活在日本的年轻的《红楼梦》研究者，曾就《红楼梦》研究给大高岩提出建议（1930 年 7 月 27 日）；王道源是大高岩在东京美术学校的熟人，时任上海艺术专科学校校长，曾对大高岩表示，如果该校成立雕塑部的话，将聘他作教授，亦未果（1931 年 1 月 7 日）。

（三）大高岩笔下的中国形象

大高岩在日记中记录了他在中国的所见所闻所思所感，从中可以管窥当时一个普通日本青年文士对中国的印象，包括城市风貌、环境卫生、国民素质、文化生活等几个方面。

关于城市风貌。

大高岩中国之行足迹主要及于大连、北京、上海等城市。

大连。作为日本殖民城市，大连给大高岩的第一印象是，无论是酒席间应酬的艺妓还是夜幕下的街景，都深具日本风情，令他几乎没有身处异国的感觉，而华人街则灰暗肮脏（1929 年 6 月 13 日）。此外，大高岩去北京时途经奉天转车，感觉那里的新市街比大连富庶繁华（6 月 20 日）。大高岩所乘从奉天到天津的火车二等车厢，感觉没有日本的车干净（6 月 21 日）。

北京。在北京，大高岩看到前门外的街道看上去像东京银座一样繁华，但是没有银座的奶油味，而是装饰着中国式的金色广告牌，洋溢着中国情调，显示出古典的华美！大高岩不仅感叹："果然是北京！"（1929 年 6 月 25 日）他曾置身于天桥的庶民游乐场，感到十分愉快，并为祈年殿的坚固有力、庄严肃穆感到惊叹（1929 年 8 月 7

日）。他还曾与几位朋友一起，冒着零下 20 摄氏度的严寒，登临居庸关长城，在黑夜里拿着手电筒仔细辨认并为朋友们讲解烽火台关口上那些雕刻的线条之美。❶

上海。大高岩于 1930 年 12 月 5 日来到近代化的上海。他在黄浦江港口看到的景象是工厂烟囱浓烟滚滚，各国的汽船、军舰为所欲为地在江上来来往往。来到上海街头，他所看到的是，街道混乱无序，狭窄的道路上行人摩肩接踵，电车拥挤不堪。街头工部局的警察拿着手枪站在街道的要冲环视四周，警戒的严重程度令人感到吃惊。大高岩朋友所居住的四川路上有很多日本人经营的咖啡店和舞厅，花里胡哨的舞女随处可见。革命家和特务的上海，也是享乐之都。大高岩对这样的上海第一印象很不好（1930 年 13 月 5 日）。

关于环境卫生与国民素质。

如前所述，大高岩曾特别留意大连华人街的污浊以及火车不如日本的干净。在北京期间的日记里，他多次写到周边环境的肮脏不堪，如他曾去东安市场的电影馆看电影，因为忍受不了里面的龌龊环境而很快离场（1929 年 7 月 6 日）；他曾去崇文门外的灶君庙愉快地逛庙会，可是周边肮脏的环境让他吃不消（1930 年 4 月 3 日）。无独有偶，川合贞吉也写到他与大高岩等朋友一行去长城时火车上刺鼻的葱和大蒜的气味。❷大高岩感慨，"中国人要更讲卫生才好"，他甚至感到疑惑："中国人不讲卫生，利己主义思想严重。另一方面，整天提着鸟笼漫步，沉溺于戏剧之类的美的情感当中，真是不可思议！我真不明白中国人体验艺术的思想与感情。"（1929 年 7 月 6 日）

---

❶ 川合贞吉：《大高巖兄の遺著に寄せて》，见《紅迷 ある中国文学者の青春》，汲古书院 1976 年 10 月，第 17 页。
❷ 川合贞吉：《大高巖兄の遺著に寄せて》，见《紅迷 ある中国文学者の青春》，汲古书院 1976 年 10 月，第 17 页。

与环境卫生相比，大高岩所遇到的一些中国人的低素质更令他感到恼火甚至愤怒。在北京，他在东安市场的吉祥园看演出时，周边人的丑陋令他颇为恼火（1929 年 7 月 28 日）；又一次，他去东安市场的电影馆看一部名叫《分娩纪实》（《お産の写真》）的德国电影，"当放映婴儿从产妇阴部出来时的镜头时，中国观众热烈拍手，我对他们的低级趣味不能不感到轻蔑"（1929 年 8 月 5 日）。还有一次，他在屋前一边乘凉一边学朝鲜语，有个路过的学生斜瞥一眼很不礼貌地说："朝鲜字哦。"一会，他从那个学生房前路过，对方大声叫喊："哎！哎！"那种轻薄的样子令大高岩感到很生气。在上海，他曾在中国人开的店里买到便宜的鞋子，结果惊讶地发现鞋底居然是草纸做的（1931 年 1 月 22 日）。

更让他感到愤怒的是一次被"欺生"的购物经历。他为了要做雕塑艺术品，去东安市场一家杂货店买黏土，老板看他语言不通，又不懂行情，就漫天喊价，要二元八毛。大高岩喊来朋友帮忙交涉，最后二元成交。可是后来这位老板又几次三番上门索要八毛钱，不给就赖在他屋子里不肯走。最后，大高岩被吵得不耐烦，只好给了（1929 年 7 月 9.13.14 日）。这位老板先前的"欺生"以及后来的耍赖令大高岩感到十分愤怒，他在日记中写道："实利主义的中国人，只顾眼前、贪得无厌，令我感到厌恶。对不了解行情的人卖高价，这样的心地令人不快，难以忍受。"在其完成于 1968 年 7 月的自叙传性质的长篇随笔《红迷》中，目录中有一节是"关于漫天要价"（"法外な価格について"），很可能就是写这件事，可见他一直耿耿于怀。这位杂货铺老板恐怕做梦也没有想到，他不讲诚信、自私自利的行为，被这位日本客户记录在案，成了那个时代中国人负面形象的典型代表。可悲的是，这种商人在今日的神州大地依然不在少数。

关于文化生活。

短暂逗留大连期间，大高岩曾独自前往华人街唯一一家名叫永善舞台的中国剧场，看到的是堕落的中国剧，因而深感失望。至于如何"堕落"，则并无说明，只是强调，在大连没有好的中国剧（1929年6月15日）。

在北京，大高岩曾现场观看程艳秋（后改名程砚秋）、梅兰芳、尚小云、杨菊秋等人的演出。看了程艳秋的演出，他感叹"北京戏剧果然精彩"（1929年6月25日）；看了尚小云的演出，他说虽然知道尚小云不是女人，却喜欢像尚小云一样的女人（7月26日）；也喜欢女演员杨菊秋（1930年4月7日）；至于梅兰芳的演出，大高岩看了他的《廉锦枫》之后在日记中激动地写道："得偿夙愿！能在中国的舞台上看到梅兰芳的演出！不负所望，非常精彩！虽然是旧剧却感觉很新颖。"（6月29日）他还将程艳秋和梅兰芳进行比较，认为"与梅兰芳比较，程艳秋欠缺新鲜感，但是容貌娇媚脱俗，至于声音则有过之而无不及"（1930年4月2日）。

另一方面，大高岩也从一些细节上感受到当时北京文化业的不景气。为了做雕刻，他去东安市场购买相关书籍，却发现北京的新书很少，至于艺术类书籍则可以说完全没有（1929年7月1日）；去琉璃厂的古书街，也只买到水彩画具和笔，令他不禁感慨："目今要在中国找到新的东西是很困难的事情。从这个意义上说，东京是东洋唯一的都市。"（1929年7月3日）而他做雕刻所需的工具和参考书只好都托人从日本寄来。

除了上述见闻，大高岩还在日记中记录了一声馆的八木氏谈到的有关中国的三个看法。

一是男尊女卑观念。在中国，主妇不站柜台，只在屋里。出门买东西或者做事，只限于女仆或者下层社会的女子。即使熟人来访，也不会随意引见女主人。在中国，女子就是财产，没有钱一辈子娶不到妻子，有钱人则因拥有多妻而骄傲。不过，中国的家庭大半是老婆当家，正妻握有绝对的权力。男性把女性当物品来看，将其当作重要财宝的结果就是，闭门不出、待在家里的女性反而变得飞扬跋扈。这样，看上去女尊男卑，其实还是男尊女卑。

二是殉情（"情死"）。日本人以情待人，中国人以利待人，自己得利的同时让对方得利，因此，在中国殉情是罕见的现象。

三是舆论。在中国，街头常常可以看到车夫与顾客吵架的情形，那种情况下，车夫和顾客都让在场的第三者评理，所以，真正打在一起的情况很少见。而作为在场的第三者往往会在听了两方面的诉说之后再判决是非，当事双方均无话可说。因此，中国是一个社会舆论发达的国家（1929 年 7 月 11 日）。

八木较长时间住在北京，他对当时中国社会的观察，虽然难免片面和表面，但是，也不乏独到之处。

大高岩的老师朝仓文夫曾对他说："中国人是颓废的民族！"但是，这并没有影响他对中国的向往。初到中国，看到大连中华街的肮脏，体验了北京公寓三等饭的糟糕❶，遭遇求职的挫折，他仍然比较客观理性地表示："中国也许是个好地方，但是，对于无钱无势的人来说，无论走到世界哪里，都没有快乐。"（1929 年 6 月 28 日）可是，在中国生活了一段时间，遇到种种困难尤其是遭遇到一些不愉快的经历之后，大高岩对中国的态度变得矛盾复杂起来。在被杂货店老板强行

---

❶ 1929 年 6 月 25 日日记："公寓的三等饭非常糟糕。一般中国人的饭食其实非常简单，完全不是想象中的中国料理。吃饭时想到东京哭了。"见《红迷 ある中国文学者の青春》，汲古书院 1976 年 10 月，第 33 页。

索要八毛钱之后，他连续在日记中表达对曾经梦寐以求的中国的失望：

> 在日本时对中国持喜爱的立场。来到中国之后，接触到实际的生活，才深切地感到自己是多么幼稚。……生活，啊生活！在社会下层沉浮的我，路在何方？（1929 年 7 月 13 日）

> 满脑子为就业、为没有钱担心。好不容易来到向往的中国，哪怕一点点内心感到快乐的时光都没有。（1929 年 7 月 15 日）

> 我在日本时，梦见中国的时候是多么幸福啊！如同在沙漠里寻找绿洲。如果不去中国，一直会那样沉醉在梦幻之中。啊！我终于来到了中国，曾经以为一辈子都不可能去的中国！而且，还是北京！可是，我的心为什么会如此空虚？难道是达到目的地之后的寂寞？我离开日本的时候，竭力痛骂故国的山河，甚至希望成为中国人！但是现在好像不想成为中国人了，也讨厌变回日本人。……中国过去完美感人的文化已经死亡，我只好用这一文化遗留下来的美术安慰心灵。（1929 年 7 月 22 日）

一个因为痴迷《红楼梦》而无限向往中国的日本青年，抱着要成为中国人的热望，毅然来到中国，可是现实的中国却让他失望：求职无门，生计没有着落，又遇到不讲诚信的商人，因而倍感沮丧和痛苦！不过，即使这样，还是有中国文化遗留下来的美术可以安慰他的心灵。正因为如此，在接下来的日子里，尽管觉得中国人不讲卫生，有的中国人不讲礼貌和诚信，他还是克服种种困难，坚持留在中国，不止一次表示，希望永久留在中国，甚至夸张地表示，只要能留在中国读他喜爱的《红楼梦》，不惜斩断与日本国内亲友们的俗缘。

大连的日本风情及华人街的阴暗污浊，北京前门大街的古典中华情调、天坛的庄严肃穆、东安市场电影馆里令人难以忍受的脏乱及观众的低级趣味、杂货店老板的狡诈与无赖，上海街道的狭窄、拥挤以及警察荷枪实弹巡视的紧张气氛，等等，这些就是日本文学青年大高岩在日记中记录下来的 1930 年前后的中国形象片段。

（四）结语

综上所述，日本青年大高岩因为痴迷《红楼梦》，怀着对中国的无比向往，自费来到中国，目的是要学习中国语言、研究中国文学，为自己的人生寻找新的方向。

大高岩在中国的两年零七个月的时间里，曾短暂于北京日本居留民小学任教及日本外务省北平事务所任职，其余时间基本上都是靠着译书稿赚取稿酬艰难度日，所以，在他本人和朋友看来，大高岩的中国之行属于地地道道的"流浪"之旅。

作为汉学研究者，大高岩的学术成就主要在《红楼梦》研究和中国现代文学研究两个领域。早在来中国之前，大高岩已经撰写了《红楼梦论稿》，送呈著名汉学家盐谷温请益。来到中国之后，他一边继续从事《红楼梦》研究，一边利用身在中国的便利，从事中国现代文学的翻译和研究工作，短短两年多的时间，发表了 3 篇红学方面的论文，8 篇中国现代文学方面的论文，以及其他论文或杂感、随笔近 10 篇。回到日本之后，他仍然对《红楼梦》和中国现代文学情有独钟，倾注了大量心血，发表了大量论文及译著、随笔，并自费出版了专著《红楼梦研究》，还孜孜不倦地撰写了大量未能刊印的书稿。大高岩是日本早期颇有影响的红学家之一，其《红楼梦研究》是日本第一部红学专著；同时，他也是日本学界较早译介、研究中国现代文学的学者之一。遗憾的是，他似乎一直未能进入主流学术圈，导致其研究成果未能受到应有的关注，甚至很多成果都没有机会公开出版发行。日本著名汉学家、鲁迅研究权威竹内好氏曾感慨道：

> 学界和传媒界，都是狭窄的小圈子。在小圈子里，起作用的是关系和偏袒。像大高先生一样不得志的学者，除他之外我还认识好些。
>
> 不过，也很难说大高先生就是没问题的。从某种意义上说，他圈外人的色彩过于浓重；他身上不仅有着圈外人好的部分，也有不好的部分。在我的想象里，大高先生似乎过于善良，因而有些怯懦，疏于建构以切磋琢磨为目的的人际关系；在确实拥有出色素质的同时，令这种素质埋没在了孤芳自赏中。❶

竹内好指出，大高岩是一位怀才不遇的学者，其之所以不遇，原因在于，大高岩虽然拥有杰出的才华，可是由于个性的原因，未能进入学术、传媒的小圈子，因而埋没在孤芳自赏之中。说大高岩因为未能进入学术圈而被埋没了应该是一个客观的事实，不过，大高岩未能进入主流学术圈的原因，除了个性的原因应该还有学术背景、机缘等因素。

抗日战争从 1931 年 9 月 18 日九一八事变开始算起，至 1945 年结束，共 14 年抗战。大高岩旅华时间正好处于九一八事变前后，中日关系已经非常紧张。在这样一个特殊的历史时期，他以一个痴迷《红楼梦》的文学青年的身份，自费来到中国，看到了中国落后的面貌、不尽如意的国民素质，体验到了就业的艰难、生活的艰辛，总之，感受到了理想与现实的巨大落差，因而苦闷彷徨、备受煎熬。难能可贵的是，即是如此，他依然坚持初心，希望留在他曾经梦寐以求的理想国——中

---

❶ 竹内好：《達人を感じる》，见《紅迷 ある中国文学者の青春》，汲古書院 1976 年 10 月，第 12 页。

国，自嘲哪怕是以蹩脚文人的身份留在这里也许也会有命运的转机（1931年6月22日），直到一·二八事变、中日交战时才不得不返回日本。

还有两点需要说明：第一，以大高岩当时的身份、地位、交游圈，他所接触、所了解的"中国"是相当片面和表层的，而且，不能排除他潜意识中多少带有一些"东洋唯一的都市"东京人的骄傲；第二，大高岩同情流落北京街头的朝鲜少女、喜爱具有抗日色彩的蒋光慈的作品和具反战色彩的电影，由此可见，大高岩作为文学青年，具有浓厚的人道主义情怀，对日本帝国主义的侵略行径持怀疑和反感的态度。大高岩在《青春的回想——中国文献蒐集秘话》中曾引用川合贞吉对他的评价："大高是艺术家，不适合政治工作。……他最擅长的是中国文学的阶级分析，同时是古典《红楼梦》研究的权威。"❶这里不仅高度评价了大高岩的学术成就，而且指出了大高岩的人格特质——是不合适政治工作的艺术家，显然是知人之论，也得到了大高岩本人的认可。

总之，大高岩对《红楼梦》的痴迷令人感动；他在《红楼梦》以及中国现代文学研究领域的成就值得重视；他以日记的形式提供的、有关1930年前后的两年多的中国"流浪"之旅的诸多信息，可以视作中日文化交流长河中的一颗小沙粒，具有难能可贵的以小见大的个案价值。

（原刊《中国文化研究》2016年第4期）

---

❶ 大高巖：《青春回想——中国文献蒐集秘話》,《紅迷　ある中国文学者の青春》第86页。

九、法译全本《红楼梦》的成书过程

由李治华、雅歌（雅克琳·阿雷扎艺思）夫妇翻译，安德烈·铎尔孟（André d'Hormon）校订的法文 120 回本《红楼梦》（本文简称法译全本《红楼梦》）作为联合国教科文组织编纂的《世界文学代表作·东方知识丛书》之一种，于 1981 年 11 月由法国著名的伽利玛（Gallimard）出版社列入法国最负盛名的文学丛书《七星文库》出版。这是迄今为止唯一包含所有诗词曲赋的最完整的《红楼梦》外语译本，在法国受到文学爱好者的热烈追捧，虽然定价不菲，第一版 15000 部、第二版 8000 部均很快售罄，2001 年第三版印了 6000 部❶；至 2010 年，已经是第四次再版。❷

法译全本《红楼梦》出版发行之前国内已有报道❸，之后亦不断有报刊杂志给予报道、介绍。❹在学术研究层面，国内学界最早关注该译

---

❶ 舒乙：《去法国小镇取宝》，载《文汇报》，2001 年 11 月 22 日，见李治华著，蒋力编《里昂译事》，商务印书馆 2005 年版，略有删节。

❷ 姚立：《〈红楼梦〉在法兰西》，载《光明日报》2010 年 8 月 28 日。

❸ 柳门：《〈红楼梦〉法译本将在巴黎出版》，载《读书》1981 年第 12 期。

❹ 平：《〈红楼梦〉全译本在法国出版》，载《国外社会科学》1982 年第 3 期；陈长枫：《〈红楼梦〉法文全译本出版》，载《红楼梦学刊》1982 年第 2 辑；余熙：《李治华翻译〈红楼梦〉》，载《中外文化交流》2003 年第 2 期；冀振武：《李治华与法译本〈红楼梦〉》，载《出版史料》2007 年第 2 期；等等。

著的是钱林森先生，其发表于 1984 年的长文《〈红楼梦〉在法国——试论李治华、雅克琳·阿雷扎艺思的〈红楼梦〉法译本》对该译著的产生过程、成就和意义等方面做了全面而富有学术含量的介绍。❶钱林森先生撰写此文的过程中曾三次拜访李治华先生，因此，文章中提供了许多真实可靠的第一手资料，殊为珍贵，对于法译全本《红楼梦》的研究来说具有奠基的意义。2014 年 6 月 28 日在中国知网上"主题"项以"'红楼梦'+法译""'红楼梦'+法语"为参数进行检索，经过筛选得到相关论文 30 余篇，其中有 4 篇是以法文撰写的硕士学位论文。❷综合来看，法译本《红楼梦》在中国学术界虽然引起了一定的关注，但是，与这部译著的重要价值与意义相比，研究成果还比较薄弱，尚有很大扩展空间。

据报道，2014 年 3 月法国当地时间 26 日上午，习近平主席携夫人参观里昂中法大学旧址，亲切接见了法译本《红楼梦》主要译者、99 岁高龄的旅法华裔汉学家李治华先生，高度称赞其执着精神和学术才华以及为中法文化交流做出的杰出贡献❸；此后，北京卫视播放了为纪念中法建交 50 周年而录制的纪录片《一个法国人的红楼梦》❹，这些因素都使得法译本《红楼梦》及其译者李治华与雅歌夫妇、校订者铎尔

---

❶ 钱林森：《〈红楼梦〉在法国——试论李治华、雅克琳·阿雷扎艺思的〈红楼梦〉法译本》，载《社会科学战线》1984 年第 1 期。

❷ 张琨：《目的论视角下看〈红楼梦〉法译本》，西南交通大学硕士论文，2009 年；曹雪：《法译本〈红楼梦〉中饮食文化的翻译策略》，中南大学硕士论文，2010 年；王娜：《从 Delabastita 的双关语翻译理论看李治华本〈红楼梦〉中的翻译观》，西南交通大学硕士论文，2009 年；陈蜀玉、贺蕾洁：《释意论下〈红楼梦〉法译本贾宝玉姓名翻译策略初探》，西南交通大学硕士论文，2012 年。

❸ 人民网：人民日报《习近平参观里昂中法大学旧址 看史料赞华人翻译》，2004 年 6 月，http://cul.sohu.com/20140327/n397293031.shtml。

❹ 北京电视台青年频道 5 月 25 日 14 点 25 分；北京卫视《光阴》栏目 5 月 26 日 23 点 50 分；北京电视台纪实频道 5 月 28 日 13 点 50 分。片长 46 分 56 秒。

孟引起了更加广泛的关注。

除了学术论文，还有两部著作对法译全本《红楼梦》的研究有重要参考价值，其一为李治华著、蒋力编《里昂译事》❶；其二为郑碧贤著《〈红楼梦〉在法兰西的命运》。❷《里昂译事》为李治华先生散文随笔集，其中，《〈红楼梦〉法译本的缘起与经过》《试论〈红楼梦〉中人名的迻译》《谈〈红楼梦〉的法译诗词——答香港〈中报〉月刊作者卢岚问》《"温都里纳"一词原文的商榷》以及附录舒乙先生的《去法国小镇取宝》等数篇文章与法译本有直接关系；《我的回忆》《里昂中法大学话旧》等系列文章则提供了作者及其夫人雅歌、其老师铎尔孟等人的诸多生活细节，有助于读者进一步理解他们的"红楼缘"。《〈红楼梦〉在法兰西的命运》为旅法华文作家郑碧贤女士所撰，作者在得知法译本《红楼梦》的相关故事之后，花了两年多时间，采访了包括李治华先生本人在内的许多知情人，搜集了许多第一手资料，然后以小说笔法围绕法译本《红楼梦》的翻译、出版过程，写李治华、雅歌、铎尔孟三人的故事。该书虽说是"一部好看的小说"❸，但是，由于提供了许多来自访谈与档案的、真实可靠的资料，在一定程度上也具有史料的价值，值得研究者参考。

对于译本研究来说，译校者的文化背景、学术理念以及译著的产生

---

❶ 李治华著，蒋力编：《里昂译事》，商务印书馆2005年版12月。

❷ [法]郑碧贤：《〈红楼梦〉在法兰西的命运》，新星出版社2005年版。该著作号称"小说"，但是，具体内容似乎应该区别对待：一类属于历史照片、档案资料以及访谈内容，应该真实可信；一类属于事实叙述，与《里昂译事》中的相关内容可以互证，亦真实可信；一类属于典型的小说家言，如对当事人的心里活动描写等等，自然当不得"资料"；还有一类，看上去可信，但缺乏旁证，先提出来，留待日后有机会时向郑碧贤女士本人或其他途径求证，比如下文中提及的铎尔孟母亲因情自杀之事，台湾张代表干涉《红楼梦》翻译之事，等等。

❸ 舒乙：《〈〈红楼梦〉在法兰西的命运〉序》，见《〈红楼梦〉在法兰西的命运》，新星出版社2005年版，第1页。

过程都具有重要意义。因此，本文拟综合相关资料，对李治华、雅歌、铎尔孟这三位译校者的生平经历以及他们的合作方式、翻译原则等进行梳理，尽可能简洁明了地还原法译本《红楼梦》的成书过程，以便为该译著的进一步研究提供有益的参考。

（一）译校者生平

法译本《红楼梦》由李治华先生主译，其夫人雅歌与其恩师铎尔孟参与修润、校订。关于这三位译校者的身份、学历以及彼此之间的关系，钱林森先生《〈红楼梦〉在法国——试论李治华、雅克琳·阿雷扎艺思的〈红楼梦〉法译本》一文最早向中国学界披露了比较详细的信息；当事人李治华的《里昂译事》提供了更多准确、具体的信息；郑碧贤《〈红楼梦〉在法兰西的命运》、北京电视台纪录片《一个法国人的红楼梦》等亦有重要参考价值。

李治华 1915 年 9 月 1 日（农历七月二十二日）生于北京，原名李尚忠。9 岁始就读北京师范大学附属小学一年级，连跳两级，以两年时间读完四年课程，随即考入北京中法大学附属西山中学；初三快结束时，改名李治华，以东北某高校肄业生的身份报名考取中法高中二年级；高中毕业，直接升入北京中法大学服尔德（今译伏尔泰）学院法国文学系；1937 年大学毕业，以法文系和中文系第一名的成绩保送赴法国里昂中法大学深造；1942 年获得里昂大学文学院硕士学位❶，同年 10 月 9 日与法国女子雅克琳在里昂结婚。❷

李治华曾有撰写博士论文的计划，正论文的题目是《元曲研究》，副论文选择了元杂剧郑廷玉《看钱奴》的法文翻译，以便与法国

---

❶ 李治华著，蒋力编：《里昂译事》，商务印书馆 2005 年版，第 1 页。
❷ 李治华著，蒋力编：《里昂译事》，商务印书馆 2005 年版，第 16—51 页。

17 世纪莫里哀的《吝啬人》做比较研究，结果论文没有做完，却翻译了郑廷玉《看钱奴》《忍字记》、秦简夫《破家子弟》、石子章《竹坞听琴》、马致远《汉宫秋》等 5 部元杂剧作品。❶李治华里昂大学毕业之后即旅居法国，先后就职于法国国家科学研究中心、巴黎前国立东方语言学校（1968 年法国学生运动之后改名为东方语言学院，合并于巴黎第三大学）、巴黎第八大学，其译著除了《红楼梦》与《元杂剧》外，还包括艾青诗选《向太阳》、鲁迅《故事新篇》、巴金《家》、老舍《正红旗下》与《离婚》、姚雪垠《长夜》等作品。曾任欧洲华人学会副理事长，并任《欧华学报》主编；2002 年被法国政府文化部授予"法国文艺中级荣誉勋章"。

雅歌原名雅克琳·阿蕾扎艺思（Jacqueline Alezais），婚后其丈夫李治华依据中国的《诗经》给她取名为雅歌。雅歌 1919 年 10 月 4 日出生于里昂西北 140 公里的白朗集。父亲为里昂师范学校自然科学老师，母亲为里昂女子中学总务副主任。李治华与雅歌为里昂中法大学同学，1939 年秋开始两人互为法语与中文的语伴，渐生情愫。1941 年 6 月，雅歌里昂大学毕业，获文学学士学位，并考取女子师范大学古典语文科，按当时法国教育部的规章，在巴黎大学进修，1942 年 6 月通过硕士论文；1943 年 8 月通过法国教育部的大、中学校教师学衔考试，成为布尔格女子中学的教师，教授法文、拉丁文和希腊文。❷

关于李治华与雅歌相识的缘由，一种说法是，在法国文学课上，任课老师要求同班的法国同学尽可能地帮助初来乍到的中国同学，雅克琳主动表示愿意帮助李治华❸；另一种说法是，在法国文学班上，一位

---

❶ 李治华著，蒋力编：《里昂译事》，商务印书馆 2005 年版，第 280 页。
❷ 李治华著，蒋力编：《里昂译事》，商务印书馆 2005 年版，第 65—86 页。
❸ 余熙：《李治华翻译〈红楼梦〉》，载《中外文化交流》2003 年第 2 期。

名叫梁佩贞的中国同学介绍雅克琳给李治华，两人做互相学习语言的语伴。❶后一种说法出自当事人的回忆文章，当更为可信。

铎尔孟全名为安德烈·昂特·罗凯特·迪特·铎尔孟（Andre Roquette Dit d'Hormon），字浩然，1881 年出生，为一位贵族女子的非婚生子，母亲产后不久即自杀身亡，他由外祖父母抚养长大。铎尔孟早年曾跟随中国驻法使馆武官唐在复学习中文，后又与李鸿藻之子李石曾成为语伴及知己。1906 年，经唐在复、李鸿章推荐，铎尔孟来到中国、成为载沣亲王府的家庭教师。

在载沣之子、幼年溥仪"登基"之后，铎尔孟不辞而别离开了醇亲王府。此后先后担任法国公使馆的外交顾问、袁世凯的外国顾问、民国政府的外交和法律顾问等。中国国家图书馆至今保存着铎尔孟于 1919 年呈交给国民政府立法院的《说帖》手迹以及铎尔孟撰写的《中国民国立法院组织私议》石印本❷，对研究铎尔孟的思想以及民国政府的立法制度都有重要参考价值。

在对中国的政治失望之后，铎尔孟转而把精力放在教育与中法文化交流上，遂与李石曾、蔡元培、沈尹默、吴稚晖、贝熙叶（亦译为贝熙业）等人联合向法国政府申请，利用庚子赔款的余额建立"中法大学"培养人才。经过多方努力，北京中法大学与里昂中法大学先后于 1920 年、1921 年成立。❸作为北京中法大学的创始人与教师之一，铎尔孟同时任教于北京大学。北京中法大学开办十年之后因战争而被迫

---

❶ 李治华著，蒋力编：《里昂译事》，商务印书馆 2005 年版，第 64—65 页。

❷ 舒乙：《〈《红楼梦》在法兰西的命运〉序》，见《〈红楼梦〉在法兰西的命运》，新星出版社 2005 年版，第 211—212 页。

❸ 舒乙：《〈《红楼梦》在法兰西的命运〉序》，《〈红楼梦〉在法兰西的命运》，新星出版社 2005 年版，第 47、62 页；李治华著，蒋力编：《里昂译事》，商务印书馆 2005 年版，第 91 页。

停止。1941 年在北京中法大学原址上成立了巴黎大学北京汉学研究所，铎尔孟临危受命，出任所长。

中华人民共和国成立之初，中法未建交，巴黎大学北京汉学于 1953 年底遵照法国外交部训令撤退，铎尔孟作为最后一批欧洲研究员于 1953 年底孑然一身回到法国，在友人的帮助下住进位于法国巴黎的华幽梦（Royaumont）国际文化交流中心，直至 1965 年 2 月 7 日去世。[1]

自 1906 年至 1953 年的 48 年间，铎尔孟曾于 1909 年回法国，停留了两年。据其好友恽毓鼎日记记载："（铎尔孟）倾慕中学甚至。谓回法国二年，觉学问风俗无一如中国者，大为彼都人士所笑，群呼为中国迷。铎君之言曰：'自我解中文，见中国前贤之言，无一不从吾心坎中流出，以是知中儒迥出欧洲上也'。"[2]于是于 1911 年再次回到中国，此后虽然多次回法国，但都只是短暂逗留，主要生活、工作在中国。因此，一般资料都说铎尔孟在中国生活达 48 年之久，如果考虑 1909—1911 年曾回法国两年，准确的说法应该是在中国生活了 46 年。在中国许多知识分子对中国传统文化产生质疑的时候，铎尔孟却痴迷于中国文化，并致力于宣传中国文化的优越性，"铎尔孟现象"令人尊敬同时也值得反思。

（二）翻译缘起

是什么样的机缘促使李治华、雅歌、铎尔孟三人合作完成了法文全

---

❶ 北京电视台纪录片《一个法国人的红楼梦》。

❷ 恽毓鼎：《恽毓鼎日记》，浙江古籍出版社 2004 年版，第 517 页。另，《恽毓鼎日记》第 402 页载，铎尔孟"眷恋其母，刻刻不忘，其母所寄之物，皆陈案头，自谓见此如见母"。与郑碧贤《〈红楼梦〉在法兰西的命运》中铎尔孟幼年丧母且不识其父之说矛盾。郑作虽以"小说"称，但牵涉到身世的大事应不至于虚构；恽氏此条日记乃第四次与铎尔孟见面之后所写，按理不应有误，不知何故，待进一步考证。

译《红楼梦》120 回本这一中法文化交流史上的壮举？

据李治华先生回忆，20 世纪 50 年代初，他在巴黎前国立东方语言学校中文系担任教员，联合国教育科学文化组织任命巴黎大学艾迪昂伯（Etiemble）（亦译为艾田伯、爱琼伯）教授时任该组织《世界文学代表作·东方知识丛书》主任，并请他策划翻译中国文学作品。李治华当时已翻译、出版多种中国文学作品，已有相当的影响，甚至"供不应求"。**❶**艾迪昂伯找到李治华，并询问他希望翻译什么作品。李治华不假思索，回答"《红楼梦》"。之所以如此，是因为李治华高中时代即在北京东安市场买过由《红楼梦》改名的《金玉缘》；而且，他自幼在顺天府尹何乃莹家生活的所见所闻，与贾府多有雷同之处，因此，更加深了他对《红楼梦》的理解与热爱。事实上，李治华先生在何府的经历见闻，为他的《红楼梦》翻译提供了很大的帮助："这些旧时的回忆使我读这部小说时，感到特别亲切动人，后来把它迻译成法文时，自然也就比较得心应手了。"**❷**

正如李治华先生所说："翻译是从一种语言转移到另外一种语言的工作，想要做好这种工作，必须同时精通起点语言与终点语言……在一般情况下，大都需要一个精通起点语言的人和另一个精通终点语言的人共同合作，才能达到目的。"**❸**而他和夫人雅歌一起合作翻译，正好符合这种要求。他们夫妇秉持"爱"与"恒"的原则**❹**，携手合作，将

---

❶ 余熙：《李治华翻译〈红楼梦〉》，载《中外文化交流》2003 年第 2 期。

❷ 李治华著，蒋力编：《里昂译事》，商务印书馆 2005 年版，第 140 页。

❸ 李治华著，蒋力编：《里昂译事》，商务印书馆 2005 年版，第 140 页。

❹ 李治华先生在谈及《红楼梦》的翻译过程时曾说："读了我们的翻译，有人表示惊奇，有人表示赞美。我很愿意把我们的经验告诉大家，做个参考。我们的经验简单来说，可以用'爱'和'恒'两个字来概括。"所谓"爱"就是指对于翻译工作的喜爱；所谓"恒"，就是对翻译工作要有恒心。（《里昂译事》，商务印书馆 2005 年版，第 141—142 页）

许多优秀的中国文学作品翻译为法文，为中法文学交流做出了很大的贡献。❶具体到《红楼梦》的翻译，联合国教科文组织的《世界文学代表作丛书》有一条规定，在译者之外，还需要请一位专家作校阅者。于是，有了铎尔孟的加盟。

铎尔孟是李治华在北京中法大学时代的老师，曾讲授法国古典戏剧、法国诗歌和中译法等课程。李治华大四时写毕业论文，选题是《拉辛剧本〈阿达丽〉（Athalie）研究》，铎尔孟先生答应担任其指导老师。不过，1937 年春天，铎尔孟临时要回法国，临行前请陈伯早先生代替指导，并鼓励李治华去法国深造。❷没想到在隔了 17 年之后，这对师生为了《红楼梦》的法文翻译而在华幽梦重逢。他们于 1954 年11 月与教科文组织签订了《红楼梦》翻译合同，从此，铎尔孟把一生中的最后十年完全奉献给了《红楼梦》法译本的修润工作。❸

从此，李治华、雅歌、铎尔孟三人开始了长达十年余的合作。当 120回《红楼梦》全部翻译完、修改完之后，铎尔孟并不满足于初次修改稿，于是他们又从头开始进行第二次修润，可惜修订至第 50 回，87岁的铎尔孟因病辞世。此后，李治华继续修改，其夫人雅歌接任修润工作。又经过 17 年的努力，《红楼梦》法文全本于 1981 年面世。另据郑碧贤《〈红楼梦〉在法兰西的命运》及余熙《李治华翻译〈红楼梦〉》等提供的资料，负责组织《世界文学代表作·东方知识丛书》的艾迪昂伯（生于 1909 年）与铎尔孟私交甚好，热爱中国文化。他对《红楼梦》一直神往不已，并为无人翻译而深感遗憾，所以，当李治华自告奋勇选择翻译《红楼梦》时，可以说是让艾迪昂伯感到正中己怀。

---

❶ 关于李治华、雅歌夫妇的翻译著作目录，参见《李治华、雅歌主要译著》，见李治华著，蒋力编：《里昂译事》，商务印书馆 2005 年版，第 369—372 页。

❷ 李治华著，蒋力编：《里昂译事》，商务印书馆 2005 年版，第 31 页。

❸ 李治华著，蒋力编：《里昂译事》，商务印书馆 2005 年版，第 144 页。

值得指出的是，郑碧贤在《〈红楼梦〉在法兰西的命运》一书中写到，在《红楼梦》法文版的翻译过程中，还曾受到过政治因素的干扰。当时台湾驻联合国教科文的张代表曾向艾迪昂伯交涉，希望由来自台湾的陈小姐翻译。艾迪昂伯采取"均衡"措施，让陈小姐与李治华合作翻译，结果他俩约定，先分工译前40回，陈小姐译第1—20回；李治华译第21—40回，然后请铎尔孟审校之后再决定下一步。结果，铎尔孟选择了李治华，同时聘请陈小姐作他自己的私人顾问。❶对于法译全本《红楼梦》的成书过程来说，这段"故事"有其特殊的意义。至于是纯属虚构还是事出有因，希望日后有机会能够向郑碧贤女士本人或者其他途径求证。如果实有其事，一则反应了特殊时期两岸文化外交某些尴尬情形；再则，陈小姐对译本当有"顾问"之功，不宜忽视。如果纯属虚构，则当别论。

（三）合作方式以及翻译原则

李治华与铎尔孟在合作翻译期间，约定每周二下午李治华去华幽梦把每星期的译稿交给铎尔孟，铎尔孟把修改过的稿子念给李治华听，两人再就不同意见共同探讨，以期找到最合适的译法。这个"星期二之约"十年如一日，风雨无阻。此外，每个暑假，李治华都会到华幽梦文化中心住好几个星期，集中与铎尔孟讨论翻译中遇到的问题。

对于三人合作的具体形式，郑碧贤有更具体的描述："李治华负责全书翻译，手稿由雅歌作第一次语词上的修改，并打印。铎尔孟则侧重诗词的修改、润色。"❷李治华、雅歌夫妇的最终修订主要做的工作包

---

❶ [法]郑碧贤：《〈红楼梦〉在法兰西的命运》，新星出版社 2005 年版，第 141—146 页。

❷ 舒乙：《序》，《〈红楼梦〉在法兰西的命运》，新星出版社 2005 年版，第 157 页。

括："改换专有名词的拼音，增添注释，编写引言，修改一些不恰当的地方等等。直到最后，仅仅两次修改校样，我们两人以全副精力去应付，一共用了14个月才完成了。"❶雅歌中文能力有限，其贡献应该主要在于译本"终点语言"方面的润色。相比之下，铎尔孟的参与程度以及贡献显然要比雅歌以及一般的校阅者高出很多。

论及铎尔孟在译本中的贡献，不得不谈到法译全本《红楼梦》的翻译原则。综合相关资料，李治华、铎尔孟的翻译原则可以概括为三条：第一，120回本全译；第二，诗词歌赋全译；第三，对人名采取意译而非音译。后两条都与铎尔孟密切相关。

先看诗词歌赋的翻译问题。李治华先生曾说，与翻译元曲及其他诗歌作品不同，《红楼梦》里面包含了诗词赋骈文对联谜语等几乎所有中国古典韵文的形式；而且，他们选择了"全译"的方式，也就是说，不论难易好坏，一概需要翻译，这对于翻译者来说无疑是极大的挑战。而全书中韵文的翻译也正是李治华最没有把握的地方，"幸亏当时有浩然师的帮助，不然的话，我一个人是无法胜任的"。❷铎尔孟精于法文的格律诗，对中国诗词的了解亦非常深刻，法译本《红楼梦》里诗词的翻译大都由铎尔孟大幅度修改而成。

据目验过法译本《红楼梦》全部译稿的舒乙先生介绍："全部手稿的每一页的每一行都留下了铎尔孟教授的修改痕迹。就手稿来说，不论从什么角度看，它都是一份弥足珍贵的文物，如此精益求精，如此敬业负责，如此精诚合作，给人一种非常惊心动魄的感觉。"❸在校阅、

---

❶ 李治华著，蒋力编：《里昂译事》，商务印书馆2005年版，第146页。

❷ 《谈〈红楼梦〉的法译诗词——答香港〈中报〉月刊作者卢岚问》，见李治华著，蒋力编：《里昂译事》，商务印书馆2005年版，第165—166页。

❸ 舒乙：《去法国小镇取宝》，见李治华著，蒋力编：《里昂译事》，商务印书馆2005年版，第360页。李治华先生于2001年10月将长达4231页的法译本《红楼

修改过程中，铎尔孟最为用心的无疑是诗词部分，"他是老资格的诗人，可以驾轻就熟地运用法国古典格律诗或自由的亚历山大体，参差错综，变化多端地解释《红楼梦》中多种体裁的诗、词、歌、赋，在校审中他参与进自己的理解，对于李治华翻译的诗词，常常一行诗只留一两个字，有时大刀阔斧地删掉全部重写。起初，砍得李治华直心疼，他是费尽了心血啊！渐渐地，他进入到老师的思维里，不仅理解了还获得了丰富的知识，他们彼此也因此更接近了"。❶他们"采取法国格律诗的形式来翻译《红楼梦》的诗词，大部分使用亚历山大体，即每行十二个音节诗，有时也用每行十音节诗，每行八音节诗，每行七音节诗或六音节诗，有时参差错综，变化多端，部分译诗都押韵，有时原作，比如说无韵的对联，只译成有节奏而无韵的诗句。"❷铎尔孟自己是一位诗人，不过"总是随写随烧，没有任何诗篇传留下来"。❸或许，我们可以通过法译本《红楼梦》中的诗词一窥铎尔孟的诗歌才华。

再看人名意译问题。中国文学作品翻译为外语时，人名的音译与意译可以说各有千秋，不过一般采用音译的较多。

据李治华先生介绍，他开始翻译《红楼梦》时，对于人名也是采用音译，可是，"校阅者铎尔孟先生却主张意译"。他们因此讨论了很久，最后才决定"放弃音译人名，改为意译"。❹不过，人名意译之后与原来的发音不同，会带来一些阅读上的不便，因此，在译著出版之

梦》译稿赠送给了当时前往法国访问的中国现代文学馆馆长舒乙先生，舒乙先生随即将其带回，并因此于 2002 年 9 月在中国现代文学馆设立了"李治华夫妇文库"加以珍藏。

❶ 舒乙:《〈《红楼梦》在法兰西的命运〉序》，见《《红楼梦》在法兰西的命运》，新星出版社 2005 年版，第 157 页。

❷ 李治华著，蒋力编:《里昂译事》，商务印书馆 2005 年版，第 169 页。

❸ 李治华著，蒋力编:《里昂译事》，商务印书馆 2005 年版，第 143 页。

❹ 李治华著，蒋力编:《里昂译事》，商务印书馆 2005 年版，第 151 页。

后，包括艾迪昂伯在内的一些评论家都对此提出了保留意见。为了弥补这一缺陷，译校者"在每卷卷首列出两个音译意译人名对照表，一个按汉语拼音音序排列，一个按法文翻译音序排列"。❶

说到翻译原则，值得特别提出的还有俞平伯对法译本底本问题的关注。郑碧贤女士在《〈红楼梦〉在法兰西的命运》一书中提供了一封俞平伯1956年8月8日给李治华先生书信的影印稿，书信全文为：

治华先生：

前者甘祠森先生来信说你研究《石头记》，并将翻成法文，甚为钦佩。他兼嘱我为您帮忙，谊不可却。但我对此书虽多年爱好，却说不上研究来。前年遭到许多批评，因此更不敢自信。大示诵习悉，过奖之辞，殊不敢当，附来问题均已细阅，兹就所知解答，以未能多翻书籍，不能详细周备，有些只好缺疑，乞海量之是幸。浩然先生在中国数十年夙所敬仰，晤时祈代为致意。

关于翻译工作，我却有一点意见，即用什么做底本的问题。据来书言似乎用的是作家出版社本【旁注：1954年本比1953年好一点但好得不多】，这不很妥当。因它系根据程乙本，而程乙本在这"红楼"版本群里是妄改最多的本子。【眉注："从字的问题中看出有许多错字，毛病就出在这版本上，可以为证"】您手头既有商务石头记本【旁注：大约是程甲本】、影印脂砚斋本，大可根据这两本来翻，尤其是脂庚本最好。为什么用这程乙本呢。我新校八十回红楼梦，大体即根据这脂庚本。我的校本已付出版社排印，待明年可以出版。有一序文发表在《新建设》杂志本年五月号上，所赐正阅。匆复候

---

❶ 李治华著，蒋力编：《里昂译事》，商务印书馆2005年版，第152页。

著祺!

俞平伯八月八日

北京朝内老君堂 79 号❶

从信中的内容可以看出,俞平伯虽然在 1954 年红学批判运动遭受了"许多批评",乃至对自己的红学研究"不敢自信",但是,依然热心为李治华他们的翻译提供帮助,并就底本问题坦率地提出自己的意见:俞平伯认为,翻译的底本不应采用程乙本系统而应该采用程甲本系统或者脂评本系统,尤其推荐脂庚本。这封信也说明,俞平伯与铎尔孟早有交情。事实上,虽然铎尔孟比俞平伯大 20 岁,但是,他们曾同时任教于北京大学,郑碧贤在《〈红楼梦〉在法兰西的命运》中所写铎尔孟与俞平伯在 1954 年最后一次见面的细节或许不会是小说家言。❷

李治华夫妇在 *Le reve dans le pavillon rouge* 的前言中说,从第 40 回到第 80 回,依据的底本是俞平伯校订、王惜时参校的《红楼梦八十回校本》。❸由此可见,李治华他们部分采纳了俞平伯的意见。

(四)余论:铎尔孟的"红楼"情缘

值得一提的还有铎尔孟对曹雪芹《红楼梦》以及 20 世纪上半叶中国红学研究的态度问题。

铎尔孟将生命中的最后十年献给了《红楼梦》翻译;而且,据电

---

❶ [法]郑碧贤:《〈红楼梦〉在法兰西的命运》,新星出版社 2005 年版,第 159 页,并注明:该资料原件为中国现代文学馆提供。

❷ [法]郑碧贤:《〈红楼梦〉在法兰西的命运》,新星出版社 2005 年版,第 158—159 页。

❸ Li Tche-Houa Jacqueline Alisais(tr.), *Le reve dans le pavillon roug*, Andre D'hormon(rev.). Paris:Gallimard, 1981:X-LXXV

视片《一个法国人的红楼梦》介绍，铎尔孟在 1964 年底查出癌病之后，拒绝做手术，只治疗了一个星期就回到华幽梦，决定把生命的最后时光用于《红楼梦》译本的校阅。再有，铎尔孟与索隐派红学代表人物蔡元培、新红学代表人物俞平伯等都有直接的交集；铎尔孟留下来的手绘图则表明❶，他对西山一带的山形地貌非常熟悉，而这一带也正是《红楼梦》作者曹雪芹晚年生活的地方，至今尚有许多与曹雪芹相关的遗迹与传说。凡此种种，都不能不让人思考一个问题：铎尔孟在校阅《红楼梦》法译稿之外，还有着怎样的红楼情缘？

铎尔孟在校阅法文译本之前与《红楼梦》的渊源，我们暂时找到如下资料：李治华先生曾介绍说，铎尔孟在接受审阅译稿工作之前"对《红楼梦》亦颇有兴趣"。❷郑碧贤说，铎尔孟有几个不同版本的《红楼梦》，其中包括醇亲王送的清末版本《石头记》。❸而铎尔孟早年的朋友谭熙鸿的儿子谭伯鲁的回忆则相对比较详细具体，谭伯鲁说，20 世纪 50 年代他曾陪父亲前往北京东城新鲜胡同 24 号铎尔孟家拜访，"他平时在家都穿长衫，客人来时还外加马褂，他说中国是礼仪之邦，要入乡随俗。他精通法国格律诗，也喜欢中国的古诗词。他精读《红楼梦》无数遍，对其中一些文字下过工夫，如他对该书中诗词的理解，以及其中的古代建筑、服装、器具等的名称，应如何译成法文，均一一经过推敲。如果在法文中没有这个适当的字句，不能对号入座，应如何用其他词句去代替，或派生新字等，均有仔细斟酌，不意以后都派上

❶ 关于铎尔孟手绘西山图，参见张文大：《铎尔孟所购"墓地"与铎尔孟手绘图中的"公墓"——基于实地考察的分析报告》及严宽：《铎尔孟手绘示意图所标地名解析》，载《曹雪芹研究》2014 年第 3 期。
❷ 余熙：《李治华翻译〈红楼梦〉》，载《中外文化交流》2003 年第 2 期。
❸ [法]郑碧贤：《〈红楼梦〉在法兰西的命运》，新星出版社 2005 年版，第 136 页。

了用场"。❶联系起来看，铎尔孟早在中国期间，不仅拥有《红楼梦》而且精读了多遍。尽管如此，他对《红楼梦》的热爱似乎并未达到痴迷的程度，而是表现出一种客观冷静的态度。他在给朋友保罗·戴密微（Paul Deneieville）的信中曾说到自己晚年校阅《红楼梦》译稿时的心情："《红楼梦》占据了我全部时间和精力，我已无暇顾及其他。保罗，按照中国人的观念，我早已超过想入非非、知天命的年龄，离开北京时我的确觉得老了，但《红楼梦》又把我重新激活。我感到，我的想象力可以属于任何一个年龄段，但我不可能成为'红迷'，也不会整天掉'红泪'。今后，我无法想象还有谁能在我人生的最后阶段，超越《红楼梦》在我心中的位置。"❷这里，铎尔孟既承认《红楼梦》对他晚年生活具有无法取代的重要意义，又强调自己不会成为掉"红泪"的"红迷"，执着而又超然。

综上，机缘巧合，李治华、雅歌、铎尔孟以超常的认真和毅力合作完成了迄今最完整的法文译本《红楼梦》，并在所有《红楼梦》外语译本中第一次完整翻译了原著中所有的诗词歌赋等韵文。对于《红楼梦》的翻译与传播这一研究课题来说，法译全本《红楼梦》无疑具有不可替代的特殊价值，中国学术界对这个译本的研究还在起步阶段。本文对译校者的生平、翻译缘起、合作的形式、翻译的原则、铎尔孟的"红楼"情缘，等等问题的厘清，庶几可为该译本的深入研究提供一些有益的参考。

（原刊《曹雪芹研究》2014年第3期，
合著，署名"段江丽、冀可平"）

---

❶ 谭伯鲁：《法国著名汉学家铎尔孟》，载《世纪》2007年第4期，第63页。
❷ [法]郑碧贤：《〈红楼梦〉在法兰西的命运》，新星出版社2005年版，第156页。